LE MYSTÈRE DE LA MAIN ROUGE

(*Les Aventures de Gabriel Joly*, t. 2)

Du même auteur

Aux éditions XO :
Le Loup des Cordeliers (*Les Aventures de Gabriel Joly*, t. 1), 2019.

Aux éditions Flammarion et J'ai Lu :
J'irai tuer pour vous, 2018.
Gallica, édition intégrale révisée et augmentée, 2018.
La Moïra, édition intégrale révisée et augmentée, 2017.
Nous rêvions juste de liberté, 2015.
Le Mystère Fulcanelli, 2013.
Sérum, saison 1 (en collaboration avec Fabrice Mazza), 2012.
L'Apothicaire, 2011.
Les Cathédrales du vide, 2009.
Le Rasoir d'Ockham, 2008.
Le Syndrome Copernic, 2007.
Le Testament des siècles, 2003.

Site officiel de l'auteur :
www.henriloevenbruck.com

Henri Lœvenbruck

Le Mystère de la Main rouge

roman

XO ÉDITIONS

ISBN : 978-2-37448-196-8

Ce qu'il advint dans *Le Loup des Cordeliers...*

Gabriel Joly, après des études à Cantorbéry et Liège, arrive à Paris en mai 1789, au moment où commencent les états généraux. Le jeune homme, brillant et idéaliste, rêve de devenir un grand journaliste. Employé par son oncle au *Journal de Paris*, il s'y ennuie rapidement et s'intéresse davantage au mystère qui se trame dans les rues de la capitale : la nuit, un justicier masqué, tenant un loup en laisse, vient au secours de pauvres femmes en assassinant leurs agresseurs. Décidé à faire ce qu'il appelle du « journalisme d'enquête », Gabriel Joly tente de découvrir l'identité de celui que l'on surnomme désormais « le Loup des Cordeliers ».

Ses investigations le mènent sur la piste du « huitième prisonnier », un homme qui s'est discrètement échappé de la Bastille, le jour où celle-ci a capitulé. Ces deux étranges affaires ont-elles un lien ?

Alors que ses enquêtes le conduisent au cœur des événements qui agitent Paris, Gabriel se lie d'amitié avec plusieurs grands personnages de la Révolution, tels les avocats Camille Desmoulins et Georges Danton, l'écrivain Louis-Sébastien Mercier et l'intrépide Anne-Josèphe Terwagne, mais aussi avec un Renégat, ancien pirate salétin qui sévit dans le quartier de la place Maubert : le redoutable Récif.

Avec l'aide de ce dernier, le jeune homme parvient à lever le voile sur l'identité du huitième prisonnier : il s'agit de l'abbé Guibert, horrible tortionnaire d'enfants, qui s'est laissé volontairement enfermer à la Bastille pour retrouver la trace du fabuleux trésor de Montmartel. Après une longue course-poursuite, Gabriel et Récif rattrapent l'abbé dans une auberge parisienne, mais celui-ci les attaque et, en se défendant, le pirate le tue. Le trésor, lui, a disparu…

De son côté, Mlle Terwagne, venue à Paris pour épouser la cause révolutionnaire, est victime d'une tentative d'assassinat. Quand elle enquête sur l'homme qui aurait transmis cet ordre de Versailles, elle apprend qu'il pourrait s'agir de l'énigmatique colonel Duvilliers. Mais pourquoi en voudrait-il à la vie de la belle Liégeoise ?

L'astucieux Gabriel, dont la réputation de journaliste d'enquête ne cesse de grandir, perd la trace du trésor, mais finit par deviner l'identité du Loup des Cordeliers…

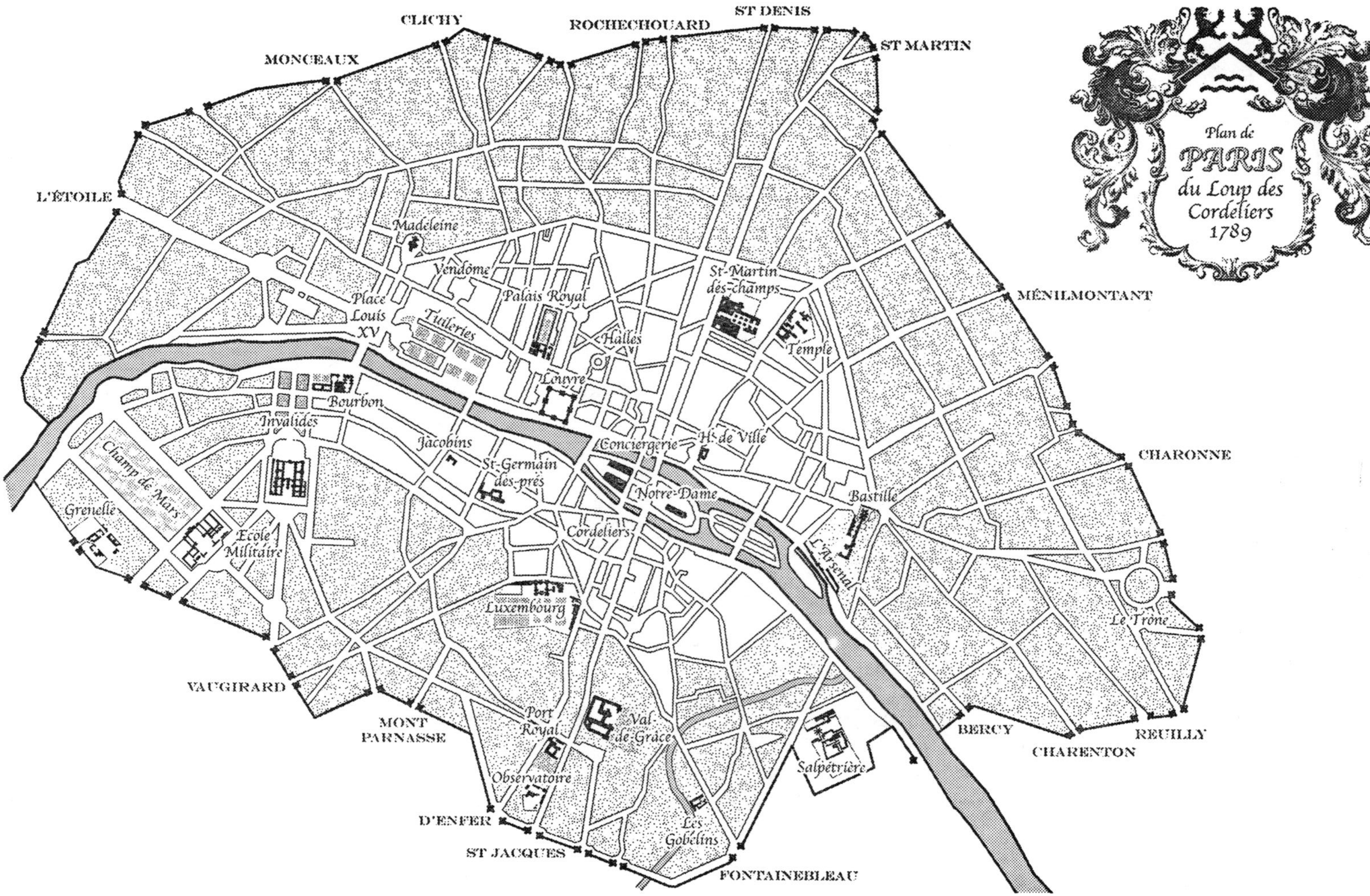
Plan de
PARIS
du Loup des
Cordeliers
1789
CLICHY
ROCHECHOUARD
ST DENIS
ST MARTIN
MONCEAUX
L'ÉTOILE
MÉNILMONTANT
CHARONNE
VAUGIRARD
MONT
PARNASSE
D'ENFER
ST JACQUES
FONTAINEBLEAU
BERCY
CHARENTON
REUILLY
Madeleine
Vendôme
Palais Royal
Place
Louis
XV
Tuileries
Halles
St-Martin
des-champs
Temple
Louvre
Bourbon
Invalides
Jacobins
Conciergerie
H. de Ville
St-Germain
des-prés
Notre-Dame
Bastille
Champ de Mars
Grenelle
École
Militaire
Cordeliers
L'Arsenal
Luxembourg
Le Trône
Port
Royal
Val-
de-Grâce
Observatoire
Salpêtrière
Les
Gobelins

Avertissement

Ce livre est un roman. L'auteur, toutefois, s'est attaché à rendre le plus fidèlement possible la réalité historique de la Révolution française.

Dans l'intérêt du récit, quelques libertés ont été prises, notamment en romançant la vie de certains personnages et, en particulier, celle d'Anne-Josèphe Terwagne, qui n'en reste pas moins l'une des figures féminines les plus fascinantes de son temps. Quant à Charles-Antoine Duvilliers, s'il est en partie inspiré du colonel Dumouriez, c'est un personnage fictif.

Le lecteur, nous l'espérons, pardonnera ces quelques licences, qui ont été prises au seul bénéfice de son divertissement…

À Malo…

Prologue

Vingt ans plus tôt...

Il devait être une heure après minuit et tout semblait terminé quand un hurlement effroyable s'éleva entre les murailles du château de Corte.

La nuit était tombée sur ce vingt-deuxième jour de mai 1769, engloutissant à jamais dans ses ténèbres les ultimes espoirs d'indépendance du peuple corse. Après la terrible défaite de Ponte-Novu, la capitale des insurgés n'avait pu résister longtemps : les derniers compagnons de Pascal Paoli, malgré leur bravoure légendaire, avaient échoué à repousser un ennemi bien trop grand par le nombre et avaient abandonné aux troupes françaises leur plus chère forteresse. Le château, envahi d'ombres, essuyait à présent une nouvelle offense.

Ce fut un cri déchirant, la supplique douloureuse d'une jeune femme à qui la barbarie et la cruauté arrachaient la plus intime vertu.

Dans la pénombre, après un silence aussi long que funeste, une silhouette apparut à la porte de la bibliothèque et se glissa dans le couloir. Alors que l'homme de petite taille se faufilait vers la sortie en terminant de rajuster son haut-de-chausses, les galons cousus sur son habit bleu scintillèrent sous les rayons de lune qui filtraient par les hautes fenêtres. Quand l'officier franchit la porte étroite qui donnait sur l'arrière-cour, les sanglots de la jeune femme à qui il venait d'infliger le pire des outrages se dissipaient dans son dos.

Arrivé dehors, le militaire s'immobilisa en haut des marches, surpris par la fraîcheur de la nuit. Perchés sur leur rocher, le fort de Corte et son donjon étaient suspendus au-dessus de l'abîme, comme pour témoigner à la postérité de l'audace et de la fierté qui jamais ne quitteraient les habitants de l'île. Au loin, dans les rues de la ville basse, étendue sur les pentes orientales, on distinguait l'écho des envahisseurs qui festoyaient encore. Leurs rires triomphateurs couvraient à peine les plaintes du fleuve Tavignanu, coulant comme autant de larmes sur ces terres trop souvent extorquées.

Le visage illuminé par la perfidie de son regard, plus que par la culpabilité que l'on eût préféré y lire, l'officier se mit en route. Descendant le chemin de terre vers les quartiers de l'état-major, l'ambitieux trentenaire se prit à rêver aux gratifications et aux émoluments auxquels il pourrait prétendre, lui qui avait œuvré à la soumission des insurgés.

Il venait d'apercevoir la route qui conduisait au centre de la ville quand trois hommes, drapés d'épaisses capes noires, surgirent des bas-côtés. Le militaire n'eut pas même le temps de porter la main au pommeau de son épée qu'un violent coup sur l'arrière du crâne lui fit perdre connaissance. Il tomba à la renverse et, tandis que sa tête heurtait le sol, il vit les étoiles s'éteindre dans le ciel de Corte.

Lorsqu'il revint à lui, il était assis sur une chaise, les mains ligotées dans le dos, le front comprimé par l'étau d'une douleur lancinante. Il découvrit le décor intérieur d'une cabane de bois, dont les murs en rondins dansaient sous les lueurs vacillantes de deux larges torches. Au-dessus de lui, les visages des trois insurgés qui l'avaient enlevé se dessinèrent obscurément sous leurs capuches. Dans leurs yeux brillait une haine qui glaça le sang de l'officier.

— Que... que me voulez-vous ? balbutia-t-il.

La première réponse fut un méchant coup de poing qu'il reçut en pleine tempe. La deuxième également. Et la troisième, il ne put la comprendre tout à fait, mais il en devina aisément le sens.

— *Ai da more per ciò ch'è tù festi, o stranieru ! Ma noi ùn t'emu da lascià more prima chì a to persona paghessi u prezzu di a to infamitai*[1] *!*

On le roua encore de coups, les trois insurgés se succédant à la tâche : pendant que l'un le tenait sur la chaise, les deux autres libéraient leur colère par de féroces sévices qui laissaient des marques profondes sur le visage de l'officier. Il eut beau crier, supplier autant que l'avait fait sa pauvre victime une heure plus tôt, suffoquer au milieu des rivières de sang, rien ne put apaiser la fureur de ses bourreaux. Car voilà, Giovani-Antoni, Francescu et Ghjiseppu Pellegrini étaient les frères de la jeune Maddalena, dont cet odieux militaire venait de profaner l'âme tout autant que le corps.

Quand il perdit de nouveau connaissance, les insurgés le ravivèrent en lui jetant un seau d'eau en pleine figure. Ils n'en avaient pas fini avec lui. L'officier, le souffle court, le nez et la mâchoire brisés, releva péniblement la tête et aperçut avec effroi le long poignard que l'un des insurgés tenait au-dessus d'une torche. Léchée par les flammes, la lame

1. « Tu vas mourir pour ce que tu as fait, étranger ! Mais nous ne te laisserons pas mourir avant que ton corps n'ait payé le prix de ton infamie ! »

commençait à rougir quand ledit Giovani-Antoni l'en retira pour l'approcher du torse du militaire. Celui-ci, sorti de sa torpeur par une perspective si funèbre, tenta de se débattre, mais on le maintint en place fermement et l'on déchira sa chemise couverte de sang pour mettre sa poitrine à nu.

L'officier poussa des hurlements de douleur autant que d'épouvante quand il sentit le métal s'enfoncer lentement au niveau de son cœur et lui brûler la peau. L'odeur de chair calcinée et la fumée l'horrifièrent plus encore, mais alors qu'il s'était attendu à ce qu'on lui transperce le sein pour lui faire livrer son dernier souffle, il sentit la pointe du poignard glisser sur son épiderme et y graver quelque forme étrange.

Un triangle renversé.

Quand Giovani-Antoni eut terminé de marquer le torse de sa victime du sceau des insurgés, il porta la lame sous sa gorge et le dévisagea longuement, les yeux baignés de larmes.

À bout de forces, le militaire ferma les paupières en attendant la mort, et l'on devinera à quelle sorte d'hommes il appartenait en apprenant que, à cet instant précis, il n'éprouva aucun autre remords que celui de s'être fait prendre.

Mais si la mort s'abattit ce jour-là, ce ne fut pas sur lui. Car soudain, dans un fracas extraordinaire, la porte de la cabane vola en éclats. Ligoté sur sa chaise, la vue troublée par les ecchymoses, l'officier se demanda s'il était en proie à quelque hallucination ou s'il était déjà spectateur du théâtre des enfers. Ce fut en tout cas une scène irréelle que celle de ces hommes drapés de rouge qui, les visages cachés derrière d'étranges masques d'animaux, l'épée au poing, s'engouffrèrent dans la pièce pour sauver le militaire d'une mort certaine.

PLANCHE I : LA VILLE DE CORTE

Livre premier

Où Gabriel Joly voit se dessiner les contours d'une mystérieuse confrérie

1.

L'épiphanie de la belle Liégeoise

Paris, vingt-deuxième jour de juillet 1789. À la suite de l'appel lancé au Palais-Royal par le jeune avocat Camille Desmoulins – invitant le peuple à prendre les armes pour défendre sa liberté contre les troupes royales qui se pressaient autour de la capitale –, la Bastille, symbole de la tyrannie monarchique, venait de tomber bruyamment. Non sans mal, les députés, convoqués par Louis XVI lui-même pour les états généraux, avaient réuni les trois ordres, tiers état, noblesse et clergé, et obtenu le vote par tête. Lors, après le serment du Jeu de paume, ils s'étaient proclamés eux-mêmes en Assemblée nationale, et la Constitution à laquelle ils œuvraient désormais était, pour le peuple de France, la promesse d'une grande réforme qui devait abolir les privilèges, garantir l'égalité des droits et sortir les plus démunis de la misère et de la famine.

Le ciel, enfin, promettait de s'éclaircir. Et pourtant, dans la tribune numéro six de l'hôtel des Menus-Plaisirs,

Anne-Josèphe Terwagne, vêtue de sa robe rouge d'amazone et coiffée de son chapeau de feutre à plume noire, n'avait pas dans le regard la même ferveur qu'à l'accoutumée, tandis qu'elle assistait aux travaux de l'Assemblée. Du coin de l'œil, elle parcourut le communiqué de la municipalité reproduit par le *Journal de Paris*.

> La circulation est rétablie dans l'intérieur de Paris & ſur les routes, de manière que toutes voitures bourgeoiſes, publiques & de place ne doivent être arrêtées par aucune Patrouille.
>
> Les voitures, de quelque eſpèce qu'elles ſoient, n'auront d'autre contrainte dans l'intérieur de Paris que d'aller au pas ou au petit trot.
>
> Les Spectacles ſeront rouverts & les promenades publiques pourront être fréquentées comme à l'ordinaire.
>
> Les boutiques, les ateliers, les manufactures ſeront rendus à leur activité ordinaire & tous les Citoyens ſont invités avec inſtance de répandre partout l'ordre & le calme…

Anne-Josèphe reposa l'exemplaire du quotidien sur le banc. Quel singulier instant de son histoire la France traversait-elle ! Petit à petit, le peuple avançait vers la souveraineté dont il rêvait depuis longtemps. Le Théâtre-Français lui-même venait de changer de nom, pour celui de Théâtre de la Nation. Les événements s'étaient précipités, prenant une ampleur sans précédent. Le pays partageait un épisode unique qui bouleversait l'existence de tout un chacun, grands et petits pareillement. Chaque jour apportait sa dramaturgie nouvelle, que la presse faisait vivre à ses lecteurs. Ainsi, la belle Liégeoise peinait à croire que la vie, comme l'espérait le comité permanent de l'Hôtel de

Ville dans le communiqué, allait pouvoir si vite reprendre son cours.

Préoccupée par les révélations que ses amis, l'écrivain Louis-Sébastien Mercier et le mathématicien Gilbert Romme, lui avaient faites au sujet de l'homme qui semblait avoir commandité son assassinat, Mlle Terwagne n'écoutait que distraitement les discussions des députés, sous la nouvelle présidence de M. le duc de Liancourt. Elle ne pouvait s'empêcher de penser à Charles-Antoine Duvilliers, officier décoré de la croix de chevalier de Saint-Louis, chef du cabinet secret du frère du roi, le comte de Provence… Comment expliquer que cet homme qu'elle ne connaissait guère pût ainsi vouloir la faire disparaître ? Était-ce un assassinat politique, ordonné par le comte de Provence pour faire taire une apôtre de l'insurrection, ou un acte plus personnel, voulu par le colonel Duvilliers lui-même ?

— Paris n'a pas fi… fini de s'embraser, soupira Camille Desmoulins à ses côtés.

Arrachée soudainement à ses spéculations, Anne-Josèphe regarda le jeune avocat avec lequel elle avait participé à la prise de la Bastille et qui était devenu un ami.

— Pardon ?

— S'ils écoutent La… Lally-Tollendal, les députés vont remettre le feu aux poudres. Certains Parisiens ne décolèrent pas, malgré les concessions du roi. On oscille sans cesse entre jubilation et ressentiment. Les uns font la queue pendant de longues heures devant les boutiques des bou… boulangers, conscients que seuls les premiers arrivés seront servis, les autres attendent un travail qui ne vient pas, sinon que de faire des tranchées à Montmartre, à raison de vingt pauvres sous par jour ! À peine de quoi payer deux livres de mau… mauvais pain. Bailly s'efforce de nourrir

Paris, La Fayette l'empêche de se battre, mais les moyens manquent à l'un comme à l'autre.

— Des siècles d'oppression ne s'effacent pas en une nuit, Camille.

— Ce dont la France a besoin, mon amie, c'est d'une authentique ré... république, libre et indépendante ! Cette idée de monarchie constitutionnelle à laquelle travaillent les députés est une demi-mesure inacceptable ! Le sort des peuples ne saurait s'embellir sans que tombe réellement la monarchie. Il ne faut plus de roi.

Si, depuis le 14 juillet, l'Assemblée nationale avait renforcé sa légitimité et son pouvoir, si la Chambre des comptes et le Conseil du roi lui-même étaient venus lui rendre hommage tour à tour, et qu'ainsi la force politique était pratiquement passée, en une nuit, de la main de l'aristocratie à celle de la bourgeoisie, le peuple, lui, réclamait que la souveraineté du pays lui fût enfin rendue. Ici et là, comme y invitait Me Desmoulins dans ses écrits, on commençait à rejeter le principe même de monarchie, on pourchassait la noblesse, non plus seulement à Paris, mais dans toute la France. Craignant les hordes de brigands que les rumeurs précédaient toujours, on s'armait de ville en ville, si bien que le pays tout entier se voyait hérissé de baïonnettes. Alors il se trouvait beaucoup de députés pour s'inquiéter de ce climat de tension, parmi lesquels Lally-Tollendal. Tandis que d'autres entendaient travailler au plus vite à la Constitution, ce dernier venait de monter à la tribune de l'Assemblée pour supplier ses pairs de prendre garde aux excès que le vent de liberté soulevait.

Une feuille posée devant lui, il donnait maintenant lecture de la motion qu'il avait préparée pour, disait-il, raffermir l'autorité publique.

— L'Assemblée nationale, considérant qu'elle a fait ce qu'elle a dû pour lui mériter la confiance des peuples ; que le roi a éloigné les troupes, banni les conseillers dont la présence était un objet d'inquiétude pour la nation et rappelé ceux dont elle sollicitait le retour ; que, dans ce concert parfait entre le chef et les représentants, les députés vont s'occuper sans relâche du grand travail de la Constitution ; que les troubles nouveaux qui pourraient survenir ne pourraient qu'y être contraires ; l'Assemblée nationale invite tous les Français à la paix, à l'amour de l'ordre, au respect des lois et à la fidélité dans le souverain. Déclare que quiconque se porterait à enfreindre tous ces devoirs sera regardé comme un mauvais citoyen ; déclare que tout homme soupçonné, accusé, arrêté, doit être remis dans les mains d'un juge.

Terwagne, que cette motion autoritaire alarma tout autant que son voisin, se crispa sur son siège et observa, circonspecte, les réactions des députés. Alors que de vifs applaudissements saluèrent la proposition de Lally-Tollendal, ceux des élus qui avaient rejoint le Club breton du député Le Chapelier s'insurgèrent contre cette proposition liberticide. Ainsi, l'un d'eux, outragé, se leva brusquement.

— Il faut aimer la paix, mais aussi il faut aimer la liberté ! lança-t-il d'une voix solennelle. La motion de M. Lally-Tollendal présente une disposition contre ceux qui ont défendu la liberté. Y a-t-il pourtant rien de plus légitime que de se soulever contre une conjuration horrible ? Qu'est-il donc arrivé qui autorise M. Lally-Tollendal à sonner le tocsin ? On parle d'émeute ? Cette émeute, messieurs, c'est la liberté ! Ne vous y trompez pas : le combat n'est point à sa fin ! Demain, peut-être, se renouvelleront des tentatives funestes contre nous ; et qui les repoussera si, d'avance, nous déclarons rebelles ceux qui se sont armés pour notre salut ?

Le député n'avait pas encore fait beaucoup parler de lui à l'Assemblée mais, en l'écoutant, Mlle Terwagne devina que son autorité naturelle, sa verve et son inflexibilité le promettaient à un avenir singulier.

— Celui-ci n'est-il pas de vos amis ? demanda-t-elle en se penchant vers Desmoulins.

— Maximilien de Robespierre. Nous avons étudié ensemble au co… collège Louis-le-Grand. Il a bien mieux réussi que moi, il s'est fait élire député d'Arras.

— Se faire élire n'est pas toujours une preuve de réussite, se moqua la Liégeoise. L'histoire regorge de mauvais hommes qui sont arrivés au pouvoir par le vote.

— Mettriez-vous en doute le principe même de la dé… démocratie ? la gronda gentiment l'avocat.

— Les princes ont toujours préféré que le peuple laboure à ce qu'il s'instruise, aussi la majorité a-t-elle malheureusement la faiblesse de se tromper parfois…

— Dans le cas de Ro… Robespierre, elle a été bien inspirée. C'est un homme brillant.

— Je n'en doute pas. Pour autant, vous n'avez pas à rougir devant votre ami d'enfance, Camille : votre *France libre* est un manifeste remarquable qui résonne plus fort que les discours d'un député.

— Croyez-moi, ce député-là appartient à ceux qui feront l'histoire, Anne-Josèphe.

De fait, le feu qui brillait dans les yeux de Robespierre, illuminant son visage d'une pâleur formidable, et la tonalité impérieuse de sa voix firent une impression profonde à toute l'Assemblée. Personne n'osa alors plus se prononcer en faveur du projet de Lally-Tollendal.

Mlle Terwagne poussa un soupir de soulagement. Cet « amour de l'ordre » qui s'entendait de plus en plus souvent dans la bouche de certains députés lui procurait quelque mauvais pressentiment. À présent que la bourgeoisie avait été portée au pouvoir par la révolte populaire, accomplirait-elle l'œuvre que le peuple espérait d'elle ? Qu'étaient devenus les discours enflammés de Mirabeau ? Si austère que lui parût ce Robespierre, Anne-Josèphe songea que celui-là, au moins, prenait encore la défense des petites gens, quand certains parlaient déjà de répression.

— Et qui est cet homme au regard si dur qui se tient aux côtés de votre Robespierre ?

— Cristofanu Saliceti, l'un des trois dé... députés corses. Il fait partie de ceux qui ont rejoint le Club breton avec Maximilien, comme votre cher abbé Sieyès, Pétion ou Bailly, notre nouveau maire de Paris.

Mlle Terwagne fronça les sourcils.

— Corse, dites-vous ?

— Oui. Il plaide pour que l'île, considérée comme un simple territoire de conquête, soit déclarée partie intégrante du royaume et que ses habitants soient admis à jouir des mêmes droits que ceux promis aux Français par l'Assemblée.

La Liégeoise avait toujours été sensible au sort du peuple corse, dont l'insurrection et les rêves d'indépendance avaient été violemment piétinés par les troupes de Louis XV, vingt ans plus tôt. La France avait racheté l'île à la République de Gênes, qui l'avait elle-même indûment inféodée. Quelle odieuse morale permettait donc à un État de vendre un peuple ? Dans quelle infâme société achetait-on des âmes comme on achète des sacs de grain ? Terwagne se remémora, mélancolique, ces hommes et ces femmes avec qui elle avait longuement conversé, lors de ses nombreux séjours à Borgo ou à Bastia, où elle avait accompagné son amant et professeur de chant, le castrat Tenducci. N'étaient-ce point les Corses qui avaient montré la voie au peuple de France, eux qui s'étaient battus maintes fois pour tenter de recouvrer leur souveraineté, prêts à mourir sans regret pour leur patrie, à sacrifier toutes leurs passions pour la plus digne qui fût : la liberté ?

À cet instant précis, et à la lumière de ces souvenirs, alors que les débats faisaient rage sous le dôme des Menus-Plaisirs, Mlle Terwagne fut saisie par une révélation. Ce fut comme une épiphanie, une évidence prenant soudain corps grâce à la rencontre impromptue de ses pensées vagabondes. Le hasard, ou la providence, venait de lui offrir une réponse à ses questionnements antérieurs. La Corse… Duvilliers… Tenducci ! Se pouvait-il qu'il y eût un lien ? Avait-on tenté de l'assassiner à cause de cela ? Mais alors, quel rôle était le sien dans cette mystérieuse pièce dont le troisième acte restait à écrire ?

Comme frappée par la foudre, la Liégeoise se leva d'un bond.

— Que… que faites-vous ? bégaya Desmoulins.

Le regard perdu dans le vide, Mlle Terwagne sembla ne pas avoir entendu la question.

— Voulez-vous venir à l'Hôtel de Ville avec moi ? proposa l'avocat. Il me tarde de… de voir ce qui agite ainsi la foule.

— Je dois d'abord vérifier quelque chose.

Sans un mot de plus, Anne-Josèphe, le poing fermé sur le pommeau de son sabre, se fraya un passage entre les bancs pour se diriger, le cœur battant, vers la sortie de l'hôtel.

2.

Hors des longuerines

Quand le chant matutinal des passereaux, nichés dans les arbres du cloître des Cordeliers à l'abri du soleil, le tira enfin des abîmes de son évanouissement, Gabriel Joly ouvrit péniblement les yeux et poussa un râle en se frottant le crâne. La bosse poisseuse sous sa chevelure – qu'il avait rousse et haute, découvrant un front où se devinait la plus flamboyante intelligence – lui envoya une rafale de douleur à travers tout le corps. L'esprit embrumé, il lui fallut quelques instants pour se souvenir du lieu où il était et de ce qui l'y avait conduit. Autour de lui, le décor de la chambre souterraine de Lorette Printemps, dans une ancienne cave du couvent, ramena les images de la veille à sa mémoire.

Que de chemin parcouru, depuis son arrivée à Paris ! Embauché par son oncle au *Journal de Paris* à tout juste vingt-trois ans, il y avait fait ses premières armes, avant de voler de ses propres ailes pour publier ses articles « d'enquêtes », comme il les appelait, chez le libraire

Momoro. Rencontrant un succès inattendu, ce provincial à l'admirable érudition s'était vite acclimaté à la capitale. En quelques mois à peine, il était devenu l'ami de grandes figures du quartier des Cordeliers, où il avait élu domicile : les avocats Danton et Desmoulins, avec qui il soupait au Procope, mais aussi M. Archambault, président du district, l'écrivain Louis-Sébastien Mercier, l'intrépide Anne-Josèphe Terwagne, et même un authentique pirate salétin[1], Récif, chef de la bande des Renégats de la place Maubert. Suivant de près les événements de la révolte, Gabriel avait assisté à la chute de la Bastille, à la formation de l'Assemblée nationale et, en compagnie de son ami pirate, il était parti à la recherche d'un trésor. Dans la ville des encyclopédistes, le jeune homme avait enfin perdu sa virginité dans les bras d'une femme, et trouvé l'amour dans le regard d'une autre… Mais cet amour, obéissant aux plus antiques lois de la dramaturgie, semblait être de celles que l'on dit impossibles. La bosse qu'il avait ce matin-là sur le crâne en était une indiscutable preuve.

Ainsi, il ne s'était pas trompé : Lorette, la discrète bibliothécaire que les moines avaient recueillie enfant, était bien le Loup des Cordeliers, cet impitoyable justicier masqué qui hantait les rues de Paris la nuit en tenant un loup en laisse. Lui, le petit journaliste, était parvenu à découvrir une vérité que nul autre ne connaissait ! Il se souvint aussitôt du coup de théâtre que, malgré sa sagacité, il n'avait point vu venir : contrairement à ce qu'elle avait toujours laissé croire, Mlle Printemps n'était pas muette. Elle était douée de parole ! Quels autres secrets pouvait-elle cacher ? Quel

1. Personne originaire de la république de Bouregreg, dite de Salé, une république maritime formée des villes de Salé, Rabat et la Kasbah, avant d'être rattachée au Maroc.

lien entretenait-elle avec la Corse, dont elle avait gravé le symbole sur le front de chacune de ses victimes ?

Gabriel frissonna en se remémorant le regard que lui avait lancé la jeune femme quand, le voyant assis chez elle, au milieu des ombres, elle avait compris que le journaliste avait découvert son identité. Il crut revoir le sabre qu'elle avait pointé sur lui. Se caressant la poitrine comme pour s'assurer qu'elle n'était point transpercée, il éprouva de nouveau l'angoisse étouffante que ce geste lui avait inspirée : allait-il être tué par celle dont il était tombé si éperdument amoureux ?

Mais il était vivant, Lorette l'avait donc épargné, non sans lui administrer, manifestement, un coup formidable sur le crâne. Où se trouvait-elle à présent ?

Le jeune homme grogna, s'extirpa du fauteuil où il avait perdu connaissance et fouilla du regard la pièce, que les rayons du soleil éclairaient sous un jour nouveau. En avançant dans la tanière du Loup, il se demanda quelles nouvelles déductions pourrait lui offrir une étude méticuleuse des lieux. Était-il seulement l'heure de spéculer, quand Mlle Printemps avait fui ? Hérodote, qui mettait l'enquêteur en garde contre la précipitation, n'affirmait-il pas aussi que celui qui agissait avec trop de lenteur et de circonspection était rarement couronné par le succès ? Aussi le journaliste ajourna-t-il son investigation des appartements pour se tourner vers la porte par laquelle il avait vu Lorette entrer la veille, encore drapée de sa cape de justicier. Certain que la jeune femme avait disparu par l'endroit même où elle était apparue, il s'empara d'une lampe à huile sur une étagère et rejoignit le fond de la cave. Se courbant pour franchir l'étroit passage, il s'engouffra dans le ventre de Paris.

Gabriel y retrouva la fraîcheur familière des anciennes carrières dont, un mois plus tôt, il avait déjà arpenté les galeries à la recherche du Loup. Il longea les parois de calcaire, inspectant chaque recoin dans l'espoir d'y trouver une piste. Arrivé à la première intersection, il découvrit des ornières creusées à même le sol et revêtues de fines plaques de métal. Lorsqu'il s'accroupit et passa un doigt à la surface de l'une de ces deux longuerines, un sourire illumina son visage. La poussière blanche était fine, la poudre tendre, et il n'y avait aucuns gravats sur le dessus des sillons. Ce chemin de fer avait été utilisé très récemment, et de façon régulière. En se relevant, il inspecta la corde fixée au mur. Là aussi, la souplesse de la tresse indiquait qu'elle n'était pas la relique d'une exploitation minière abandonnée. Elle avait servi fraîchement.

Serait-ce le chemin que tu prends chaque soir pour rejoindre ton loup ? songea le journaliste, le cœur battant. *Il ne me reste plus qu'à trouver où cette voie nous mène !*

D'un pas preste, il suivit la route souterraine sans pouvoir s'empêcher de poser plusieurs fois la main sur le cordon de chanvre où, quelques heures plus tôt, Lorette avait posé la sienne. Tandis qu'il s'enfonçait dans les entrailles de la ville, son esprit et son cœur étaient assaillis, à chaque pas, par un flot d'émotions contradictoires. Lorette était donc – dame ! – une meurtrière sans pitié ; pourtant il l'aimait. Une fois son identité exposée, la jeune femme, jusque-là si douce, l'avait menacé. Il avait alors vu dans ses yeux les lueurs d'une souffrance et d'un désarroi profonds. Aussi avait-il cru qu'elle allait le tuer pour préserver son secret. Pourtant, elle lui avait laissé la vie sauve. Éprouvait-elle pour lui une affection réciproque ? Quoi qu'il en fût, elle s'était enfuie. À quel exil l'avait-il obligée ? L'idée de ne jamais la revoir lui était insupportable. Ce fut l'âme fébrile qu'il arriva enfin, après une très longue marche, en vue d'un petit chariot, héritage des anciennes carrières, au croisement de deux tunnels où se terminait la course des longuerines.

Il ne fallut guère longtemps à ce méticuleux observateur pour repérer les multiples empreintes qui lui indiquèrent le chemin coutumier du Loup des Cordeliers. Pressant le pas, au sommet de la galerie qui remontait vers la surface, il traversa un rideau de vigne vierge et se retrouva en pleine lumière, parmi les ruines d'une forteresse gothique. Ce fut comme entrer soudain dans un décor féerique, non sous les brumes d'Avalon ou au palais d'Alcinoos, mais à Paris ! Il s'avança prudemment au milieu des décombres et, reconnaissant peu à peu le bois de Vincennes, devina qu'il avait émergé au cœur des vestiges du château de Beauté.

Combien de temps Gabriel passa-t-il dans ce décor sauvage ? Il n'aurait su le dire, une ou deux heures pleines peut-être, mais le soleil était à son zénith et il ne restait plus alentour une seule pierre, un seul talus, un seul bosquet qu'il n'eût inspecté de près quand il dut se résoudre à l'évidence : Lorette et son loup avaient déserté les lieux. Entre deux bras de la rivière de Marne, il avait même découvert l'enclos où, à n'en point douter, l'animal avait eu l'habitude de séjourner. Les carcasses rongées qui jonchaient le sol laissaient penser que Mlle Printemps était venue nourrir son loup chaque jour, à l'abri des regards…

Tandis qu'il rebroussait chemin vers les galeries souterraines, le journaliste poussa un soupir. Quel lourd secret pouvait avoir transformé une petite orpheline abandonnée dans les rues de Paris en un assassin sanguinaire, quelle vie avait-elle menée pendant toutes ces années de mutisme et de clandestinité ? Et surtout, où était-elle, à présent ?

Grimpant à bord de l'ancien chariot, il retourna vers les entrailles silencieuses de la capitale.

3.

Le taureau sacrifié

C'était toujours, pour les habitants de Versailles, un spectacle formidable que leur donnait celle que l'on surnommait Théroigne de Méricourt, quand elle traversait la ville, montée sur son cheval limousin à robe fauve. L'animal était certes de taille modeste et de fine ossature, mais la robustesse de sa race en faisait une merveilleuse bête de selle. Le spectacle était plus formidable encore quand, comme à cet instant-là, la belle Liégeoise galopait, dans le vacarme des fers heurtant le pavé, la plume de son chapeau frémissant au vent et son sabre frappant les pans de sa robe amazone rouge à chaque rebond de la cavalcade.

La cavalière ne fit ralentir l'animal que lorsqu'ils furent arrivés rue de Noailles, où elle l'attacha à la hâte dans sa stalle, avant de grimper quatre à quatre les marches qui menaient à son appartement. C'était, en réalité, une simple chambre, modeste mais coquette, amicalement louée par Louis-Sébastien Mercier à son nom afin d'offrir à Mlle Terwagne l'anonymat dont elle avait désormais besoin.

Anne-Josèphe, à qui la vie avait fait abandonner fort récemment tout attachement aux choses matérielles, était venue à Versailles avec le strict nécessaire. Sa garde-robe ne contenait plus guère que trois exemplaires du costume qui l'avait rendue célèbre, l'un rouge, l'autre blanc, et le dernier tout de noir. Et, dans un petit coffre, elle conservait pieusement quelques rares souvenirs de son passé mouvementé : la médaille de baptême de Françoise-Louise, la fille que lui avait donnée à Londres un officier anglais et que la variole avait cruellement emportée un an plus tôt, l'exemplaire de *Manon Lescaut* que lui avait offert en 1779 Mme Colbert, l'Anglaise qui, à Anvers, avait permis à la jeune femme de s'extirper de sa misérable condition, et, enfin, une gravure sous verre dans un cadre au bois doré.

La jeune femme frissonna en écartant la fine médaille qui ramenait à son esprit de si tristes souvenirs. Elle sortit la gravure du coffre, car c'était là l'objet qui avait si soudainement suscité ses interrogations, au beau milieu des débats de l'Assemblée nationale.

Époussetant délicatement la plaque de verre, elle soupira tandis qu'elle inspectait la gravure qui n'avait jamais eu à ses yeux d'autre valeur que sentimentale, ou plutôt symbolique : elle représentait pour elle le moment de son émancipation et de sa renaissance. De belle facture, imprimée sur une feuille de papier vélin, comptant quatorze pouces de largeur pour douze de hauteur, il s'agissait d'une reproduction anonyme d'un bas-relief où l'on voyait un jeune homme aux cheveux frisés, coiffé d'un bonnet phrygien, sacrifier un magnifique taureau.

De cette estampe, Anne-Josèphe savait seulement qu'elle était une représentation du culte antique de Mithra. Pour quelque obscure raison, elle avait été le bien que son ancien amant, le castrat Giusto Fernando Tenducci, considérait comme le plus précieux. La Liégeoise avait candidement cru, pendant près d'un an, aux promesses de gloire que son sulfureux professeur de chant lui avait faites, avant de comprendre qu'il n'avait eu d'autre dessein que de lui extorquer ses rentes en lui faisant signer un contrat léonin. En guise d'apprentissage, il lui avait légué une montagne de dettes et une affreuse maladie vénérienne. Elle l'avait alors quitté en emportant, dans un geste de rage vengeresse, la gravure à laquelle l'Italien tenait tant. Dans la douleur de cette rupture et dans la longue convalescence qui s'ensuivit, la Liégeoise trouva la force d'une résurrection, abandonnant d'ailleurs le pseudonyme d'Anna Gioseppa Campinado, que le castrat lui avait fait prendre, pour recouvrer son nom de baptême, Anne-Josèphe Terwagne. Tel le phœnix renaissant par la flamme, elle s'était fait la promesse de ne plus jamais être le jouet d'aucun homme. C'est dans ces dispositions que, grâce à l'aide de son ami et bienfaiteur, le banquier Perrégaux – qui n'attendait d'elle en retour qu'une innocente affection –, elle avait fait le choix de rejoindre Paris pour y embrasser la révolte populaire. Anna Gioseppa était morte, Théroigne de Méricourt, l'amazone, était née.

Ces souvenirs dessinèrent brièvement sur ses lèvres un sourire nostalgique, et elle continua d'inspecter la relique qui avait marqué le début de son affranchissement salvateur.

— Pourquoi tenais-tu tant à cette gravure ? murmura-t-elle, comme si le méchant homme avait pu l'entendre.

Un soir, au cours d'un de leurs séjours en Corse, Tenducci était revenu avec cette estampe. Quand Anne-Josèphe s'était inquiétée de sa provenance, il en avait fait grand mystère et l'avait dès lors emportée partout, la protégeant comme un trésor inestimable.

— Quelle mystérieuse personne te l'avait donnée, lors de cette secrète escapade sur l'île ? Était-ce Duvilliers, celui-là même qui fit tomber la Corse aux mains de Louis XV et qui me veut morte à présent ?

Sans en deviner la raison, la Liégeoise était convaincue qu'il y avait un lien entre cette gravure et les mésaventures dont elle venait d'être la victime.

Elle en était là de ses réflexions quand elle entendit le hennissement de son limousin résonner dans la cour de l'immeuble. Un ébrouement, un souffle ou même un ronflement eût passé inaperçu à son esprit accaparé, mais ce mugissement-là avait quelque chose d'inhabituel. Il était le signe d'une inquiétude.

Mlle Terwagne, devenue plus prudente que jamais, se précipita à la fenêtre, la main crispée sur le pommeau de son sabre. Ce qu'elle vit la replongea instantanément quelques semaines en arrière, lorsqu'on avait essayé de l'assassiner pour la première fois, à Paris, dans son appartement de la rue des Vieux-Augustins. Deux hommes encapuchonnés de noir étaient passés sous ses yeux, devant la stalle, traversant la cour de l'immeuble d'un pas preste et tenant en leur main un poignard.

PLANCHE II : GRAVURE DE LA TAUROCTONIE

4.

L'école des armes

Alors qu'il inspectait chaque recoin des appartements de Lorette, au sous-sol du couvent des Cordeliers, Gabriel, retrouvant la ferveur du journaliste d'enquête, allait de découverte en découverte. Dans un secrétaire à abattant dont il avait forcé la serrure, il avait trouvé des notes, comme autant d'aveux, où se reconnaissait aisément l'écriture de la bibliothécaire et où étaient consignés les faits et gestes de certaines de ses plus illustres victimes : les deux violeurs de la rue d'Enfer, le sergent tyrannisant les prostituées de la place Maubert, le père Charon martyrisant les jeunes orphelines au couvent de Saint-Sulpice, les officiers de la garde arrachant les pauvres pensionnaires à la Salpêtrière pour les envoyer, par la Seine, au travail forcé vers la Louisiane ou la Guyane… Ainsi, tous ces hommes que le Loup avait punis par la mort, Mlle Printemps les avait choisis, étudiés, suivis sans doute, préparant avec soin les attaques par lesquelles elle avait vengé les femmes qu'ils avaient traitées si atrocement.

Qu'as-tu donc pu subir, ma pauvre Lorette, pour que les injustices que notre triste monde impose aux femmes te poussent à une telle fureur vengeresse ? songea Gabriel.

Plus loin, dans un recoin de l'antre, à l'abri de l'étroit aperçu qu'offrait un soupirail sur cette ancienne cave du couvent, il découvrit tout l'attirail d'un authentique maître d'escrime : plusieurs sabres et une quintaine, sorte de mannequin en tissu muni d'un bouclier et d'une épée en bois, et qui pouvait pivoter sur l'axe le maintenant au sol. Les entailles nombreuses qui scarifiaient cet adversaire factice témoignaient des longues heures que la jeune femme avait dû passer à apprendre seule, dans le ventre même du couvent, l'art de manier l'épée. Sur une table de chevet, un ouvrage qui, sans doute, ne quittait jamais cette place privilégiée : *L'École des armes, avec l'explication générale des principales attitudes et positions concernant l'escrime*, de M. Angelo. Gabriel feuilleta le magnifique album, imprimé à Londres mais rédigé en français par le maître d'armes de la famille royale d'Angleterre. Il y figurait une quarantaine de planches gravées au burin, où l'auteur livrait avec force détails les positions traditionnelles du combat : les gardes, les primes, secondes, tierces et quartes, les parades et ripostes… Le jeune homme ne put s'empêcher d'imaginer Lorette reproduisant chaque soir, pendant de longues années, ces gracieuses mais redoutables attitudes, s'adoubant elle-même chevaleresse. Il trembla en songeant à ce qui avait pu donner à une jeune orpheline une détermination si opiniâtre.

Le journaliste fouilla avec une coupable résolution la tanière du Loup des Cordeliers, soulevant matelas, retournant coffre, délogeant tiroirs, déplaçant mobilier, et y trouva certes bien plus de preuves qu'il n'en fallait pour confondre Mlle Printemps, mais point ce qu'il cherchait : quelque indice sur l'endroit où elle avait fui avec son animal.

Gabriel ne s'avoua pourtant pas vaincu. Il restait un lieu à explorer, et non des moindres : la bibliothèque secrète de Lorette, cachée au fond de la salle théologique du couvent, qu'elle avait eu la bonté de lui montrer en gage de confiance.

Quand le jeune homme, prenant garde à ne faire aucun bruit en sortant des appartements de la jeune femme, pointa son nez dehors, il fut ébloui par le soleil de juillet qui inondait le parterre arboré du cloître. Il posa un regard circulaire sur les arcades qui conduisaient du scriptorium à la salle capitulaire, du cellier à l'hostellerie, et ne vit âme qui vive. Les lieux étaient étonnamment calmes, signe que le district des Cordeliers n'était guère en réunion à cette heure matinale et que les pères franciscains, apeurés par le sort que les événements promettaient aux institutions religieuses, se terraient dans leurs cellules, priant Dieu que la vague révolutionnaire les épargnât. Gabriel traversa le jardin d'un pas preste pour entrer dans l'*aula theologica*, reconvertie depuis les états généraux en salle de réunion populaire, et sursauta en tombant nez à nez avec l'imposant Georges Danton, dont la perruque poudrée d'argent, comme souvent, était bien mal ajustée.

— Ah ! Te voilà, poil de brique ! s'exclama l'avocat de cette voix de stentor qui seyait à sa tête de taureau. Tu m'accompagnes à l'Hôtel de Ville ? Tout le monde y est !

— Non, je suis venu chercher un livre, inventa Gabriel.

Un sourire moqueur se dessina sur les lèvres de son ami.

— Elle n'est pas là.

— Pardon ?

— Ta Lorette, bougre d'âne ! Elle n'est pas là. Allez, je t'embarque : on a retrouvé cette crapule de Foullon, qui s'était fait passer pour mort en espérant échapper ainsi au sort qu'il mérite. La foule le conduit à l'Hôtel de Ville !

Le 12 juillet, le roi avait nommé à la hâte Joseph-François Foullon surintendant des Finances, afin de remplacer Necker. Par la force des choses, cet ancien intendant général des Finances n'était resté ministre que quarante-huit heures ! Hostile à la libéralisation du commerce du grain et ennemi juré de la famille d'Orléans, Foullon n'avait jamais eu la faveur du peuple de Paris. Son retour au pouvoir, quoique bref, n'avait fait qu'attiser une haine déjà fort vive à son endroit. Sans que Gabriel pût savoir s'il s'agissait de calomnies ou d'une triste vérité, on accusait l'homme d'avoir œuvré pour le rassemblement de l'armée autour de la capitale dans l'espoir de défaire l'Assemblée et d'avoir spéculé sur le grain afin d'en priver ses habitants. La Bastille était tombée et le roi avait rappelé Necker conformément à la volonté populaire. Aussi faisait-il peu de doute que le vieux Foullon allait passer de fâcheuses minutes aux mains de ses détracteurs.

— Je te rejoindrai tout à l'heure. Je suis *vraiment* venu chercher un livre, insista Gabriel en désignant la bibliothèque au fond de la salle théologique.

— Eh bien, monsieur le journaliste d'enquête, toi qui aspires à être un témoin impartial de l'histoire, tu vas en rater le cours !

— Ce sera toi, mon impartial témoin, Georges !

— Fi ! C'est au juge d'être impartial, pas à l'avocat ! Tu n'ignores pas que je gagne ma vie en tordant la vérité, plaisanta Danton.

— Je saurai la redresser. Allez, file ! Je te rejoins au plus vite.

Me Danton, à qui la prise de la Bastille avait soudain donné un nouvel intérêt pour la chose politique, lui donna une tape amicale et se glissa hors du couvent.

Se faufilant entre les bancs en gradins, Gabriel traversa la longue salle voûtée, protégée de la chaleur estivale par les murs épais des Cordeliers. Le cœur gros, il songea à toutes les réunions animées auxquelles il avait assisté ici quand s'était levé le vent de la révolte. C'était dans cette pièce qu'il avait vu Lorette pour la première fois, et c'était un peu pour elle qu'il y était retourné plus souvent que nécessaire. Lorsqu'il arriva devant la bibliothèque, que la jeune femme avait tenue avec tant de soin toutes ces années, il se demanda si elle y réapparaîtrait un jour. Il en venait à regretter d'avoir démasqué le Loup et chamboulé de ce fait, et à jamais, la vie de l'orpheline.

Devant la dernière étagère, il se remémora les gestes de Lorette, glissa sa main sous la planche médiane et chercha, à tâtons, le mécanisme qui y était dissimulé. Après s'être assuré une dernière fois que personne n'était entré dans la salle, il tira sur une poignée jusqu'à ce qu'un claquement sec se fît entendre. Il attrapa la haute étagère, l'ouvrit comme une porte et se glissa à l'intérieur du cabinet secret de Mlle Printemps.

Entre inquiétude, mélancolie et affliction, il déambula dans ce trésor caché, ces montagnes de livres proscrits par la censure royale, ou mis à l'Index par l'Église. Il lui sembla respirer le parfum de Lorette. Était-ce l'odeur de ces ouvrages précieux que sa mémoire avait associée à la brune aux yeux si bleus, ou la jeune femme était-elle restée enfermée là si souvent qu'elle y avait laissé l'empreinte de sa douce fragrance ?

En poussant un soupir, il se mit à inspecter les rangées de livres, en quête d'un indice. Il tira les volumes ici et là, éprouva l'intérieur des meubles pour y chercher un double fond.

Toi qui aimes les passages secrets, Lorette, as-tu placé une cache dans ta cache ? Un coffre ? Une autre porte dérobée ?

Il fouillait la bibliothèque clandestine depuis un long moment quand il secoua la tête, désabusé. Qu'espérait-il trouver, en réalité ? Une lettre de Mlle Printemps ? « Cher Gabriel, je me suis enfuie à telle adresse, où j'espère que tu ne me trouveras jamais, mais je l'ai tout de même fort imprudemment inscrite sur cette note, car je suis une parfaite imbécile » ?

C'est plutôt moi, le parfait imbécile, et je ferais mieux de rejoindre Danton à l'Hôtel de Ville plutôt que de croire aux miracles, se sermonna-t-il lui-même.

Alors qu'il s'apprêtait à quitter les lieux, l'attention de Joly fut attirée par un ouvrage rangé sur l'étagère où la jeune femme avait classé ceux qui traitaient d'histoire : il avait vu un bout de carton dépasser de la tranche supérieure. Se hissant sur la pointe des pieds, il sentit son cœur battre lorsqu'il découvrit les mots gravés en lettres d'or sur la pièce de titre en maroquin grenat qui traversait le dos du livre : *Histoire des révolutions de Corse*. En ouvrant à la page de garde, il éprouva alors ce frisson délicieux que connaît tout enquêteur affûté quand il sait être tombé sur une piste juste. Ce livre, imprimé avec approbation et privilège du roi, n'aurait pas dû avoir sa place dans la bibliothèque secrète de Mlle Printemps. La jeune femme n'y conservait en effet que des ouvrages rares ou interdits, les protégeant des flammes dans lesquelles les franciscains eussent été contraints de les jeter. S'il était là, c'était pour une autre raison : les liens, sans doute, que Lorette entretenait avec la Corse, dont elle utilisait la silhouette comme signature du Loup. Gabriel tourna les pages jusqu'à celles entre lesquelles était inséré ce bout de carton qui dépassait de la tranche, tel un marque-page de fortune.

Dans le corps du texte, une phrase avait été entourée à l'encre rouge. Et Joly qui, imprimeur de formation, connaissait son sujet, eût pu jurer qu'il s'agissait précisément de cette encre rouge avec laquelle le Loup avait rédigé les lettres qu'il lui avait adressées, signées de son fameux triangle renversé. La gorge nouée, Gabriel lut la phrase enlacée de vermillon :

> Avant de prendre ce parti extrême, le capitaine donna ordre à M. Duvilliers, Maréchal général des Logis, d'aller reconnoître un terrein proche, où il auroit pu tranſporter ſon camp.

Le patronyme de Duvilliers avait été rageusement souligné.

PLANCHE III : GARDE EN TIERCE ET COUP DE TIERCE

5.

« Voici la lame qui aura raison de vous »

Les deux malandrins qui montaient à pas de chat vers la chambre de Mlle Terwagne étaient de ces hommes que l'on n'appelait point encore tueurs à gages, mais *bateurs à loyer*, en ce qu'ils se chargeaient, moyennant finances, d'abattre proprement leur prochain pour un commanditaire. La profession, avec le temps, avait perdu beaucoup de sa noblesse, et l'on y voyait désormais si peu d'honneur qu'elle échouait aux plus viles crapules. Depuis la fermeture de la cour des Miracles, certains vendaient leur précieux savoir-faire à la porte arrière des estaminets les plus malfamés des faubourgs, faisant de la mort leur marché. Le tarif variait en fonction de la victime désirée (et donc de la peine encourue), allant d'une dizaine à quelques centaines de livres, selon qu'il s'agissait d'un homme, d'une femme, d'un roturier, d'un bourgeois, de gens de robe ou d'épée. À celui qui rapporterait la tête de Théroigne de Méricourt, on promettait désormais 450 livres, ce que la Liégeoise eût pu aisément prendre pour éloge, s'il ne s'en était allé, justement, de la tête qui se nichait sous son chapeau à plume et à laquelle elle tenait encore un peu.

Le premier de ces deux brigands était fort laid et se faisait appeler la Tortue, à cause d'un nez disgracieusement aplati. À vingt-cinq ans à peine, la vilenie avait déjà fait fuir de son visage les traits de la jeunesse et ses joues creuses peinaient à porter les lourds cernes que le vin et le sommeil collaient à ses paupières, l'un par l'excès et l'autre par la privation.

Quant au second, dit la Boutanche, doté d'une figure plus affreuse encore, on eût dit que tous les poils qui manquaient à son crâne luisant se fussent amoncelés sur ses épais sourcils, qui ne discontinuaient pas au-dessus du nez, et sa bouche lippue de satyre semblait ne jamais se fermer, ce qui lui conférait un air prodigieusement benêt.

— On fait moitié-moitié, qui que c'est qui l'écornifle, annonça la Tortue d'une voix autoritaire.

— Et si y en a un de nous deux qu'avale sa fourchette ?

— Foutre, si y en a un qui cane, on fait pas moitié-moitié, lustucru ! Quelle question ! T'as déjà vu un coffre courir derrière un corbillard ?

— T'as déjà vu un bateur qu'avait droit à un corbillard ?

— Ton bec ! On y est !

La Boutanche, qui faisait office de chef dans cette entreprise, fronça les sourcils en approchant du petit appartement.

— La porte est ouverte, murmura-t-il à son complice.

— Ben, c'est la preuve qu'elle est là, bourrique !

— J'aime pas ça. T'as déjà vu une bourgeoise qui bouclait pas sa lourde, toi ?

— *De* Méricourt. C'est pas une bourgeoise, c'est une aristocrâne.

— Sangdieu, tu as raison ! Alors, c'est normal : y sont tellement dindons, ceux de la haute, qu'y sont foutus de pas fermer leurs lourdes.

Il poussa lentement la porte.

— Et si qu'elle est bien suiffée, chuchota l'autre dans son dos, tu crois qu'on peut lui allumer un peu le flambeau, avant de l'endormir ?

— Ton bec ! grogna la Boutanche.

— Ou après, sinon ?

— Tu me dégoûtes, la Tortue.

Ils se glissèrent à l'intérieur.

La chambre de Mlle Terwagne, nichée sous les toits, était plongée dans la pénombre. Le poignard en main, la Boutanche passa le premier, avançant prudemment vers la pièce mansardée.

Il n'avait pas fait trois pas que, soudain, il se retrouva avec le fil d'une lame sous la gorge. Le métal froid et la surprise, de concert, lui glacèrent les sangs. C'est alors que les deux bandits virent la silhouette de la Liégeoise sortir doucement de l'obscurité.

— À vous qui êtes venus tuer une femme, voici la lame qui aura raison de vous, prononça-t-elle d'un ton définitif, en venant se placer devant eux, sans enlever toutefois la pointe de son sabre de la gorge du premier. Qui vous envoie ?

La Boutanche reprit ses esprits et recula de deux pas pour se dégager de l'arme. Les deux complices échangèrent un regard ahuri, puis la Tortue, faisant sauter son poignard d'une main à l'autre, cracha par terre.

— Foutre, la belle grue ! lâcha-t-il. Dommage qu'on va devoir l'endormir avant que d'la baiser.

Le corps ferme et droit, Mlle Terwagne porta le sabre devant sa figure, dans la posture élégante du salut, puis inclina la tête en regardant ses deux adversaires à la ceinture.

— Vous êtes venus sans épée ? Quel honneur aurais-je à battre deux adversaires qui ne se sont pas présentés à armes égales ?

Dans un sourire moqueur, elle désigna de la pointe de son sabre une rapière accrochée au mur de l'entrée.

— Tenez, vous, le petit chauve, prenez cette lame ; je vous combattrai l'un après l'autre, à la loyale.

— Elle a une écrevisse dans la tourte, ou quoi ? balbutia la Tortue, perplexe.

Mais son complice accepta l'invitation, attrapa la rapière sans attendre et se mit en garde.

Aussitôt, les ténèbres s'enflammèrent et la Boutanche fondit sur sa proie, envoyant sa lame au ventre de Mlle Terwagne, à qui bien en prit d'effacer son corps sur la gauche pour sortir de la ligne, non sans assener à son adversaire, qui se jetait dans le vide, un gentil coup de plat sur le dessus du crâne, en guise de sommation.

— Vous fouettez le vent, jeune homme ! De grâce, ne me facilitez pas tant la tâche, je vais m'ennuyer !

À moitié assommé, pleinement humilié, le bateur à loyer frotta sa tête dégarnie. Son complice, à qui les subtilités de l'expression « à la loyale » échappaient totalement, crut bon de profiter que Mlle Terwagne lui tournât le dos pour tenter de la poignarder par-derrière.

Mais la Liégeoise, fine lame, avait de l'attention, un coup d'œil juste et de l'adresse. Ses sens en alerte, elle anticipa sur cette fourbe offensive et, avec vélocité, saisit le pistolet à silex qu'elle avait à la ceinture. Sans même se retourner, elle tira sur son perfide agresseur. Le chien produisit une gerbe d'étincelles en venant frapper la batterie. Dans une détonation sèche, la balle s'extirpa du canon et traversa un épais nuage de fumée blanche pour aller se loger dans le ventre de la Tortue. On imagine que celui-ci regretta, à cet instant, de n'avoir hérité que du sobriquet de l'animal, et non de sa carapace.

L'homme, arrêté brutalement dans sa course, lâcha son poignard pour porter les mains à son abdomen, où une tache rouge se répandait déjà, puis il s'effondra dans un râle.

La Boutanche, perclus de l'autre côté de la chambre, ouvrit sa bouche encore plus largement qu'à l'accoutumée, et la lueur combative qui avait jusqu'alors illuminé son regard se transforma sur-le-champ en la plus pure des terreurs.

— Ne m'en voulez pas, s'amusa Anne-Josèphe. Votre ami n'avait pas saisi l'intérêt du combat à armes égales, il m'a fallu lui en faire la démonstration *in situ*. La leçon est fatale, je l'admets, mais reconnaissez qu'elle est efficace. Il ne recommencera plus.

Elle remit son pistolet à sa ceinture et reprit sa garde en quinte haute, le tranchant du sabre à l'horizontale.

— Où en étions-nous ?

Son adversaire, mû tant par la colère que par la démence que lui inspirait la peur, se jeta de tout son corps dans la bataille, tirant botte après botte avec une vivacité irascible, mais n'en portant aucune.

Mlle Terwagne, qui n'ignorait pas qu'un bon escrimeur ne peut se contenter d'attaquer avec ardeur mais doit savoir se défendre, s'efforça de parer chaque coup de l'adversaire jusqu'à ce que ce dernier se lasse et offre le jour pour le toucher. Lors, elle porta sa riposte dans le temps où son assaillant se remettait en garde, tira un coup de quarte basse et l'atteignit au flanc droit.

La Boutanche poussa un grognement de douleur.

— Je vous ai demandé tout à l'heure de me dire qui vous envoyait. Je crois, monsieur, que le moment est opportun pour me répondre.

— Crève, moulin à merde !

Le brigand tira deux nouvelles bottes, alternant estoc et taille. La Liégeoise para la première mais, coincée par la table qui trônait au centre de sa chambre, échoua à éviter la seconde, son assaillant ayant coupé à revers. La lame lui fit une vilaine entaille à la hanche et Mlle Terwagne, qui s'était imaginé ne rencontrer qu'un adversaire maladroit, fut vexée d'en avoir tâté le fer. Reprenant sa garde de pied ferme, malgré sa blessure, elle passa à l'offensive. Son attaque, écartée par une belle riposte, laissa de nouveau son buste à découvert, et elle eût été touchée en plein cœur si elle ne se fût dérobée d'une parade en arc de cercle.

— Elle fait moins sa caboche, hein, l'aristocruche ? railla la Boutanche.

Mais Anne-Josèphe saisit l'occasion de cette bravade pour faire sauter l'épée de son assaillant par un lié vif et sec. Tandis qu'il tentait maladroitement de ramasser l'arme à terre, le brigand détourna le regard et ne vit point arriver le croc-en-jambe qui le projeta au sol. L'instant d'après, étendu sur le dos, les bras en croix, il avait la pointe du sabre de Mlle Terwagne entre la gorge et le menton.

— Qui vous envoie ? répéta-t-elle, d'une voix plus menaçante.

— C'est Belzébuth, sale gadoue !

Elle lui transperça le cou.

PLANCHE IV : THÉROIGNE DE MÉRICOURT (PAR AUGUSTE RAFFET)

6.

La botte de foin

Quand Gabriel, encore animé par sa découverte, arriva sur la place de Grève, la foule y était déjà fort dense et elle ne cessait de croître, dans un brouhaha assourdissant. Aux façades des maisons encerclant l'esplanade, il n'était pas une seule fenêtre qui ne fût ouverte et garnie de spectateurs curieux ; la cocarde était à toutes les boutonnières. Ici et là, on brandissait piques, bâtons, fusils à baïonnette, et la nouvelle Garde nationale du marquis de La Fayette, dépassée, se confondait aisément avec la multitude. Il y avait des cris, il y avait des chants, il y avait de la colère et de l'euphorie ; la masse était portée par l'un de ces élans collectifs où l'émotion peut chavirer à tout moment, du côté de la liesse comme de celui de la fureur. En somme, il y avait dans l'atmosphère une tension qui inquiétait M. Joly autant qu'elle attisait sa curiosité de journaliste.

Arrivé à la hauteur de la rue de la Tannerie, il aperçut, à l'opposé, la cohue qui animait celle du Martroi, dont les étymologistes font remonter l'origine au mot *martyrium*, le « lieu du supplice », fort à propos puisque l'on menait les criminels par cette voie à la place de Grève, afin qu'ils y fussent torturés. Ce n'était certes pas de bon augure pour le vieil homme que Gabriel, à cet instant, vit se faire traîner derrière une voiture pleine de foin, les mains liées dans le dos, couvert de crachats, d'injures et de quolibets, alors qu'il passait sous l'arcade par laquelle la rue du Martroi menait à la place.

Le journaliste jouait des coudes et des épaules pour avancer dans la foule et tenter de se rapprocher quand il repéra, perchées sur les marches de l'Hôtel de Ville, les silhouettes familières de MM. Desmouslins et Danton. Il lui fallut batailler pour les rejoindre, et c'est un jeune rouquin en nage et aux joues empourprées que nos deux avocats accueillirent d'une chaleureuse accolade.

— Ga... Gabriel ! Quelle joie de te voir ici ! s'exclama Camille, avec sa pétulance coutumière.

— Les circonstances ne m'ont pas l'air très joyeuses, tempéra le jeune homme en désignant le cortège qui approchait dans un indicible désordre. Il y a quelque chose qui ne va pas dans ce tableau.

Le vacarme alentour était si grand qu'il fallait crier pour se faire entendre.

— Allons ! lança Danton goguenard. Réjouis-toi ! Regarde ! C'est le peuple qui célèbre sa liberté et réclame ses comptes !

— Quelque chose me tarabuste dans cette scène.

— Sapristi ! Le journaliste d'enquête est à l'affût ! se moqua l'avocat.

— Ces gens sont censés venir de la proche campagne, et l'on a beau l'avoir empli de foin, l'attelage qui tire le prisonnier me semble être une voiture de petite remise[1], d'une sorte qui ne se trouve que dans les grandes villes. Celle-ci ressemble trait pour trait à celles que l'on offre à la remise du Louvre...

— Gabriel, tu vas finir à la maison des fous de Charenton ! lâcha Danton dans un rire.

— Où... où es-tu passé hier soir ? demanda Desmoulins. Tu as disparu du Procope avec ton drôle de pirate, sans même dire au revoir ! Tu as raté une sacrée fête ! Tout le district était là : Danton a fait venir sa bien-aimée Gabrielle, et puis il y avait Momoro, qui attend ton prochain papier, Paré, Duplain, le gros boucher Legendre, le président Ar... Archambault, et même Fabre d'Églantine !

— J'avais du travail, mentit Gabriel.

— Tu continues ton enquête sur le Loup des Cordeliers ?

— En quelque sorte. Connaîtrais-tu, à tout hasard, un M. Duvilliers qui fut maréchal général des logis lors de l'annexion de la Corse par Louis XV ?

— Eh bien, c'est le co... colonel Duvilliers. Charles-Antoine Duvilliers. Pourquoi ?

— Tu le connais ?

— De réputation seulement. L'homme a eu, je crois, une carrière fort mouvementée, et il se dit qu'il serait maintenant au service de Monsieur, frère du roi. Aurait-il un lien avec ton Loup ?

— Je ne sais pas. Peut-être.

— Tu arrives en tout cas au bon moment, les coupa Danton. Voilà le peuple qui amène cette vieille crapule de Foullon !

L'homme, malgré ses soixante-quatorze ans, avait encore une robuste santé et fière allure, mais le trajet qu'il avait

1. Les voitures de petite remise étaient des véhicules pouvant compter huit places, loués avec chauffeur.

dû faire pieds nus depuis le village de Viry-sur-Orge l'avait mis dans un triste état.

Joseph-François Foullon, baron de Doué, était un homme dur et que l'on disait impitoyable. On lui prêtait une tirade célèbre, emplie du plus profond mépris pour les petites gens : « Si le peuple a faim, qu'il broute l'herbe. Patience ! Que je sois ministre, je lui ferai manger du foin, mes chevaux en mangent. Il faut faucher la France ! » Si rien ne prouvait qu'il eût prononcé ces horribles paroles, son caractère suggérait cependant qu'il était capable de les avoir dites. Foullon, de fait, s'était grandement enrichi sur les malheurs du peuple, spéculant sur le grain quand la famine grandissait. À peine arrivé à son poste, le 12 juillet, il avait conseillé le maréchal de Broglie sur la marche à suivre, se montrant partisan de la plus ferme répression. Que le peuple vît en M. Foullon un symbole de la tyrannie qu'il fallait démettre n'avait donc rien d'étonnant, et le septuagénaire, d'ailleurs, en prenant la fuite d'une singulière manière au lendemain de la prise de la Bastille, avait tendu le bâton pour se faire battre.

En effet, comme son valet de chambre avait trépassé le 18 juillet, Foullon s'était fait passer lui-même pour mort ! Il avait envoyé la nouvelle à la presse et organisé de fausses funérailles, faisant placer le corps de son domestique dans un cercueil décoré aux armes du baron de Doué, qu'on avait inhumé après une somptueuse cérémonie. Il en avait alors profité pour s'enfuir à Viry-sur-Orge, sur la route de Fontainebleau, et y avait trouvé refuge dans le château de M. de Sartine, ancien lieutenant de police de Paris. Par l'indiscrétion d'un employé de ce dernier, ou peut-être à la faveur de renseignements habilement obtenus par les nombreux ennemis que Foullon s'était faits dans sa longue carrière, la cache avait été découverte. Les paysans de Viry, conduits par le sieur Rappe, syndic[1] du village, étaient venus déloger le mort-vivant, affirmant qu'il devait être conduit à Paris pour y être jugé.

Ce fut alors une nuit de marche éprouvante vers la capitale, au cours de laquelle le surintendant des Finances déchu subit des outrages à la hauteur de la haine qu'il avait trop longtemps suscitée. On lui passa un collier d'orties autour du cou et, pour lui rappeler ses ignobles paroles, on le couvrit de foin. Les mains liées dans le dos, les pieds nus, on le traîna derrière une voiture jusqu'à Paris. À Villejuif, quand le vieil homme se plaignit de la soif, on lui porta un verre de vinaigre.

— Allons à l'intérieur ! lança Danton. Ces marches vont bientôt être envahies et nous raterons tout.

Les sergents à la garde de l'Hôtel de Ville, dont la pâleur du visage trahissait qu'ils se préparaient à de terribles heures, laissèrent passer ces trois jeunes hommes dont la réputation justifiait leur présence.

Passant sous la statue équestre du roi Henri IV, qui n'était plus là pour bien longtemps, ils montèrent à l'étage vers la grande salle, dite du Trône, qui occupait tout l'étage de la façade principale. Là, les trois compagnons découvrirent le maire Bailly, entouré des électeurs. Agglutinés à l'une des dix fenêtres, ils regardaient avec effroi la foule en contrebas.

— Qui a pu leur souffler l'idée de conduire ici ce maudit vieillard ? maugréa Moreau de Saint-Méry.

Gabriel, qui se posait la même question, regarda néanmoins ce membre du comité en songeant qu'il était un exemple de cette étrange multiplicité qui fait le caractère des

1. Notable chargé de représenter, d'administrer et de défendre les intérêts d'une paroisse ou d'une communauté rurale.

hommes, preuve de l'absurdité du manichéisme par lequel la paresse d'esprit range les individus dans le camp du bien ou celui du mal. Moreau de Saint-Méry faisait partie des électeurs qui avaient soutenu les insurgés dès les premiers jours de la révolte et organisé la milice populaire. Mais c'était aussi l'un des plus grands défenseurs de l'esclavagisme et de la ségrégation dans les colonies, qu'il avait organisés lorsqu'il siégeait au Conseil supérieur de Saint-Domingue, s'appuyant sur de terrifiantes théories qui classaient les hommes en fonction de leur épiderme…

— Que veulent-ils que l'on fasse de lui ? renchérit Bailly. Le comité n'a jamais prononcé la moindre accusation à son endroit, et nous ne sommes pas un tribunal !

— Vous feriez mieux de l'être ! leur lança Danton de l'autre côté de la salle. Si vous ne rendez pas justice au nom du peuple qui vous a placés là où vous êtes, il se la rendra lui-même !

Gabriel frissonna, car la prémonition de son ami était aussi clairvoyante qu'elle était inquiétante.

Le maire de Paris, comme il le faisait toujours avec la plus grande dévotion, avait passé tout le matin au comité des subsistances, veillant aux plus petits détails afin qu'un défaut de précaution ne vînt point faire manquer le pain qu'il voulait assurer à ses concitoyens. Sans doute eût-il préféré ne pas avoir à s'occuper à cet instant du sort de M. Foullon, lui qui ne pensait qu'à une chose : nourrir les Parisiens.

Las, au milieu d'un formidable tumulte, la délégation venue de Viry était bien arrivée, et elle fit alors monter les marches de l'Hôtel de Ville au surintendant déchu. Il fallut aux sergents postés à l'entrée bien des efforts pour retenir les centaines de citoyens qui voulurent pénétrer avec eux.

Quand M. Foullon et ses geôliers furent dans les murs, on barricada les portes derrière eux.

— Voici feu le surintendant Foullon ! claironna M. Rappe en arrivant à l'étage. Lui qui a déjà organisé ses funérailles, il ne reste plus qu'à organiser sa mort !

Le syndic de Viry-sur-Orge, qui était aussi huissier à Paris, ne se faisait que l'écho de la volonté populaire.

— Conformément à votre demande, nous vous l'avons apporté ! reprit-il.

Deux hommes poussèrent le vieux baron, encore ligoté, vers les membres du comité permanent.

— À notre demande ? s'exclama Bailly. Nous n'avons jamais formulé pareille requête !

— Ah ? On me l'a pourtant affirmé, répliqua M. Rappe avec nonchalance.

— « On » dit beaucoup de sottises, monsieur, et si demande il y avait eu, vous pourriez nous en produire sur l'instant la trace écrite ! Le comité permanent ne communique pas par signaux de fumée !

Le syndic écarta les bras d'un air flegmatique.

— Toujours est-il qu'il est là, et que la foule au-dehors attend de vous qu'il soit jugé. Messieurs, je vous le laisse.

Le syndic salua, puis ressortit de l'Hôtel de Ville du même pas alerte et décidé qu'il avait pris pour y entrer, suivi de près par son escorte paysanne.

Le silence qui suivit parut interminable à Gabriel. Tous les yeux étaient tournés vers ce vieil homme en haillons, ligoté, le corps ensanglanté, le visage tuméfié, un collier d'orties autour du cou et le dos encore couvert de foin.

Le maire, consterné, finit par rompre le silence.

— Sergents ! Emmenez ce mauvais homme à côté, dans la salle de la Reine. Je crains que les circonstances ne nous obligent à protéger un être qui ne mérite pourtant que notre mépris.

— On ne vous demande pas de le protéger, mais de le juger ! lança Danton.

— Vous êtes peut-être avocat, maître, mais moi, je ne suis pas juge ! rétorqua Bailly.

— Soyez donc ce que le peuple attend de vous, puisque vous avez accepté de le représenter ! Si vous ne voulez point d'une justice expéditive, n'attendez pas pour la rendre ! Qui a dit qu'un maire ne pouvait rendre justice ?

Gabriel, que la verve de son ami laissait de marbre, lui glissa sur le ton du reproche :

— Et qui a dit qu'un avocat pouvait jouer les procureurs ?

PLANCHE V : DANTON (PAR NÉRAUDAU)

7.

Qu'y a-t-il sous cette toile ?

— Rattrapez cette voiture ! Rattrapez-la ! s'écria le brigadier en courant vers sa monture.

Les deux archers qui le secondaient sautèrent aussitôt en selle et s'élancèrent à la poursuite de la calèche qui venait de prendre la fuite sur le pont de Nemours.

Depuis que la circulation du grain était devenue une priorité nationale et les attaques de brigands une calamité quotidienne, les tournées de la maréchaussée sur les grands chemins et à l'entrée des villes s'étaient multipliées. Les contrôles comme celui auquel tentait d'échapper à cet instant le fuyard étaient chose courante.

Tout avait commencé par une inspection de routine, aux abords de la ville. La caisse de la calèche, décapotée, semblait abriter, sous une toile de jute, une importante marchandise. Un tel véhicule servant d'ordinaire à la promenade, la chose avait éveillé les soupçons des gendarmes. Mais à peine le brigadier avait-il demandé au cocher de soulever la toile qui recouvrait sa cargaison que celui-ci avait fait claquer les guides d'un coup sec pour mettre ses bêtes au galop. Dans un vacarme assourdissant, l'attelage, tiré par deux puissants chevaux, s'était élancé à tombeau ouvert sur l'arche qui enjambait la rivière du Loing, abandonnant derrière lui les belles maisons blanches, la flèche de Saint-Jean et le donjon du château de Nemours.

— Rattrapez-la ! répéta rageusement le brigadier, monté en selle à son tour, mais qui avait un peu de retard sur ses deux subalternes.

Les gendarmes, cuisses battues par l'épée, firent rudement sentir l'éperon à leurs pauvres bêtes. Ils cavalaient si vite que leurs habits bleus de drap de Berry volaient au vent comme des capes.

La voiture, pour l'instant, avait une belle avance, mais quelle chance avait-elle contre trois cavaliers ? Les deux chevaux, poussés par leur meneur au dernier degré de leur vigueur, bondissaient à fond de train sur le pavé, dévalant la rue qui menait à la grand-route sans autre raison que l'urgence. L'engin, chahutant sur ses ressorts à pincettes, faisait un tel fracas que les rares habitants du faubourg l'entendaient venir de loin et se mettaient aux abris pour laisser passer la comète furieuse qui renversait ici un étal, là une tente, plus loin des tonneaux qui roulaient avant de se briser sous quelque impact.

Les trois agents de la maréchaussée, leur coiffe ronde aux ailes retroussées solidement vissée sur la tête, étaient presque debout sur leurs étriers, et l'on put voir leur maîtrise de la course, comme ils gagnaient rapidement du terrain sur leur proie.

Malgré cette menace imminente, le fuyard, la tête enveloppée sous une épaisse capuche de futaine noire, ne regarda pas une seule fois derrière lui, de peur qu'un instant de relâche eût pu faire perdre du rythme à son attelage. Il tenait les guides au carré, ajustées au plus court, ne les laissant jamais filer, mais sans exercer de tension, pour que les deux bêtes sentissent son contrôle sans que celui-ci les ralentît. Et elles volaient ! Elles volaient, ces braves bêtes, elles brûlaient l'avenue tels les chevaux de l'Apocalypse traversant les enfers. Les pur-sang quittèrent la rue pour gagner le chemin et, dans l'impétuosité de leur cavalcade, firent voler graviers et cailloux sous leurs sabots, soulevant derrière eux des nuages de poussière. De leurs naseaux sortaient des râles sourds, ponctués de hennissements rapprochés qui indiquaient que la fatigue, déjà, leur cisaillait les jambes.

Le bruit de leurs congénères, qui avaient rapidement effacé la distance entre eux, leur redonna toutefois des ailes, imprimant à chaque claquement de fer une nouvelle énergie.

Penchés sur la crinière, les gendarmes éperonnèrent de plus belle, à en faire saigner leurs montures. Celles-ci, martelant le sol rocailleux, fondirent derechef sur la calèche en fuite comme sur un cerf aux abois. Bientôt, le brigadier, qui conduisait le plus puissant animal, parvint à se porter à hauteur de l'attelage, l'obligeant à s'écarter. Alors la voiture s'engouffra dans une périlleuse trajectoire, frôlant dangereusement le fossé. L'officier de maréchaussée tira l'épée et envoya un coup de lame vers le cocher, qui dut presque se coucher sur son siège pour éviter l'assaut.

— Arrêtez-vous ! hurla le gendarme. Arrêtez-vous, malheureux, ou vous tâterez de mon fer !

C'est alors que, mis à mal par les cahots que lui imprimait le talus, l'attelage commença à défaillir. Soumise à une traction par trop formidable, la bricole du cheval de droite finit par se détacher. Le harnais affaibli fit aussitôt perdre à l'ensemble l'équilibre et la direction.

Dans un instant terrible, la calèche se souleva, penchant sur sa droite, tandis que les roues de gauche quittaient le sol. Paniqués, les chevaux, qui n'avançaient déjà plus qu'à grand-peine, soufflèrent en hennissant.

Quand la voiture, obéissant aux lois d'Isaac Newton, retrouva sa position horizontale, elle était presque arrêtée. Les deux archers en profitèrent pour sauter avec hardiesse de leur selle et se jeter sur l'attelage, dégainant l'épée et la pointant vers l'intrépide fugitif, qui n'eut d'autre choix que de tirer sur les cuirs.

— Lâchez les guides !

Le brigadier s'avança vers le cocher, immobile au sommet de son siège, et, de la pointe de l'épée, il fit tomber l'épaisse capuche noire qui lui cachait le visage.

Les trois gendarmes, perplexes, découvrirent alors la figure de leur prévenu sous le soleil de juillet. Et s'ils restèrent cois un moment, c'est qu'à aucun instant de leur chevauchée ils n'auraient pu imaginer poursuivre une si douce et si jolie jeune femme, qui ne devait pas avoir vingt-cinq ans. Secouée par le souffle court de son épuisement, elle offrit pourtant à leur vue les traits les plus charmants. La peau mate de ses joues, sous l'effet de la crasse, mettait en valeur le bleu vif de ses yeux en amande, baignés de colère. Sous cette apparente ingénuité perçait à l'évidence une pointe d'effronterie.

— Pour… pourquoi vous êtes-vous enfuie, mademoiselle ? bredouilla le brigadier, qui n'arrivait pas à imaginer qu'un si doux visage fût celui d'une criminelle.

Lorette Printemps – notre Loup des Cordeliers –, dont seul Gabriel Joly savait qu'elle pouvait parler, répondit avec les mains, reprenant obstinément le rôle de muette qu'elle avait endossé quand les moines du couvent des Cordeliers l'avaient recueillie, alors qu'elle était abandonnée aux rues de Paris.

— Vous ne pouvez pas parler ?

Elle fit non de la tête.

— Mais vous savez conduire ! la gronda le gendarme.

Il fit un signe vers l'épaisse toile de jute qui couvrait son chargement.

— Qu'y a-t-il là-dessous ?

Prise de panique, Mlle Printemps porta la main à sa ceinture, vers le pommeau de son sabre.

— Tout doux, la muette ! Laissez vos minettes où nous pouvons les voir !

Puis, se tournant vers ses hommes :

— Archers ! Soulevez cette toile !

Lorette, affolée, essaya de se lever, mais la pointe de l'épée que le brigadier porta sous son nez l'en dissuada. Usant du langage des signes, elle tenta de décourager les gendarmes d'aller plus avant dans leur entreprise mais, quand bien même eussent-ils pu comprendre ses gestes cabalistiques, ils ne se fussent pas arrêtés.

Dans un mouvement ample, ils firent voler le tissu brun et découvrirent la large caisse en bois ajourée qu'il dissimulait. Aussitôt, un grognement féroce retentit, qui les fit tous trois sursauter.

Les gendarmes effrayés se mirent en garde, et les yeux de Lorette commencèrent à briller, comme envahis des prémices d'une larme.

8.

Sous la main de la nation

— Il faut aller chercher au plus vite le marquis de La Fayette ! murmura Bailly en voyant par la fenêtre, en contrebas, la foule qui ne cessait de grandir sur la place de Grève.

Sous le haut plafond de l'immense salle du Trône, les chuchotements du maire résonnèrent comme une voix sépulcrale.

— Quelle décision le comité a-t-il prise, monsieur ? lui demanda Gabriel.

Ce dernier observait les vingt électeurs qui parlementaient à l'autre bout de la grande pièce de l'Hôtel de Ville.

— Sans décret de justice, la loi devrait nous imposer de le relâcher, mais aucun de nous ne peut s'y résoudre, jeune homme : Foullon mérite d'être jugé et, de toute façon, le relâcher serait l'abandonner à une mort certaine. Nous n'avons d'autre choix que de le transférer dans la prison de l'abbaye de Saint-Germain, en attendant que l'Assemblée décide du tribunal qui devra le juger.

Danton, en retrait, fit entendre un soupir réprobateur.

— Lâcheté !

— Alors M. de La Fayette ne sera pas de trop, confirma le journaliste. La multitude est de plus en plus agitée.

Dehors, la place de Grève ressemblait à un océan en furie.

— Il faudrait le faire sortir par le pavillon Saint-Jean et attendre l'entrée de la nuit, dit le maire. Il y a sur l'heure une effervescence trop grande pour le transférer sans incident.

— Les Parisiens ne vous le pardonneraient pas, monsieur ! s'offusqua Danton.

— La chose est vraie, regretta Gabriel. Ils croiront au complot, une idée qui se forme bien vite en de pareilles circonstances. J'ai peur qu'il ne faille le transférer à la vue de tous, et les mains toujours liées. En outre, les émeutes sont plus à craindre le soir qu'en plein jour.

— Vous feriez mieux de le juger ici ! insista Danton de sa grosse voix.

— Maître ! s'emporta le maire. Je vous l'ai dit, je ne suis pas juge et je n'ai aucune intention de le devenir ! Je m'étonne qu'un avocat se fasse une idée si libérale de la justice !

— La justice, monsieur, ne compose pas avec les tyrans !

Bailly soupira. Il savait que le transfert de Foullon allait être une tâche périlleuse, mais il se refusait à faire de la justice une mascarade, comme Danton l'y exhortait. Il espérait seulement que la Garde nationale de La Fayette suffirait à protéger le prisonnier de la colère populaire.

Dehors, toutes les voix poussaient maintenant le même cri : « Foullon ! On veut voir Foullon ! »

— Écoutez plutôt : ils pensent déjà que vous l'avez laissé fuir ! se lamenta Desmoulins, qui était resté silencieux jusque-là, hésitant entre la réserve de Bailly et l'impétuosité de Danton. Il faut que… que vous leur parliez, monsieur.

Les Parisiens vous aiment, vous n'avez jamais fait que les servir, ils vous écouteront.

L'homme, qui avait fait prêter le serment du Jeu de paume à ses codéputés, hocha la tête, et son front se rembrunit.

— Faites dire à la Garde nationale que la présence de leur commandant général ne peut plus se faire attendre, et demandez un renfort de gardes-françaises et de la cavalerie du guet ! lança-t-il à Moreau de Saint-Méry, qui s'exécuta sur-le-champ.

Puis Bailly, s'armant du courage des justes, ouvrit l'une des hautes fenêtres de la salle du Trône et fit de grands signes à la foule pour qu'elle daigne l'entendre.

— Citoyens ! Citoyens, écoutez-moi ! Je vous en conjure, pour l'amour que nous partageons de la nation, écoutez-moi ! J'entends votre colère, et je la comprends ! Mais vous ne devez point douter : M. Foullon est toujours enfermé dans nos locaux. Le comité permanent a pris son arrêté ! Toute personne soupçonnée de crimes de lèse-nation, accusée et saisie à la clameur publique, comme c'est le cas du sieur Foullon, doit être conduite et enfermée dans la prison de l'abbaye de Saint-Germain. Je viens de charger MM. Carra et Duport-Dutertre, électeurs, de porter ledit arrêté à l'Assemblée nationale, afin que celle-ci se prononce sur la nature du tribunal qu'elle voudra bien constituer afin de juger telle personne. Citoyens ! Nous avons durement conquis notre liberté, conservons-la dans la dignité ! Je ferai apposer sur la prison de l'abbaye une inscription portant ces mots : « Prisonniers mis sous la main de la nation » !

— On ne veut pas attendre ! crièrent des hommes parmi la foule. Que justice soit faite maintenant !

— Mais je veux ainsi vous assurer, justement, qu'elle soit faite ! Je ne doute point que M. Foullon, dont je connais depuis longtemps les méfaits, est coupable, mais nul ne peut l'être reconnu légalement avant que ses délits aient été constatés et qu'il ait été convaincu, par une procédure régulière, de les avoir commis ! Parisiens, mes chers Parisiens ! Ces formalités sont précieuses, elles seules donnent à la société le droit de disposer de la vie d'un citoyen ! Ni vous ni moi-même, premier magistrat de la ville, ne pouvons accaparer ce droit sans nous rendre criminels ! Je ne vois guère parmi vous de bourreaux, seulement d'honnêtes citoyens qui réclament justice ! Elle sera implacablement rendue, dans le respect du droit !

Il y eut une accalmie sur la place de Grève, mais hélas, elle ne dura guère.

— Si vous dites vrai, alors montrez-le-nous ! Prouvez-nous que vous ne l'avez pas laissé fuir ! lança un Parisien.

— Ouais ! Foullon ! On veut voir Foullon ! approuvèrent les autres.

Et la demande se multiplia par dizaines, puis les dizaines par centaines.

— Foullon ! On veut voir Foullon !

Bailly s'éloigna de la fenêtre, le front soucieux. Les vingt électeurs s'étaient rassemblés derrière lui.

— Eh bien, si sa seule vue peut les calmer, montrons-leur donc ce vieux gredin, suggéra Moreau de Saint-Méry, qui venait de revenir.

Le maire hésita avant d'acquiescer et de faire quérir le vieil homme dans la salle de la Reine.

— Ils… ils vont me tuer ! supplia celui-ci quand Bailly lui demanda de se montrer à la fenêtre.

— Ils auraient pu s'en charger ce matin, monsieur, et pendant tout le trajet depuis Viry ! Vous qui disiez vouloir leur faire manger du foin, ayez au moins le courage de vous montrer devant eux ! lui intima le maire.

Ce dernier peinait à masquer son mépris pour un homme qui n'avait jamais caché, lui, celui qu'il avait pour les petites gens.

Poussé par les électeurs, M. Foullon se résigna à se montrer à la fenêtre, osant à peine regarder en bas cette nuée qui voulait le voir pendu. L'apparition sembla apaiser la foule.

Bailly échangea un regard avec Gabriel Joly.

— Vous pensez que cela va suffire ?

Le jeune journaliste, dubitatif, haussa les épaules.

Il y eut sans doute un peu de surprise chez ceux qui avaient eu la certitude que le comité permanent avait laissé fuir l'éphémère surintendant, puis il y eut des rires et des moqueries.

— Alors ? Tu l'as bouffé, ton foin, baron de mon cul ? lâcha une femme depuis le perron en lui montrant ses fesses.

Les rires cédèrent la place aux sarcasmes, les sarcasmes à l'insolence, et bientôt on conspua, hua et siffla de toute part.

— Pendu ! Pendu !

— Jugé tout de suite et pendu !

Les épaules de Bailly s'affaissèrent.

— Renfermez-le ! ordonna-t-il. La chose empire.

Les sergents s'apprêtèrent à reconduire le surintendant déchu dans la salle de la Reine et les électeurs étaient en train de fermer la haute fenêtre quand un vacarme impressionnant se fit entendre au-dehors.

PLANCHE VI : L'HÔTEL DE VILLE DE PARIS

9.

Le Loup des Cordeliers

Les grognements avaient fait si peur aux chevaux qu'ils s'étaient remis en route de leur seul gré, affolés jusqu'au galop. Alors tout ce petit monde – Lorette, brigadier et gendarmes – se retrouva perché sur une calèche en marche, dévalant la grand-route à une vitesse croissante.

— Qu'est-ce que c'est que cette bête ? cria le brigadier.

Il s'agrippait à la voiture tout en essayant de voir à travers les planches de la large caisse ajourée.

Les râles féroces de l'animal s'accompagnaient de secousses violentes qui faisaient bouger la boîte tout entière. Les trois hommes, l'arme tendue, debout sur la voiture dans un équilibre précaire, s'approchèrent prudemment.

— Arrêtez vos chevaux ! ordonna le brigadier furieux.

Lorette, que la situation chaotique arrangeait, resta les mains en l'air, feignant de ne pas entendre, et laissa ses bêtes les traîner vers l'inconnu à brides abattues.

— C'est… c'est un loup, monsieur ! s'exclama l'un des archers, terrifié.

Ballottés par les cahots de la route, les gendarmes devaient se tenir fermement pour ne pas tomber par-dessus bord.

— Abattons-le ! ordonna le brigadier.

À l'aveugle, l'un des archers donna un coup de lame entre deux planches. Il dut manquer la bête, car il n'obtint en retour qu'un grondement hargneux. L'assaut de son collègue, en revanche, tira à l'animal un horrible jappement de douleur.

— Non ! hurla Lorette de tous ses poumons.

D'un bond, elle se leva du siège qui surplombait l'avant de la calèche.

Le temps que le brigadier comprenne que la jeune femme n'était pas vraiment muette, il put constater aussi, mais trop tard, qu'elle était une fine escrimeuse et une équilibriste expérimentée.

Profitant de ce que les trois gendarmes avaient été happés par leur découverte, la jeune femme avait tiré son sabre, dont la poignée étincelait d'une vive lumière. Avec l'économie de gestes qui permet aux plus adroits combattants de ne jamais se désunir, elle se jeta sur le chef.

Au milieu de cette cavalcade infernale, le combat s'engagea, plein d'acharnement, chacun des adversaires plongé dans la périlleuse instabilité qu'occasionnaient les mouvements de la voiture. L'homme, qu'une longue carrière militaire avait aguerri, fit volte-face, alerté par l'éclair que produisit la lame en se soulevant. Il para de pied ferme et les deux lames se rencontrèrent sur le tranchant dans un tintement aigu. Puis un autre, et un autre encore.

Ses forces décuplées, Lorette ne laissa point le temps à son adversaire de se remettre en garde et rompit d'emblée dans la ligne, son agilité lui conférant une formidable allonge. La première botte rencontra encore le fer adverse, dans un claquement plus bruyant que la foudre, mais la seconde porta. La lame du sabre passa à travers le corps du brigadier qui, perplexe, ne tint debout un instant de plus que par la grâce de ce tuteur d'acier qui venait de lui transpercer le ventre. Quand, d'un geste aussi bref que magistral, Lorette refit sortir son sabre ensanglanté des entrailles du gendarme, celui-ci s'effondra, dégringolant de la calèche jusqu'au pavé, sur lequel, par suite de la vitesse qu'avait prise la voiture, il roula longuement.

Voyant cela, les deux archers, horrifiés, abandonnèrent sur-le-champ le loup qu'ils tentaient d'achever dans sa caisse. Ils avancèrent ensemble, précautionneusement, de chaque côté de la calèche chahutée par la route, pour tenter de prendre la jeune femme en étau. Les pauvres diables ne savaient point à qui ils avaient affaire.

Attendant habilement le dernier instant qui précède l'attaque adverse, cette seconde subtile que seuls les grands maîtres d'escrime savent deviner, par la docte observation du regard ennemi, Mlle Printemps profita de l'extension que lui offraient les ressorts du siège pour se jeter dans les airs tel un acrobate et exécuter une pirouette formidable qui la fit atterrir avec grâce sur la banquette arrière. Là, jouissant de la hauteur et de l'effet de surprise que lui avait offerts la manœuvre, elle porta deux attaques consécutives, l'une sur son adversaire de droite, l'autre sur celui de gauche. La première croisa le fer, la seconde trancha la chair. Atteint en plein flanc, l'archer perdit l'équilibre et passa par-dessus bord. Dans sa chute, son crâne heurta un rocher, produisant un terrible craquement qui ne laissa aucun doute sur la promptitude avec laquelle il venait d'embrasser la mort.

Quand le dernier gendarme encore en voiture vit la jeune femme avancer sur lui en quarte, la peur, ou un éclair de raison peut-être, le fit sauter de l'attelage pour prendre la fuite. Malheureusement pour ce brave homme qui n'avait fait là que son métier, Mlle Printemps ne pouvait laisser de témoin sur sa route et, avec sa célérité habituelle, elle attrapa un poignard à sa ceinture, visa, puis lança la lame. Le fer s'enfonça entre les omoplates, assez profondément pour venir perforer dans sa course les poumons du gendarme et l'entraîner de vie à trépas.

Lorette, dont le visage ne laissait paraître aucune trace de remords, sauta derechef sur le siège, reprit les guides et, plutôt que de ralentir, conduisit la calèche à travers champs, s'éloignant tant de la grand-route que de la scène de ses crimes.

Quand elle estima qu'elle était hors de la vue d'éventuels poursuivants, Mlle Printemps arrêta la voiture, attacha les chevaux à un arbre et ouvrit la lourde caisse en bois où se cachait son fidèle compagnon.

Le tableau qu'offrait l'animal l'emplit d'effroi.

10.

Un drôle de tribunal

Sous la force impérieuse de la foule, les portes avaient cédé dans un immense fracas. Comme une digue emportée par la fureur marine, les barrières qui gardaient l'entrée de l'Hôtel de Ville furent brisées, volant en éclats, les sergents furent renversés et, bien vite, la multitude inonda la cour d'honneur. La clameur résonna entre les murs de l'atrium et on entendit des pas monter rageusement dans les escaliers monumentaux de part et d'autre de la grande salle.

— Mettez toutes les sentinelles devant la salle de la Reine ! hurla Bailly.

Ce dernier n'avait alors d'autre instinct que d'obéir à son devoir en protégeant un accusé jusqu'à ce qu'il soit dûment jugé.

— Montez sur l'estrade, monsieur ! lui cria Gabriel en venant à sa rencontre. Prenez votre place de maire derrière ces barrières ; les Parisiens vous respectent, ce sont eux qui ont demandé que cette charge vous échoie ! Ne quittez point la position où eux-mêmes vous ont élevé !

Bailly s'inclina en signe d'assentiment et intima aux électeurs de le suivre sur la longue estrade qui avait valu son nom à cette salle du Trône. La palissade ne leur offrait qu'une protection symbolique, mais c'était déjà ça.

Gabriel soupira en voyant le sourire satisfait sur le visage de son ami Danton, quand les premiers Parisiens apparurent à l'entrée.

— Tu as vite pris goût aux émeutes, Georges ! le blâma-t-il. Toi qui, hier encore, anoblissais ton nom en faisant de son D quelque coquette particule !

— C'est que la noblesse, Gabriel, ne devrait point être obtenue par l'héritage, mais par le mérite !

— Et l'on se décrète méritant soi-même ?

— L'heure est venue de sauter dans la vague, mon ami ! Camille et toi êtes doués pour la plume, moi pour l'épée ! Je serai Cicéron contre Catilina !

L'avocat semblait se nourrir de la colère populaire, s'en abreuver comme d'un nectar prodigieux.

— Si exécuter des conjurés sans procès est ta plus grande ambition, alors tu as en effet trouvé en Cicéron un digne prédécesseur. Mais prends garde, Danton : il termina assassiné lui-même !

— Ainsi soit-il ! Je mourrai en martyr de la liberté, on parlera de moi des siècles après ma mort !

— N'en précipite pas pour autant l'échéance ! rétorqua Gabriel en secouant la tête.

La foule, déjà, avait submergé la grande salle, et c'était une vague énorme qui leur tomba dessus.

Le journaliste, se hissant sur le rebord d'une fenêtre, fit signe à Desmoulins et Danton de l'y rejoindre, alors que

Bailly, debout sur l'estrade, regardait cette masse qui montait vers lui comme un flot déchaîné.

La cinquantaine passée, Jean-Sylvain Bailly, après une vie remplie, avait déjà l'air d'un vieillard, mais il lui restait incontestablement la force du courage. À mesure que le peuple poussait vers les barrières, la peur put toutefois se lire dans les yeux du maire comme dans ceux des électeurs qui s'étaient réfugiés derrière lui. La pauvre clôture qui les séparait de l'assemblée eût rapidement ployé si, drapé de la bravoure qui l'avait conduit jusque récemment à la tête de l'Assemblée nationale, Bailly n'eût supplié encore une fois ses administrés de recouvrer leur calme.

— Citoyens ! Je vous l'ai dit tout à l'heure et vous le dis encore avec l'assurance d'un homme qui ne vous a jamais menti : M. Foullon fera l'objet d'une instruction et d'un jugement ! J'en fais le serment ! Mais de grâce, rendez à cette place la paix qu'elle mérite et qu'elle a si chèrement acquise !

— Jugé tout de suite ! Et pendu ! répliqua un homme dans la multitude.

— Pendu ! Pendu !

Gabriel ne put s'empêcher de remarquer que l'homme qui venait de relancer les clameurs autour de lui n'avait guère l'apparence d'un ouvrier, d'un artisan ou d'un petit commerçant, mais plutôt celle d'un notable fortuné, et il éprouva l'impression qui l'avait déjà assailli à son arrivée sur la place de Grève : parmi la foule il y avait des gens qui n'étaient pas du petit peuple et qui semblaient avoir tout intérêt à exciter la masse.

— Il faut des juges ordinaires, pour juger un homme ! reprit Bailly. Il n'y en a aucun à l'Hôtel de Ville et…

— Jugez vous-mêmes !

L'exhortation trouva mille échos sous les plafonds de la grande salle, et le maire, dont la voix ne pouvait plus se faire entendre, se tourna vers les électeurs, l'air accablé. Ce fut M. Moreau de Saint-Méry qui tenta de venir à son secours en montant sur une table.

— Citoyens ! Nous sommes les électeurs que vous avez désignés et c'est en votre nom que nous assumons la charge qui est la nôtre. Le droit de juger nous-mêmes n'en fait guère partie, pas plus que celui de nommer des juges ! Quels serviteurs de la nation serions-nous si nous outrepassions nos droits ? Vous ne voulez point de juges ordinaires ? Alors il n'y a que vous, le peuple, qui puissiez en nommer !

— Il essaye de gagner du temps, murmura Gabriel à l'oreille de Desmoulins.

— C'est ce qu'il y a de… de mieux à faire, en attendant que La Fayette daigne enfin arriver !

Lors, dans un désordre assourdissant, on se mit à crier des noms, à proposer untel ou untel, et on improvisa une sorte de tribunal, plus vite que M. de Saint-Méry ne l'aurait voulu.

M. Bailly refusa la moindre charge, aussi les juges furent-ils choisis parmi les électeurs, dont MM. de la Poize et Osselin, et l'on demanda aux curés de Saint-Étienne-du-Mont et de Saint-André-des-Arcs de siéger à leurs côtés. M. Honoré Duveyrier, avocat, ancien commissaire du roi et électeur de Paris lui aussi, fut nommé accusateur public.

— C'est une mascarade ! se lamenta Gabriel.

— Tu te trompes, poil de brique ! lui rétorqua Danton, radieux. C'est le peuple qui prend enfin le pouvoir !

Le journaliste fut certain à cet instant que son ami regrettait de n'avoir point été nommé accusateur.

Alors que le tribunal prenait place maladroitement sur l'estrade, M. Foullon fut hissé sur une table où on le colla sur une chaise, afin qu'il fût bien à la vue de toute l'assemblée.

M. Duveyrier, qui ne semblait guère réjoui, lui, d'avoir hérité de sa charge, lança timidement :

— De quels délits le sieur Foullon doit-il être accusé ?

— Il a opprimé le peuple ! cria-t-on ici.

— Il a dit qu'il nous ferait bouffer du foin ! grogna-t-on là.

— Il a voulu faire la banqueroute ! assura-t-on plus loin.

— Il a conspiré contre la liberté ! résuma Danton de sa grosse voix, haranguant les Parisiens depuis le rebord de la fenêtre.

— C'est donc... c'est donc un délit de lèse-nation, conclut M. Duveyrier, sans grande conviction.

Lors, le curé de Saint-Étienne-du-Mont se leva de sa chaise, se racla la gorge et, affligé, se tourna vers Bailly pour annoncer :

— La peine encourue pour pareil délit est la peine capitale. L'Église ne pouvant verser le sang, nous sommes dans l'obligation de nous récuser.

Le curé de Saint-André-des-Arcs à ses côtés s'empressa d'approuver et tous deux quittèrent l'estrade rapidement, non sans déclencher quelques rires moqueurs dans la salle. MM. Moreau de Saint-Méry et Duport-Dutertre acceptèrent de les remplacer.

— Tu as raison, murmura Desmoulins en se penchant vers Gabriel, c'est une pièce de théâtre, et fort mal écrite de surcroît. Mais elle seule pou... pourra calmer la foule.

— Ne vois-tu pas, Camille, que dans cette salle se cachent des ennemis de la révolution, qui espèrent la voir chavirer dans la fureur et le désordre ? Il s'en trouve ici qui poussent les ennemis du despotisme à devenir despotes eux-mêmes ! Ces juges de fortune vont devoir juger sans preuves. S'ils refusent, on les accusera de complicité et ils seront jugés à leur tour. Triste jour que celui-ci ! Sans justice, la révolution ne nous conduira pas à la paix !

— Eh bien, dis-le-leur ! Prends la parole, mon ami !

— On m'accusera au mieux de faiblesse, au pire de complaisance, voire de trahison ! Pourtant, en croyant combattre aujourd'hui un ennemi, on ne fait que renforcer le pire qui soit : la tyrannie. Mais il est des instants où aucun argument, pas même la plus pure vérité, ne peut convaincre la foule, Camille. Quand elle se complaît dans la cécité, à quoi bon lui demander de voir ? C'est la force des grands manipulateurs que de flatter nos plus bas instincts, au rang desquels la vengeance figure en première place, et de comploter en criant au complot…

Alors que cette parodie de procès allait commencer et que notre pauvre Gabriel avait perdu espoir, dans un vacarme de métal, un grand remous agita la multitude assemblée à l'entrée de la salle du Trône. Le marquis de La Fayette apparut au milieu d'une troupe de cinquante cavaliers du guet et de cent fusiliers, écartant la nuée, tel Moïse les eaux de la mer Rouge.

Danton et Joly, côte à côte, poussèrent ensemble un long soupir, le premier de déception, le second de soulagement. Comme le marquis jouissait alors d'une faveur plus importante encore que celle du maire, la seule vue du commandant général de la Garde nationale plongea aussitôt la grande salle dans un silence déférent.

D'un pas preste, entouré de sa garde, La Fayette rejoignit l'estrade et vint se placer près de M. Bailly. Le marquis, qui avait toujours su faire impression, portait alors son bel uniforme de commandant général, habit bleu de roi à doublure blanche, col écarlate et broderies d'or, veste et culotte blanches. Bombant le torse devant son auditoire, il ôta son chapeau bicorne orné de la cocarde et d'un panache de plumes tricolores, puis il commença :

— Parisiens ! Vous m'avez nommé pour votre général, et ce choix, qui m'honore, m'impose aussi le devoir de vous parler avec la liberté et la franchise qui font mon caractère.

Levant la main droite, il désigna le tremblotant M. Foullon, perché en haut de sa chaise.

— Je ne puis blâmer votre indignation contre cet homme. Je l'ai toujours regardé comme un scélérat, et il n'est aucun supplice trop rigoureux pour lui... Mais le faire périr sans jugement est une injustice qui vous déshonorerait, qui flétrirait tous les efforts que nous avons faits ensemble en faveur de la liberté. Je ne permettrai pas cette injustice, pas plus que je ne permettrai à cet homme d'échapper à ses juges. Je veux que la loi soit respectée, la loi sans laquelle il n'est point de liberté, la loi sans laquelle je n'aurais point contribué à la révolution du Nouveau Monde, et sans laquelle je ne contribuerai pas à celle qui se prépare ici. Si cet homme est présumé coupable, comme je le crois, il est important que les formes s'observent à son égard, pour rendre sa punition plus éclatante et obtenir de sa bouche la révélation de ses complices. Ainsi je vais de ce pas le conduire dans la prison de l'abbaye de Saint-Germain, en attendant que l'Assemblée ait constitué son tribunal, et quiconque se mettra sur ma route se déclarera alors ennemi de la nation !

La foule, dûment affectée, se calma enfin. Gabriel voulut croire que la journée était sauvée, mais alors M. Foullon, avec une maladresse infinie que seule la plus terrible peur pouvait expliquer, eut l'idée saugrenue d'applaudir et de se réjouir bruyamment. Il n'en fallut guère plus pour rallumer la fièvre. En quelques instants à peine, les électeurs, le maire et M. de La Fayette se trouvèrent acculés par la salle en rage.

— Est-ce donc cela, *le peuple qui prend enfin le pouvoir* ? lança Gabriel à Danton, au milieu du tumulte.

— À quoi bon aller contre la vague ? répondit l'avocat. Le saumon a beau remonter le fleuve à contre-courant, il finit dans les filets du pêcheur !

— Pour ma part, j'ai toujours préféré les poissons volants ! rétorqua le journaliste, forcé de crier pour se faire entendre. Par-delà les tempêtes, le plus sage n'est-il pas celui qui prend un peu de hauteur ?

Au même moment, à quelques pas de là, la chaise de M. Foullon fut renversée et le vieil homme tomba sur le sol en hurlant de peur.

— Protégez-le ! ordonna La Fayette à ses hommes. Qu'on le conduise en prison !

Mais la Garde nationale, à qui l'idée de devoir se battre contre des citoyens rappelait de trop mauvais souvenirs, fut lente à réagir. La foule s'empara sans peine du surintendant.

Partout, les clameurs s'élevaient, offensives. Alors que l'on conduisait fermement le vieil homme vers la sortie, Gabriel jeta un coup d'œil par la fenêtre. Des cohortes nouvelles s'en venaient de la rue de la Poterne, arrivées du Palais-Royal. Là aussi, le journaliste distingua quelques personnes d'un extérieur raffiné, fondues dans la multitude.

— Vous ne venez pas ? demanda Danton après avoir sauté du rebord de la fenêtre pour suivre le cortège.

— Pour faire quoi ? Nous savons déjà ce qu'il va se passer, Georges, et je n'ai aucune envie d'y être mêlé.

— Moi non... non plus, confirma Camille.

— Vous êtes par trop rêveurs, l'un et l'autre ! Si vous croyez que les révolutions peuvent se faire sans violence, vous vous fourvoyez pareillement !

— Tu te trompes, Georges ! s'emporta Desmoulins. N'étais-je pas le pre... premier à exhorter la foule à se battre au Palais-Royal ? Mais le combat, alors, était juste : c'était celui pour la liberté ! Ici, il ne s'agit que d'une sauvagerie vengeresse contre un vieil homme sans défense, si coupable soit-il !

— En de tels instants, ce sont les esprits qui doivent se faire violence, Danton, pas les corps ! renchérit le journaliste.

— Comme vous voulez ! Vous ne valez guère mieux que le député Lally-Tollendal, qui appelle à l'ordre pour faire taire le peuple ! Moi, j'y vais ! s'écria Danton en se mêlant à la procession. Je n'ai pas peur de me salir les mains !

— Quel manque d'ambition ! se moqua Joly. Il est bien plus ardu de les garder propres, en de pareilles heures ! À trop se salir les mains, Georges, on finit par se salir aussi les idées !

Mais Danton ne l'entendait déjà plus.

Ainsi, Gabriel et Camille regardèrent leur ami s'éloigner et restèrent à la fenêtre de la grande salle, où, quand celle-ci se fut vidée, ils furent bientôt rejoints par le sieur Bailly. À cet instant, les deux jeunes hommes et leur aîné éprouvaient la même tristesse et la même crainte.

— De toutes les formes de justice, la vengeance est la plus sauvage qui soit, murmura le maire dans un soupir. La nation voulait aller de l'avant, voici qu'elle recule.

— Même dans ses plus légitimes colères, le peuple ne devrait jamais s'abaisser au niveau de ses tyrans, se désola Gabriel. Si la révolution emprunte cette voie-là, alors elle aura échoué. Elle mettra de nouveaux oppresseurs à la place des anciens. Je ne peux m'empêcher de penser qu'il y a dans cette foule des hommes qu'une justice si expéditive favorise.

— Tu as raison, mon jeune ami. J'étais aux Invalides, j'étais à la Ba... Bastille, et je puis te dire que je vois ici bien des citoyens de la dernière heure, qui n'y étaient point et qui réclament maintenant indûment les récompenses à la place de ceux qui ont devancé l'aurore et supporté seuls tout le poids du jour.

En contrebas, ils virent que l'on conduisait M. Foullon vers le côté opposé de la place, à l'angle de la rue de la Vannerie, sous la lanterne dite du « Coin du roi ».

— Ah, se lamenta Gabriel. Si cette lanterne pouvait parler, que dirait-elle à ceux qui s'apprêtent à la souiller ?

— Voilà une belle idée pour un nouvel article ! s'exclama Desmoulins.

— Je te la laisse.

Quand il vit la foule passer la corde autour du cou du septuagénaire, le jeune journaliste frissonna en songeant que son ami Danton faisait partie du nombre. À travers les fenêtres fermées, les cris fanatiques parvenaient, étouffés, jusqu'à l'Hôtel de Ville. Les trois témoins silencieux se sentirent comme les spectateurs impuissants d'un cauchemar nébuleux.

Le corps de M. Foullon s'éleva jusqu'à une certaine hauteur et, alors qu'il étouffait, ses jambes se mirent à battre dans le vide. Mais, tandis que le parterre applaudissait, la corde rompit et le vieil homme retomba sur ses genoux, criant de douleur, implorant miséricorde.

On le rattacha aussitôt au réverbère.

Gabriel, pris par un vain élan de colère, ouvrit brusquement la fenêtre.

— De grâce ! Achevez-le donc d'un coup de sabre ! hurla-t-il, comme si la foule avait pu l'entendre de l'autre côté de la place de Grève.

— Hé ! répondit une voix persifleuse depuis le perron de l'Hôtel de Ville. Petit oiseau à plume, sur son arbre perché, ce serait là une mort trop douce !

Lors, à l'autre bout de l'esplanade, on pendit de nouveau M. Foullon. Cette fois, la corde résista à son supplice. Il mourut.

La scène qui suivit fut d'une telle barbarie que Gabriel, s'efforçant de la regarder comme si le titre de journaliste auquel il tenait tant l'y obligeait, fut pris plusieurs fois de haut-le-cœur. Avec une férocité animale, on coupa la tête du cadavre, on lui enfonça du foin dans la bouche, et on la planta au bout d'une pique pour la promener dans Paris, jusqu'au Palais-Royal. Conjointement, d'autres admirables justiciers traînèrent le corps ensanglanté du surintendant à l'aide d'une chaîne. Il subit de tels outrages que, lorsque la procession fut terminée, il ne restait guère plus qu'une moitié de tronc en lambeaux.

— Foullon est mort, murmura Desmoulins, mais l'aristocratie respire encore. J'entends son souffle qui se faufile dans cette foule et la pousse à nous dégoûter de la liberté par les excès de la licence.

PLANCHE VII : SUPPLICE DE FOULLON EN PLACE DE GRÈVE

11.

À la grâce du diachylon

Quand Lorette souleva délicatement la petite trappe installée au sommet de la caisse, le loup grogna, puis la regarda en montrant les crocs, babines retroussées, comme s'il était prêt à lui sauter à la gorge.

— Doucement, mon beau, doucement. Je vais te sortir de là, murmura la jeune femme d'une voix apaisante.

Allongée sur le flanc, la pauvre bête respirait péniblement, le souffle court. La gueule ouverte et la langue pendante, elle poussait par moments des petits cris plaintifs, alors que sa robe noire ruisselait d'un sang poisseux.

— Je vais te sortir de là, répéta Lorette, la gorge nouée par l'incertitude.

Avec des gestes lents, prenant garde à ne pas effrayer davantage l'animal, elle enleva les deux solides crochets qui retenaient la porte de la cage de bois. Précautionneusement, elle fit pivoter le battant, descendit de la calèche, puis fit signe à l'animal de sortir. Mais le loup ne bougea point. Blotti au fond de sa tanière de fortune, il grogna de nouveau.

— Je suis désolée, mon beau. Je suis tellement désolée. Je n'avais d'autre choix pour sortir de Paris, ajouta la jeune femme pour s'excuser, comme si l'animal eût pu comprendre. Viens, Sanna ! Viens !

Elle tendit les bras vers la bête, mais le loup était incapable de se mouvoir et lança un douloureux gémissement en inclinant la tête.

Lorette poussa un soupir puis fit le tour de la calèche pour aller ouvrir la petite malle qu'elle avait attachée à côté du siège de cocher. Elle en sortit un rasoir, un morceau de taffetas d'Angleterre et une trousse de chirurgien. Avec des gestes sûrs, elle confectionna un emplâtre de diachylon, mélangeant de l'huile de lys au tissu et y appliquant un onguent composé de savon de plomb, de gomme-résine, de poix de Bourgogne et de térébenthine. Si elle parvenait à raser les poils de l'animal et à disposer convenablement l'emplâtre sur sa plaie, celui-ci arrêterait l'inflammation et corrigerait l'acrimonie des humeurs. Emportant aussi un petit flacon d'eau-de-vie, elle retourna près du loup. Il n'avait pas bougé et il haletait toujours péniblement contre la paroi de sa caisse.

Après avoir imbibé d'eau-de-vie un carré de linge, Lorette le prit dans la main gauche, tandis que de la droite elle tenait l'un de ces morceaux de porc séché qu'elle gardait toujours sur elle pour donner au loup quelque récompense. Lorsqu'elle avança lentement les bras à l'intérieur de la boîte, l'animal grogna et montra les crocs.

— Tout doux, Sanna, tout doux, je veux seulement te soigner. Tu me fais confiance, n'est-ce pas ?

Le grognement continua, rauque et sourd, ponctué d'aboiements menaçants. Tout être sensé eût ôté ses mains, mais la jeune femme n'arrêta pas son geste. Avec un sang-froid admirable, sans brusquerie, elle continua d'avancer sa main gauche vers le flanc de l'animal, tandis que la droite approchait de sa gueule.

— Tiens, mange, Sanna.

Lorette présenta la viande sur sa paume bien à plat. Il y eut un moment d'hésitation, un nouveau gémissement et, si le loup sembla se calmer, il détourna néanmoins la tête. Il ne voulait pas manger, ce qui était de fort mauvais augure. Lorette posa la nourriture devant l'animal et porta délicatement la main sur son crâne pour le caresser entre les deux oreilles. Après un ou deux mouvements de recul, il se laissa finalement faire, poussa un geignement plaintif, ferma les yeux et posa la tête par terre dans un soupir déchirant.

— Ne t'en fais pas, mon Sanna, je vais nettoyer ta plaie, regarde.

De la main gauche, elle commença à frotter délicatement la blessure à l'aide du linge imbibé d'eau-de-vie. Le loup, dérangé par la douleur, retroussa les babines et se remit à grogner.

— Allons, mon beau, ce n'est rien, c'est seulement un peu d'eau-de-vie pour désinfecter la plaie, avant d'y mettre l'onguent de diachylon, reprit d'une voix rassurante Lorette, qui savait qu'il fallait, pour l'apaiser, parler à l'animal tout au long des soins qu'on lui portait. Tu vois ? C'est un peu froid, mais cela fait déjà du bien, n'est-ce pas ?

Elle continua ainsi de lui parler tendrement, jusqu'à ce qu'elle eut fini de soigner l'animal. Le plus délicat fut bien sûr de raser les poils tout autour de la blessure. Plusieurs fois, alors qu'elle devait effleurer la plaie avec la lame, Lorette crut que le loup allait lui mordre le poignet, mais la confiance chèrement acquise au fil des années lui permit d'accomplir ce qu'aucune autre personne sur terre n'eût pu réaliser. Et l'emplâtre, en se ramollissant, adhéra à la peau de la pauvre bête.

— Il n'y a plus qu'à attendre, maintenant. Reste là, mon beau, je vais aller nous chercher à manger. Nous l'avons mérité.

Après une dernière caresse, Lorette s'écarta, tira le sabre et s'engouffra dans les bois du Gâtinais. Elle revint quelques heures plus tard, tenant dans chaque main un beau lièvre. Après qu'elle les eut soigneusement préparés et cuisinés à petit feu, Lorette et son loup partagèrent ce revigorant repas. La nuit commençait alors à tomber.

L'animal avait retrouvé déjà un peu de vigueur et de sérénité, et il venait de s'aventurer à l'extérieur de la caisse quand il se crispa sur ses pattes, retroussa les babines et arqua l'échine, les poils hérissés. Lorette, assise près de lui, se redressa et regarda dans la même direction que le loup.

Au loin, elle aperçut la troupe de gendarmes à cheval qui battaient la campagne.

12.

Une noble paire

— Si vous continuez ainsi à danser de si près avec la mort, Anne-Josèphe, je vais devoir composer un roman inspiré de vos seules aventures ! Et il leur faudra treize tomes au moins, un de plus qu'à mes *Tableaux* ! s'exclama Louis-Sébastien Mercier en revenant au salon, un verre dans chaque main. Voici un vin de Mercurey fort honorable et qui, paraît-il, a la faveur de plaire aux gens comme vous.

— Aux gens comme moi ? C'est-à-dire ?

— Eh bien, aux femmes !

L'auteur des *Tableaux de Paris*, s'il avait plusieurs fois dû souffrir de la censure et du mépris de certains confrères, était néanmoins l'un des écrivains les plus lus de son temps, l'un des Français les plus appréciés à l'étranger, ce qui lui offrait une certaine aisance. Lui qui avait grandi avec son père fourbisseur, sans luxe, endurant parfois la pénurie du nécessaire sous une soupente du quai de l'École, vivait maintenant assez confortablement. Il y avait toujours dans son appartement de la rue des Maçons de fort jolies bouteilles.

— De quelle manière un vin devrait-il plaire davantage à l'un ou l'autre sexe ? rétorqua Mlle Terwagne en levant les yeux au ciel. C'est totalement idiot !

— Sans doute parce qu'il est excellent et que les femmes ont un goût plus sûr ! rétorqua Mercier, le sourire en coin.

Approchant la cinquantaine, l'auteur avait un peu forci mais gardait encore belle allure. Dans ses yeux brillait la lumière vive de son génie facétieux et de sa pétulance.

— Vous ne vous en tirerez pas par la flatterie, Sébastien !

L'écrivain s'assit à côté de la jeune femme en souriant.

— On dit en tout cas qu'il était le nectar favori de Gabrielle d'Estrées, maîtresse d'Henri IV. C'est mon bon Gilbert Romme qui m'en a ramené une caisse, à son retour de Bourgogne.

— Gilbert ! Où est-il, votre brave mathématicien ?

— Eh bien, chez lui, misérable sotte ! Si c'est lui que vous vouliez voir, pourquoi être venue chez moi ?

— Je vous dérange ?

— C'est-à-dire que je n'ai pas tout à fait fini de travailler à mon immortalité, répondit-il en montrant sur son bureau l'ouvrage qu'il était en train d'écrire.

— Je puis partir, si vous y tenez !

— Dites-moi plutôt pourquoi vous êtes venue.

— Pour boire votre vin, pardi !

Ils trinquèrent en riant.

— Ah, ma belle Liégeoise, vous êtes à la fois la plus vile et la plus charmante écornifleuse qui soit ! Buvez, buvez tout mon vin, s'il faut seulement cela pour que j'aie le plaisir de vous voir. Et Dieu fasse que l'on veuille chaque jour attenter à votre vie, puisqu'il semble que cela vous conduise toujours près de moi ! De qui s'agissait-il, cette fois ?

— Des hommes de main, encore. Deux vilains brigands. Je n'ai pas pu les faire parler.

— Pourquoi ?

— Ils sont morts trop vite.

— Évidemment.

— Mais il ne fait aucun doute qu'ils obéissaient au même ordre que leurs prédécesseurs. Un ordre donné par votre frère Charles-Antoine Duvilliers.

— Anne-Josèphe, je vous l'ai déjà dit : malgré ses louables intentions, la franc-maçonnerie n'est jamais à l'abri d'un mauvais frère. Voyez plutôt, ils m'ont même accepté, moi !

— Il y a peut-être du nouveau dans mon affaire. Je crois avoir trouvé ce qui motive ces odieuses intentions à mon égard.

Mlle Terwagne tendit à Mercier la gravure qu'elle avait apportée.

— Une estampe ?

— Oui.

— J'ai peur de ne pas vous suivre, mon enfant.

— J'ai eu beau chercher, je n'ai pas trouvé le moindre lien entre le colonel Duvilliers et ma pauvre personne. Je ne vois aucune raison légitime pour que cet homme détestable veuille à ce point ma mort. En revanche, il y a un lien entre Duvilliers et cette gravure : la Corse.

L'écrivain fronça les sourcils en regardant ce dessin d'un homme poignardant un taureau.

— Ma petite Anne-Josèphe, sans vouloir offenser votre manque d'instruction, le culte de Mithra n'a pas grand-chose à voir avec la Corse, mais plutôt avec la Perse. Ces mystères ont rencontré un certain succès chez les Romains, je vous l'accorde, mais…

— Sachez, monsieur Je-sais-tout, qu'il y avait en Corse des colonies romaines !

— Certes...

— Et, de toute façon, là n'est pas mon propos. Je pense à la Corse non pas à cause de Mithra, mais parce que cette gravure appartenait à mon ancien et détestable amant, Giusto Fernando Tenducci...

— Le castrat ? la coupa Mercier. Vous aviez un castrat pour amant ? Mais alors, tout s'explique !

Mlle Terwagne ferma les yeux en soupirant.

— Vous êtes épuisant, Sébastien.

— Ah, si seulement vous me laissiez vous montrer à quel point je puis l'être !

— Mon pauvre ami, si j'avais pour vous la moindre attirance charnelle, c'est moi qui vous épuiserais !

— Ne dites pas cela, vous m'aguichez !

Anne-Josèphe lui tapota gentiment sur le front.

— Mettez-vous cela dans le crâne, Mercier : la chose ne se produira jamais. Vous êtes trop vieux.

— Marquise, si mon visage...

— Ne cesserez-vous donc jamais de me courtiser ? C'est pathétique !

— Que voulez-vous ? Vous m'attendrissez.

— Seulement ?

— Foutre ! C'est le sentiment le plus heureux dont l'âme humaine soit susceptible ! Point de plus grande volupté que celle de s'attendrir !

— Mon histoire vous intéresse-t-elle, oui ou non ? s'impatienta la Liégeoise.

— Pour l'instant, assez peu. C'est aussi ennuyeux que du Rivarol. Mais continuez, je consens à attendre la chute pour juger.

— Cette gravure, donc, appartenait à Tenducci, qui l'avait récupérée en Corse, dans des circonstances sur lesquelles il faisait grand mystère. Dès lors, elle était devenue son bien le plus précieux et il semblait entretenir avec elle un lien qui dépassait l'entendement. Je la lui ai tout naturellement volée quand je l'ai quitté.

— Naturellement. Et donc, sous prétexte qu'il l'eut trouvée en Corse, et que Duvilliers eut participé à l'odieuse soumission de l'île, vous avez vu un lien entre les deux ? Parbleu, c'est ce que l'on appelle poliment une audacieuse déduction, et plus crûment de la fouterie.

La jeune femme grimaça.

— J'avoue que la piste est ténue, mais quelque chose me dit que c'est cette gravure qui me vaut tous mes malheurs. Si nébuleuse soit-elle à ce jour, il n'y a pas d'autre explication.

— Pour que le conseiller du frère du roi veuille vous éliminer ? Pardon, ma douce amie, mais j'en vois quelques autres. Vous êtes devenue l'une des plus grandes fautrices de trouble sur la place de Paris. Entre gens de bien, on appelle cela une emmerdeuse.

— Je n'y crois pas un instant. On aurait assassiné Desmoulins avant moi.

— On n'assassine pas un bègue.

— Pourquoi ?

— Il le répéterait.

— Vous êtes idiot, Sébastien. J'aurais en effet mieux fait d'aller voir votre ami Gilbert Romme.

— Allons, allons ! Vous vous seriez ennuyée ! Soit. Je vais être plus sage. Donnez-moi votre gravure, que je l'inspecte de plus près.

L'estampe représentait donc un jeune homme aux cheveux frisés, qui portait un bonnet phrygien, un costume oriental et un pantalon serré aux chevilles. Le genou gauche appuyé sur le dos du taureau, il tirait sa tête en arrière de la main gauche pour, de la droite, le poignarder à la base du cou. Grimpant sur l'animal, un chien et un serpent semblaient boire le sang qui coulait de la plaie, tandis qu'un scorpion se glissait par-dessous pour le pincer aux testicules.

— Votre gravure, Anne-Josèphe, n'a rien d'extraordinaire ni de précieux. C'est une reproduction, imprimée sur papier vélin, et donc de facture récente, puisque cette matière a été inventée par mon frère de loge Étienne Montgolfier, il y a à peine plus de dix ans.

— Vous voilà devenu enquêteur ? On croirait entendre notre jeune Gabriel Joly.

— Je vous en prie ! Ne me comparez pas à un journaliste ! Ils sont encore plus fourbes que les écrivains ! Bref. Votre gravure, je l'ai vue dans plusieurs ouvrages traitant du culte de Mithra. Elle représente la scène de la *tauroctonie*, que l'on retrouve dans de nombreuses fresques et qui symbolise le nécessaire passage du temps : ce jeune homme figure Mithra, le dieu-soleil, et le taureau symbolise la lune. Ma science s'arrête ici. Ne me demandez pas, par exemple, pourquoi ce vilain scorpion en veut tellement aux couilles de l'animal ! Tiens ! Peut-être est-ce ce point précis qui bouleversait tant votre castrat ? plaisanta Mercier.

— Je vois bien, Louis, qu'il ne s'agit pas d'un objet précieux ! Mais il l'était grandement aux yeux de Tenducci, et il avait un rapport avec la Corse, ou avec ce que Tenducci était secrètement venu y faire. Quelque chose doit nous échapper !

— Ah, la seule chose que je refuse de voir m'échapper, madame, c'est votre jeunesse !

— La jeunesse, monsieur, vous a échappé depuis fort longtemps. Elle a dû fuir avec votre intelligence.

— Méchante femme !

PLANCHE VIII : LOUIS-SÉBASTIEN MERCIER (PAR J.-B. GREUZE)

13.

Un deuxième supplicié

Le jour avait commencé à chuter sur la capitale, drapant la Seine d'inquiétantes teintes mauves. Joly et Desmoulins étaient sur le point de quitter l'Hôtel de Ville, éreintés, quand l'horrible scène qui venait de se jouer sous leurs yeux sembla sur le point de se répéter.

En effet, avec une étonnante concordance de temps, on avait appris au cœur de la même journée que M. Bertier, gendre du sieur Foullon, intendant et collecteur d'impôts à Paris, avait lui aussi été arrêté par la foule dans d'étranges circonstances, à Compiègne. Soucieux de se préserver d'une nouvelle émeute, Bailly et La Fayette avaient ordonné que l'homme – aussi haï du peuple de Paris que l'était son beau-père – leur fût conduit, escorté par deux cent quarante gardes nationaux du Val-de-Grâce et une compagnie d'arquebuse. Hélas, la chose ne put se faire discrètement. Certains s'étaient visiblement empressés de la faire connaître au plus grand nombre, et ce fut entouré d'une nouvelle foule en furie que l'intendant Louis Bénigne François Bertier de Sauvigny entra dans la capitale, recroquevillé dans un cabriolet dont les auvents, malgré la protection de la garde, avaient été brisés par les jets de pierres.

Le cortège qui arriva au crépuscule sur la place de Grève était au moins aussi sinistre que celui de M. Foullon le matin même : il y avait là des femmes et des hommes qui criaient, qui chantaient, qui dansaient comme à la fête, défoulaient leurs plus vives animosités sur l'intendant, lequel essuyait tant les insultes que les projectiles. La ferveur donnait à cette procession l'aspect d'une célébration, mais c'était sans doute celle d'une mort annoncée. L'histoire raconte que, sur le trajet, quand il vit passer une tête que l'on promenait au bout d'une pique, les gardes, plutôt que de lui annoncer que c'était celle de son beau-père, prétendirent qu'il s'agissait encore de celle du marquis de Launay, ex-gouverneur de la Bastille.

— Ce n'est pas fini, soupira Camille en voyant arriver la multitude.

— Que lui veut-on, à celui-là ? demanda Gabriel en se tournant vers le maire.

— Sans doute la même chose qu'à son beau-père. Il ne vaut guère mieux, à vrai dire. Les Parisiens ont la mémoire longue : quand il était adjoint à l'intendance de la généralité de Paris, il y a près de quinze ans, Bertier a réprimé la guerre des farines par le sang. Il a fait pendre un perruquier de vingt-huit ans et un compagnon gazier de seize ans ici même, en place de Grève.

— À la lanterne où l'on vient d'exécuter son beau-père ?

— Celle-là même.

— Mauvais pré… présage, soupira Desmoulins.

— Leur arrestation simultanée me laisse dubitatif, marmonna Bailly.

— Elle n'est qu'une preuve de plus que quelque chose se trame dans d'autres sphères, confirma Gabriel.

Ainsi, les heures qui suivirent furent une étrange répétition du premier acte de cette pièce funèbre. Tant bien que mal, on fit monter le prévenu dans la salle du Trône, et le peuple, amassé devant l'Hôtel de Ville, réclama une nouvelle pendaison.

— Il a dévoré la substance du peuple ! criait-on.

— Il a bu le sang de la veuve et de l'orphelin !

En réalité, l'intendant Bertier, proche de la reine, eût surtout dû être accusé d'avoir transmis à celle-ci, début juillet, un plan de conduite politique en faveur de la plus vive répression et d'avoir offert au prince de Lambesc les moyens de faire marcher ses troupes sur Paris.

Lorsque le maire expliqua à l'intendant que c'était pour ces accusations que l'on devait demander à l'Assemblée de le faire juger, M. Bertier, pour sa défense, assura qu'il n'avait fait qu'obéir aux ordres de ses supérieurs, avant de se terrer dans un mutisme qui avait les accents du plus profond mépris.

— Quand les ordres vous demandent d'accomplir des crimes contre vos concitoyens, monsieur, y désobéir est un devoir ! lui lança Gabriel en secouant la tête. Combien de morts injustes l'humanité devra-t-elle encore aux « je n'ai fait qu'obéir aux ordres » ?

Bailly regarda par la fenêtre l'affluence qui ne cessait de grandir, alors que l'on commençait à allumer des torches dans le soir tombant.

— Monsieur de La Fayette, une fois encore, nous ne pouvons pas garder cet homme dans nos murs. L'Hôtel de Ville n'est pas une place forte.

Le marquis hocha la tête, tout aussi préoccupé.

— Je vais le conduire à la prison de l'abbaye, comme il se doit. J'ai fait venir bien plus de gardes que tout à l'heure et mon commandement sera plus ferme.

— Que Dieu vous protège, monsieur, murmura le maire en entendant les clameurs au-dehors. Dites à vos troupes de ne jamais rompre, mais dites-leur aussi de ne jamais tirer. Au premier coup de feu, la folie qui habite ces pauvres gens leur fera prendre notre hôtel pour une nouvelle Bastille. Ils ne sont plus en mesure d'entendre raison, à cette heure.

Ainsi, dans une atmosphère pesante, on entoura l'intendant Bertier d'une solide escorte et, avec un courage indéniable, le marquis de La Fayette leur ouvrit la route.

Mais à peine sorties, les troupes du commandant général ne suffirent guère à retenir la cohorte exaltée dont les forces étaient décuplées par une fureur toujours plus vive. Dès le bas du perron, la bousculade commença.

— Ils ne tiendront jamais, maugréa Gabriel entre ses dents, le front collé à la fenêtre.

De fait, la garde se trouva rapidement dépassée et La Fayette lui-même, hurlant des ordres à tue-tête, fut emporté par cette vague implacable.

Voyant que le peuple passait les lignes et s'approchait de lui, M. Bertier se saisit d'un fusil sur l'un de ses gardiens et donna des coups de baïonnette en direction des assaillants. Bien mal lui en prit. Il était en train de se battre avec frénésie quand un puissant coup de sabre lui trancha le cou. La tête de l'intendant vola dans une gerbe écarlate.

— C'est un soldat ! Camille ! Regarde ! C'est un Royal-Cravate qui a porté le coup ! s'exclama Gabriel, incrédule.

De fait, c'était un militaire en habit bleu aux revers rouges, coiffé d'un tricorne noir bordé d'argent qui venait de décapiter M. Bertier d'un geste rageur.

Dans les moments qui suivirent, la foule déchira sauvagement le corps de l'intendant, et ce fut pour tout homme sensé un spectacle insoutenable. Du bout des ongles, on lui ouvrit les entrailles, on le mit en charpie, et le Royal-Cravate qui l'avait occis, debout au-dessus du cadavre, lui arracha le cœur avec la plus ignoble barbarie. Exhibant l'organe sanguinolent à la foule, le cavalier s'écria :

— Voici le cœur de Bertier ! Qui eût cru qu'il en avait un ?

Les rires et les acclamations suivirent, alors que, déjà, on plantait la tête de l'intendant au bout d'une pique qui allait bientôt rejoindre celle où trônait le chef de son beau-père.

Bailly, horrifié, retourna en titubant vers l'estrade, où il se laissa tomber sur une chaise. Alors que les cris de la multitude s'éloignaient sur la place de Grève, emportant leur nouveau trophée vers le Palais-Royal, un silence funèbre s'abattit sur la grande salle. Il n'y eut aucun électeur pour trouver les mots qui eussent pu donner un sens quelconque à cet instant terrible.

Gabriel, abasourdi, s'appuya sur les épaules de Desmoulins, qui poussa le même soupir.

En entendant la porte s'ouvrir dans un éclat, tout le monde sursauta. Le marquis de La Fayette apparut en nage, le regard furieux. Les yeux hagards, le commandant général jeta son épée sur le sol de la salle du Trône. Il n'y avait personne, alentour, qui eût déjà vu cet homme, d'habitude si sûr et serein, en proie à une telle colère.

— Que l'on me délivre d'une charge qui me force à être témoin de ces horreurs ! s'exclama-t-il en tendant l'index en direction de la place de Grève.

— Et moi de la mienne, acquiesça le maire à voix basse.

— Monsieur Bailly, l'implora Moreau de Saint-Méry à ses côtés, vous n'y songez pas ! Paris a besoin de vous aujourd'hui plus que jamais.

— Quelle magistrature que celle qui n'a pas l'autorité d'empêcher le crime commis sous ses yeux ? rétorqua le maire effondré.

— Le peuple, aujourd'hui, manque à la confiance qu'il m'avait promise, je dois donc quitter un poste où je ne peux plus être utile ! conclut La Fayette.

Sans ramasser l'épée qu'il avait jetée au sol, le marquis fit volte-face et quitta l'Hôtel de Ville.

Effrayés à l'idée que les deux hommes qui tenaient la capitale pussent démissionner ensemble, les électeurs s'efforcèrent de dissuader Bailly d'abandonner sa charge, et Gabriel vint leur porter secours dans cette entreprise.

— Paris est encore animée d'une colère légitime, monsieur, mais les violences odieuses dont nous avons été aujourd'hui les malheureux témoins ne sont le fait que d'un petit nombre. Si beaucoup de Parisiens réclament, à raison, que justice soit faite, je puis vous assurer que la majorité réprouverait la manière par laquelle elle vient d'être rendue !

— En êtes-vous si sûr, jeune homme ? Paris me semble moins rêver de liberté que de voir tomber des têtes ! Le peuple ne veut pas entendre le langage de la justice et de l'humanité, et quiconque ne pense pas comme lui est suspect de trahison.

— Cette foule n'est pas Paris, monsieur ! Elle est une horde sauvage, une marionnette écervelée, soulevée par quelque main invisible qui a d'autres desseins que d'offrir au peuple la liberté pour laquelle vous avez accepté, vous, d'œuvrer chaque jour. Vous ne pouvez pas abandonner maintenant, monsieur Bailly ! Les mots que vous avez prononcés au Jeu de paume resteront à jamais dans les mémoires. Ils sont en tout cas gravés dans la mienne : « Prêtez avec moi le serment solennel de nous rassembler partout où les circonstances l'exigeront, jusqu'à ce que la Constitution et la régénération de l'ordre public soient établies et affermies sur des fondements solides ! » Si vous partez aujourd'hui, ne serez-vous point parjure à ce serment ?

Il fallut bien des discours encore pour dissuader M. Bailly d'abandonner sa charge : on parla de nommer des représentants dans chaque district, qui s'occuperaient d'administrer les affaires, on promit de renforcer le pouvoir exécutif du comité, en y faisant légalement élire par le peuple de nouveaux officiers...

Il était fort tard quand le maire, épuisé, accepta finalement de renoncer à son départ.

— Je me suis laissé dire que M. le comte de Mirabeau briguait ma place. Eût-il été un autre homme, ce soir, je la lui eusse cédée volontiers.

Et il s'en alla.

— Viens, Ga... Gabriel, rentrons, nous aussi. Nous en avons assez vu pour aujourd'hui.

Joly hocha la tête et suivit Desmoulins vers la sortie. Arrivés sur la grande place, alors qu'ils faisaient route vers la Seine, Gabriel retint son ami par le bras.

— Un instant, dit-il, je veux vérifier quelque chose.

Il se dirigea d'un pas preste vers la voiture pleine de foin qui avait amené M. Foullon depuis la campagne, et que la foule avait abandonnée là dans un piteux état.

— Qu'y a-t-il ? demanda Desmoulins en voyant le jeune homme inspecter l'attelage.

— C'est bien ce qu'il me semblait !

Gabriel désigna, près du siège du cocher, une petite plaque de laiton vissée à la voiture. On pouvait y lire un numéro de matricule et la mention « remise du Louvre ».

— Cette voiture ne vient pas de Viry-sur-Orge, Camille ! Elle est partie de Paris.

— Allons, Gabriel ! M. Rappe, le syndic du village, est huissier à Paris. Il s'en revenait peut-être de la capitale quand il est tombé sur Foullon.

— Peut-être…

Ils traversèrent la Seine et marchèrent ensemble vers le quartier des Cordeliers. Le ciel de Paris semblait peser sur leurs épaules comme une chape de plomb.

— Tu vas devoir écrire sur ce que nous avons vu aujourd'hui, Camille. Tu es l'homme de la cocarde verte, de l'espérance. Paris a besoin d'espérer de nouveau.

— Que veux-tu ? Nous avons vu ce jour le résultat des forfaits commis de… depuis trop longtemps par les usurpateurs de la terre, qui ont profité pendant des siècles de la patience des peuples… Cette patience est arrivée à son terme.

— Oui, le peuple a une soif légitime de justice et de liberté, mais ce que nous avons vu tout à l'heure est autre chose. Il m'apparaît qu'un dessein s'est formé quelque part de faire périr ces deux hommes dans l'urgence et que l'on a volontairement ameuté le peuple en allumant sa colère.

— Un complot ? Tu déduis cela du simple fait que la voiture pleine de foin n'est pas une charrette campagnarde mais de petite remise parisienne ?

— Qui a arrêté ces hommes ? Qui a su les débusquer précisément le même jour et les a fait conduire en place de Grève, alors qu'aucun ordre d'arrestation n'a été donné ? Qui a su étouffer les appels à la plus humaine justice de notre bon Bailly en ravivant la colère du peuple après chacun de ses discours ?

— Soit. Je veux bien t'accorder que la coïncidence pourrait porter les traces d'une ma… machination, mais à quelle fin ?

— Je ne sais pas. Pousser le peuple à la barbarie pour discréditer la révolution et faire en sorte que les esprits finissent par aller chercher leur sauveur en un nouveau despote ? Ou bien faire taire deux hommes dont les procès eussent pu révéler des choses qui ne devaient pas l'être ?

— Ou bien les deux, peut-être, admit Desmoulins.

Arrivés rue Dauphine, où Gabriel avait ses nouveaux appartements, les amis se séparèrent d'une chaleureuse accolade. Le journaliste, qui avait projeté de passer la soirée à effectuer des recherches sur M. Duvilliers, n'en trouva pas la force et partit se coucher.

Le lendemain, le marquis de La Fayette écrivait une lettre de démission au maire de Paris et aux districts. Ceux-ci la lui refusèrent, lui renouvelèrent leur confiance, et l'on fit promettre à la garde une plus grande obéissance à son commandant général. S'inspirant de la persévérance de Bailly, il accepta de conserver son poste.

Le soir même, les camarades du Royal-Cravate qui avaient arraché son cœur à M. Bertier, horrifiés par la cruauté de leur compagnon d'armes, se saisirent de lui et déclarèrent qu'il devait se battre en duel avec chacun d'entre eux successivement, jusqu'à ce que sa mort eût vengé l'uniforme qu'il avait déshonoré.

Il mourut au premier coup d'épée.

14.

De déchirants adieux

Au loin, sous le manteau de la nuit, les torches des gendarmes dansaient comme autant de lucioles derrière les arbres. Mais ces lucioles se déplaçaient bien vite et, dans quelques instants seulement, elles seraient déjà sur eux.

Le loup, tendu sur ses pattes antérieures, grognait et, malgré sa blessure au flanc, semblait prêt à bondir. Lorette sentit une boule se former dans sa gorge. Elle savait qu'il n'y avait que deux issues possibles à la scène qui se préparait et qu'aucune ne lui était acceptable. Fuir, ou combattre.

Combattre, c'était tuer six gendarmes qui, à sa connaissance, n'avaient commis d'autre crime que de remplir leur devoir. Fuir... Eh bien, fuir, c'était se séparer du loup, car, à l'évidence, ils ne pourraient s'échapper en calèche. En outre, l'idée de l'enfermer de nouveau dans une boîte était devenue intolérable à Mlle Printemps.

La jeune femme tourna lentement la tête vers son compagnon et, fût-ce dû aux larmes qu'elle avait dans les yeux ou aux liens indicibles qui s'étaient tissés pendant près de dix ans entre ces deux êtres solitaires, le loup sembla comprendre la nature du désespoir qui envahissait sa maîtresse. Lorette s'agenouilla près de lui et lui caressa le haut du crâne.

— Tu vas devoir t'enfuir, Sanna. Et moi aussi. Je ne peux plus t'emmener avec moi...

En disant cela, elle avait mille sanglots dans la voix, car jamais sur terre elle n'avait eu de compagnon plus fidèle que celui-là, qui avait partagé son secret, son isolement, qui l'avait protégée maintes fois, et qui lui avait offert une confiance qu'aucun loup, d'ordinaire, n'accorde à l'espèce humaine. Il y avait entre ces deux âmes esseulées une indéfectible amitié, une intimité si forte qu'on l'aurait dite inaccessible à l'homme. Et pourtant ils n'avaient à présent d'autre choix que de prendre deux chemins différents.

En signe d'affection, le loup, dont la famille est capable de bien plus d'intelligence et de compassion qu'on ne lui en prête, pencha la tête en geignant, lécha les mains de la jeune femme et leva la patte vers elle comme pour la retenir.

— Va, mon loup ! Va ! pleura Lorette.

Mais la bête se pressait contre elle, se glissait entre ses jambes en poussant des gémissements plaintifs.

À cet instant, le souffle des chevaux sur lesquels étaient montés les gendarmes se fit entendre dans leur dos. De plus en plus proche.

— Va ! ordonna Lorette en tapant dans ses mains pour faire fuir l'animal.

Le loup recula de quelques pas, tête basse, dans un sursaut craintif.

— Cours, Sanna ! Pour l'amour du ciel !

Désorientée, la bête geignait en faisant des cercles hésitants. On eût dit qu'elle implorait sa maîtresse de ne point l'abandonner.

— Là-bas ! cria une voix qui n'était plus qu'à quelques foulées.

Dans une abdication déchirante, Lorette courut vers les chevaux harnachés à la calèche, détacha le plus grand et sauta sur son dos. Se retournant une dernière fois, elle vit le loup qui n'avait pas bougé et lut dans ses yeux une affliction que l'on n'eût pu imaginer trouver dans le regard d'une bête.

La jeune femme, les joues trempées de larmes, abattit sa capuche sur sa tête, pressa des talons les flancs de sa monture et s'en fut dans la forêt comme un spectre nocturne.

15.

Où entre le journaliste d'enquête

Après une nuit au sommeil tourmenté, Gabriel Joly passa la matinée du 23 juillet dans la bibliothèque du couvent des Cordeliers, décidé à mener des recherches sur Charles-Antoine Duvilliers, dont Lorette Printemps avait souligné le nom dans un ouvrage sur la Corse.

Gabriel se documenta de longues heures et rassembla méticuleusement des informations éparses trouvées dans des ouvrages d'histoire militaire, plusieurs numéros de la *Gazette de France* et, bien sûr, dans le fameux volume consacré à l'histoire de la Corse qu'avait annoté Lorette. Plume à la main, il commença à rédiger, pour lui-même, une biographie du colonel :

> Né le 26 janvier 1739 à Cambrai, il est le petit-fils de François Duvilliers, comédien de la troupe de Molière. L'enfance du colonel ſemble avoir été des plus pénibles : malade, noué juſqu'à ſix ans & demi, ne pouvant ſe

déplacer qu'en chaiſe roulante & emmailloté de fer, il est confié à un chantre de la cathédrale de Cambrai, qui le garde durant trois années & lui donne les meilleurs ſoins, juſqu'à ce que l'enfant ſe redreſſe & ſe fortifie. Lorſqu'il retourne, à dix ans, dans la maiſon paternelle, premier drame (qu'hélas je ne connais que trop bien) : ſa mère a trépaſſé.

Pour ſa troiſième, il entre au collège Louis-le-Grand dont il ſort avec les félicitations, après ſa rhétorique.

Engagé très tôt dans l'armée, il fait ſa première campagne à l'âge de dix-neuf ans, comme cornette de cavalerie dans le régiment du vicomte d'Eſcars, où il accède rapidement au grade de capitaine. C'est ſous ces galons qu'il ſert pendant la guerre de Sept Ans, durant laquelle il reçoit, dit-on, vingt-deux bleſſures. Anecdote remarquable : notre étonnant Duvilliers ſemble avoir été ſauvé par ſa paſſion ardente pour la lecture. En octobre 1760, il reçoit une balle à la hanche, mais il a dans la poche un exemplaire des PROVINCIALES de Blaiſe Paſcal. Le projectile traverſe la moitié du livre avant de ſ'arrêter. Ah ! Éduqué, comme moi, par les jéſuites, & ſauvé par leur plus farouche détracteur !

À la paix de 1763, il est décoré de la croix de chevalier de Saint-Louis. C'est auſſi à cette période que Duvilliers vit ſon deuxième drame : un grand déchirement amoureux. Il est épris de ſa couſine, Marguerite de Broiſſy, mais ſon père & la mère de la jeune femme ſ'oppoſent au mariage ; la jeune femme est envoyée au couvent ! Prenez garde, Madame de La Fayette, voici l'authentique Princeſſe de Clèves ! Déſeſpéré & inconſolable, Charles-Antoine décide de mettre fin à ſes jours. Un ſoir, il avale une quantité importante de grains d'opium & ſe couche en attendant la mort. Changeant ſoudain d'avis, eſtimant peut-être que le ſuicide est une lâcheté, il ſe lève & boit toute l'huile d'une lampe afin de dégobiller l'opium qu'il avait avalé… Dame ! Quel gâchis !

Il ſe conſole dans le jeu, mais, viſiblement peu doué en la matière, il ſe retrouve bientôt ſans argent & va offrir ſes ſervices à la République de Gênes, qui fait alors la guerre à la Corſe. Éconduit, de rage, il va trouver Paoli dans le camp adverſe, mais celui-ci le repouſſe également ! Lors il revient en France préſenter au duc de Choiſeul un plan pour la conquête de l'île ! Là auſſi, le miniſtre le repouſſe sèchement. En ſomme, ſi notre homme fait preuve d'opiniâtreté, ſes convictions politiques & patriotiques ne révèlent ni conſtance ni fidélité… De fait, pouſſé bien plus par l'opportuniſme que par la morale, il ſemble avoir changé maintes fois de camp au cours de ſa carrière militaire, trahiſſant ſucceſſivement les uns & les autres. Devons-nous voir dans cette verſatilité la conſéquence des drames qui ont ponctué ſa jeuneſſe ? Les hommes ne naiſſent pas mauvais : c'est un long apprentiſſage.

Plus tard, le duc de Choiſeul confie à Duvilliers un emploi en Eſpagne, auprès de l'ambaſſadeur de France à Madrid, où il reſte près de trois années. Après ſ'être attiré les faveurs de l'ambaſſadeur, qui le reçoit à ſa table, lui prête de l'argent & le traite comme un fils, il devient agent ſecret de l'Eſpagne, pour laquelle il part eſpionner le Portugal. Là, il tombe amoureux de la fille d'un architecte français, qu'il projette d'épouſer. Mais, en 1767, Choiſeul lui ordonne de revenir en France, & c'est pour Duvilliers un nouveau drame ſentimental.

Promu au grade de maréchal général des logis & ayant prouvé au duc ſa bonne connaiſſance de la Corſe, il est envoyé ſur l'île, que Choiſeul veut conquérir en réduiſant Paoli. La campagne ſe révèle d'abord un échec. Puis

> le comte de Vaux, qui la reprend en main, parvient à conquérir l'île en juin 1769. Duvilliers participe lui-même à la priſe du château de Corte, dont il aurait rapporté cent volumes de la bibliothèque de Paoli !
>
> Envoyé en Suède en 1772 afin d'aider Guſtave III dans ſa lutte contre l'ariſtocratie ſuédoiſe, Duvilliers est ſoupçonné d'avoir détourné une partie des fonds deſtinés à ſes miſſions d'agent ſecret. Il ſe fait arrêter à Hambourg & enfermer à la Baſtille le 13 ſeptembre 1773. On le loge dans la troiſième Liberté, c'est-à-dire dans la chambre du troiſième étage de la tour de...

Gabriel s'arrêta brusquement, son esprit ayant formulé en chemin une audacieuse hypothèse. Il reposa sa plume et réfléchit, les yeux perdus dans le vide.

Lors de la prise de la Bastille, le journaliste avait assisté à une scène troublante : la fuite discrète d'un prisonnier qui, accompagné d'un homme au visage caché sous une cape, était parvenu à quitter la prison par une galerie souterraine. Enquêtant sur celui qu'il surnomma dès lors le *huitième prisonnier* (la Bastille ne s'étant révélée en détenir que sept, au moment de sa chute), Gabriel était tombé sur la piste d'un véritable trésor, celui du riche financier Montmartel. Après une périlleuse course-poursuite, aidé de son ami le pirate Récif, le jeune homme était parvenu à découvrir l'identité de ce huitième prisonnier, un sinistre abbé défroqué du nom de Guibert, qui s'était laissé volontairement enfermer à la Bastille dans le seul but d'y trouver la trace dudit trésor. Mais le complice de celui-ci, l'homme à la cape, avait échappé à notre bon Joly, laissant derrière lui le coffre du trésor de Montmartel vide, à l'exception d'un énigmatique gant de couleur rouge !

Se pouvait-il que ce mystérieux « homme à la cape » fût Duvilliers ? Enfermé lui-même à la Bastille seize ans plus tôt, le colonel y avait-il découvert l'existence du trésor de Montmartel et venait-il de s'en emparer par la ruse ?

Gabriel se remémora la seule description qu'il avait eue de cet insaisissable fantôme conspirateur, telle que la lui avait livrée un aubergiste lors de son enquête : « la cinquantaine, plutôt petit, des cheveux blancs tirés en arrière ». De fait, le portrait, quoique sommaire, correspondait assez bien à celui de Duvilliers.

Le colonel, qui était maintenant entré au service secret de Monsieur, frère du roi, pouvait-il être un voleur de trésor ? Et, dans ce cas, pourquoi diable Mlle Printemps semblait-elle s'intéresser à lui ?

Cela laissait nombre de questions sans réponse, mais n'était-ce point là le matériau dont rêvait tout journaliste d'enquête digne de ce nom ? Diantre ! La chasse pouvait commencer. Gabriel, sans plus attendre, se résolut à aller trouver l'adresse de cet étrange Duvilliers.

16.

Sous la tour du Pet-au-Diable

Il existait à Paris, sur la censive de Saint-Jean-en-Grève, à quelques pas de l'Hôtel de Ville, un grand hôtel particulier qui portait le nom de Saint-Mesme.

Cette bâtisse, dans sa première mouture, avait été édifiée en l'an 1146 pour accueillir le chapitre parisien de l'ordre des Templiers. Quand ceux-ci quittèrent les lieux en 1170 pour s'installer dans ce quartier plus au nord que l'on nomma dès lors du Temple, le bâtiment délaissé fut baptisé en leur souvenir hôtel du Vieux-Temple. Après le départ de ces occultes chevaliers du Christ, l'hôtel fut vendu aux juifs du quartier de Grève, qui y établirent une synagogue. Par mépris pour les enfants d'Israël, on le renomma alors fort vilainement hôtel du Pet-au-Diable. Puis, en 1638, l'hôtel fut acquis par M. Jacques de l'Hospital, comte de Saint-Mesme, qui lui légua donc son nom.

Après de multiples transformations, l'immeuble consistait en une juxtaposition de corps de logis d'âges, de tailles et de styles différents, qui entouraient une parcelle honorable, dont le milieu était occupé par une grosse tour médiévale, vestige de la maison templière. Cette tour donnait à la cour de l'hôtel de Saint-Mesme une physionomie originale, pour ne pas dire gothique, et son histoire l'avait laissée jusqu'à ce jour environnée de mystères. Élevée du sol d'environ dix toises, composée, outre le rez-de-chaussée, de trois étages, et bâtie, selon la légende, sur une pierre druidique, elle avait conservé, elle, le nom de tour du Pet-au-Diable, et il faut reconnaître que son caractère inquiétant lui prêtait, sous certains angles, un air diabolique.

Ce donjon séculaire, enfin, était assis sur deux niveaux de caves voûtées, soutenues par de solides piliers, et auxquelles on accédait par des échelles qui coulissaient dans des trappes du plancher. C'est précisément dans la plus basse de ces caves obscures que conversaient maintenant deux hommes, dont un discret observateur n'eût pu distinguer les visages, comme ils étaient plongés dans l'ombre d'amples capuches.

— J'ai envoyé un frère messager annoncer au Pater que le sieur Foullon et son gendre ne parleraient plus jamais, dit le premier sur le ton du complot.

Sa voix, quoique basse, résonna entre les murs lugubres de la cave, comme sortie des enfers.

L'autre acquiesça lentement. Il tenait dans la main une petite lampe à huile aux reflets verdâtres, qui n'éclairait que faiblement.

— Combien j'eusse aimé faire parvenir à la *vendita* d'aussi bonnes nouvelles au sujet de Mlle Théroigne de Méricourt. C'est la deuxième fois qu'elle nous échappe et, ce faisant, qu'elle nous couvre de ridicule.

— Chaque chose en son temps, mon frère. La prochaine fois, vous exécuterez la tâche vous-même, et nous recouvrerons notre dû.

— Que providence et fortune exaucent vos vœux ! Avez-vous entendu ce que le maire Bailly a dit tout à l'heure, au sujet de M. de Mirabeau ?

Le premier opina imperceptiblement du chef sous la toile épaisse de sa capuche.

— Si la chose est vraie et que le comte aspire en effet à devenir maire de Paris, cela changerait nos plans, mais nous pourrions tourner cela à notre avantage. Je vais en informer le Pater et nous attendrons ses nouvelles directives, mon frère. Il nous dira si nous devons l'aider, ou l'empêcher.

— Protège-nous, silence !

— Au nom du Soleil invaincu ! termina l'autre en faisant, des deux mains, quelque geste cabalistique.

Lors, les deux figures macabres quittèrent les caves, escaladant l'une après l'autre les échelles coulissantes, avec la lenteur de la méfiance. Arrivées dans la pénombre de la cour, elles se séparèrent d'une fraternelle accolade, sans livrer un mot de plus.

Un témoin bien renseigné eût reconnu alors celui qui se dirigeait prestement vers le corps de logis principal car, quand il enleva sa capuche, il révéla son visage à la lueur de l'astre nocturne : c'était Georges-Alexis Le Roy, seigneur de la Boissière, conseiller du roi, auditeur en la Chambre des comptes et propriétaire de cette ancienne maison templière. Ce que d'aucuns ignoraient, en revanche, c'est que, au sein de la société secrète à laquelle il appartenait, il allait du nom de frère Heliodromus, et que cette appellation y était réservée à un membre de haut grade.

Sa silhouette disparut en silence dans les ombres de la tour du Pet-au-Diable qui, depuis des siècles, abritait tant de secrets…

PLANCHE IX : LA TOUR DU PET-AU-DIABLE

17.

Il n’y avait pas que le mont qui fût rouge...

La nuit s’allongeait gentiment quand Gabriel Joly passa la porte d’Enfer et arriva sur la plaine de Montrouge, que dominaient sans peine son église et ses deux châteaux.

Après moult recherches, le jeune homme avait enfin trouvé, dans un ancien numéro des *Affiches de Paris*, un article livrant une adresse au nom de M. Duvilliers père, 11, rue des Plantes, et il avait estimé que c’était un point de départ convenable pour sa nouvelle enquête. Avec un peu de chance, Duvilliers fils occupait encore les lieux et Gabriel pourrait l’interroger.

Le journaliste quitta la grand-route pavée pour s’engager dans les chemins qui quadrillaient le village et constata sous ses pieds que leur terre tirait sur le rouge – par les effets du fluor, songea-t-il. Peut-être était-ce de cette particularité que le bourg tenait son nom. Passant entre les demeures bourgeoises aux jardins à l’anglaise ornés de treillages, il arriva en vue de la petite maison qui avait motivé sa venue.

Point de fumée aux cheminées, et aux fenêtres point de lumière. Gabriel hésita. La maison semblait vide, mais il ne pouvait repartir sans savoir si Charles-Antoine Duvilliers y habitait ou non. Afin de s'assurer qu'on ne le voyait de nulle part, il fit le tour de la clôture qui ceignait la bâtisse. Tout était calme, si calme que c'en était presque inquiétant.

À la faveur de la nuit, le journaliste se glissa discrètement dans le jardin, par l'arrière. Prenant garde à ne faire aucun bruit, il s'approcha d'une fenêtre et risqua un coup d'œil à l'intérieur. Il n'y vit que des ombres, aucun mouvement.

L'idée de pénétrer dans la maison endormie, quoique fort tentante, ne résista point à la morale du brave jeune homme. Ah, si son ami le pirate Récif avait été là, il n'aurait pas hésité, lui, et Gabriel s'en serait arrangé ! Malheureusement, notre Joly, qui se voulait homme honnête, s'était résolu à repartir bredouille, quand ses yeux s'arrêtèrent sur le sol devant lui. Du bout des doigts, il effleura la terre du jardin, éclairée par quelques rayons de lune, et alors sa bouche s'ouvrit dans une expression de stupeur.

Il ne rêvait pas ! Il y avait sur le sol des traces de pas, et ces traces de pas, il ne les connaissait que trop bien ! Il avait eu l'occasion de les étudier plusieurs fois, de très près, dans le jardin du Luxembourg et les galeries des carrières de Paris. C'étaient celles du Loup des Cordeliers. Les empreintes de Mlle Printemps en personne !

Il se redressa, incrédule. Les marques, à en juger par le degré de solidification de la terre, remontaient à deux, trois ou quatre jours tout au plus. Ainsi, Lorette s'était rendue ici même, avant lui, et elle s'était tenue précisément devant cette fenêtre, avant de faire demi-tour ! Puisqu'elle n'était pas entrée dans la maison, était-elle venue l'espionner ? Gabriel, sans le savoir, était en train de répéter à la lettre la scène qui s'était jouée ici, quelques jours plus tôt, et ses pas venaient de se confondre avec ceux de la bibliothécaire qui, désormais, occupait toute son âme.

Médusé, il jeta de nouveau un coup d'œil à l'intérieur de la maison. Cette fois, plus attentif, il remarqua un bout de tissu posé sur une table, tout près de la fenêtre. À sa vue, son saisissement ne fit que grandir. Collant son front à la vitre, il regarda mieux, pour être sûr.

Dame ! C'était bien un gant, esseulé, et, si la lueur trop faible ne lui permettait pas d'en être tout à fait sûr, il lui sembla qu'il était rouge ! Aussi rouge que celui abandonné dans le coffre vide du trésor de Montmartel !

Ce sont les événements qui commandent aux hommes, et non les hommes aux événements, songea-t-il en citant son maître Hérodote.

Abandonnant vite ses ci-devant valeureux principes, il pénétra dans la maison par la porte donnant sur le jardin. À peine entré, son cœur, sous l'effet tant de la crainte que de la culpabilité, se mit à battre prestement.

Sur un guéridon, il trouva une bougie qu'il alluma et, à la lueur de la flamme, la maison morte reprit une espèce de vie. C'était une demeure modeste, de plain-pied, comptant seulement deux pièces. Certainement pas l'habitation principale d'un homme du rang de Duvilliers, mais le convenable pied-à-terre d'un militaire que la carrière faisait sans cesse voyager.

À pas feutrés, le journaliste se dirigea vers la table où il avait aperçu le gant. Il porta la bougie au-dessus et la douce lumière confirma ses soupçons : le gant était rouge. Main gauche. La paire parfaite.

Le sourire d'un enquêteur comblé colora son visage, car c'était là le troisième gant rouge que notre héros trouvait sur sa route, et cela confirmait, sans plus aucun doute possible, que le colonel Duvilliers était mêlé de quelque façon à l'affaire du trésor de Montmartel. Le premier gant avait été découvert dans la maison du méchant père Guibert, prisonnier clandestin de la Bastille, et le deuxième, donc, dans le coffre vide dudit trésor. *Je tiens mon homme !* songea Gabriel avec émotion, convaincu d'avoir démasqué le mystérieux individu à la cape qu'il poursuivait depuis près de dix jours.

Restait à savoir ce que représentait cet énigmatique gant écarlate et, surtout, pourquoi Lorette s'intéressait elle aussi au colonel. Et de si près. Était-ce à cause du trésor, que la jeune femme eût convoité ? La chose paraissait peu probable : Mlle Printemps pouvait certes être mise, par ses assassinats, au rang des criminels, quoique justicière, mais jamais Gabriel ne l'eût imaginée vénale. Non : cela devait avoir un rapport avec la Corse, que Lorette avait dessinée au front de ses victimes, et Duvilliers conquise. La supposition que la jeune femme fût corse elle-même et qu'elle voulût venger son île sembla légitime à notre investigateur.

Duvilliers serait-il ta prochaine victime, ma douce Lorette ? Enhardi par sa découverte, mais avec la prudence d'un cambrioleur novice, Gabriel entreprit de fouiller le reste de la maison. Il souleva les bibelots, les tapis, ouvrit les tiroirs, les placards et le secrétaire, inspecta sous les lits, poussa jusqu'à retourner la cuisine puis, n'ayant rien trouvé qui attirât son attention, il termina, bien sûr, par la bibliothèque.

Il avait espéré un instant y voir de précieux volumes issus de celle de Pascal Paoli, que Duvilliers avait, disait-on, dévalisée en Corse, mais il ne trouva, sur ces étagères, que des ouvrages communs, histoire militaire, romans, traités de stratégie guerrière, de ces livres qu'on lit par intérêt mais qu'on ne garde point pour leur valeur pécuniaire. Il inspecta toutefois chaque titre avec une professionnelle opiniâtreté, et grand bien lui en prit car, soudain, son regard s'arrêta sur le dos d'un épais volume. Une fois de plus, en déchiffrant le titre gravé à la feuille d'or, son instinct d'enquêteur ne s'y trompa guère.

Gabriel s'empara délicatement de la reliure en plein maroquin rouge, décorée de médaillons, filets et fleurons frappés or. Il feuilleta jusqu'à la page de garde et sourit en y retrouvant le titre gravé sur le dos : *Liber Rubrae Manus*. Un in-quarto de plus de six cents pages aux tranches dorées, relativement récent, à en juger par l'état et la nature du papier. Le regard entraîné de l'ancien imprimeur estima que les caractères typographiques répondaient à la mesure du point Fournier, et il en déduisit que l'ouvrage, à l'entrée duquel l'auteur avait omis de préciser la date, était nécessairement postérieur à l'an 1737.

— *Liber Rubrae Manus*, répéta Joly avec un sourire exalté. « Le Livre de la main rouge » ! Que le diable m'emporte si cela n'a point quelque rapport avec vos satanés gants rouges, monsieur Duvilliers !

Il s'apprêtait à parcourir le texte latin quand il entendit que l'on frappait à la porte de la petite maison. D'abord pétrifié, Gabriel eut rapidement le réflexe de souffler sur la flamme de sa bougie, mais c'était peine perdue : il était trop tard. Sa présence avait été découverte, signalée, peut-être, par un voisin que la lumière avait alerté.

— Au nom du guet, ouvrez ! lança une voix derrière la porte.

Le statut de journaliste permettait quelques licences, mais certainement pas celle d'entrer chez autrui par effraction ! Le sang martelant ses tempes, Gabriel fit volte-face et, faisant aussi peu de bruit que l'urgence le permettait, se précipita vers la porte donnant sur le jardin. Alors qu'il n'était plus qu'à quelques pas, il vit une ombre s'y dessiner, à travers les carreaux.

— Foutre !

Les soldats du guet étaient maintenant postés aux deux issues. Jetant un rapide coup d'œil à droite, puis à gauche, le jeune homme opta pour senestre, où l'obscurité de la nuit était plus forte.

Derechef, des coups sourds résonnèrent à la porte d'entrée.

Tenant fermement le livre sous le bras, Gabriel rejoignit la seule fenêtre du mur septentrional, l'ouvrit et l'escalada à la hâte. Le pied à peine posé dans le jardin, il vit les torches des soldats qui venaient de pénétrer dans la maison et courut aussi vite qu'il le put. Il avait tout juste enjambé la clôture quand un ordre claqua dans son dos.

— Arrêtez-vous ! Au nom du guet !

Ses pieds glissant sur la terre rouge, Joly se jeta dans les ruelles sombres de Montrouge comme un lapin dans la garenne. Il ne fallut guère longtemps aux soldats pour se lancer à sa poursuite. Heureusement, le fuyard avait pour lui l'absence de réverbères qu'une course dans Paris ne lui eût point offerte. Gabriel multiplia les bifurcations pour essayer de perdre le guet mais, par leur fonction, ces hommes-là avaient de l'entraînement, et l'écho de leurs pas ne cessait de grandir dans son dos.

Lorsque, sur sa route, il aperçut la porte d'un chai au flanc d'une maison, le souvenir de sa course-poursuite avec le Loup des Cordeliers dans la rue de Nevers lui donna soudain une idée. Ce jour-là, Lorette – dont il ne savait pas encore qu'elle était le Loup – lui avait échappé en descendant dans une trappe qui menait aux carrières. Il tira d'un coup sec sur la porte, faisant sauter la chaînette qui la retenait, et s'engouffra à l'intérieur. Plongé dans les plus parfaites ténèbres, il se terra au milieu des bouteilles et des fûts, et ne bougea plus. Son cœur battait si fort qu'il lui sembla l'entendre résonner entre les murs de la cave.

Quand des bruits de pas s'arrêtèrent au-dessus de sa tête, Gabriel serra les dents, les poings, et tout ce qui pouvait se serrer encore. Un bref silence, puis les bruits de pas reprirent, avant de s'éloigner enfin.

Le cri aigu d'un rat qui venait de passer entre les tonneaux le décida à sortir prudemment de sa cache, où il se tenait immobile depuis longtemps, trempé de sueur.

Dehors, tout était silence. La ruelle était vide, plongée de nouveau dans un calme souverain. Au loin, les toits de Paris scintillaient de rouge et d'or dans le ciel nocturne, sous des milliers de colonnes de fumée. Il hésita. À cette heure, passer une barrière de la capitale pour rentrer chez lui, c'était se livrer au guet à coup sûr. Par précaution, Gabriel marcha longuement, jusqu'à la rivière de Bièvre, qu'il traversa pour rejoindre la plaine d'Ivry où, entre les routes de Choisy et de Fontainebleau, il trouva une chambre dans un relais de poste, dit de la Maison-Blanche[1].

1. L'auberge, qui était alors située hors de la capitale, a donné son nom au quartier parisien qui s'y trouve aujourd'hui.

18.

À la gloire de maître Jacques

À peu près au même moment, par une étonnante coïncidence qui relia providentiellement ces deux âmes distantes, ce fut aussi dans une auberge que Mlle Printemps entra, mais à Sancerre.

Ce n'était pas chose ordinaire que de voir une jeune femme seule, venue à cheval, se présenter dans pareil établissement, et celle-ci eût probablement préféré dormir loin de la ville, à la belle étoile. Mais si elle était là, attirant les regards intrigués de la clientèle, c'est qu'elle avait à y faire.

Quoique ces noms fussent des plus courants, le hasard encore voulut que ladite auberge, surplombant le champ de foire de Sancerre, se nommât non pas de la Maison, mais de la Croix-Blanche. Flanquée d'une petite écurie et bordée de bosquets, c'était un hôtel pittoresque, haut de deux étages, riche de six chambres meublées et de quatre réduits. L'auberge faisait aussi boulangerie le jour et comptait à cette heure une dizaine de voyageurs soupant dans la salle commune à la lumière pétillante d'une imposante cheminée. En plus de ses deux grandes tables, la salle comptait quelques lits d'appoint le long des murs, qui ne devaient servir qu'aux jours de foire.

En entrant, Lorette fut saisie par le doux fumet de poulets bien gras qui rôtissaient devant l'âtre, dans un délicieux concert de crépitements. La faim suscitée par ce spectacle tira à son estomac quelques discrets gargouillis.

Après avoir posé un regard circulaire sur l'assistance qui occupait la grande salle enfumée, afin de ne pas attiser davantage la suspicion des hôtes comme des patrons, la jeune femme ôta sa capuche, dégageant sa longue chevelure brune et frisée. Elle se dirigea tout droit vers l'aubergiste qui, défiant les poncifs, n'était pas gras et rougeaud, mais chétif et plutôt pâle. Son habit, toutefois, ne dérogeait pas à la règle, avec un tablier blanc convenablement taché.

— Vous faut-il une chambre, mademoiselle ?

Si Lorette savait qu'il y avait peu de chances qu'elle retrouve un jour sa vie d'avant, sa place de bibliothécaire au couvent des Cordeliers et son quasi-anonymat parisien, elle ne pouvait toutefois prendre le risque d'en détruire la plus infime probabilité subsistante et devait continuer de jouer le rôle qui, jusqu'à l'avant-veille, avait protégé son secret. Plongeant la main dans sa besace, elle en sortit son encrier-plume de voyage et le carnet de notes à fermoir qu'elle emportait partout. Après avoir tapoté sur sa bouche pour signifier qu'elle était muette, elle écrivit :

« Je dois retrouver un ami, M. le colonel Duvilliers. Est-il arrivé ? »

Après un bref moment d'étonnement, le tenancier répondit d'une voix forte, s'imaginant que la jeune femme était peut-être aussi sourde.

— Nous n'avons personne à ce nom dans l'auberge. Il devait arriver aujourd'hui ?

« Aujourd'hui ou hier. »

— Ah, je suis désolé, il n'est pas là. Mais il va peut-être arriver ?

Lorette acquiesça et se retourna un instant pour scruter de nouveau l'assemblée. En dehors d'un couple avec une jeune enfant, il n'y avait là que des hommes seuls, dont trois compagnons du Devoir et au moins autant de colporteurs.

« Aucun militaire n'est venu ? » écrivit-elle encore.

— Pas depuis dimanche, où nous avons reçu six dragons du régiment de Condé. Votre colonel en était-il ?

Elle fit non de la tête.

— Je vous donne une chambre ?

Lorette hésita.

« Je vais souper seulement », écrivit-elle.

L'aubergiste parut déçu mais, en cette période difficile, un client ne se refusait guère. Il sourit à la jeune femme et lui fit signe d'aller prendre place.

Lorette, choisissant soigneusement la table la moins achalandée, s'installa à côté du jeune couple et de leur fillette, en bout de rangée, face à la porte, de telle sorte qu'elle pût voir quiconque entrerait dans l'auberge.

Quelques instants plus tard, un serveur lui apporta une timbale, une assiette et des couverts.

— Vous pouvez vous servir dans les pots de vin ou de cidre, mademoiselle, cela fait partie du menu, annonça le jeune homme d'une voix aimable.

Ayant passé récemment la vingtaine, comme elle, c'était un grand maigrelet aux cheveux blonds, aux traits fins et aux gestes délicats, dont les grands yeux limpides éclairaient harmonieusement la gracieuse physionomie. À sa manière de lui sourire, immédiate et douce, comme si une connivence évidente se fût déjà installée entre eux, Lorette songea qu'il devait être de ces hommes qui aiment les hommes et qui, débarrassés des tensions que la séduction ou le mépris installent trop souvent entre gens de sexes opposés, peuvent avoir avec la gent féminine une complicité naturelle.

Elle lui sourit en retour, pointant du doigt la cruche d'eau pour lui faire comprendre qu'elle ne buvait pas de boissons alcooliques. Il lui remplit aussitôt sa timbale, partit en cuisine et revint rapidement avec un grand bol de soupe de petits pois.

La fillette assise à côté de Lorette ne cessait de lui adresser des regards curieux et intimidés.

— On ne fixe pas les gens comme ça, Jeanne ! chuchota sa mère en lui faisant les gros yeux. Ce n'est pas poli ! Tu importunes la dame !

Mais Lorette fit non de la tête et adressa à la petite un gentil clin d'œil. Cette dernière, d'ailleurs, n'était pas la seule que la muette semblait intriguer, et les nombreux regards que lui jetaient les hôtes depuis l'autre table ne lui échappèrent pas. Elle ne s'en formalisa pas, rodée par l'habitude. Au fond, la chose l'amusait presque : toute sa vie, les gens lui avaient manifesté les uns gêne, les autres mépris, compassion ou condescendance, pour une dissemblance qu'elle n'avait pas vraiment. C'était une leçon d'altérité qui n'avait fait que l'enrichir, alimentant chez elle une empathie pour la différence.

Quand elle eut fini sa soupe, le jeune serveur vint lui porter un morceau de poulet rôti et de gros artichauts en poivrade. L'aubergiste, qu'elle voyait travailler au fourneau, avait à l'évidence la main cuisinière. Les légumes, nappés d'huile d'olive et parfumés à l'ail, étaient grillés à souhait.

Alors que le jeune serveur repartait en cuisine, l'un des colporteurs de la table voisine l'interpella avec véhémence en levant un pot vide.

— Hé ! Madame le serveur ! Du vin !

La raillerie sembla enchanter les camarades du marchand, qui éclatèrent d'un rire gras.

Le visage de Lorette se crispa et son poing se ferma de colère sur son couteau. Le jeune homme dut le remarquer, car, souriant toujours, il lui adressa un petit signe qui voulait dire « ne vous inquiétez pas, j'ai l'habitude ».

Il alla prendre le pot de vin dans la main du colporteur et le rapporta rempli. Puis il revint vers Lorette.

— Vous voulez du fromage, mademoiselle ?

Se penchant vers elle, il ajouta, à voix basse :

— Il nous reste une dernière miche de pain, et la prochaine fournée n'est pas encore prête. Prenez-la avant qu'il n'y en ait plus...

La pénurie de grain faisait de la chose une denrée rare. Lorette hocha la tête d'un air reconnaissant. Le jeune homme lui apporta une belle boule de pain blanc, comme on en voyait rarement à Paris, et un généreux morceau de brie.

— Dis au revoir à la dame, Jeanne, demanda la mère de la petite, comme la famille se levait à côté d'elle.

— Au revoir, madame !

Lorette la salua d'un geste de la main, puis lui caressa tendrement la joue.

— Au revoir, répétèrent les parents, avant de monter à l'étage de l'auberge.

En les regardant partir, la jeune femme ne put s'empêcher de pousser un discret soupir devant ce tableau que la vie ne lui avait jamais offert, à elle qui ne connut ni père ni mère. *Comme cela doit être doux !* songea-t-elle.

Elle entamait son fromage quand des silhouettes lui firent lever les yeux. Deux des colporteurs s'installèrent sur le banc en face d'elle. Le plus grand, les épaules amples, les bras forts et les mains larges comme celles d'un bûcheron, était celui qui avait parlé grossièrement au serveur. Tout en lui témoignait de la plus grande rusticité.

— Bonsoir, mademoiselle, fit-il, révélant une dentition notablement incomplète.

Lorette répondit d'un très léger signe de tête, sans que la moindre expression pût se lire sur son visage, puis elle recommença à manger son fromage, comme s'ils n'étaient pas là.

— Mon camarade dit que quand on est muette on est forcément sourde, aussi. N'est-ce pas que c'est pas vrai ? Vous êtes pas sourde, vous ?

Elle soupira, fixa son interlocuteur, puis fit non de la tête d'un air las.

— En tout cas, vous êtes rudement jolie, pour une muette, intervint l'autre. Vous allez souvent toute seule dans les auberges ?

Soit la question était purement rhétorique, soit l'homme, oubliant qu'une muette ne pouvait pas lui répondre, était totalement idiot. Lorette opta sans hésiter pour la deuxième solution.

Elle posa le pain et le fromage devant elle, puis, de la manière la plus alambiquée possible, lui répondit dans la langue des signes. Si l'homme, par quelque miracle, avait pu comprendre le langage inventé par l'abbé Charles-Michel de l'Épée, sans doute eût-il apprécié : « Toi et ton ami, vous êtes tellement laids que même une aveugle s'en rendrait compte. Allez donc vous faire les cuivres ailleurs ! »

— Hein ? Qu'est-ce que ça veut dire ? T'aimes bien faire des choses avec tes mains, hein ? demanda le premier d'une voix salace.

Il accompagna sa question d'un geste aussi théâtral que grossier, en s'attrapant vigoureusement l'entrejambe pour secouer ce qu'il avait dû y trouver. Au même moment, le serveur apparut dans le dos des colporteurs.

— Messieurs, s'il vous plaît, je pense que mademoiselle préférerait finir son repas sans être importunée. Soyez aimables, retournez à votre table, je vais vous porter le fromage.

— Toi, le bardache, va sucer des pines et nous emmerde pas ! rétorqua le grand en le repoussant avec énergie.

Lorette, qui venait de passer la main sous la table, était en train de saisir le poignard caché à sa ceinture quand les trois compagnons du Devoir se levèrent du banc voisin et approchèrent.

— Messieurs, dit l'un, il vous a été poliment demandé de laisser cette demoiselle tranquille. Quittez sa table sur-le-champ.

Les deux marchands se retournèrent lentement et regardèrent de haut en bas les trois jeunes hommes qui, selon la coutume des compagnons, avaient une allure singulière. Ils portaient culotte et chemise bleues, et arboraient autour du cou une sorte d'écharpe de rubans colorés, qui se terminait sous la hanche par des franges dorées. De la main droite, ils tenaient tous trois une canne en bois dur, sculptée d'inscriptions et de symboles ésotériques, surmontée d'un pommeau d'ivoire et s'achevant en bas sur un grand bout ferré.

— Foutre ! Pour qui ils se prennent, les trois drôles ?

— Je me nomme Fidélité La Rochelle, voici Francœur d'Avignon et Belle Humeur de Niort. Nous sommes des Enfants de la Veuve et, par maître Jacques, si vous ne quittez pas ce banc sur l'instant, vous allez goûter de nos cannes.

Il y eut un moment d'hésitation, mais l'assurance des trois jeunes hommes finit par avoir raison des deux butors qui, en poussant des grognements, se levèrent et retournèrent à leur table.

Lorette lâcha le manche de son poignard, puis adressa un signe de tête reconnaissant aux trois compagnons, songeant avec amusement que, sans le savoir, ce n'était pas elle qu'ils venaient de tirer d'un mauvais pas, mais les deux imbéciles.

— Nous resterons au bout de la table jusqu'à ce que vous soyez repartie en sécurité, mademoiselle.

Lorette acquiesça, puis, intriguée, elle se pencha en avant et inspecta la canne de celui qui s'était présenté comme Fidélité La Rochelle. Sur le pommeau, elle parvint à distinguer la gravure : une couronne formée d'une branche de chêne mêlée à une branche de laurier et, en son centre, un compas et une équerre entrecroisés. Écarquillant les yeux, elle chercha à la hâte l'encrier-plume dans sa besace et écrivit sur son carnet :

« Vous êtes des tailleurs de pierre ? »

Une expression d'agréable surprise se dessina sur le visage du compagnon.

— Absolument, mademoiselle. Connaîtriez-vous un peu nos mystères ?

Lorette sourit. Fascinée par le Devoir, elle avait lu de nombreux ouvrages sur le compagnonnage et, si elle savait que l'on appelait les menuisiers « Gavots », les charpentiers « Bons Drilles », le surnom que l'on donnait aux tailleurs de pierre, par sa coïncidence, la plongea dans une douce mélancolie.

« Vous êtes des Loups ! » écrivit-elle, les yeux brillants.

— En effet ! répondit le jeune homme avec une révérence admirative. Mais nous ne voulons pas vous importuner, nous allons vous laisser…

Lorette secoua négativement la tête et fit des gestes vers le banc pour leur demander de s'asseoir. Les trois compagnons échangèrent un regard, puis ils prirent place en face d'elle.

« Je ne veux pas vous déranger longtemps. Merci infiniment pour votre bienveillance. J'aimerais juste vous poser une question. Répondez-moi, si vous le voulez bien, par écrit. Quand êtes-vous arrivés ici ? »

Après une hésitation, Fidélité La Rochelle prit la plume qu'elle lui tendait et écrivit sa réponse.

« Hier soir. Nous rejoignons demain une ville du Devoir. »

« Avez-vous vu hier un homme seul, ici, d'une cinquantaine d'années, de petite taille mais de belle carrure, les cheveux blancs tirés en arrière sur le crâne ? »

Le compagnon hocha la tête.

« Il est reparti tôt ce matin. »

Le visage de Lorette s'illumina. Elle porta la main sur le cœur en signe de gratitude et sourit aux trois garçons. Se levant pour chercher le serveur, elle lui glissa dans la main un écu d'or et se dirigea vers la sortie.

— Mademoiselle ! Votre monnaie !

À quarante sous le souper, elle venait de lui donner presque le double. Elle se retourna, lui envoya un baiser de la main avec un sourire complice, puis sortit de l'auberge en courant, sous le regard médusé des convives.

Arrivée dehors, elle se précipita vers l'écurie, détacha son cheval, sauta en selle et s'enfonça au galop dans le bleu obscur de cette nuit d'été.

19

La Manorossa

Quand, au matin du vingt-quatrième jour de juillet, il arriva devant son appartement de la rue Dauphine, Gabriel eut la surprise d'y trouver un mot placardé sur sa porte. Aussitôt, son cœur s'arrêta de battre. Par deux fois, le Loup des Cordeliers lui avait adressé de telles missives. L'idée que celle-ci pût être encore de lui – et donc de Lorette – le pétrifia de stupeur et de joie pareillement. Son fol espoir fut vite déçu : là où il eût tant aimé voir le triangle renversé de Mlle Printemps, il ne trouva que le sceau du commissaire Guyot.

« Veuillez vous présenter chez moi dès réception de ce message. »

Gabriel grimaça. La forme lapidaire de la convocation ne laissait présager rien de bon.

Le jeune homme ne rentra dans son appartement que le temps d'une rapide toilette. Il cacha le livre de Duvilliers sous son matelas, enfila des vêtements propres puis se rendit sans plus attendre rue de Vaugirard, dans l'hôtel qui jouxtait le Théâtre-Français.

Conduit par un domestique jusqu'au bureau du commissaire, qu'il commençait à bien connaître et à apprécier, Gabriel prit place en face du petit homme bedonnant au crâne chauve.

Tout entier dévoué à sa charge, Michel Guyot semblait ne jamais quitter sa robe de magistrat. Affecté au quartier du Luxembourg et à la charge spéciale des cabarets, il était, à cinquante ans passés, sinon le seul, au moins le plus honnête et le plus incorruptible des quarante-huit commissaires de police que comptait encore Paris. Ces qualités s'accompagnaient d'une certaine sévérité.

— Où étiez-vous hier soir ?

— Bonjour, commissaire.

— Répondez à ma question, monsieur Joly.

Gabriel hésita. Si le commissaire l'interrogeait à ce sujet, c'est qu'il y avait anguille sous roche et que l'homme savait quelque chose. Soit il savait précisément ce que le journaliste avait fait la veille et voulait tester sa loyauté, soit il n'en avait qu'une connaissance partielle et cherchait à la compléter. Il allait falloir être habile.

— Je jouissais du droit inaliénable de tout homme à ne point dormir dans son lit.

— Je ne vous ai pas demandé ce que vous faisiez, mais *où* vous étiez !

— J'ai dormi dans une auberge, hors de Paris.

Pour l'instant, le jeune homme était parvenu à ne pas mentir, mais il se doutait que l'exercice allait devenir plus acrobatique.

— Et pour quelle raison ?

Gabriel pencha la tête d'un air sardonique.

— Le lieutenant général de police ayant démissionné, travailleriez-vous désormais pour Sa Sainteté le pape ? L'habit d'inquisiteur ne vous sied guère, commissaire ! Un homme n'aurait-il plus le droit de découcher sans devoir s'en expliquer à la police ?

— Le guet a aperçu hier soir une personne de sexe masculin, d'âge jeune, de grande taille et de chevelure rousse entrant par effraction dans une maison de Montrouge, et...

— Et vous devez donc soumettre tous les jeunes roux de Paris à la Question ! Je vois. Eh bien, bon courage, commissaire ! Mes frères capillaires et moi sommes plus nombreux qu'on le croit. Nous sommes partout !

— Cessez de faire le malin, monsieur Joly ! Nous avions un accord, fondé sur la confiance mutuelle et un échange de bons procédés, dont vous êtes finalement le seul bénéficiaire ! Je vous dis tout, vous ne me dites rien !

— Commissaire ! s'indigna Gabriel. Par bonté d'âme, je mettrai l'injustice de ces propos diffamatoires sur le dos des contrariétés que doivent vous imposer les troubles de ces derniers jours. Il me semble que, dans le cadre de cet accord, je vous ai apporté plus de matière et d'informations que les vingt inspecteurs parisiens réunis !

— Ce n'est pas difficile.

— Ne vous ai-je point livré l'infâme abbé Guibert ?

— Vous me le livrâtes mort, monsieur !

— Preuve supplémentaire de ma nature bienveillante ! L'homme était bien plus aimable dans cet état que dans celui qui le précède.

Le policier leva les yeux au ciel puis, croisant les mains sur son bureau, resta un long moment à observer son interlocuteur en silence, comme s'il tentait de lire ses pensées.

Gabriel, malicieux, soutint son regard sans se départir de sa mine réjouie.

— Et votre Loup des Cordeliers ? reprit finalement Guyot. Où en est votre enquête ?

— Il a disparu, monsieur.

— L'avez-vous démasqué ?

Cette fois, esquiver le mensonge allait s'avérer plus ardu.

— J'ai acquis la certitude que le Loup était une femme.

— Théroigne de Méricourt ?

— C'était l'une de mes suppositions, en effet.

Le magistrat poussa un grognement agacé.

— Foutre ! N'avez-vous donc rien à m'apprendre ?

— Je ne dirais pas cela, commissaire. Nous avons certainement l'un et l'autre beaucoup de choses à nous apprendre. Je pourrais, par exemple, si vous avez un peu de temps, vous enseigner l'art de manier une presse à bras ?

— Et moi, je pourrais vous faire découvrir les joies d'un séjour derrière les barreaux, si vous continuez de vous moquer de moi !

— J'étais avant-hier à l'Hôtel de Ville et je pense que Paris compte des candidats à l'enfermement plus légitimes que moi ! rétorqua Gabriel, soudain plus grave.

— Ne m'en parlez pas, soupira le commissaire, à qui l'accablement redonna un ton plus calme. La véritable police est passée aux mains de l'Hôtel de Ville et des districts. On a fait aimablement savoir aux commissaires de police, dont les jours sont comptés, que nous ne devions plus nous occuper de ces choses-là. Certains de mes confrères, devançant le sort qui m'attend, ont déjà quitté leur office.

En réalité, dans les jours qui suivirent, la charge de commissaire – qui n'avait point tant suscité la colère populaire que celles d'inspecteur ou de lieutenant général – fut seulement réorganisée, pour être chapeautée par la municipalité.

— Je vois, dit Gabriel avec compassion.

— En somme, respectueux jusqu'à la dernière heure des devoirs qui m'ont été confiés, ou de ce qu'il en reste, je m'efforce de clore convenablement mes dossiers et me limite aux affaires criminelles courantes. Une effraction dans une maison de Montrouge, par exemple, ajouta Guyot d'un air entendu.

Gabriel se contenta de sourire, et c'était un demi-aveu amicalement concédé.

— Commissaire, je vous promets que je respecterai notre accord et que je vous aiderai chaque fois que je le pourrai. Je suis certain qu'un homme de votre probité trouvera sa place dans la nouvelle organisation que ce grand bouleversement apportera à notre police, et alors je serai toujours votre obligé. Et je ne fais point votre éloge par flatterie. Je dis ce que je pense. Quant au Loup des Cordeliers, quelque chose me laisse penser qu'il a disparu pour de bon.

— Et que ses crimes resteront impunis ?

Gabriel haussa les épaules.

— De tous les crimes impunis que ce siècle a accumulés, monsieur Guyot, ceux-là ne sont pas les plus odieux à mes yeux. Et je veux croire que, bien que votre place vous empêchera toujours de l'admettre, vous avez, vous aussi, quelque indulgence pour leur auteur.

Le commissaire céda un petit rictus qui ressemblait à un sourire amical.

— Allez, filez, Gabriel ! J'espère seulement que vous aurez compris, entre les lignes de cette conversation, que malgré l'admiration certaine et la sympathie sincère que j'éprouve pour votre jeune personne, je vous ai à l'œil.

Le journaliste se leva, mimant une révérence.

— L'admiration et la sympathie sont partagées, monsieur.

Ce que M. Guyot s'était gardé de dire, ce jour-là, eût pu changer le cours des choses, mais la confiance qu'il portait au jeune homme avait été par trop mise à mal. Car, si le commissaire était venu chercher Gabriel chez lui, la veille au soir, sans l'y trouver, c'était pour lui annoncer une nouvelle étonnante : il venait de recevoir la copie d'un rapport rédigé par la maréchaussée de la généralité de Paris, dont dépendait le bailliage de Nemours. On y relatait le meurtre de trois gendarmes, dont les corps avaient été retrouvés sans vie, après qu'ils avaient pris en chasse une calèche. Aucun témoin n'avait survécu. Si l'arme du crime semblait avoir été un sabre, on avait toutefois retrouvé, non loin de là, de nombreuses traces mêlées sur le sol. Les empreintes d'une seule et même personne, et celles d'un loup.

Ainsi, quelques minutes plus tard, ce fut démuni de cette précieuse information que Gabriel rentra chez lui, où il s'enferma à double tour. Avec l'empressement de l'impatience, il récupéra le livre de Duvilliers sous son matelas, s'installa à son bureau et reprit la lecture qu'il avait entamée la veille au soir, dans l'auberge de la Maison-Blanche.

Le *Liber Rubrae Manus* était, pour le moins, un ouvrage singulier, tout à fait édifiant. Écrit en latin, dans un style hermétique qui n'était pas sans rappeler celui des traités alchimiques d'un Arnaud de Villeneuve ou d'un Roger Bacon, l'épais volume retraçait l'histoire de la Main rouge, désignée ici sous sa forme italienne de Manorossa. Selon l'auteur, anonyme, cette société savante avait été fondée en l'an 1549 à Pavie, en Lombardie, à l'initiative de Gerolamo Cardano, célèbre mathématicien, inventeur, philosophe et médecin italien. Affirmant avoir pour unique dessein de libérer l'homme moderne de l'oppression des princes, cette société avait été bientôt rejointe par moult savants férus d'occultisme. L'auteur citait des personnages aussi illustres que le Britannique John Dee, le Français Blaise de Vigenère ou les Flamands Joannes Stadius et Gerardus Mercator, le fameux inventeur de la projection cartographique qui porte son nom.

Après une première partie exposant les valeurs philosophiques et les ambitions politiques de la confrérie, qui accusait la noblesse et l'Église d'avoir accaparé les terres et les richesses de l'Europe, la seconde détaillait, sur près de quatre cents pages, son symbolisme ésotérique ainsi que ses cérémonies. Faisant référence au culte antique de Mithra, dont la Manorossa se disait l'héritière, cette abondante liturgie intégrait également ici et là d'étranges rituels forestiers. Outre la description du temple, appelé Vendita, des masques d'animaux, du manteau rouge à capuche et de l'épée que devaient porter les adeptes, l'auteur détaillait la symbolique de la main rouge, emblème central, figuré par un gant de la même couleur. Ainsi, il était expliqué que la main, siège de la volonté raisonnée, représentait à la fois le serment qu'elle servait à prêter, mais aussi le travail et l'action, la puissance et la justice. Associée à la couleur rouge, elle devenait la main des sanguins, des forts, des volontaires et des énergiques. Enfin, cet attribut rappelait aux adeptes qu'ils ne devaient pas craindre, si la réalisation de leur dessein l'exigeait, de tacher leurs mains du sang rouge de leurs ennemis.

L'après-midi touchait à sa fin quand Gabriel, qui avait pris de nombreuses notes, acheva sa lecture. Refermant lentement le livre devant lui, il resta un moment à l'observer, circonspect. À l'évidence, les trois gants rouges qu'il avait trouvés au cours de son enquête prenaient tout leur sens. Ils étaient la signature d'une société secrète !

Le jeune homme frotta sa chevelure en grimaçant. Il n'y avait pas mille façons de résumer son sentiment : cet ouvrage ressemblait à une gigantesque fouterie ! Le livre ne résistait pas longtemps à l'analyse, ni d'un point de vue historique ni d'un point de vue philosophique. Malheureusement, les siècles avaient prouvé maintes fois que l'humanité comptait en son sein une foule d'âmes assez crédules pour se laisser abuser par ce genre de mythes fantasques. Il ne suffisait pas des dix doigts de ses mains pour compter le nombre de sectes et de sociétés initiatiques qui avaient rencontré le succès avec des corpus plus extravagants encore que celui-là. En somme, si farfelu que fût le *Liber Rubrae Manus*, il n'en restait pas moins probable que cette Manorossa existât réellement aujourd'hui et que ses membres en prissent la mythologie au pied de la lettre.

Mais alors, quel lien Duvilliers entretenait-il avec elle ? La présence du livre dans sa bibliothèque et les gants rouges qu'il avait semés derrière lui étaient-ils la preuve qu'il en fût un adepte convaincu ? Ou bien était-ce une gigantesque farce ? Une fausse piste, peut-être, laissée à dessein ?

Gabriel songea alors qu'une de ses connaissances pourrait lui apporter quelque réponse…

20

Une autre recette miraculeuse

Honoré-Gabriel Riqueti, comte de Mirabeau, qui s'était fait élire député du tiers état malgré ses origines aristocratiques, était sans conteste l'une des figures les plus complexes parmi les grands acteurs de son temps. D'aucuns, à condition qu'ils fussent pourvus de quelque humaine compassion, eussent pu dire qu'il était, au fond, aussi touchant que détestable.

Né fort laid, sinon abominable, il avait été rejeté par son père sur ce triste critère, celui-ci le traitant plus mal encore que l'on traitait en ce temps un bâtard. Ayant subi, de l'enfance jusqu'à l'âge adulte, l'opprobre de son géniteur, Honoré-Gabriel était devenu un homme habité par l'idée de réussite et de revanche, tiraillé entre la haine et la fascination qu'il éprouvait pour son propre milieu. Mirabeau, qui disait lui-même de sa laideur qu'elle était une puissance, désirait autant être reconnu par les siens qu'il espérait les humilier. Quant à sa fort désavantageuse physionomie, elle avait occasionné chez lui, à l'adolescence, une obsédante frustration, laquelle se traduisait, à présent, par un appétit sexuel aussi dévorant que son ambition politique. Seule la fortune pouvait satisfaire cette fringale-là, par l'entremise des très jeunes filles de joie et des courtisanes qui lui coûtaient chaque jour plus d'argent qu'il n'en avait. Érudit, tribun splendide, il n'en restait pas moins entravé, dans ses aspirations à la grandeur, par un endettement colossal qui l'obligeait à œuvrer secrètement pour les uns et les autres, en échange d'espèces sonnantes et trébuchantes.

Quand s'étaient ouverts les états généraux, Mirabeau avait choisi de prendre un logement à Paris qui ne fût pas trop éloigné de la route qui conduisait à Versailles. Ainsi, il occupait l'étage d'un hôtel de la rue de la Chaussée-d'Antin, à quelques pas des boulevards. Dès son arrivée, le comte avait fait réaménager ses appartements, de telle sorte qu'ils offraient deux voies de circulation, l'une pour les fillettes, l'autre pour les hôtes qui ne devaient surtout pas les croiser. C'est par la seconde que les domestiques firent entrer, ce soir-là, le visiteur qui avait demandé à le voir.

— Je vous en prie, prenez place, monsieur de la Boissière.

— Appelez-moi M. Le Roy, de grâce ! répondit l'homme en s'installant dans le fauteuil qui faisait face au bureau du député. La Boissière n'est point un patronyme mais une simple propriété, et je ne convoite aucune particule.

— À votre guise ! Et vous pouvez m'appeler Mirabeau, comme tout le monde, n'étant moi-même que très modérément attaché à ces deux lettres au pouvoir magique fort critiquable…

Georges-Alexis Le Roy, seigneur de la Boissière, était un homme aussi fortuné que discret. Pragmatique et réfléchi, il n'avait quasiment jamais fait parler de lui à Paris, malgré une carrière remarquable, et c'était à dessein. Personne n'aurait pu imaginer qu'en d'autres lieux ce conseiller du roi, qui avait toujours tenu à rester dans l'ombre, se faisait appeler frère Heliodromus, et l'on ignorait certainement aussi l'identité comme les projets des hommes qu'il recevait, en secret, dans son hôtel de Saint-Mesme, aux sous-sols de la tour du Pet-au-Diable.

— Je vous sais gré de m'avoir reçu si vite, monsieur le comte, fit le visiteur d'une voix assurée.

L'homme était de grande taille, de grand port et aux manières raffinées, barbe et cheveux blonds. Son apparente froideur cachait toutefois une âme de feu.

— C'est que votre requête a su éveiller ma curiosité, par ses contours énigmatiques, monsieur ! répondit Mirabeau. Que peut pour vous le modeste député que je suis ?

— La question, cher ami, ne consiste pas à savoir ce que vous pouvez pour moi, mais précisément l'inverse.

Le comte, à qui son génie politique ne laissait aucune illusion quant à la possible gratuité de tout service rendu, ne put s'empêcher un sourire ironique.

— Je suis tout ouïe, promit-il néanmoins.

— Je sais votre temps précieux, et je ne dépense moi-même le mien qu'avec parcimonie. J'irai donc droit au but, annonça Le Roy sur le même ton monocorde.

— À la bonne heure !

— Vous voulez être maire de Paris.

Fichtre ! En effet, le propos ne s'infligeait aucun détour. Mirabeau, pris de court, imita une expression de parfaite innocence.

— Oh, vous savez, Paris n'est qu'un lit de rumeurs ! affirma-t-il de sa voix comédienne.

— Je suis venu vous proposer de transformer cette rumeur en campagne, et cette campagne en succès.

Le député fronça les sourcils d'un air faussement réprobateur.

— L'amoureux éperdu de la démocratie que je suis pourrait aisément trouver une telle assertion quelque peu présomptueuse !

Le visiteur resta impassible.

— Vous savez que, comme toute chose en ce monde, les voix ont un prix. La démocratie, monsieur le député, ce n'est ni plus ni moins qu'une lutte entre ceux qui ont les moyens d'acheter lesdites voix.

Mirabeau éclata franchement de rire.

— Je ne m'aventurerais pas à dire qu'elle est erronée, mais c'est en tout cas une interprétation du suffrage qui ne manque pas de cynisme !

— J'ai dit que je n'étais pas venu ici pour vous faire perdre votre temps. Mon discours ne s'embarrassera pas de la moindre coquetterie. Si vous préférez, en de pareilles heures, converser avec un interlocuteur qui louvoie sous des propos consensuels, alors je me suis trompé à votre sujet et je vous prie de m'excuser, car dans ce cas je ne pourrai vous être d'aucune aide, en effet. Mais si, comme je le crois, vous réservez vos effets de scène d'un idéalisme enflammé à vos seules apparitions publiques, pour servir en réalité une vision efficiente et réfléchie de la chose politique, alors j'apporterai à votre élection les moyens financiers et logistiques dont elle aura besoin pour réussir infailliblement.

Mirabeau, à qui cet homme avait d'abord fait l'impression d'une suffisante inconséquence, commença à réviser son jugement et se décida à l'écouter avec attention.

— Puisque vous avez l'amabilité de vouloir économiser mon temps, dit-il sur un ton soudain plus sérieux, avant que vous ne m'exposiez les détails de votre miraculeuse recette, monsieur, ayez l'obligeance de m'en livrer le prix. Je ne suis pas né d'hier, ni de la veille, ou même de l'avant-veille et, comme vous le disiez à l'instant, je sais qu'en ce monde tout se paye.

Le visage de M. Le Roy concéda un sourire, et l'homme fit un geste de la tête pour exprimer quelque soulagement.

— Bien, nous parlons enfin le même langage ! Alors voici : je n'attendrai en retour que votre oreille attentive et vos intentions bienveillantes, quand mon soutien vous aura porté là où vous projetez d'être.

— Diable ! Voici un prêt dont le taux a pour moi une variabilité trop importante ! Soyez plus précis !

Le conseiller du roi, comprenant que sa proposition commençait à intéresser Mirabeau, se renfonça doucement dans son fauteuil, croisa les jambes et y posa ses deux mains liées, comme pour affirmer sa sérénité.

— Je ne vous demanderai jamais d'aller à l'encontre de vos convictions que, dans l'ensemble, je partage, Honoré-Gabriel, mais seulement un renseignement par-ci, la facilitation d'une démarche administrative par-là… Et, très exceptionnellement, il pourra m'arriver de vous suggérer de faire pencher un vote de tel ou tel côté, à condition qu'aucun des deux ne desserve vos intérêts. Vous resterez maître de votre libre arbitre. En somme, je vous demanderai de me rendre les services que l'on accorde naturellement à un ami !

— Le mot *débiteur* me semblerait plus approprié qu'*ami*, dans ces circonstances ! Et pour combien de temps resterai-je ainsi votre amical obligé ?

— Le temps du mandat que je vous aurai permis d'obtenir, pas un jour de plus. Et, encore une fois, jamais au prix de votre conscience, que je sais si rigoureuse !

Mirabeau, que ce dernier persiflage n'offusqua guère, resta silencieux un instant, l'air pensif, avant de prendre une grande inspiration et de demander :

— Quel intérêt un conseiller du roi, membre de la Chambre des comptes, peut-il avoir à obtenir l'oreille d'un maire, quand il a déjà celle du monarque ?

— Allons, monsieur le comte ! Nous ne sommes pas à la tribune des Menus-Plaisirs, mais dans l'intimité de votre bureau ! Ne jouez pas : votre public est absent ! D'abord, vous comptez bien plus d'oreilles attentives que moi, y compris celle de Monsieur, le frère de notre pauvre Louis le XVIe... Mais surtout, vous savez que, dans quelques semaines, quelques mois tout au plus, l'oreille de Sa Majesté n'aura plus aucun avantage à m'offrir, même à supposer que, par miracle, la tête à laquelle elle est attachée repose alors encore sur ses épaules.

À cet instant, un rire intérieur, non moins tonitruant que s'il fût sorti de sa vilaine bouche, envahit l'esprit de Mirabeau. Il se demanda s'il n'avait pas en face de lui un homme plus retors encore que sa propre personne !

— Soit. Imaginons que ce prix puisse me convenir, je dis bien *imaginons*, et passons donc à la recette électorale miraculeuse que vous affirmez posséder. Quels en sont, dites-moi, les secrets ingrédients ?

— Il va d'abord vous falloir rencontrer, un par un, les présidents des soixante districts. Des rencontres que je faciliterai et qui se tiendront de nuit préférablement, car une certaine discrétion s'imposera. Il vous reviendra alors de les séduire, par les moyens que je vous donnerai, tout comme vous devrez séduire certains des bourgeois les plus influents de la capitale, dont je vous ouvrirai gracieusement les portes.

Mirabeau écarquilla les yeux en dodelinant de la tête.

— Votre assurance me fait hésiter entre deux hypothèses, monsieur. Soit vous êtes plus puissant que l'on ne le sait, soit vous êtes la personne la plus prétentieuse que j'aie eu l'occasion de croiser en toute une vie. Et il y a pourtant, en la matière, une concurrence considérable !

— Vous jugerez sur pièces, répondit Le Roy, amusé. Vous qui vouliez déjà être maire n'avez de toute façon rien à perdre ! Au fond, il n'y a guère que moi qui, dans le cas où ce plan ne porterait pas les fruits attendus, y laisserais une mise substantielle. Mais revenons, justement, à ladite recette. Une fois le terrain des districts préparé et les bourgeois décisifs ralliés à votre cause, vous devrez user de l'influence dont vous profitez déjà à l'Assemblée nationale pour y proposer un nouveau plan de municipalité. Son admission entraînera, *de facto*, une nouvelle élection à la mairie de Paris. La faveur que vous aurez obtenue des districts et la campagne de placards dont j'assurerai à la fois le financement et la distribution quotidienne pendant les semaines qui précéderont le vote vous offriront la place que vous briguez.

Mirabeau – qui se demandait encore si cet homme était fou ou s'il avait les moyens de cet aplomb inébranlable – réfléchit longuement en alternant grimaces, soupirs et grattements sur le dessus de sa volumineuse tête.

— Il reste, dans cette stratégie, un obstacle dont vous ne parlez pas, lâcha-t-il enfin.

— Dites-moi.

— M. Bailly n'abandonnera pas si facilement la charge dont il s'est fait une vocation sacrée, et les Parisiens l'aiment plus qu'ils ne m'aiment.

M. Le Roy, préparé à tout contre-argument, sourit de nouveau.

— Ma stratégie, comme vous dites, prévoit également d'inciter ce brave sieur Bailly à aller au bout de la démarche qu'il a avortée avant-hier.

— Le pousser à démissionner ?

— La chose est aisée : il s'en est presque convaincu tout seul et il est si fatigué par sa dévotion à la chose publique que ce serait lui rendre service. Allons ! J'aurai tout le temps, plus tard, de vous détailler ce plan par le menu. Nous le perfectionnerons ensemble, si vous lui trouvez des failles. Faisons affaire, monsieur, et je puis vous promettre que Paris sera votre royaume. Et ce royaume, croyez-moi, sera celui qui, demain, gouvernera la France.

— Voici donc votre dessein ? demanda Mirabeau suspicieux. Gouverner la France ?

— Non. Ce sera votre charge. Mon dessein est d'achever, sans plus de violence, la révolution qui a commencé, en assurant qu'elle soit profitable aux hommes de bonne volonté. Le régime caduc qui paralyse la France depuis trop longtemps, qui empêche la réussite par le mérite et nuit au développement des entreprises doit être relégué au passé. Je n'ai d'autre ambition que de contribuer à rendre à la France la grandeur qu'elle a perdue, en la débarrassant de ces vieilles familles qui n'ont jamais eu d'autre préoccupation que de pérenniser leur seule fortune.

Mirabeau, dont personne n'eût pu mettre en doute la redoutable intelligence, trouva dans cette tirade la confirmation qu'il attendait : l'homme qui se tenait devant lui n'était pas un généreux mécène ; c'était un émissaire.

— Dans quel délai les entrepreneurs que vous représentez attendent-ils une réponse de ma part ? demanda-t-il avec malice.

M. Le Roy ne nia point l'implicite assertion du comte et répondit seulement :

— Vous avez trois minutes.

Un quart d'heure plus tard, le conseiller du roi sortait du bureau de Mirabeau, le visage éclairé d'un sourire satisfait. Sur le palier, il croisa Camille Desmoulins, qui venait sans doute apporter sa discrète contribution aux célèbres *Lettres du comte de Mirabeau à ses commettants*.

— Vous devriez écrire votre propre journal, maître, lui suggéra Le Roy avec une pointe d'ironie.

— J'y songe, mo… monsieur, j'y songe.

21

Sérénissime grand maître

— Si c'est Romme, je le coupe en morceaux et je jette ceux-ci, l'un après l'autre, par la fenêtre ! s'exclama Mercier en se levant pour aller ouvrir, comme on venait de frapper à sa porte. Foutre ! Quand on a du respect pour la république des Lettres, on ne dérange pas un écrivain après huit heures du soir, surtout s'il est avec une dame !

— Vous n'avez pas intérêt ! le gronda Anne-Josèphe. Votre ami mathématicien est la seule chose qui mérite d'être sauvée chez vous, Sébastien !

— Ah ! Au moins, vous admettez que Gilbert est à ranger dans la catégorie des « choses ». C'est un début.

Quand l'écrivain découvrit qui se tenait sur son palier, il ne put retenir un geste de surprise.

— Ça alors ! Si ce n'est pas votre pisse-copie préféré ! lança-t-il goguenard à Mlle Terwagne.

Et il fit un pas de côté pour qu'elle pût voir la silhouette de leur visiteur.

— Monsieur Joly ! se réjouit aussitôt la Liégeoise.

Elle bondit du canapé pour accueillir le jeune homme plus convenablement que Louis-Sébastien ne risquait de le faire.

— Mes hommages, madame, dit Gabriel en lui baisant la main. Et bonsoir à vous, ô illustre Mercier, prince des dramaturges, saint patron des poètes, sérénissime grand maître du roman, de l'essai, du conte, de la fable et de son fabliau.

— Vous omettez, jeune homme, que je survole aussi allègrement les territoires infinis de la farce et de la comédie ! Mais c'est que l'une comme l'autre doivent échapper à votre entendement fort limité de journaliste. Je vous dirais bien d'entrer, mais je n'ai pas la moindre curiosité quant au motif de votre visite. Au revoir…

Il fit mine de refermer la porte.

— Louis, poussez-vous donc et allez plutôt chercher un verre à votre hôte ! pesta Mlle Terwagne.

Puis, se tournant vers le jeune Joly avec un sourire aimable :

— Venez, Gabriel, votre arrivée est un cadeau inespéré que le ciel m'envoie pour sauver ce qui peut l'être dans cette soirée ! Ne prêtez pas attention à notre odieux écrivain, vous savez bien qu'au fond il n'éprouve pour vous, outre cette émouvante jalousie, qu'une inavouable admiration.

Elle prit le jeune homme par la main et l'entraîna dans le salon.

— La seule chose que j'aie sincèrement admirée chez ce jeune homme, c'était son départ du *Journal de Paris*, se défendit Mercier. Uniquement parce que je m'étais imaginé qu'il n'aurait pas l'idée saugrenue d'aller pisser ailleurs sa prose maladroite !

Gabriel, qui avait fini par s'habituer aux railleries de l'écrivain dont, en vérité, il chérissait l'œuvre, rit avec Mlle Terwagne et prit place à ses côtés.

Mercier revint bientôt avec un verre et servit le jeune homme en soupirant.

— Donner du bon vin à un apprenti journaliste est aussi désolant que d'offrir à cochon bonne confiture !

Gabriel huma le verre et but une gorgée.

— J'ai goûté peu de confitures qui souffrissent la comparaison avec un cru de mercurey comme celui-ci, dit-il admiratif, clouant avec plaisir, par son œnologique érudition, le bec de Mercier.

— D'accord, d'accord... Mais dépêchez-vous de me livrer la raison de votre visite, que je puisse vous congédier avant le deuxième verre, grommela l'écrivain, vexé.

— S'il vous met à la porte, je partirai avec vous ! intervint Mlle Terwagne en serrant le bras de Joly.

— Je suis venu dans l'espoir un peu fou que vous daigniez, monsieur, me faire profiter de votre connaissance de la franc-maçonnerie et des sociétés initiatiques en général, ainsi, peut-être, que de l'un de vos frères militaires. Un certain Charles-Antoine Duvilliers.

À la mine stupéfaite de ses interlocuteurs, Gabriel comprit que le sujet, par quelque formidable coïncidence, les préoccupait justement.

Mercier et Terwagne, après un instant de parfaite immobilité, échangèrent un regard interdit.

— Pourquoi... pourquoi vous intéressez-vous à Duvilliers ? marmonna la Liégeoise, dont le visage avait soudain blanchi.

Gabriel se frotta pensivement le menton.

— Bigre ! Oserais-je déduire de votre conjoint étonnement que le colonel vous intéresse, vous aussi ?

— Dites-nous pourquoi il vous préoccupe ! répéta Anne-Josèphe.

— Vous d'abord ! se défendit le journaliste.

La jeune femme hésita, faisant les gros yeux à Mercier, comme pour l'interroger.

— Eh bien, délicieuse gourde ! s'impatienta celui-ci. Dites-le-lui donc, au lieu de me regarder comme une bêtasse ! La chose ne mérite pas si grand mystère, et plus vite vous répondrez, plus vite le rouquin partira !

— Votre ami Récif, le pirate salétin, m'a un jour confié que le commanditaire de mon assassinat était un franc-maçon proche de Versailles. Vous vous en souvenez, Gabriel ?

Le journaliste hocha la tête, se remémorant la scène au Château-Rouge, le cabaret qui servait de quartier général à Récif et à ses compagnons Renégats.

— J'ai acquis, depuis lors, la certitude qu'il s'agissait du colonel Duvilliers, termina la Liégeoise d'un ton grave.

Gabriel, qui avait deviné la conclusion avant même de l'entendre, n'en fut pas moins abasourdi. Diantre ! Il n'était plus un seul fil de son enquête qui ne menât à cet énigmatique militaire ! Duvilliers était lié à la fois au trésor de Montmartel (qu'il avait sans doute dérobé), au Loup des Cordeliers et, maintenant, à la tentative d'assassinat dont Mlle Terwagne avait été victime !

— Vous le connaissez ? demanda prestement Joly en se tournant vers l'écrivain.

— Je l'ai vu une ou deux fois comme visiteur dans la loge des Neuf Sœurs, à laquelle votre oncle et moi-même appartenons.

— Et il vous a paru être un homme capable de commanditer l'assassinat d'une dame ? le relança Gabriel.

— Foutre ! Voilà un travers dont les signes extérieurs me sont tout à fait inconnus, répondit Mercier. À quoi reconnaît-on ces hommes, dites-moi ? Nez crochu ? Poils sur les pieds ?

— À leur absence totale de dignité, monsieur !

— Jeune homme, ne vous faites pas plus idiot que vous ne l'êtes déjà, ce doit être un exercice éprouvant. Un criminel qui réussit, c'est un criminel qui sait se faire passer pour irréprochable. Duvilliers a toujours eu l'apparence d'un gentilhomme.

— Il semble pourtant que ce soit une crapule, qui a su glisser entre les mailles des filets de votre ordre !

— Si la franc-maçonnerie était parfaite, monsieur Joly, elle n'aurait plus de raison d'être, puisque le seul dessein du maçon est d'œuvrer à son perfectionnement, dans l'espoir que celui-ci inspire le monde profane.

— Eh bien ! Vous avez encore du travail !

— Pour des siècles, sans doute ! Mais dites-nous plutôt pourquoi vous vous intéressez, vous aussi, à ce mauvais frère ?

Ainsi, Joly leur confia les détails de son enquête, sans rien excepter que l'identité du Loup des Cordeliers. Il leur parla de l'abbé Guibert, mystérieux prisonnier clandestin de la Bastille, et de sa mort, mais aussi de son complice, fantomatique homme à la cape, du trésor de Montmartel et de sa disparition, ainsi que des gants rouges semés tout au long de la course-poursuite.

— Lors de mes investigations, termina-t-il, je suis tombé sur un livre que le Loup avait négligemment laissé sur sa route et dans lequel j'ai reconnu son écriture.

— Vous connaissez l'écriture du Loup des Cordeliers ? s'étonna Mlle Terwagne.

— Il m'a laissé plusieurs lettres de menace. Bref, dans cet ouvrage, consacré aux révolutions corses, le Loup avait souligné le nom de Duvilliers. Je suis allé chez lui, à Montrouge, avec l'intention de lui demander quel lien il entretenait avec notre mystérieux justicier. Il n'y était pas mais, par la fenêtre, j'ai aperçu un gant rouge, en tout point identique aux précédents !

— Et vous êtes entré ? demanda Mercier avec un air surpris.

— Disons que, d'une manière ou d'une autre, j'ai aussi pu récupérer un livre dans sa bibliothèque, et que ce livre, tout à fait singulier, me permet de penser que ce M. Duvilliers est bien mon mystérieux « homme à la cape », qu'il a fort probablement récupéré le trésor de Montmartel et qu'il est lié à une société secrète assez… insolite.

— Que voulez-vous dire ? s'enquit Louis-Sébastien, intrigué.

— Avez-vous déjà entendu parler de la Manorossa ?

L'écrivain fit une moue dubitative.

— La Main rouge ? Oui, vaguement, mais j'ai du mal à imaginer qu'un homme comme Duvilliers puisse avoir quelque rapport avec ces charlatans qui se réunissent dans des caves…

— On aurait tort de ne pas prendre les charlatans très au sérieux, monsieur : ils sont bien plus dangereux que les honnêtes hommes ! En outre, ne disiez-vous pas tout à l'heure que vous n'auriez pu imaginer Duvilliers capable de commanditer l'assassinat de Mlle Terwagne ?

— Certes, admit Mercier, Duvilliers est vraisemblablement plus machiavélique qu'il n'y paraît, mais de là à ce qu'il s'acoquine avec une secte d'illuminés comme la Main rouge… Quel est ce livre que vous avez trouvé ?

Gabriel hésita, puis lui tendit le *Liber Rubrae Manus* qu'il avait apporté. Mercier ôta la toile dans laquelle le journaliste avait soigneusement enveloppé le volume et commença à le feuilleter. Tout à coup, le visage de l'écrivain se figea dans une expression circonspecte.

— Bon sang ! marmonna-t-il comme pour lui-même. Cela ne peut pas être une coïncidence…

— Quoi donc ? le pressa Gabriel.

— Anne-Josèphe ! Voulez-vous bien montrer votre gravure à notre nouveau Sartine[1] ?

La jeune femme s'exécuta et, en découvrant l'estampe, Gabriel reconnut aussitôt ce qu'elle représentait.

— La tauroctonie du culte de Mithra, chuchota-t-il.

— Les membres de la Main rouge prétendent en être les dignes héritiers, expliqua Mercier à Mlle Terwagne.

— D'où vient cette gravure ? demanda Joly, qui ne voyait pas encore son lien avec leur affaire.

— Elle appartenait à mon ancien amant, Tenducci, qui l'avait obtenue en Corse d'une manière sur laquelle il faisait grand mystère.

À ces mots, Gabriel se souvint que le commissaire Guyot, envisageant que la Liégeoise pût être le Loup des Cordeliers et cherchant à établir un lien entre elle et la Corse, avait retrouvé la trace des séjours d'Anne-Josèphe sur l'île, en compagnie dudit castrat…

— Tenducci chérissait cette gravure comme s'il se fût agi d'un inestimable trésor. Duvilliers a lui aussi un lien étroit avec la Corse, alors je me suis demandé si ce n'était pas après cette gravure que le colonel en avait. Car je ne suis pas censée la posséder et je ne vois pas d'autre raison pour qu'il me persécute ainsi… Le rapprochement était fort osé, je l'admets, mais je me dis à présent qu'il n'était finalement pas si stupide ! N'est-ce pas, Louis-Sébastien ? ajouta-t-elle d'un air revanchard.

— Vous avez un nez admirable, Anne-Josèphe. Vous êtes ma Cléopâtre, et pour vous je serai César et Marc Antoine à la fois !

---

1. Antoine de Sartine, lieutenant général de police de Paris de 1759 à 1774, fut certainement le policier le plus célèbre de son siècle.

— Il y aurait donc un lien entre Tenducci, Duvilliers et cette invraisemblable Main rouge ? chuchota Gabriel en inspectant la gravure.

— Je l'ai déjà examinée de près, lui expliqua Mercier. C'est une reproduction ordinaire, sur papier vélin. Je ne vois rien qui puisse en faire l'objet de tant de convoitises.

Le jeune homme hocha la tête.

— À première vue, moi non plus, en effet. Mais, dites-moi…

Laissant malicieusement le temps en suspens, Gabriel regarda tour à tour Mercier et Terwagne, avec un petit air espiègle.

— Quoi donc ?

— Je suppose que vous avez eu la présence d'esprit d'ouvrir le cadre afin de vous assurer qu'il n'y avait rien derrière ?

Livre deuxième

Cordeliers, cornes et corderies

Interlogue

Vingt ans plus tôt…

Les trois frères Pellegrini étaient sur le point de faire livrer son dernier souffle à l'homme qui, quelques heures plus tôt, avait infligé à leur jeune sœur le plus odieux outrage, quand la porte de la petite cabane où ils l'avaient enfermé vola en éclats.

Giovani-Antoni, l'aîné, dont la lame encore brûlante venait de graver un triangle renversé sur la poitrine de leur otage, fut le seul de la fratrie à échapper au massacre qui s'ensuivit. Mais les images, cauchemardesques, allaient hanter son âme à tout jamais.

Les ombres que les torches projetèrent alors sur les murs en rondins de bois furent celles d'une étrange danse macabre, d'un rituel de sacrifice païen. Huit silhouettes drapées de rouge, ou dix peut-être, leurs visages cachés derrière de terrifiants masques de bêtes, avaient surgi des ténèbres comme autant de fantômes, tirant leurs épées de concert et les abattant sur les trois insurgés corses avec une rage impitoyable. Face à l'acharnement inhumain de ces figures muettes, Giovani-Antoni se demanda quel démon avait pu envoyer ses suppôts sur terre, au secours d'un être aussi vil que ce militaire sans vertu. Était-ce Lucifer en personne ?

Et fut-ce Dieu Lui-même, alors, qui permit à l'aîné de se soustraire à l'hécatombe ? Que l'on ne s'y méprenne point : ce ne fut guère le manque de courage qui fit partir Giovani-Antoni, mais la résignation. Car, quand il se décida à quitter cette scène meurtrière, ses deux frères étaient déjà morts, la tête tranchée.

Le jeune homme sauta par la fenêtre, se jeta dans le maquis et courut tout droit à travers les limbes. À chaque nouveau pas, son visage était lacéré par les griffes d'arbousiers, de myrtes et d'immortelles, des milliers de bras qui voulaient le retenir. Fendant tel un sanglier en fuite les barrières de cette nature sauvage, Pellegrini courut aussi vite et aussi longtemps que les forces humaines le permettent, peut-être plus encore, jusqu'à ce que sa course le menât sur les massifs de granit. Enfant de l'île verte, sans doute ne dut-il le succès de son évasion qu'à une meilleure connaissance de ce milieu hostile que celle dont jouissaient ses poursuivants. À l'ombre du château de Corte, il dévala les flancs escarpés de la piève de Talcini, ses mains cisaillées par les rochers de schiste auxquels il s'appuyait pour garder l'équilibre. Préférant l'abri des hautes pierres aux sentiers qui l'eussent trop exposé, il arriva fort tard, en sang et à bout de souffle, sur les hauteurs de Santa Lutia. Là, ses pas, dans un ultime effort, le conduisirent tout droit vers une cabane de berger que la flore avait depuis longtemps soustraite au regard des hommes.

Quand, rampant presque, le brave Corse entra dans la petite bâtisse abandonnée et qu'il s'écroula sur le sol,

Maddalena, la sœur cadette dont il avait voulu venger l'honneur, surgit des ombres où elle se terrait pour se précipiter à ses côtés.

La jeune femme, blessée dans son corps autant que dans son âme, prit Giovani-Antoni dans ses bras et le supplia de lui dire ce qu'il était advenu. Cachée depuis des heures, elle avait attendu, fébrile, le retour de ses frères.

L'aîné se tourna lentement vers elle, cherchant les mots justes, mais il ne trouva pas la force pour répondre. Dans ses yeux, toutefois, Maddalena Pellegrini sut déchiffrer la terrible vérité. Alors le monde entier se déroba sous ses pieds. Se laissant tomber sur son frère, elle pleura avec lui jusqu'au dernier instant de cette nuit cruelle.

Se supposant recherchés l'un et l'autre, ils restèrent terrés plusieurs semaines dans la cache de fortune, pendant que, dehors, leur île chérie passait aux mains du roi de France, sans qu'ils ne pussent plus rien y faire.

À l'issue de ces journées de silence et de deuil, si le frère se trouva soigné de ses quelques blessures, la sœur découvrit, horrifiée, le fruit de l'outrage qu'elle avait subi : elle était tombée enceinte.

22

Le chiffre

En cette soirée du vingt-quatrième jour de juillet, le salon de M. Louis-Sébastien Mercier ressemblait à celui d'un lieutenant général de police ! Sous les yeux attentifs de ses deux voisins de salon, Gabriel retourna le sous-verre puis fit pivoter un par un les tourniquets qui en retenaient le fond.

— Allons ! Dépêchez-vous ! rouspéta Mercier. Je n'imaginais pas qu'il était humainement possible d'être plus lent encore qu'une comédie de Fabre d'Églantine !

— Cela prouve que vous ne vous relisez pas vous-même, rétorqua Joly sans arrêter sa manœuvre.

Ne trouvant contre le carton aucun ruban de papier qui l'eût lié au passe-partout, le jeune homme songea que ce sous-verre avait déjà été ouvert et refermé maintes et maintes fois, et que l'on avait volontairement laissé le dos de la gravure accessible. Cela ne faisait que confirmer son intuition : il y avait forcément quelque chose derrière !

Ôtant délicatement le fond pour ne rien abîmer, le jeune homme mit au jour la face cachée de la gravure. Un sourire triomphateur se dessina aussitôt sur ses lèvres.

— Comment n'y ai-je pas pensé plus tôt ? s'exclama Mlle Terwagne.

— Oh, j'y avais pensé, moi ! prétendit Mercier. Mais je voulais attendre le journaliste ; la primeur de la découverte procure tant de plaisir à son espèce !

— Taisez-vous donc, Sébastien ! Qu'est-ce... qu'est-ce que c'est que cet amphigouri ? balbutia Anne-Josèphe en observant les inscriptions cachées derrière la gravure de Tenducci, qui allaient sans doute livrer les raisons secrètes de sa préciosité.

MIHIR YASHT

Ofc ill : on : jteby : dzldgit :
Ewab : tfiwz : lm : abt : gyra :
X ibv : js : csamq : khvfl : lmjv :
Ec : zmer : masb : mznmerojhm :
Zm : tcegcaw : gaz : hxlj :
Ec : twer : dgt : vtqla : jyn : ssuqza : ovl

— Juste ciel ! En plus d'une paire de testicules, il manquait à votre amant de solides notions de syntaxe ! s'écria Mercier en ricanant. C'est plus illisible encore qu'une pièce de ma tendre Olympe de Gouges !

Gabriel était déjà en train d'essayer de résoudre ce mystérieux chiffrement.

— Vous y comprenez quelque chose ? s'enquit Terwagne en posant sa main sur l'épaule de M. Joly.

Le facétieux écrivain répondit à sa place :

— Ofcillonjtebydzldgit ? énonça-t-il non sans mal. Mais enfin, Anne-Josèphe, la chose est limpide ! C'est, à l'évidence, l'onomatopée que pousse l'homme à qui l'on coupe les…

— Cela va sûrement demander un peu de temps, l'interrompit Gabriel. Mais un code n'est jamais qu'une serrure, mademoiselle. Ce qui a été crypté peut toujours être décrypté, à condition de trouver la clef dont l'auteur s'est servi. Nous distinguons ici deux éléments : un titre, *Mihir Yasht*, et une série de phrases chiffrées. Il m'est avis que c'est par ce titre que nous trouverons la clef…

— *Mihir Yasht* ? Cela vous évoque-t-il quelque chose ? demanda encore la Liégeoise.

— Pas d'emblée, non, avoua Gabriel.

— On dirait de l'hébreu, risqua Mercier, voyant que son humour potache ne faisait guère recette.

— Peut-être… Cela ressemble en tout cas à la transcription, dans l'alphabet latin, d'une langue qui ne l'utilise pas originellement. Reconnaissez-vous l'écriture de Tenducci, Anne-Josèphe ?

— Non. Je peux affirmer catégoriquement que ce n'est pas la sienne.

— Ces inscriptions devaient déjà être là quand il a récupéré ce sous-verre. En quelle année avez-vous dit qu'il était venu en sa possession ?

— C'était au début du mois de mars 1787, lors d'un séjour à Bastia.

— Et vous n'avez jamais su comment ou de qui il avait obtenu cette gravure ?

Mlle Terwagne fit non de la tête, d'un air désolé.

— Tenducci était très mystérieux, expliqua-t-elle. Au début de notre relation, il n'avait d'yeux que pour moi…

— Comment l'en blâmer ? glissa Mercier d'une voix mélancolique.

— Il promettait de m'offrir la gloire, de me hisser sur les scènes de la Scala de Milan ou du Royal Opera de Londres… Et puis, du jour où il a obtenu ce qu'il désirait vraiment – le contrat léonin qu'il fit signer à la jeune candide que j'étais encore –, il a changé du tout au tout. Il me traînait derrière lui comme on traîne une charge, en Italie, à Paris ou en Corse, ne me confiant plus rien et omettant de me donner les cours de chant qu'il m'avait promis. Il disparaissait souvent, le soir, après le souper, sans jamais me dire où il se rendait… J'ai fini par le quitter quand j'ai compris qu'il n'en voulait qu'à mes rentes.

— Quel sombre imbécile ! s'exclama Mercier en secouant la tête. Comment pourrait-il échapper à quiconque que votre cœur, madame, vaut mille fois vos rentes ?

— Cessez de faire l'idiot, Mercier, de grâce !

— Vous avez raison… Je parle peut-être un peu vite. À combien s'élevaient ces rentes, exactement ?

— Vous n'êtes pas drôle, Louis-Sébastien ! Cet homme m'a blessée…

— Et il m'a blessé moi, et tous les hommes de la terre, en vous écœurant de nous ! Sachez, ma belle Liégeoise, que moi, je n'ai aucune convoitise pour vos rentes, mais seulement pour votre con…

— Louis !

— … votre considération ! termina l'écrivain.

— Vous êtes pire qu'un enfant, mon ami, se lamenta Terwagne en souriant malgré tout. Ne cesserez-vous donc jamais votre comédie ?

— *All the world's a stage, and all the men and women merely players*[1] *!*

---

1. « Le monde entier est un théâtre, et tous, hommes et femmes, n'en sont que les acteurs ! » Extrait de *Comme il vous plaira*, de William Shakespeare,

Gabriel, qui semblait n'avoir rien écouté de ces derniers échanges, poussa un long soupir en se tapotant les lèvres du bout de l'index.

— Si l'on suit votre raisonnement, mademoiselle Terwagne, ces inscriptions étaient fort précieuses pour Tenducci, et elles le seraient aujourd'hui pour Duvilliers. Mais alors, pourquoi vouloir vous assassiner, et ne pas simplement vous dérober cette gravure ?

Anne-Josèphe haussa les épaules.

— Peut-être notre méchant colonel entend-il faire l'un et l'autre, suggéra Mercier. Peut-être craint-il que ma douce Anne-Josèphe ait pris connaissance de ce cabalistique charabia et cela le dérange-t-il...

Gabriel leva un sourcil.

— Diantre ! C'est la première chose intelligente qui soit sortie de votre bouche ce soir, vous qui n'avez livré jusqu'ici que du grand Mercier ou, devrais-je dire, de la petite Mercerie... Vous sentez-vous bien ?

— Assez bien, à la vérité, répondit l'écrivain tout sourire. Je ne pourrais guère me sentir mieux, sinon à vous voir prendre congé de nous.

Le jeune homme sourit.

— Vous avez raison. Il se fait tard, je vais rentrer, dit-il en sc levant. J'irai demain à la bibliothèque du couvent des Cordeliers faire des recherches sur tout cela.

— J'irai avec vous ! répliqua aussitôt Mlle Terwagne.

— Moi aussi ! renchérit Mercier.

— Ah non ! l'arrêta aussitôt la jeune femme. Vous, monsieur l'inaltérable pitre, vous aurez l'obligeance de soumettre ces énigmatiques phrases à notre bon Gilbert Romme, votre

---

qui était, avec Jean-Jacques Rousseau, l'auteur fétiche de notre bon Louis-Sébastien Mercier.

très cher frère mathématicien ! Peut-être faut-il à ce curieux chiffrement un regard plus féru d'algèbre que le nôtre.

— Bonne idée ! fit Gabriel. Et je vous laisse le *Liber Rubrae Manus*. J'ai déjà tiré tout ce que je pouvais de cette farce littéraire, mais vous y verrez peut-être des choses qui m'ont échappé.

L'écrivain grogna et se leva pour raccompagner le jeune homme à la porte.

— Au revoir, monsieur Mercier.

Le journaliste s'apprêtait à descendre l'escalier quand l'auteur se glissa sur le palier pour le retenir par le bras. S'assurant que Mlle Terwagne ne les voyait pas depuis le salon, il se pencha vers lui et lui dit à voix basse :

— J'ai lu vos derniers papiers, Gabriel.

— Ah. Et ils sont fort mauvais, c'est ça ?

Mercier grimaça.

— Au contraire, misère ! Qui l'eût cru ? Ils sont meilleurs que je ne voudrais l'admettre et plus adroits que je ne le reconnaîtrais jamais en public, même sous la torture !

Joly écarquilla les yeux, goguenard.

— Voilà un compliment inattendu, et inestimable à votre bouche ! C'en est presque décevant... Vous mollissez, Louis-Sébastien !

— Taisez-vous, bourrichon ! Croyez bien qu'il n'y a rien chez moi qui mollisse. Mais vous méritez mieux que Momoro pour éditeur, jeune couillon ! Trouvez-vous enfin un libraire digne de ce nom. Et si vous n'y parvenez pas, revenez me voir.

— Comment ? Vous m'aideriez à publier ? Vous ? se moqua gentiment Gabriel.

— Tsss... À l'unique condition que vous ne le répétiez jamais à quiconque. Officiellement, je vous trouve prodigieusement médiocre.

— Et moi, monsieur, je vous relis toujours avec un immense plaisir. Votre plume et votre pensée sont aussi admirables que votre caractère est éreintant.

— Allez ouste, disparaissez, misérable cancre ! ordonna Mercier, joignant toutefois à ces dernières paroles un clin d'œil bienveillant.

23

Le cœur a ses raisons

Au relais de poste de Moulins, Lorette avait encore trouvé les traces du passage de Duvilliers. Filant toujours vers le sud, il conservait un jour d'avance, mais l'homme, qui ignorait sans doute qu'on le suivait, finirait bientôt par se faire rattraper. La chasse, en outre, allait désormais être plus facile : la consultation discrète du registre de l'auberge avait permis à la jeune femme de découvrir le nom d'emprunt que le colonel utilisait – preuve supplémentaire, s'il en fallait, qu'il était entré dans la clandestinité. Signant Charles de Broissy, il se cachait à présent sous le patronyme de cette tendre cousine qu'on lui avait formellement interdit d'épouser dans sa jeunesse, et que l'on avait cruellement placée dans un couvent de Normandie.

Ayant épuisé son cheval par de trop longs galops depuis la veille, Mlle Printemps épargna à la pauvre bête la poursuite de ce rythme infernal et continua, au pas, son trajet vers le sud. *Où donc fuyez-vous ainsi, colonel ?* songea-t-elle, alors que s'étendait alentour la campagne fertile du Bourbonnais.

À l'ombre des ormes et des peupliers qui bordaient la grand-route, longeant le lit rectiligne de l'Allier, Mlle Printemps se remémora le jour où, cachée derrière une fenêtre de sa maison, elle avait vu Duvilliers compter les pièces et les bijoux d'un trésor. Que ne l'avait-elle affronté, ce jour-là ? Le zèle de sa prudence, qui lui avait alors ordonné d'attendre de nouvelles preuves, lui avait fait sottement retarder l'échéance d'une confrontation qu'aujourd'hui elle désirait ardemment. Car, si Lorette n'avait point encore trouvé l'ultime preuve qu'elle cherchait depuis longtemps, les derniers agissements du colonel avaient achevé de la convaincre qu'il était coupable.

Vous ne perdez rien pour attendre, grogna-t-elle dans son monologue intérieur, *car le Loup ne déposera guère le sabre sans qu'il ne vous en ait d'abord tranché la gorge !*

Dans ces longues chevauchées à travers le royaume, l'esprit de Mlle Printemps était presque toujours occupé par l'image de l'homme qu'elle poursuivait, quand ses pensées ne vagabondaient pas vers Gabriel Joly.

Elle avait laissé la vie sauve à celui qui avait percé son précieux anonymat, mais lui en saurait-il gré ? Ou bien, par vengeance, l'avait-il déjà dénoncée, elle qui, en guise d'explications, lui avait administré un coup formidable sur le crâne ?

Si les sentiments de Gabriel à son endroit ne faisaient aucun doute, si la vigueur de son amour avait, depuis des semaines, illuminé chacun des regards qu'il avait posés sur elle, Lorette, en revanche, n'était pas certaine de pouvoir mettre un nom sur l'affection qu'elle éprouvait pour lui en retour. Certes, elle ressentait pour ce jeune homme si aimable ce que jamais elle n'avait ressenti pour quiconque. D'ailleurs, n'était-il point le seul à qui elle avait ouvert les portes de sa bibliothèque secrète, dans un élan de confiance sans précédent ? Mais était-ce là de l'amour, cette flamme dévorante qui liait Eurydice à Orphée comme la princesse de Montpensier au duc de Guise ? Ou bien était-ce autre chose ; la tendresse d'une sœur pour le frère qu'elle n'avait jamais eu ? Comment eût-elle pu distinguer l'amour charnel de l'amour fraternel, elle qui, orpheline et solitaire, n'avait jamais connu ni amant ni famille ? Quand Gabriel avait tenté, un soir, de l'embrasser, Lorette s'était refermée, sans pouvoir s'expliquer ce geste de défense impérieux. Était-il la marque d'une absence de désir ou celle de la retenue à laquelle l'obligeait la mission sacrée dont elle se sentait investie, et qui n'eût laissé aucune place au badinage ? Pourtant, la vingtaine passée, Mlle Printemps n'avait pas seulement l'âme d'une femme, mais aussi son corps. Dans le secret de son intimité, elle avait depuis longtemps répondu aux appels brûlants de sa propre chair. Seulement y avait-il, dans la vie du Loup des Cordeliers, quelque place pour autrui ? Et si, comme elle l'espérait, la vocation justicière qu'elle s'était imposée trouvait bientôt le dénouement promis, y aurait-il une autre vie, après celle du Loup ?

La jeune femme en était là de ses introspections mélancoliques quand, dans le lointain, la silhouette d'une diligence arrêtée en travers du chemin attira son attention. Sur ses gardes, Lorette laissa son cheval avancer de quelques pas encore, jusqu'à ce que la scène se dessinât plus clairement devant elle : c'était celle d'une bande de brigands attaquant des voyageurs !

Aucune aventure ne devait la détourner de sa quête, car celle-ci ne pouvait souffrir le moindre retard. Elle écarta donc la bride de droite pour guider sa monture hors du chemin, vers les ombres de la forêt bourbonnaise. La curiosité, toutefois, ou la compassion peut-être, l'empêcha de contourner l'obstacle sans y regarder de plus près. Plutôt que de fuir tout droit sans se retourner, comme la raison eût dû l'y inviter, elle approcha prudemment de la diligence par le côté, sous la frondaison des grands arbres.

D'un seul coup d'œil, la guerrière qui sommeillait en elle évalua le champ de bataille. Elle compta cinq brigands, l'un sur le toit, les quatre autres autour de la voiture, foulards noirs sur le nez, portant chacun l'épée et le poignard ; au sol, dans une mare de sang, un homme au costume bourgeois dont la position et l'immobilisme laissaient peu de doute sur son irréversible sort ; assis sur le siège qui dominait les quatre chevaux de l'attelage, un cocher au visage pétrifié dans une grimace de terreur, les mains tendues vers les cieux en signe de soumission. Puis, venus de l'intérieur de la diligence, elle entendit enfin les pleurs d'une fillette qui criait « Papa ! Papa ! ».

Se penchant en avant, Lorette vit la main d'une mère se coller sur la bouche de l'enfant et les deux silhouettes tremblantes de peur se blottir contre la banquette, alors que deux des malandrins s'apprêtaient à monter dans l'habitacle. Aussitôt, la main de Lorette se porta sur le manche de son sabre, où son poing se referma vivement dans une crispation.

Tu sais très bien que c'est une mauvaise idée ! la gronda sa raison. *Passe ton chemin ! Ce n'est pas ton affaire et, pour rattraper Duvilliers, chaque minute compte !*

Mais, si sages que fussent ses conseils, cette lucidité-là n'avait aucune chance face à l'âme justicière qui avait guidé chacun des pas de notre bonne Lorette depuis que le Loup des Cordeliers était né dans le secret d'un couvent parisien. Comme toujours, la cruauté du fort s'abattant sur la vulnérabilité du faible réveilla sa rage vengeresse. La jeune femme mit pied à terre et s'avança en tirant le sabre.

Mère et fille étaient en train de hurler quand Lorette, arrivant par-derrière, décapita le premier malfaiteur d'un coup de lame. Le temps qu'il fallut au deuxième pour comprendre comment la tête de son complice avait pu se détacher de son corps et rouler jusqu'à ses pieds fut trop long pour qu'une parade le sauvât. La jeune femme lui transperça le ventre dès qu'il eut fait volte-face.

Des trois hommes qu'il restait – un sur le toit, deux dans la voiture –, Mlle Printemps eût préféré neutraliser d'abord ceux qui mettaient la mère et la fille en danger, mais la manœuvre eût offert à leur complice haut perché une trop grande ouverture. Aussi la jeune femme enjamba-t-elle le père étendu au parterre pour, d'un bond, se jeter vers le siège du cocher. Celui-ci, voyant dans cet instant sa seule chance d'évasion, quitta sa place prestement et s'en fut en courant à travers bois.

Mais le scélérat debout sur le sommet du carrosse avait eu le temps, lui, de se mettre en garde. Quand Lorette essaya de se hisser à sa hauteur, il donna plusieurs coups de lame, sans élégance ni précision, mais la puissance de ces gestes-là suffisait à arrêter la jeune femme. De sa position basse, espérant trouver l'occasion de grimper à son niveau, elle envoya en vain plusieurs feintes pour faire reculer son adversaire : chaque fois qu'elle s'y essaya en s'agrippant au toit, elle faillit y laisser les mains sous de nouveaux coups de lame. De guerre lasse, Lorette, dans un seul et même élan, attrapa de la main gauche le poignard qui attendait à sa ceinture et le lança avec autant de force que d'adresse. L'arme atteignit l'homme en pleine poitrine, qui passa par-dessus bord dans un dernier cri de douleur. Lorette était sur le point de redescendre pour aller affronter les deux derniers brigands quand elle sentit une immense douleur sous son omoplate gauche.

Dans un râle de souffrance, portant la main par-dessus son épaule, elle trouva le manche de la dague que l'on venait d'y planter. Se retournant pour faire face à son nouvel assaillant, elle perdit l'équilibre sur le siège du cocher et tomba à la renverse. Son instinct de survie lui fit tirer la lame nichée dans son dos et lui épargna sans doute la mort : sans ce geste, tandis que la jeune femme s'écrasait sur le sol, la dague se fût certainement enfoncée jusqu'au cœur.

Mais la mort, alors, sembla vouloir s'entêter. À peine Lorette avait-elle repris ses esprits que, déjà, la pointe d'une épée se dessina sous sa gorge. Et alors elle vit, à l'autre bout du fer, le sourire odieux du brigand qui s'apprêtait à l'achever.

24

Pas de Printemps pour Paris

— Mes hommages, ma... mademoiselle ! s'inclina Desmoulins.

Mlle Terwagne venait d'arriver au bras de Gabriel à l'entrée de la grande salle des Cordeliers.

— Bonjour, Camille, répondit la Liégeoise. Décidément, depuis la Bastille, nous ne nous quittons plus !

— Je dois sans doute le plaisir, Anne-Josèphe, à cet amour de la liberté qui nous conduit sur les mêmes chemins ! Et bonjour à toi, mon cher Gabriel !

De l'autre côté de la salle théologique, que les deux arrivants avaient espéré trouver vide, un petit groupe était rassemblé, composé de maître Danton, du président du district François-Laurent Archambault et du libraire Momoro, mais aussi d'une demi-douzaine de franciscains, et cette coterie semblait tourmentée.

— Que se passe-t-il, Camille ? demanda Joly.

Ce dernier savait que les moines ne venaient presque jamais dans cette pièce qu'ils prêtaient désormais gracieusement au district. Vêtus de leur froc de laine grise – dont la corde qui le ceinturait avait inspiré le surnom de l'ordre monastique, mais aussi de ce couvent et de son quartier –, la tête souvent cachée sous leur capuchon arrondi, les Cordeliers, discrets de nature, l'étaient encore plus depuis que la révolte parisienne leur faisait craindre des représailles populaires. Si les habitants du quartier appréciaient les Frères mineurs et entretenaient avec eux de très bons rapports depuis près de trois siècles, il n'en restait pas moins que, d'un bout à l'autre de Paris, la vague anticléricale ne cessait d'enfler, et l'on redoutait ici qu'un jour elle emportât tout sur son passage, sans discernement.

— Lorette a disparu depuis plusieurs jours ! expliqua l'avocat, inquiet.

Il pointa du doigt la bibliothèque où s'était formé ce petit attroupement, et où la jeune femme travaillait normalement tous les jours.

Gabriel, pour qui la chose n'était pas une nouvelle, s'efforça toutefois de paraître surpris.

— C'est la jeune muette si discrète que vous appréciez tant ? murmura Terwagne à l'oreille de son accompagnateur.

Joly acquiesça, alors que le robuste Danton venait à leur rencontre.

— Mon brave Gabriel, nous sommes sauvés ! s'exclama cet autre avocat de sa voix retentissante. S'il est une personne sur la place de Paris qui puisse savoir où se trouve notre jeune Lorette, c'est bien toi, qui ne la quittes jamais des yeux ! Qu'en as-tu fait, poil de brique ?

— Je ne l'ai pas vue depuis longtemps, répondit le journaliste, désolé.

— Ton cœur aurait-il changé de boussole ? demanda malicieusement Danton en inclinant la tête vers Mlle Terwagne.

— Mon cœur, Georges, bat pour de nombreuses âmes, et même un peu pour la tienne !

— Votre ami confond le cœur avec cet autre organe que les femmes font immanquablement battre chez lui, intervint la Liégeoise en posant sur Danton un regard sarcastique.

— Eh ! Celui dont le sang circule sans peine peut au moins se réjouir d'être en bonne santé ! rétorqua l'avocat. Mes hommages, mademoiselle.

Il se contorsionna exagérément pour lui baiser la main.

— Comment se porte la vôtre, de Gabrielle ? s'enquit Terwagne, pour rappeler à l'incorrigible séducteur qu'il était marié.

— Comme un charme ! Elle m'a d'ailleurs commandé de vous dire qu'il vous était désormais formellement interdit de manquer un seul de nos soupers !

Les dîners chez les Danton, dans leur bel appartement de la cour du Commerce-Saint-André, étaient une tradition conviviale où une bande d'habitués, avocats, écrivains, journalistes, dramaturges et comédiens du quartier, se réunissait presque chaque semaine.

— Faites-lui savoir que je me soumettrai volontiers à cette interdiction, et transmettez-lui mon affection. Pour moi, le meilleur Danton, c'est elle !

— Nous œuvrons chaque nuit, madame, pour en fabriquer un meilleur encore !

Les jeunes époux, qui avaient perdu leur premier fils quelques mois plus tôt, n'avaient pour autant guère renoncé à l'idée d'agrandir leur famille.

Dans cette parade de figures colorées, ce fut alors au tour de l'inénarrable Antoine-François Momoro de faire son apparition. Cet audacieux libraire du quartier des

Cordeliers, qui était devenu l'éditeur attitré des articles de Gabriel comme des pamphlets de Desmoulins, était aussi l'un des citoyens les plus enflammés du district. Se désignant lui-même comme premier imprimeur de la Liberté, il ne manquait jamais une occasion de s'en prendre à la royauté ou à l'Église, et ses diatribes faisaient de plus en plus de bruit dans les assemblées populaires.

— Foutre ! lança Momoro avec son élégance habituelle. Voici la nouvelle Athéna et le nouveau Voltaire ! Oh ! Mon roussot et néanmoins lucratif Gabichon, j'eusse aimé que tu m'apportasses un nouveau texte à publier, mais une belle amazone à plumes, c'est bien aussi !

— Une dame ne s'*apporte* pas, insupportable mufle ! réprimanda le journaliste. C'est Mlle Terwagne qui me conduit ! Excusez mon éditeur, Anne-Josèphe, il a certes un soupçon d'instruction, mais pas la moindre éducation.

— M'en tiendriez-vous rigueur, Gabriel, si, à défaut d'excuser sa goujaterie, je me contentais de la comprendre ? L'absence d'élégance, par manque de place, est bien naturelle dans un cerveau étriqué…

Momoro, plutôt que de se vexer, éclata d'un rire généreux.

— Ah ! Et la chasseresse a du verbe, en plus ! Décidément, je vous aime bien, Méricourt plus vite que son ombre ! conclut-il en la saluant.

Le président Archambault et les moines du couvent étaient arrivés sur ces entrefaites, si bien que tout ce petit monde était désormais réuni à l'entrée de la salle théologique. Après les salutations d'usage, la disparition de Lorette revint au cœur de la conversation.

— Nous partageons l'inquiétude de nos bons Cordeliers, expliqua Archambault, et nous aimerions pouvoir les rassurer. Lorette est un peu l'enfant chérie du district !

Le gardien – comme on appelait le supérieur d'un couvent de franciscains – s'approcha de Gabriel et lui prit le bras. Le frère Lacombe, frêle vieillard dont les rares cheveux blancs entouraient un crâne où se devinait un esprit éclairé, était un homme discret, qui avait toujours œuvré pour que son chapitre se fît aimer du voisinage.

— Vous n'avez aucune idée de l'endroit où elle peut se trouver ?

— Aucune, hélas ! s'excusa Joly.

— Toi qui es toujours fourré dans sa bibliothèque, quand l'as-tu vue pour la dernière fois ? insista Danton.

— Eh bien… C'était… oui, c'était dimanche dernier, et donc le 19 juillet. Je suis venu ici en fin d'après-midi, avec mon ami Récif. Lorette nous a aidés à trouver un livre que nous cherchions dans ses étagères.

Il y avait là deux mensonges, travers dont le jeune homme n'était guère coutumier, et que seule la protection du secret de Lorette rendait acceptables à sa droiture morale. D'abord, ce n'était pas la dernière fois qu'il l'avait vue, à l'évidence. Ensuite, la jeune femme n'avait pas aidé Récif et le journaliste à trouver un livre, mais plutôt à décrypter les notes qui les avaient mis sur la piste du trésor de Montmartel.

Le vieux gardien, que cette disparition semblait peiner plus que quiconque, poussa un soupir abattu.

— Personne ne l'a revue depuis, se lamenta-t-il en croisant les mains sous les amples manches de son habit de moine.

— Allons, mon père ! le consola Archambault. Je suis certain qu'elle ne s'est absentée que pour quelques jours. Avez-vous fouillé ses appartements ?

À cet instant, Gabriel s'efforça de masquer la crispation soudaine que cette question avait infligée à son corps tout entier. Fichtre ! L'empressement qu'il avait mis à poursuivre son enquête lui avait fait négliger ce détail pourtant essentiel : si quelqu'un, comme il l'avait fait lui-même, venait à fouiller cette cave, l'identité secrète de Lorette serait aussitôt découverte !

— Oui, bien sûr, confirma le frère Lacombe, dépité.

— Et vous n'y avez rien trouvé qui pût expliquer son départ ?

— Rien, affirma le gardien du même ton accablé.

Gabriel, de nouveau, dut cacher son étonnement.

— Cela fait plus de treize ans que Lorette partage la vie de notre communauté, monsieur le président, et jamais elle ne s'est absentée du couvent plus d'une journée ! Les rares fois où elle l'a fait, elle n'a jamais manqué me prévenir !

— Eh bien voilà, nous avons notre explication ! intervint Momoro, blasé. La pauvre petite ! Il était grand temps qu'elle aille mettre le nez dehors, à son âge ! Ce n'est pas une vie, ça, pour une jolie demoiselle, que de rester enfermée avec un troupeau de vieux moines !

— Personne ne l'y oblige ! rétorqua le frère Lacombe, froissé. Lorette est libre de ses mouvements, et je n'ai jamais imaginé ni souhaité qu'elle reste toute sa vie parmi nous. Nous n'espérons rien de mieux que de la voir voler un jour de ses propres ailes ! Mais partir sans prévenir, cela ne lui ressemble pas !

— Êtes-vous sûr qu'aucun indice n'aurait pu vous échapper, dans ses appartements ? insista Archambault.

— Et si nous demandions à Ga… Gabriel d'aller jeter un coup d'œil ? suggéra Desmoulins, convaincu d'avoir eu là une idée lumineuse. Notre journaliste d'enquête est plus habile à la traque que tous les inspecteurs de Paris réunis !

À ces mots, le jeune homme se tendit un peu plus encore.

— Cela me semble une bonne idée ! confirma le président du district. Mon père, accepteriez-vous que M. Joly inspecte les lieux à son tour ?

— Allons, s'immisça Gabriel, dissimulant mal son embarras. Si le gardien nous dit qu'il n'a rien trouvé…

— Mon ami ! le coupa Terwagne, qui lui tenait encore le bras. Camille a raison : vous avez l'œil averti d'un enquêteur, vous trouverez peut-être un indice précieux pour rassurer tout le monde !

— C'est-à-dire que… cela me gêne de fouiller dans les affaires de Mlle Printemps sans son consentement et…

— Gabriel ! l'exhorta la Liégeoise sur le ton du reproche. Ces manières n'ont pas lieu d'être en de telles circonstances ! Il en va peut-être de la vie de cette pauvre jeune femme !

Le journaliste, qui ne voyait plus comment se sortir de ce mauvais pas, tourna les yeux vers le frère Lacombe, dans l'ultime espoir que le supérieur du couvent n'autoriserait pas la fouille. Malheureusement, le gardien, après avoir cherché l'approbation dans les regards de ses frères, opina du chef et tendit la main vers la porte.

— Nous n'y voyons aucun inconvénient. Allons-y, proposa-t-il.

— Dans ce cas, exigea Gabriel, si vous le voulez bien, je préfère y aller seul.

— Pourquoi donc ? s'étonna Danton.

— Georges, l'avocat que tu es n'ignore sûrement rien des précautions qu'exige une investigation minutieuse, improvisa le jeune homme. Tu sais bien qu'il est préférable que personne ne nuise à la concentration que demande à l'enquêteur pareille entreprise. Il convient de limiter le nombre de visiteurs sur un terrain de recherche, car chaque geste maladroit pourrait corrompre un indice, effacer une piste…

Le formidable avocat se gaussa.

— Prenez garde ! Le commissaire Joly entre en scène !

— Allons, maître, intervint Archambault. Gabriel a raison : ne prenons pas le risque de nuire à son investigation.

Puis, faisant signe à l'assemblée de retourner de l'autre côté de la salle théologique, le président ordonna :

— Madame, messieurs, laissons M. Joly et le père Lacombe mener leurs recherches tranquillement.

L'auditoire obtempéra et Mlle Terwagne, quittant le bras du jeune homme, lui adressa un sourire d'approbation, avant de lui glisser à voix basse :

— Ne vous inquiétez pas, notre affaire est moins urgente que celle-ci, Gabriel. Occupez-vous d'abord de cette pauvre jeune femme, je sais que vous tenez beaucoup à elle. Je vais vous attendre ici, et nous verrons quand vous reviendrez s'il est encore temps de mener nos propres recherches à la bibliothèque…

Le journaliste acquiesça, ne pouvant avouer que la fouille qu'on le priait de conduire était en réalité parfaitement inutile, et il fut obligé de suivre le frère Lacombe à travers le cloître.

Remontant avec lui la longue galerie qui menait à l'ancienne cave où Mlle Printemps avait pris ses appartements, le jeune homme se demanda non seulement comment il allait se tirer de cette situation épineuse, mais aussi comment il était possible que les moines fussent passés à côté de tout ce qui, dans cette chambre, trahissait l'identité secrète de Lorette…

PLANCHE X : LE COUVENT DES CORDELIERS

25

D'inattendues retrouvailles

Au moment même où le brigand s'apprêtait à transpercer la gorge de Lorette, un grognement formidable déchira l'air. L'instant d'après, l'homme qui s'était tenu au-dessus de la jeune femme fut projeté en arrière, et le grand loup noir qui l'avait emporté dans sa gueule lui arracha le cou.

Mlle Printemps, qui avait cru voir venir l'heure de sa mort, fut si surprise par cette providentielle apparition qu'elle en resta clouée sur le sol. Elle vit alors son fidèle compagnon abandonner sa première proie dans une flaque de sang pour se jeter, d'un bond puissant, vers les deux suivantes, que ce vacarme infernal avait fait sortir de la voiture. Les malandrins, pris de court, eurent à peine le temps d'exprimer leur terreur : l'animal, dans une furie fantastique, n'en fit que deux bouchées.

Lorette reprit ses esprits et, grimaçant sous la douleur qu'imprimait la blessure à son dos, se releva péniblement, pour se précipiter vers le loup.

— Sanna ! s'écria-t-elle alors que l'animal continuait d'agiter rageusement dans sa gueule le corps sans vie de sa dernière victime. Sanna, viens ici !

La bête s'immobilisa, relâcha sa prise, tourna les yeux vers la jeune femme et passa de la fureur sanguinaire à une joie craintive. Elle avança, hésitante, vers sa maîtresse, poussant des petits jappements, se tortillant, les oreilles couchées en arrière, la queue basse, comme si elle se fût attendue à une réprimande. Mais lorsque, arrivée à sa hauteur, elle vit que Lorette lui tendait les bras, elle se dressa sur ses pattes arrière pour poser les antérieurs sur les épaules de la jeune femme et lui couvrir les joues d'affectueux et frénétiques coups de langue.

— Doucement, doucement, Sanna ! implora-t-elle en riant, les yeux emplis de larmes. Tu m'as suivie ! Mon loup !

L'animal et sa maîtresse prolongèrent quelques instants ces effusions, avant que Lorette repousse gentiment le loup vers le sol et se dirige vers la diligence, sans qu'il quittât ses talons.

Le spectacle que lui offrit alors l'intérieur de la voiture la glaça, et la joie que venaient de lui procurer ces retrouvailles fut vite chassée par l'épouvante. Au milieu de l'habitacle maculé de sang, la mère et sa fillette gisaient sur la banquette, la gorge tranchée.

Lorette, accablée, se laissa tomber sur l'une des caisses que les brigands avaient déjà détachées du toit. Combien de minutes, de secondes peut-être, avaient manqué à son arrivée pour empêcher ce drame ? Comment des hommes, pour de l'argent, pouvaient-ils en venir à une telle barbarie ?

Le loup se coucha aux pieds de Lorette et la regarda en haletant. Il n'éprouvait, lui, que la joie immense d'avoir sauvé sa maîtresse.

— Mon brave, brave Sanna, murmura la jeune femme en lui caressant le crâne. Tu n'es donc pas décidé à me quitter si facilement, hein ?

Elle essuya les larmes sur ses joues d'un revers de manche. Ainsi, plutôt que de partir retrouver la nature à laquelle sa maîtresse l'avait arraché dès la naissance, le loup l'avait suivie à la trace, tapi dans les ombres !

— Et je devine que tu n'es pas près d'abandonner, n'est-ce pas ? ajouta-t-elle d'un ton attendri. Eh bien, après tout, tant mieux ! Que ferais-je sans toi ?

Elle resta là encore un moment, les mains plongées dans la fourrure de ce compagnon qu'elle avait imaginé ne plus jamais revoir, et cette familiarité fut d'un immense réconfort.

— Tu es presque guéri ! s'extasia la jeune femme en inspectant précautionneusement la blessure de l'animal, que ses soins avaient déjà fait cicatriser.

L'urgence, toutefois, se rappela bientôt à son souvenir. Il n'y avait plus rien, désormais, qu'elle pût faire pour cette pauvre famille, décimée par les plus ignominieuses extrémités de la convoitise. Et Duvilliers, pendant ce temps-là, filait encore.

Se levant dans un soupir, Lorette, suivie par le loup, retourna dans les bosquets où elle avait attaché son cheval. Là, afin de pouvoir partir au plus vite, elle chercha dans sa besace de quoi soigner la blessure que ce coup de lame avait laissée sous son omoplate.

Quand, quelques minutes plus tard, la jeune femme remonta en selle pour reprendre sa route, la présence du loup, qu'elle sentait derrière elle, lui donna une énergie nouvelle.

26

L'ange gardien

Après avoir péniblement cherché la clef idoine sur un trousseau qui devait en compter une cinquantaine, le vieux franciscain ouvrit la petite porte de l'autre côté du cloître et Gabriel lui emboîta le pas. Dans un silence pesant, ils descendirent les marches qui conduisaient aux appartements de Mlle Printemps.

L'air frais que les murs épais du couvent préservaient à ses sous-sols procura au jeune homme un frisson, à moins que ce ne fût l'effet de l'appréhension qui l'étreignait un peu plus à chaque nouveau pas. *Ma pauvre Lorette, comment vais-je pouvoir protéger ton secret, à présent ?* songea Joly, désemparé.

— Mon père ! risqua-t-il en retenant le moine par le bras, dans une ultime tentative d'esquive. Je pense vraiment qu'il serait préférable que je sois le seul à entrer.

— Certainement pas ! répliqua le frère Lacombe en ouvrant la deuxième porte. Ce ne serait pas convenable.

Ainsi, le sort en était jeté ! Gabriel se résigna à suivre le vieil homme à l'intérieur. Lorsqu'il découvrit, malgré la pénombre, le spectacle qu'offrait la chambre de la bibliothécaire, il s'arrêta soudain et ne put retenir un geste de surprise.

Parfaitement rangés, les lieux n'abritaient plus un seul des nombreux indices que le jeune homme, trois jours plus tôt, avait pourtant eu tout le loisir d'inspecter ! Plus une seule épée, plus de mannequin d'entraînement, plus de manuel d'escrime sur la table de chevet. En regardant vers le secrétaire, Gabriel fut convaincu qu'on en avait aussi ôté les notes que Lorette avait prises sur ses victimes nocturnes.

— Lequel de vos frères est venu fouiller cette pièce ? demanda-t-il au gardien en s'efforçant de masquer son trouble.

— Je m'en suis chargé moi-même, pourquoi ?

Gabriel, encore debout sur le seuil de la porte, hésita un instant, le cerveau en ébullition. De toutes les manières de réagir qui s'offraient à lui – et ces quelques secondes avaient laissé à ses vives méninges le temps d'en envisager un grand nombre –, il opta pour la plus risquée.

— Je suppose qu'afin de n'éveiller aucun soupçon, mon père, il serait préférable que nous restions ici tous les deux suffisamment longtemps pour que nos amis, là-haut, puissent croire à une authentique fouille ?

Le sous-entendu, comme l'avait audacieusement parié Gabriel, ne sembla pas surprendre le moine. En hochant la tête, le vieil homme eut même dans les yeux une lueur de soulagement.

— Asseyons-nous, proposa-t-il.

Ainsi, dans une scène qui ne manquait point de singularité, les deux hommes s'installèrent face à face, dans les fauteuils qui jouxtaient le secrétaire. Gabriel s'amusa de l'ironie en prenant place dans celui-là même où il avait attendu Mlle Printemps, et sur lequel elle l'avait allègrement assommé !

— Depuis quand savez-vous ? demanda-t-il sans ambages au gardien.

— Depuis bien plus longtemps que vous, jeune homme ; ce dont je ne retire aucune gloire, toutefois, puisque, vivant sous le même toit, j'ai toujours veillé sur Lorette comme un père, je le suppose, doit veiller sur son enfant.

— Pas tous, soupira Gabriel.

Et il espéra aussitôt que cette réflexion spontanée, livrée à voix basse, avait échappé à son interlocuteur.

Le vieil homme marqua une pause en le regardant avec l'expression d'une authentique tendresse. Ce fut, en tout cas, ce que Gabriel crut lire dans ces yeux marqués par le poids des années. Il lui sembla y deviner aussi cette douce mélancolie qu'éprouvent les âmes éclairées voyant venir leur fin.

— Vous, en revanche, reprit le gardien, avez fait preuve d'une sagacité qui est aussi admirable que… regrettable. Pour Lorette, du moins.

— Elle n'a rien à craindre de moi, assura le jeune homme.

— Pour tout vous dire, j'ai découvert son secret le jour même où elle s'en est drapée.

— C'est-à-dire ?

— Il y a tout juste deux ans, même si je pense que ce dessein s'était formé dans son esprit bien avant. Elle ignorait que j'avais deviné, et elle l'ignore sûrement toujours. Quant à mes frères, à ma connaissance aucun n'a encore découvert la vérité. Et je continuerai de la leur cacher.

Gabriel ne masqua pas sa surprise.

— Vous l'avez donc couverte pendant tout ce temps ?

— L'auriez-vous dénoncée, à ma place ?

— Vous voyez bien que non. Mais je n'appartiens pas au clergé, moi…

— Quelle étonnante insinuation que celle-là ! s'exclama le vieillard, malgré tout plus amusé qu'offusqué. Laisseriez-vous entendre que la charité chrétienne est nécessairement moins grande chez un moine qu'elle ne l'est chez un journaliste ?

— J'ignorais que couvrir des assassinats relevait de la charité chrétienne, persifla Gabriel.

— Les règles de saint François d'Assise, auxquelles m'obligent mes vœux, et dont la première m'invite à observer le Saint Évangile de Notre Seigneur Jésus-Christ en vivant, comme lui, dans la plus grande pauvreté, ne m'engagent nullement à dénoncer le crime, mais plutôt à protéger *les plus petits d'entre nous*. Notre bonne Lorette est de ceux-là, il me semble. L'ordre des Frères mineurs, monsieur, a trop bien connu les atrocités de l'Inquisition pour que j'éprouvasse le moindre désir de m'élever en tribunal.

— Certains franciscains furent pourtant inquisiteurs eux-mêmes, objecta Gabriel.

— Certains, en effet. Mais bien plus nombreux furent ceux qui partirent au bûcher.

— Allons ! Je vous taquine, mon père ! À la vérité, votre ordre a même offert au monde un penseur pour lequel j'ai la plus profonde admiration.

— Laissez-moi deviner ! l'arrêta le vieil homme espiègle. Connaissant votre esprit, votre amour pour la recherche de la vérité et votre rigueur méthodique, je pencherais pour… Guillaume d'Ockham !

— *Venerabilis inceptor*[1] *!* confirma le jeune homme. Il n'est de déduction logique, au cours de mes recherches, que

---

1. « Vénérable initiateur », comme était surnommé ce frère franciscain (1285-1347), philosophe britannique, auteur, notamment, de nombreuses œuvres sur la logique.

je ne conduise sans respecter scrupuleusement son *entia non sunt multiplicanda praeter necessitatem*[1] !

— Et, pourtant, le frère Ockham fit justement partie de ceux que l'on soupçonna d'hérésie. Seule sa renommée le sauva des flammes de l'Inquisition. Sans doute cet homme au cœur si juste eût-il, comme vous et moi, choisi de protéger Lorette, plutôt que de la livrer à la justice des hommes.

— Sans doute, admit Gabriel.

— Je suis convaincu qu'elle a accepté depuis longtemps de se soumettre à une autre justice, et je veux croire que l'infinie générosité de son caractère adoucira le jugement qui l'attend et qui nous attend tous. Dieu seul sait ce qui, dans le passé de notre pauvre orpheline, a pu lui faire prendre pareil chemin, et Dieu seul, donc, peut la juger.

— C'est une façon de voir les choses, mon père. Pour ma part, j'ai de la justice une vision plus temporelle que la vôtre, mais je me garderais de condamner Lorette, et j'ai pris le parti de ne point la dénoncer.

— L'amour que vous lui portez, jeune homme, vaut bien ma chrétienne charité !

— Si seulement ces deux sentiments pouvaient la sauver ! soupira Gabriel, soudain plus triste. Vous ne savez vraiment pas où elle a pu partir ?

— Vous êtes le dernier à l'avoir vue, monsieur Joly, et, en vous accompagnant ici, j'espérais seulement que vous puissiez me le dire vous-même !

— Hélas, je n'en sais rien. D'ailleurs, comment êtes-vous si sûr que j'aie été le dernier à l'avoir vue ?

---

1. « Il ne faut pas multiplier les entités sans nécessité », principe de parcimonie prêché par ce penseur, et qu'on nomma par la suite, en sa mémoire, « principe du rasoir d'Ockham ».

— Ah ! Je n'ai sûrement pas vos talents de journaliste d'enquête, mais j'ai lu Guillaume d'Ockham, moi aussi. Il ne m'a pas fallu très longtemps pour comprendre ce qui s'était passé quand je vous ai vu sortir d'ici en vous frottant douloureusement le crâne…

— Vous m'avez vu ? s'étonna Gabriel.

Il s'était pourtant assuré, en quittant la chambre de Lorette, qu'on ne l'observait pas. La logique lui laissa envisager une explication qui, en outre, avait l'avantage de résoudre conjointement un second mystère. Quand la bibliothécaire enfilait son costume de Loup pour accomplir ses missions nocturnes dans la capitale, elle ne sortait point de sa chambre par le cloître – dont la traversée l'eût trop exposée aux regards des moines – mais par le souterrain qui traversait les carrières et conduisait jusqu'à l'enclos de son animal, près du bois de Vincennes… Cette galerie qu'à son tour Gabriel avait empruntée, espérant y retrouver la trace de Lorette.

— Combien d'heures avez-vous passées, mon père, à attendre le retour de votre protégée, depuis votre propre cachette souterraine ?

Le moine, que la perspicacité du jeune homme continuait d'éblouir, ne nia point.

— Il ne fut pas un soir, Gabriel, où je n'y eus veillé anxieusement jusqu'à la voir rentrer saine et sauve.

— Ainsi, le Loup avait son ange gardien…

— Quand je vous ai vu rentrer du château de Beauté par le souterrain, j'ai attendu que vous quittiez le couvent pour venir ici à mon tour et effacer toutes les traces qui eussent pu trahir le secret de Lorette.

— J'aurais dû le faire moi-même, s'excusa Gabriel, et je me réjouis de savoir que vous avez eu cette présence d'esprit à ma place. Je n'étais pas fier, tout à l'heure…

Ces deux hommes tourmentés se trouvaient réunis ici par l'amour qu'ils portaient à la jeune femme, l'un paternel et l'autre passionnel. Aussi, éprouvant un tourment fort similaire, leurs âmes résonnaient-elles, à cet instant, à l'unisson.

— Vous pensez qu'elle a pu retourner en Corse ? risqua Gabriel, observant méticuleusement la réaction du moine.

— En Corse ? Et pourquoi donc ?

Le journaliste grimaça. Il avait espéré un autre accueil à son coup de pêche. Mais, à présent qu'il avait joué cette carte, il fallait l'assumer.

— Certains détails, dont sa physionomie, m'ont plusieurs fois laissé penser que Lorette avait un sang corse qui coulait dans ses veines.

— Dame ! Je n'y avais jamais songé ! avoua le frère Lacombe. Quand nous l'avons trouvée dans les rues de Paris, rien ne nous permettait de deviner quoi que ce fût au sujet de son passé. En outre, le fait que la pauvre enfant ait été privée de la parole ne nous a pas beaucoup aidés.

Gabriel se garda de révéler l'autre secret de Lorette. Il se demanda toutefois si le frère Lacombe, qui savait peut-être aussi que le mutisme de la jeune femme n'était qu'une feinte, ne venait pas à son tour de lui lancer une perche…

— Puis-je vous demander comment vous l'avez recueillie ?

Le gardien poussa un long soupir et, en commençant son récit, leva les yeux comme si le passé lui fut revenu en images à travers les vieilles pierres du plafond.

— C'était le 15 mars 1776, débuta-t-il d'une voix pleine de tendresse. Je n'ai jamais oublié la date, car c'était le jour de la Saint-Zacharie, qui fut l'un des papes les plus doux de notre sainte Église. C'est moi qui l'ai trouvée, non loin d'ici, au coin de la rue des Quatre-Vents, où elle mendiait, assise dans la boue. Le spectacle d'une si jeune fillette faisant seule l'aumône m'avait bouleversé. Il y avait à l'époque, à cette adresse, une maison de plaisirs. Inquiet pour cette enfant qui semblait anémiée, j'ai demandé à ces dames si la petite était la fille de l'une d'elles. Elles m'ont juré que non. En vérité, j'ai toujours pensé qu'elle l'était, et que sa mère me laissa l'emmener en espérant ainsi offrir à sa progéniture un destin moins pénible que le sien. Ce souvenir, d'ailleurs, m'est revenu le jour où j'ai découvert l'identité secrète de Lorette.

— Pourquoi ?

— Oh, ce n'est qu'une coïncidence, bien sûr ! Mais vous n'êtes pas sans savoir que l'on appelle communément ces maisons des lupanars, et que ce terme vient...

— ... du latin *lupa*, qui veut dire « louve », acheva Gabriel. C'est sûrement, en effet, une coïncidence, mais j'admets que le hasard ne manque pas d'une certaine malice.

— Vous y voyez le hasard, j'ai l'audace d'y voir un clin d'œil plus éthéré...

— Drôle de clin d'œil !

— Oh... À mon âge, je n'ai plus peur de dire que Notre Seigneur a parfois un sens de l'humour un peu particulier. Bref, quand j'ai trouvé cette petite fille, dont nous avons estimé alors qu'elle avait sept ou huit ans...

Ce qui lui en ferait vingt ou vingt et un aujourd'hui, calcula Gabriel en silence.

— ... je l'ai ramenée au couvent, dans l'idée de lui offrir le feu et le lieu, en attendant de lui trouver une place à l'orphelinat de Saint-Sulpice. Elle n'avait sur elle que ses vieilles guenilles et, pour unique possession, un balluchon de toile dans lequel était enroulée... une cape. Cette cape, monsieur, dont seuls vous et moi savons désormais dans quelles circonstances Lorette s'est mise à la porter la nuit, bien des années plus tard !

— Elle l'avait déjà avec elle quand vous l'avez trouvée ? répéta Gabriel d'un air interdit.

La chose, en effet, méritait que l'on s'y arrête ! Ayant un jour récupéré un morceau déchiré de la cape du Loup, le commissaire Guyot avait découvert qu'elle était en futaine de Gênes, teinte à la noix de galle, deux particularités que réunissaient… les capes des insurgés corses ! Ainsi, la présence de cet habit dans les affaires de Lorette, dès sa plus tendre enfance, était un indice qui confortait encore l'hypothèse de ses origines… Mais un indice, comme le savait Gabriel, n'était pas une preuve.

— C'était son seul bien, confirma le moine. Je suppose qu'elle s'en servait de couverture, la nuit, lorsqu'elle dormait sur les trottoirs. Comme elle ne parlait pas, nous avons dû lui choisir un nom. En hommage à la Vierge Marie, j'ai décidé de l'appeler Lorette, du nom de la ville italienne où est érigée la basilique de la Santa Casa. Et, comme nous étions à la veille du printemps, je lui ai donné cette saison pour patronyme. Et puis les semaines ont passé, sans qu'aucune place se libère pour elle à Saint-Sulpice, et elle était si sage que j'ai demandé au chapitre de soumettre au vote son adoption. Il fut unanime.

— Ayant découvert la manière dont on traite les petits orphelins de Saint-Sulpice, je dirais sans hésiter qu'elle a eu de la chance…

Le moine se contenta de hausser les épaules, sans commenter.

— Vous connaissez la suite… Le nez toujours enfoui dans les livres… Quand, devenue adulte, elle nous a demandé de pouvoir rester au sein de notre communauté, nous avons trouvé le prétexte de lui confier la charge de notre bibliothèque. Elle s'en est d'ailleurs occupée bien mieux qu'aucun d'entre nous n'aurait su le faire. Depuis treize ans qu'elle est parmi nous, Lorette ne nous a jamais causé le moindre souci, la moindre contrariété, jamais elle ne s'est plainte, et elle a su, par sa discrétion, s'intégrer à notre communauté avec une bienséance dont nombre de mes frères ne pourraient guère se vanter.

— Vous avez dit tout à l'heure qu'elle ne s'était jamais absentée plus d'une journée... C'était une formule rhétorique, n'est-ce pas ?

— Non. D'aussi loin que je me souvienne, du jour où elle est entrée dans notre couvent, les seules fois où Lorette l'a quitté plus de deux ou trois heures d'affilée, c'était de nuit, et vous en connaissez les raisons.

— Pardon, insista Gabriel, n'y voyez aucun reproche, mais vous ne l'avez jamais poussée à voyager ? À quitter le couvent, ne serait-ce que quelques semaines, pour découvrir le monde ?

— Je n'ai jamais cessé de le faire, monsieur Joly ! Si j'avais eu la force de caractère suffisante, je l'aurais volontiers mise à la porte, pour son bien ! Mais, après avoir tenté mille fois de la convaincre de prendre son envol, j'ai fini par me résoudre à ne plus insister et à respecter ce choix de réclusion. J'ai longtemps pensé que ce qui motivait celui-ci était la peur d'être jugée pour son handicap. Aujourd'hui, je me demande si cette vie ascétique n'était pas pour elle l'unique moyen d'épouser sa vocation justicière, de la même manière que nous épousons ici notre vocation monastique... Oserais-je vous avouer que, malgré la terreur que m'inspirait leur motif, ces fameuses nuits où Lorette enfilait sa cape et s'engouffrait dans les rues de Paris m'offraient presque du soulagement ? Que Dieu me pardonne, mais je me consolais à l'idée qu'elle s'évadât un peu !

— Dieu, je ne sais pas, mais moi, je vous comprends, mon père, l'assura amicalement le jeune homme.

Gabriel, à cet instant, éprouva un sentiment confus, où se mêlaient tristesse et réconfort. Même s'il avait déjà mille fois imaginé la vie de Lorette, l'entendre ainsi racontée, avec plus de détails, ne faisait qu'agrandir sa compassion, accroître son amour. Et l'envie de la revoir n'en devenait que plus pressante.

— Allons rejoindre les autres, lâcha-t-il à contrecœur. Ils vont finir par croire que nous avons trouvé quelque chose.

Le vieil homme acquiesça et ils remontèrent ensemble vers la salle théologique.

— Promettez-moi que vous ferez tout pour la retrouver, Gabriel.

— En doutez-vous ?

Le moine répondit d'un sourire.

27

Comme l'huître se referme

— Voyez plutôt, monsieur le marquis : c'est la huitième que je reçois à l'Hôtel de Ville en deux jours !

Jean-Sylvain Bailly tendit à M. de La Fayette la nouvelle lettre de menace qui venait de lui parvenir. Le commandant général de la Garde nationale parcourut le courrier anonyme, dont la violence des propos ne pouvait avoir qu'un dessein, celui de terroriser le maire de Paris pour l'inciter à abandonner ses fonctions.

— Eh bien ! soupira La Fayette en la déchirant calmement. Voici encore la preuve que vous avez eu raison de me faire renoncer à la démission, et de conserver vous-même votre place. Quand on use de telles méthodes pour chasser un élu, c'est que son mandat est non seulement légitime, mais essentiel ! Vous dérangez, monsieur Bailly, parce que vous œuvrez véritablement au changement.

Le maire de Paris, que ces menaces parvenaient à troubler, peina à se montrer aussi serein que La Fayette. Les deux hommes, rapprochés par les circonstances, étaient devenus les figures publiques de cette hydre à deux têtes qui gouvernait la capitale. Si le premier se chargeait de l'administration et le second de la force militaire, ils travaillaient désormais en si bonne intelligence que l'on eût dit qu'ils ne faisaient plus qu'un.

— Vous savez comme moi qui est l'auteur de ces lettres, même s'il ne les a pas écrites de sa main, grogna Bailly.

Le marquis hocha la tête d'un air las. Le poste qu'il avait accepté de conserver au commandement de la Garde nationale lui avait permis, au cours des deux derniers jours, de faire discrètement surveiller le comte de Mirabeau.

— Notre ami multiplie les visites aux districts avec un acharnement qui forcerait l'admiration, confirma La Fayette. Dame, il y va même de nuit, à l'heure où, d'ordinaire, il se livre au seul autre vice qui dépasse chez lui celui de la politique. C'est dire s'il est décidé !

— Avec sa verve habituelle, il a proposé hier à l'Assemblée nationale que les soixante districts de Paris nomment chacun un correspondant, afin de travailler à un nouveau plan de municipalité…

— Son jeu n'en est que plus facile à lire ! Ce qui m'étonne, monsieur le maire, c'est que, dans cette entreprise, il semble profiter d'un appui important, dont je ne parviens pas à identifier l'origine.

Bailly, depuis la veille, se posait précisément la même question.

— Versailles, peut-être ?

— Non, répondit le marquis sans hésitation. Mirabeau a effectivement essayé de se rapprocher de Sa Majesté, mais Marie-Antoinette, qui lui voue une haine de longue date, n'a eu aucune peine à faire échouer la tentative.

— Je ne pensais pas au roi, rectifia Bailly, mais plutôt à son frère…

La Fayette fit une moue dubitative.

— Les intérêts du comte de Provence ont plusieurs fois rencontré ceux de Mirabeau, et ils se sont vus en secret lors des dernières semaines, mais je doute toutefois que ce soit pour cette affaire. Non : le soutien dont profite ici le député vient d'ailleurs. Ceux qui l'assistent semblent avoir un carnet d'adresses bourgeoises formidablement rempli, comme l'est leur trésor. Mirabeau n'aurait pas les moyens de mener seul cette campagne. Vous connaissez l'état de ses finances… Pour tenter de séduire une bourgeoisie qui n'a pour lui que fort peu d'estime, il doit avoir des intermédiaires bien introduits.

Le maire haussa les épaules.

— Bah… De toute façon, nous avons été plus rapides que lui ! affirma-t-il. Sont-ils là ?

Le marquis acquiesça dans un sourire et tendit la main vers la porte qui menait à la salle dite des Gouverneurs.

— Ils nous attendent, monsieur !

Le maire découvrit avec émotion la formidable assemblée qui avait pris place. Il y avait là, alignés sur des bancs que l'on avait installés à cet effet le matin même, cent vingt représentants des districts. La veille, à la demande de Bailly, chacun des soixante quartiers de Paris avait désigné deux émissaires. Ils se levèrent tous à son entrée.

Soucieux de prendre Mirabeau de vitesse, le maire de Paris, avec la complicité de La Fayette, avait offert aux districts la charge de nommer un nouveau bureau, prérogative jadis réservée au roi. Bailly s'était ainsi habilement assuré le soutien populaire.

Pour s'éviter toutefois les foudres de l'Assemblée nationale – dont il avait été contraint d'outrepasser l'autorité afin de contrer la manœuvre de Mirabeau –, le maire avait promis aux députés que le plan de municipalité serait établi de manière provisoire, dans l'attente d'une ratification par l'Assemblée nationale. C'était ne prendre aucun risque : les députés avaient encore pour l'homme du Jeu de paume une grande estime. En outre, par crainte de provoquer à Paris de nouvelles émeutes, ils n'oseraient jamais retoquer l'œuvre des districts.

Bailly et La Fayette montèrent sur l'estrade et prirent place devant les cent vingt élus, qui venaient de se proclamer représentants de la Commune de Paris. Une formule qui était, déjà, une façon d'affirmer que la ville entendait recouvrer sa souveraineté.

M. Moreau de Saint-Méry, ayant fait preuve de droiture et de force de caractère tant lors de la Bastille que pendant l'affaire Foullon, avait été nommé représentant du district de Saint-Eustache et bénéficiait encore d'une belle renommée auprès du peuple comme de la bourgeoisie. Dès l'ouverture de séance, il avait été désigné secrétaire de cette nouvelle assemblée des représentants de la Commune de Paris. Ce fut donc lui qui accueillit MM. Bailly et La Fayette.

— Animés des plus profonds sentiments de patriotisme, d'humilité et de dévouement, MM. les députés des soixante districts ont la joie d'ouvrir cette première séance de l'assemblée des représentants de la Commune de Paris, afin de se réunir à M. le maire Jean-Sylvain Bailly et à M. le marquis de La Fayette, commandant général de la Garde nationale, pour dresser avec eux un plan d'administration municipale. Et c'est donc, messieurs, d'une seule et chaleureuse voix que ladite assemblée renouvelle ici la confiance que la Ville de Paris vous a apportée et vous adresse, au nom de tous les districts, sa reconnaissance pour l'abnégation et l'énergie dont vous avez déjà su faire preuve dans les circonstances les plus périlleuses.

Aussitôt, les cent vingt représentants se levèrent pour applaudir et acclamer MM. Bailly et La Fayette. À cet instant, tous deux savaient que ce discours, qui fut inscrit au procès-verbal, avait valeur de réélection, les confortant dans leur charge.

Bailly, sincèrement ému, se porta à la tribune.

— Messieurs, mon cœur se réjouit de voir enfin dans ces murs l'assemblée que j'appelais de mes vœux : la première qui représente licitement la Commune de Paris !

Il laissa s'exprimer un instant les applaudissements qui accueillirent l'adroite louange. Puis il reprit :

— Si, guidé tant par l'affection que par la gratitude, j'ai assumé ma nomination de maire sans en ignorer le caractère provisoire, je vois naître à présent le moment de prêter devant vous le serment de m'acquitter avec fidélité, zèle et dévouement de cette fonction dont vous seuls pouviez me déclarer digne.

Alors que de nouvelles acclamations s'élevaient sous les toits de l'Hôtel de Ville, Bailly adressa un discret sourire au marquis, debout à ses côtés. Car le maire, malgré l'humilité qui était la sienne, ne pouvait s'empêcher d'éprouver quelque fierté. La Fayette et lui venaient de mettre en échec le génie politique, pourtant légendaire, du comte de Mirabeau.

PLANCHE XI : LA FRANCE, SAUVÉE PAR BAILLY ET LA FAYETTE

28

Sans égalité, point de liberté

— Dieu soit loué, vous voilà ! s'exclama Danton en rejoignant Mlle Terwagne et son ami Desmoulins sur un banc de la salle théologique. De grâce, me laisserez-vous me mêler à vous ? Ma tête, déjà bien grosse, est sur le point d'exploser !

On attendait toujours ici le retour de Gabriel et du gardien du couvent des Cordeliers. De l'autre côté de la longue pièce, les voix du président Archambault, du libraire Momoro et des deux nouveaux représentants du district, tout juste revenus de l'Hôtel de Ville, résonnaient sous les voûtes de pierre. Le tonitruant imprimeur, qui militait pour qu'on lui accorde la concession exclusive des travaux de typographie et d'imprimerie de cette nouvelle Commune de Paris, parlait si fort que sa verve, après avoir fait fuir Camille et Anne-Josèphe, avait assommé Danton à son tour.

— Venez donc, répondit la Liégeoise, en se poussant sur le banc pour lui laisser une place. Camille et moi nous remémorions tendrement ces folles journées que nous avons eu le bonheur de partager, du Palais-Royal aux Tuileries, des Tuileries aux Invalides et des Invalides à la Bastille. Nous disions que l'élan qui en résulte changera à tout jamais le visage de Paris et de la France entière !

— Certes, vous fûtes l'un et l'autre de toutes les batailles ! reconnut Georges.

Il admettait ainsi à demi-mot que lui ne s'était engagé dans l'insurrection qu'assez tardivement.

— Cependant, je ne sais pas si je dois vous en féliciter, mademoiselle, ou si je dois vous inviter ardemment à la plus grande prudence, poursuivit-il. En trois mois à peine, vous vous êtes fait à Paris plus d'ennemis que je n'ai réussi moi-même à en collectionner après neuf années d'efforts pourtant considérables !

— Voudriez-vous dire, puisqu'il paraît que l'on mesure la valeur d'une personne au nombre de ses ennemis, que je sois plus vertueuse que vous, maître ? le taquina Terwagne.

— Je m'incline volontiers devant votre art de susciter la détestation ! concéda Danton tout sourire. Vous êtes, en la matière, l'incontestable souveraine, bravo !

— Eh bien, moi, intervint Desmoulins, je vous adore, Anne-Josèphe ! Et je s... sais que nous sommes nombreux dans ce camp-là !

— Mais justement ! reprit Georges. C'est parce que je fais partie, moi aussi, de vos admirateurs que je vous invite à la prudence ! Allons ! Pour une fois que je vous parle avec gravité, écoutez-moi : vos ennemis sont de plus en plus nombreux à Paris, et cela me préoccupe.

— Parbleu ! fit mine de s'effrayer la Liégeoise. Vous ne pensez tout de même pas que l'on en veuille à mon intégrité physique ?

En réalité, celle qui avait survécu à deux tentatives d'assassinat était plus au fait que quiconque des dangers la menaçant. La mise en garde de Danton, que Terwagne choisit de regarder davantage comme de la bienveillance que de la condescendance, l'amusait plus qu'elle ne l'offensait.

— Oh ! rétorqua l'avocat, qui n'était peut-être pas si dupe. Je crois savoir que vous avez, pour défendre votre personne, quelque aptitude que bien des hommes vous envieraient. Mais on ne protège pas sa réputation avec des sabres, mademoiselle, et c'est pour elle que je m'inquiète. Le comte d'Espinchal a dressé de vous un portrait exécrable, que vos ennemis répètent à l'envi de Versailles jusqu'à Paris…

— Ce même d'Espinchal qui a discrètement quitté la France avec le prince de Condé, la semaine dernière ? persifla Anne-Josèphe. C'est dire si mes ennemis sont emplis de courage !

— La calomnie est l'arme des plus lâches, mais Georges a raison : elle peut être plus redoutable que votre pistolet, s'immisça Desmoulins.

— Certaines blessures que la diffamation nous porte ne se referment jamais, ajouta Georges. Le savant et philosophe britannique Francis Bacon rappelait : « Va ! Calomnie hardiment, il en reste toujours quelque chose… »

Anne-Josèphe adressa aux deux avocats un regard amical.

— Je vous sais gré, mes amis, de vous faire tant de souci pour moi ! J'y entends les échos de votre bonté, et elle me touche. Mais je me moque bien, aujourd'hui, de l'image que l'on se fait de moi dans les salons ! Je n'ai plus le moindre désir de plaire, surtout dans ces sphères-là ! La seule chose qui compte encore à mes yeux, c'est le combat que je mène.

— En discréditant votre personne, chère amie, c'est aussi votre combat que vos adversaires salissent, insista Danton.

Et ils le font avec de plus en plus d'acharnement. Si vous laissez faire, les retombées de ces diffamations iront au-delà des seuls rangs du parti adverse. Elles vous rendront infréquentable.

— Et de qui en particulier devrais-je me méfier ? interrogea la jeune femme.

Tout ceci ne l'inquiétait pas outre mesure, toutefois elle se demandait s'il pouvait y avoir un lien avec Duvilliers.

— Eh bien, répondit Georges, la liste est longue... mais les plus néfastes sont peut-être ceux qui entourent l'ancien banquier Peltier. Après avoir dilapidé la fortune de son père par la faillite, l'oisif s'invente journaliste. Avec ses amis pamphlétistes Champcenetz et Rivarol, il est en train de monter une cabale contre-révolutionnaire, dont vous êtes devenue l'une des cibles favorites. Ce sont eux qui, par moquerie, ont affublé votre patronyme d'une particule, et font courir sur vous les plus odieux bruits de débauche.

— Peltier ? s'étonna Mlle Terwagne. N'a-t-il pas participé à la prise de la Bastille ?

— Il y était, confirma Desmoulins.

— Il a même intégré la Garde nationale du district des Filles-Saint-Thomas, précisa Danton. Mais, que voulez-vous ? Vendeur d'esclaves un jour, abolitionniste le lendemain, banquier avant-hier, insurgé hier, contre-révolutionnaire demain... Nous avons affaire à un grand équilibriste de la pensée politique. Demandez donc à Camille, c'est son ami d'enfance !

Desmoulins eut aussitôt une moue offensée.

— Ami d'enfance, co... comme tu y vas ! J'ai certes croisé Peltier sur les... les bancs de Louis-le-Grand, où il n'a fait qu'un passage furtif, et je l'ai retrouvé au Palais-Royal, aux premiers jours de juillet. De là à dire que nous sommes amis... Sa plume acerbe me fait parfois sourire, oui, mais je ne reconnais que peu de vertu à cet homme qui compte à Paris deux femmes et trois logements. Et s'il dit du mal de Mlle Terwagne, alors ce n'est certainement pas mon ami ! Je ne sais pas pourquoi il s'en prend à vous, Anne-Josèphe.

— Sans doute a-t-il pour les femmes un très profond mépris, comme le laisse supposer le fait qu'il en compte deux. À ces hommes-là, rien n'est plus insupportable que d'en voir une qui lutte pour la liberté de ses sœurs.

— Est-ce là l'unique objet de votre lutte ? demanda Danton. La liberté des femmes ?

— La liberté tout court, monsieur ! Mais puisque vous ne vous souciez, vous, que de celle des hommes, il faut bien que quelqu'un s'occupe de celle des femmes !

— Allons ! Ce n'est pas vrai ! objecta Danton.

— Non ? Quand donc vous ai-je entendu, Georges, et même vous, mon bon Camille, plaider pour la reconnaissance de nos droits civils et politiques ? Dans le concert des voix masculines qui disent œuvrer à la liberté, seule celle du marquis de Condorcet s'est élevée pour réclamer que les femmes obtiennent les mêmes droits que les hommes. Je ne demande qu'à vous croire, mais quand donc vous ai-je entendu, mes amis, vous offusquer de ce que nous ne puissions exercer de fonction publique ? De ce qu'aucune femme ne puisse siéger à l'Assemblée, ni parmi les électeurs ou les nouveaux représentants des districts – des hommes, encore, nommés par d'autres hommes ? Quand donc vous ai-je entendu vous scandaliser de ce que les offices judiciaires nous soient encore interdits ? Quelle justification acceptable trouvez-vous, messieurs les avocats, à l'interdiction qui nous est faite de plaider ?

Danton et Desmoulins ne surent que répondre.

— Vous parlez de liberté, vous dénoncez l'injustice, mais celle-là vous est devenue si naturelle que vous ne la voyez même plus ! se lamenta Mlle Terwagne. Depuis des siècles, on prête à la femme le caractère de la mollesse, on assimile sa nature à une faiblesse congénitale, on la dit sujette aux vapeurs et à la folie ! Fichtre ! Son appareil est même le berceau de l'hystérie, qui tire son étymologie de notre diabolique utérus… L'histoire a fait de nos différences anatomiques le motif d'une prétendue inégalité morale et intellectuelle, et cela depuis si longtemps que vous n'en percevez même plus l'odieuse iniquité ! En la faisant passer de l'autorité paternelle à l'autorité maritale, en l'écartant avec mépris de la chose publique et en lui refusant l'accès aux plus hautes études, on a fait de la femme une éternelle enfant. Pour chacun de ses choix, elle doit avoir obtenu le consentement d'un père ou d'un mari. Voyez plutôt : les femmes qui, aujourd'hui, ont la liberté, ou le courage, devrais-je dire, d'élever la voix pour réclamer cette égalité sont comme Olympe de Gouges ou comme moi : des veuves ou des célibataires. La seule chose qui soit inférieure, chez la femme, messieurs, ce n'est pas la nature qu'on lui prête, c'est la chance qu'on lui donne !

La Liégeoise termina cette tirade à laquelle l'émotion avait infligé quelques trémolos par un profond soupir. Dans le silence qui suivit, elle sentit le regard perplexe des deux avocats.

— Eh bien ! lâcha finalement Desmoulins en lui prenant le bras. Je ne sais pas si nous parviendrons bientôt à vous ob… obtenir le droit de plaider, mais vous venez de vous en montrer plus capable et plus digne que moi et beaucoup de mes confrères !

Elle sourit en lui prenant le bras à son tour.

— Il ne s'agit pas de nous faire obtenir de nouveaux droits, Camille, mais de faire inscrire, dans la future Constitution, que tous les citoyens ont les mêmes droits, fussent-ils hommes, femmes, protestants, juifs ou Noirs. Sans cela, nous aurons perdu, et vous aurez échoué.

— Nous... nous mènerons ce combat, promit Desmoulins.

— Je ne manquerai pas de vous rappeler cette promesse, répliqua la Liégeoise. Car aujourd'hui nous combattons encore côte à côte, mais demain, cette injustice qui barre la route aux femmes vous conduira, vous et Danton, à des postes qui me seront interdits. Tels que je vous vois partis, mes amis, vous finirez l'un et l'autre députés, sinon ministres ! Nous verrons alors si vous vous souvenez de moi et de toutes les femmes qui ont lutté à vos côtés.

Alors que cette mise en garde résonnait comme une étrange prémonition, Gabriel et le frère Lacombe reparurent enfin, et tout le monde s'assembla de nouveau à l'entrée de la salle théologique.

— Je n'ai pas trouvé d'indice qui puisse nous dire où est Lorette, mais plusieurs qui laissent penser qu'elle avait préparé son départ, et que celui-ci s'est fait en toute sérénité, expliqua Gabriel, conformément à ce que le frère Lacombe et lui avaient convenu de dire pour protéger la jeune femme.

— Nous devrions peut-être prévenir la police, tout de même ? suggéra le président Archambault.

— Cela ne me paraît pas nécessaire, répliqua le moine. Aussi triste qu'il soit, le départ de Lorette semble en effet volontaire. Il ne relève donc pas de la police.

Il y eut des murmures de désapprobation parmi ses frères, qui étaient restés à l'attendre, eux aussi. Le gardien les fit taire d'un seul regard autoritaire.

— De toute façon, la police risque de ne pas être très disponible dans les prochains jours, intervint M. Timbergue, l'un des deux représentants du district des Cordeliers.

— Et pourquoi donc ? s'étonna Danton.

— Nous venons de nommer un comité provisoire de police au sein de la Commune de Paris, cher confrère, et nous avons transféré la lieutenance à monsieur le maire. Ce comité va devoir travailler, dans l'urgence, à un nouveau règlement de police. D'ici là, je crains que Paris n'ait plus de réelle force de l'ordre sinon celle qu'assurera provisoirement la Garde nationale.

— Que deviennent les commissaires ? demanda Gabriel.

— Nous entendons faire en sorte que les fonctions de police ne soient plus à vendre, mais le fruit d'un vote. Les commissaires qui n'ont pas déjà démissionné pourront rester en place, à condition de reconnaître l'autorité du maire de Paris, bien sûr, et ce jusqu'à ce que le nouveau règlement soumette leur charge au suffrage.

— Pourquoi poses-tu la question, Gabriel ? demanda Danton d'un ton moqueur. T'inquiéterais-tu pour ton ami le commissaire Guyot ?

— Je sais que la chose est à la mode, mais je n'ai pas la force suffisante pour détester tous les policiers de France. Les policiers sont un peu comme les avocats, mon cher : on trouve parmi eux des hommes d'une grande droiture et d'horribles crapules. Le commissaire Guyot relève de la première catégorie.

— Et moi ? le provoqua Danton.

— Toi, je ne sais pas encore. Tes sorties lors du massacre de Foullon ne m'ont pas laissé la meilleure impression...

Danton, d'ordinaire si sûr, marqua le coup.

— Au lieu de t'inquiéter pour la fliquerie, dis-moi plutôt quand tu me confieras un nouvel article, poil de brique !

intervint Momoro pour détendre l'atmosphère. T'aurais-je déjà rapporté tant d'argent que tu n'en veuilles plus ?

— Je travaille à une longue étude sur le traitement des insensés dans les hôpitaux. Tu l'auras quand je l'aurai finie.

Le journaliste avait en effet commencé à enquêter sur ce sujet. Il se garda toutefois d'avouer que les événements des derniers jours, et sans doute des prochains, ne laissaient guère espérer un bouclage rapide à cet ambitieux travail.

— Allons, Gabriel ! fit Mlle Terwagne en l'entraînant avec elle. L'après-midi a filé, raccompagnez-moi. Au revoir, tout le monde !

Sans lui laisser le temps de faire des adieux convenables, elle conduisit le jeune homme hors du couvent.

— Nous allons devoir revenir demain, dit-elle. Il y a trop de monde là-dedans pour mener nos recherches en toute discrétion.

— Soit. Voulez-vous que je vous cherche une voiture pour Versailles ?

— Non, je dors chez M. Mercier, mon ami. Mon appartement n'est plus sûr…

Gabriel eut l'élégance de ne pas verbaliser la question qui se lisait dans ses yeux.

— Monsieur Joly ! s'amusa Anne-Josèphe. Allons ! Je sais que vous chérissez l'auteur, mais vous connaissez l'homme ! Ne lui faites point trop d'honneur ! Il dort dans le salon.

— Pauvre homme ! Ce doit être pour lui un supplice !

— La contrariété ne semble pas l'empêcher de ronfler !

Gabriel s'arrêta de marcher.

— Mercier ronfle ? s'exclama-t-il, faussement offusqué.

— Parfaitement. Comme un vieil ours obèse !

29

Tour et retour

Ces entrevues secrètes dans les caves ténébreuses de la tour du Pet-au-Diable pouvaient avoir l'allure d'une confession. Les deux hommes plongés dans le noir, et qui discutaient à voix basse sans se voir, fussent aisément passés pour le prêtre et le paroissien conversant à l'abri du confessionnal s'ils n'eussent porté ces habits et ces masques étranges. Leur costume, en vérité, leur donnait plutôt des allures démoniaques, et les ombres les entourant évoquaient davantage les enfers qu'une sainte église.

— Nous allons devoir dépêcher un nouveau messager pour informer le Pater que notre plan a échoué, se lamenta le plus petit, qui se faisait appeler frère Leo.

— Mirabeau compte plus d'ennemis encore que nous ne l'avions estimé, acquiesça M. Le Roy, *alias* frère Heliodromus. C'est regrettable, mais heureusement nous n'avons pas tout perdu dans la manœuvre, mon frère. Le sieur Bailly nous a certes pris de vitesse, cependant, en tenant ma parole, j'ai fait du comte notre débiteur.

— Sans vouloir vous offenser, reste-t-il une seule personne à Paris dont Mirabeau ne soit pas le débiteur ?

Caché sous son masque, le visage de Georges-Alexis Le Roy ne put retenir un sourire désabusé. Sans doute avait-il trop misé, en effet, sur ce coquin de Mirabeau, dont l'opportunisme étouffait tout courage politique.

— Si cette bataille est perdue, reconnut-il, elle ne nous empêche aucunement de livrer la suivante, aux enjeux bien plus importants, et qui, en cas de victoire, portera d'emblée ses fruits. Avez-vous terminé l'enquête que je vous ai demandé de mener à l'Assemblée ?

— Oui, répondit le frère Leo en hochant la tête sous son ample capuche. Notre choix aurait tout intérêt à se porter sur le Club breton, dont les députés offriront à notre cause ses plus grandes chances de réussite.

Le frère Heliodromus dodelina de la tête d'une manière dubitative.

— Les membres du Club breton sont certes en train d'étendre leur pouvoir sur l'Assemblée, plus que tout autre parti, mais c'est une forteresse bien gardée, mon frère ! Le Chapelier et Barnave n'ont pas l'air d'être des hommes que l'on gagne aussi facilement qu'un Mirabeau. Quant à l'abbé Sieyès et au jeune Robespierre, ils me semblent trop idéalistes pour que l'on puisse espérer chez eux la moindre flexibilité.

— On dit qu'ils sont tous francs-maçons. Peut-être Duvilliers pourrait…

— On dit beaucoup de sottises ! s'agaça M. Le Roy. Le Chapelier est membre de la loge de la Parfaite union de Rennes en effet, mais ni Barnave, ni Sieyès, ni Robespierre ne sont initiés, même si la horde ignare de ceux qui veulent voir des maçons partout le répète aveuglément ! La franc-maçonnerie est plus faible et désorganisée que ses ennemis ne le prétendent, et elle est par trop divisée pour être capable de la moindre manœuvre politique. Sans quoi il nous suffirait d'ailleurs d'en prendre le contrôle pour arriver à nos fins. Des maçons, vous en trouverez dans tous les camps, de Versailles à Paris ; leurs luttes intestines et leur goût immodéré pour les débats interminables les rendent inaptes au complot ! Bref... Non : le Club breton n'est pas une loge déguisée, c'est un club politique et rien d'autre, et nous ne pourrons donc pas profiter de Duvilliers pour exploiter ces hommes-là. Mais si la forteresse est bien gardée, comme toute forteresse, elle a une porte, et toute porte a une clef...

— À quoi pensez-vous, mon frère ?

— Je vais aller rendre une petite visite à un membre de ce Club breton que je connais un peu. Pendant ce temps-là, mon frère, je vous charge de régler une bonne fois pour toutes la question de cette maudite Théroigne de Méricourt !

— Protège-nous, Silence ! murmura le frère Leo en guise de réponse.

— Au nom du Soleil invaincu.

30

Comme un poulet dans le noir

— Bonjour, jeune homme.

Gabriel sursauta avant de se retourner pour regarder l'homme qui venait d'arriver derrière lui, dans la salle des Imprimés, au premier étage de l'aile nord de la Bibliothèque royale.

En ce 28 juillet, cela faisait trois jours que le jeune homme revenait chaque matin dans cette vénérable institution. Installé vis-à-vis le Palais-Royal, l'édifice était, pour tout amoureux de la librairie, un paradis sur terre !

Malgré le temps passé depuis que Mlle Terwagne, M. Mercier et Gabriel avaient découvert les étranges inscriptions au dos de la gravure de Tenducci, ces quelques lignes restaient pour eux un mystère. Joly, persuadé que la société secrète dite de la Main rouge était liée au destin de Lorette, et sans doute à sa fuite, avait choisi de se consacrer à cette piste-là, pendant que les deux autres, assistés du mathématicien Gilbert Romme, tentaient de décrypter le message codé.

Rentré bredouille de la bibliothèque du couvent des Cordeliers, le journaliste était venu ici, profitant des plus grandes collections d'Europe qu'abritaient ces longues galeries. Mais, sur la Manorossa, il n'avait rien trouvé ! Le *Liber Rubrae Manus* lui-même n'était mentionné dans aucun des nombreux inventaires, index et bibliographies que Gabriel avait pris le soin de parcourir. L'absence de référence à cette énigmatique confrérie n'avait que deux explications possibles : soit la Main rouge était parvenue à rester si secrète qu'aucun auteur ne l'évoquait nulle part, soit son histoire était si fantasque et d'invention si récente qu'elle ne pouvait pas avoir laissé de traces anciennes.

Aussi, ce matin-là, Gabriel avait voulu se donner une dernière chance en revenant fouiner dans les tablettes de la Bibliothèque royale. Parmi la liste extravagante des membres de la Manorossa que revendiquait l'auteur anonyme du livre se trouvait un nom qui ne disait rien au jeune homme : Aeron Llawrudd. Si la Main rouge n'apparaissait dans aucun livre, peut-être cet inconnu au patronyme singulier avait-il laissé, lui, son empreinte quelque part…

— À qui ai-je l'honneur ? demanda Gabriel en dévisageant ce grand quinquagénaire au nez fort et au front haut perché, perruque à rouleaux consciencieusement poudrée, qui inspirait à la fois un air de fermeté et de bonté, d'intelligence et de scepticisme.

— Pierre Le Noir, bibliothécaire du roi, répondit celui-là d'un air amusé.

La présence au sein de son institution d'un lecteur qui ne l'avait pas reconnu constituait quelque cocasserie.

— Ah ! fit aussitôt le jeune homme en se levant, gêné. Nous nous voyons pour la première fois, mais j'ai beaucoup entendu parler de vous ! Je suis Gabriel Joly, journaliste d'enquête !

En effet, par son oncle, propriétaire du *Journal de Paris*, et par Louis-Sébastien Mercier, le jeune homme avait déjà entendu parler de cet ancien lieutenant général de police bibliophile. M. Le Noir avait acquis en 1784 la charge de bibliothécaire du roi, abandonnant peu à peu la police pour se consacrer à la conservation des livres, lui que son métier précédent avait pourtant amené à en faire pilonner des quantités considérables, dans sa traque aux ouvrages illicites… Après une carrière judiciaire qui lui avait valu bien des ennemis, l'homme était venu chercher ici un peu plus de sérénité et assouvir la passion qu'il avait pour les livres. Mercier avait même raconté un jour à Gabriel que Le Noir avait parfois transféré discrètement, dans sa bibliothèque personnelle, certains des ouvrages que sa fonction de policier lui avait fait interdire ! Pourchassant les auteurs licencieux et les libellistes d'une main, il en avait collectionné les sulfureux ouvrages de l'autre ! C'était, en somme, un homme aussi complexe que le sont tous les hommes, pour peu qu'on les observât de près…

— Ah, mais je sais bien, moi, qui vous êtes, jeune homme ! rétorqua le bibliothécaire d'un petit air satisfait.

— Alors vous n'avez rien perdu de vos talents de policier ! le taquina Gabriel.

— Allons, je n'ai aucun mérite : notre cher M. Houdon, qui occupe l'un des ateliers de notre cour d'honneur, et qui semble être un proche ami de votre oncle, vous a vu monter et m'a prévenu de votre présence.

La cour de la Bibliothèque abritait en effet quelques ateliers d'artistes ; on y croisait par exemple, outre ledit sculpteur Jean-Antoine Houdon, le graveur Cochin. Ainsi, entre les employés de la Bibliothèque et leurs familles, qui habitaient là, les visiteurs, les artistes, leurs modèles et leurs élèves, cela faisait chaque jour une belle agitation dans la cour et le jardin qui se succédaient au milieu de l'édifice. La Bibliothèque royale, au fond, était un village à elle seule.

Gabriel, à qui le statut de journaliste donnait un droit d'entrée quotidien, était installé dans la salle des Imprimés qui jouxtait le corps de garde du service des Pompes. En pareil lieu, on ne pouvait en effet laisser aux incendies le temps de s'installer, et la Bibliothèque n'ouvrait d'ailleurs ses portes qu'aux heures où la lumière du jour suffisait à en éclairer les pièces, car les bougies et même les lampes n'étaient autorisées que dans certains bureaux…

Les requêtes de la centaine de lecteurs qui occupait l'étage représentaient pour les assistants du garde des Imprimés un travail colossal, et l'on voyait les garçons aller tout le jour d'une salle à l'autre, de dépôts en salons, de tablettes en étagères, si bien que tout ce remue-ménage faisait un grincement perpétuel sur les parquets cirés.

— J'ai vu la liste des ouvrages que vous avez consultés, et mon assistant m'a confirmé que vous vous intéressiez au sieur Aeron Llawrudd. Vous aurez compris que c'est un nom de plume, n'est-ce pas ? demanda M. Le Noir.

Gabriel, étonné, balbutia :

— Je… Je n'en étais pas encore tout à fait sûr.

— Le mot *Llawrudd*, en gaélique, signifie « main rouge », et j'ai toujours pensé que ce mystérieux individu était le véritable auteur anonyme du *Liber Rubrae Manus*.

— Vous… Vous connaissez le *Liber* ?

Le bibliothécaire sembla très fier de son petit effet.

— Je l'ai fait pilonner plusieurs fois quand j'étais lieutenant général de police, jeune homme. L'ouvrage n'a pas grand intérêt et je peux vous affirmer que vous ne le trouverez pas ici.

— À vrai dire, ce n'est pas l'ouvrage lui-même que je cherche, mais des informations à son sujet, et au sujet de ladite Main rouge.

— Vous n'en trouverez pas ici non plus.

— Mais alors où ?

À ces mots, un sourire se dessina sur le visage de M. Le Noir.

— Ici, répondit-il en posant l'index sur sa propre tempe.

31

Antipolis

Le soleil était à son zénith quand Lorette, descendue des collines d'oliviers et de vignes verdoyantes, arriva en vue des remparts de la ville d'Antibes, où les dernières langues de terre se jetaient dans la mer sous le regard bienveillant des sommets alpins. Nichée sur un piton rocheux surplombant le golfe qui la séparait de Nice, la cité se tenait comme au bord du monde. Hautes murailles, courtines aux toits en demi-lune, larges fossés, casemates sur les flancs et corps de garde, Antibes était comme un fort imprenable, à cheval sur la mer.

— Tu vas devoir rester ici sans moi, murmura-t-elle en s'agenouillant près de son loup.

L'animal, qui semblait toujours comprendre ses paroles, pencha la tête en poussant quelques jappements plaintifs. Lorette gloussa quand il lui donna de grands coups de langue sur le front.

— Va te cacher, Sanna ! insista-t-elle. Tu sais bien que je ne t'abandonnerai pas.

Il lui fallut faire de grands gestes avec les bras et taper dans les mains plusieurs fois pour que la bête se résigne enfin à se retirer dans les sous-bois.

Le monde des hommes n'est pas fait pour toi, mon loup, se lamenta la jeune fille en le regardant partir. *Parfois, je me demande même si je suis faite pour lui, moi aussi...*

Puis elle se retourna vers les murs angulaires et acérés d'Antibes. Première cité sur le territoire de France en s'en venant d'Italie, c'était une place de guerre ancestrale, qui n'avait cessé de se fortifier au cours des siècles. Aussi n'y avait-il, en ce temps, qu'une seule porte, dite porte Royale, pour entrer dans la citadelle par les terres. L'accès à cet imposant édifice, au fronton triangulaire finement sculpté, se faisait par deux ponts dormants successifs, qui traversaient remparts et fossés. Il fallait décliner son identité aux officiers qui gardaient l'entrée jour et nuit, leur présenter un billet de santé[1] et soumettre ses bagages à une fouille méticuleuse. Une liste de formalités à laquelle Lorette, voyageuse clandestine, ne pouvait pas se plier. Pourtant elle allait devoir trouver le moyen d'entrer dans la ville, car elle avait obtenu, la veille, la confirmation que le colonel Duvilliers y serait lui aussi.

Longeant les fortifications par le sud, cachée dans les ombres des bastions, Mlle Printemps arriva bientôt au pied de celui de Saint-André, à l'aplomb des flots. Là, ses yeux se posèrent sur la surface huileuse de la Méditerranée, berceau silencieux de tant de civilisations. De petites vagues roulaient ici et là dans un doux murmure, dessinant des touches de blanc au milieu de ce vaste tableau aux nuances

1. Attestation que les voyageurs devaient faire signer par le bureau de santé de leur ville d'origine, certifiant que celle-ci n'était pas touchée par une épidémie.

de saphir et de turquoise. Envahie par les parfums salés du rivage, la jeune femme qui, depuis plus de dix ans, n'avait eu pour seul horizon que les toits des maisons de Paris, se sentit aspirée par l'infini du cosmos.

Alors qu'elle s'avançait lentement jusqu'au bord de la falaise, Lorette constata avec désappointement que le mur d'enceinte, face à la mer, continuait de protéger la ville au-dessus des rochers. Elle revint sur ses pas. Filant en retrait du chemin pour éviter les patrouilles de gendarmes, elle remonta vers le nord jusqu'à l'anse Saint-Roch, paisible plan d'eau à l'abri des vagues et du vent, bordé d'un côté par la ville, de l'autre par la presqu'île où se dressait le fort Carré. De là, elle put apercevoir le port d'Antibes, encerclé de ses deux môles, le long desquels mouillaient quelques navires de petite taille, alors que des vaisseaux plus grands se dessinaient au large. Au bout du port, la cité se cachait encore derrière ses remparts. Antibes semblait cernée de tous côtés, impénétrable et arrogante.

Lorette distingua plus loin une chaussée étroite qui courait entre la muraille et l'anse, permettant de rejoindre le port à pied. Là, une seconde porte, dite Marine, conduisait à la ville, mais elle était certainement aussi bien surveillée que la porte Royale.

Dépitée, la jeune femme était sur le point de retourner vers l'entrée principale où, en dernier recours, elle projetait de passer en cachette, quand son regard fut attiré par une construction de pierre, de la taille d'un tonneau à peine, placée à quelques pas du cimetière blotti sous les remparts. En étudiant la zone, elle constata que des travaux de déblaiement y avaient été faits fort récemment. Une sorte de tranchée remontait vers le nord, sur laquelle se dressaient, tous les cent pieds environ, de petites structures de pierre, semblables à la première. Elle comprit aussitôt : à fleur du sol courait un antique aqueduc[1], enterré et fraîchement restauré. Le cœur battant, Lorette courut vers la première structure, qui n'était qu'un soupirail, un puits de visite qui permettait de vérifier la bonne adduction de l'eau. Regardant en direction de la ville, elle avisa l'aqueduc qui passait le fossé sur des arceaux et s'enfonçait dans les remparts.

Le plan se forma aussitôt dans sa tête. Un plan risqué, très risqué, même, mais le Loup des Cordeliers n'avait-il pas fait du risque un fidèle compagnon de route, depuis longtemps ?

La jeune femme s'agenouilla quelques minutes derrière le puits pour s'assurer que personne ne venait et estima ses chances. La margelle était rectangulaire, avec des côtés qui approchaient les trois pieds, et son sommet était obstrué par une dalle d'une faible épaisseur. *A priori*, entrer à l'intérieur de ce conduit pour descendre dans l'aqueduc était possible pour une personne de son gabarit, à condition de parvenir à déplacer la trappe supérieure. Ensuite, les choses risquaient de se compliquer. Pour ce que Lorette connaissait de ces ingénieuses constructions romaines, l'eau, à l'intérieur des conduits, n'était pas sous pression, mais en écoulement à surface libre, et l'on devait pouvoir y avancer sans avoir la tête immergée. Mais le niveau de l'eau laissait-il toutefois une place assez grande pour respirer ? Et comment pouvait-elle être sûre que le trajet employé par le tunnel ne passait par aucun siphon ? Où terminait-il ? En somme, cela faisait beaucoup d'inconnues, beaucoup d'aléas…

---

1. En 1783, l'eau manquant cruellement à Antibes, M. Louis Aguillon, brigadier du génie militaire, proposa de restaurer un aqueduc antique enterré, abandonné depuis des siècles. Ainsi, en 1785, l'aqueduc de Fontvieille, construit par les Romains au IIe siècle, fut remis en place pour alimenter la ville. Hasard amusant, parmi les trois sources qui alimentaient cet aqueduc, l'une s'appelait… la Louve !

Lorette hésita un moment. Car le risque n'était pas seulement d'échouer, mais d'y laisser la vie.

Fermant les yeux, elle vit le visage de Duvilliers se dessiner dans son esprit, et cette seule vision lui donna le dernier souffle de courage qui lui manquait. Se redressant sans plus attendre, la jeune femme cacha son balluchon et son sabre sous un rocher à quelques pas de là, ne gardant que le poignard à sa ceinture, puis elle attrapa la dalle de pierre à pleins bras et tira de toutes ses forces. Elle dut s'y reprendre à plusieurs fois pour faire coulisser la lourde trappe jusqu'à ce qu'elle tombe enfin et libère le passage.

Un coup d'œil alentour. Personne. Après avoir grimpé sur la margelle, elle laissa ses jambes descendre dans le soupirail. Le cuvelage semblait s'enfoncer sur une profondeur de six pieds. Dans la pénombre, on devinait en contrebas les faibles reflets de la ligne d'eau, dont les clapotis résonnaient à l'intérieur du puits.

Lorette avala sa salive, prit une grande inspiration, puis, mâchoire serrée, elle commença sa descente, se maintenant par la pression conjointe de son dos et de ses membres sur deux faces opposées du conduit. Pouce par pouce, elle se laissa déraper au cœur du cylindre. Levant la tête vers le haut de la cheminée, elle regarda une dernière fois le ciel qui apparaissait encore par l'ouverture. Trop tard pour renoncer. Lorette continua son expédition dans les ténèbres.

Elle était parvenue à mi-hauteur quand ses pieds perdirent leur prise sur le parement humide, et alors son corps s'effondra dans l'obscurité.

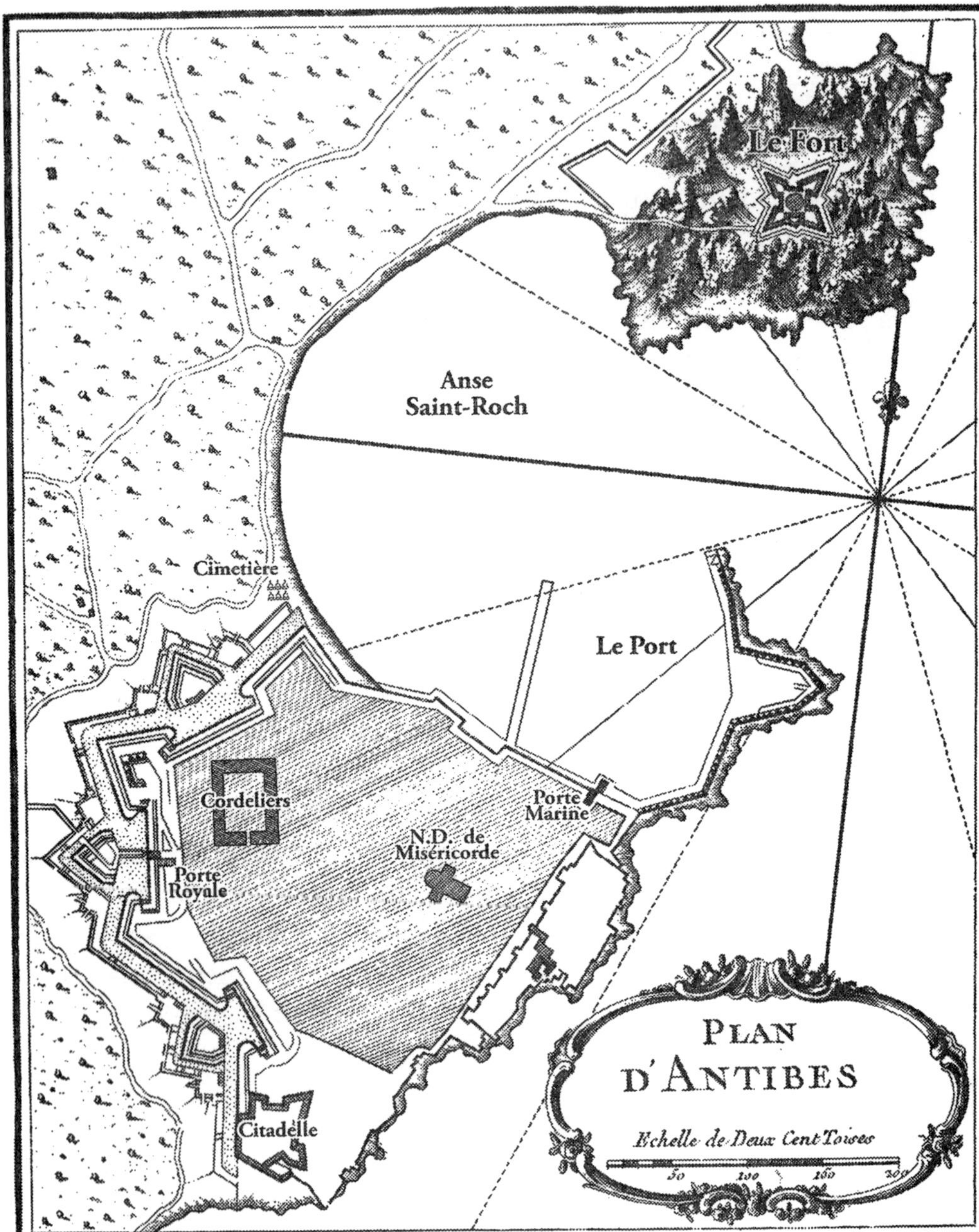

PLANCHE XII : ANTIBES

32

Une édition originale

Une chose conduisant à l'autre, M. Le Noir, séduit par l'érudition de Gabriel, lui avait proposé de le suivre dans son bureau personnel, qui se trouvait à l'autre bout de la Bibliothèque royale, du côté de la rue Neuve-des-Petits-Champs. Le jeune homme, éprouvant une pointe de jalousie, s'extasia devant ce temple des arts imprimés, où les boiseries sculptées faisaient un écrin splendide à des trésors de livres. C'était, à l'évidence, l'officine d'un homme passionné par les lettres et les ouvrages rares. Dans l'ultime charge de sa carrière, l'ancien lieutenant général de police était comme un poisson dans la mer.

— Je vous suis infiniment reconnaissant, monsieur, de me consacrer ainsi votre temps, que j'imagine précieux, fit Gabriel en admirant les montagnes de livres qui les entouraient, comme autant de remparts contre l'infamie.

— Allons, c'est peut-être l'une des dernières fois que je puis recevoir quelqu'un ici, il faut en profiter ! Et puis, c'est un plaisir de voir qu'il reste encore dans notre jeunesse des personnes un tant soit peu instruites et curieuses...

— Ah ! fit mine de se désoler Gabriel. « Si l'avenir de notre peuple est entre les mains de la jeunesse frivole d'aujourd'hui, il y a de quoi désespérer... »

— Qui citez-vous donc ? comprit Le Noir, froissé.

— La phrase est d'Hésiode, monsieur. Elle a été écrite huit cents ans avant notre ère... Allons ! Je vous taquine ! Depuis le temps que les anciens se lamentent sur l'éducation de la jeunesse, le monde ne s'en est pas si mal sorti, après tout ?

Le visage du bibliothécaire se détendit, et il concéda même un sourire.

— Vous avez sans doute raison, monsieur Joly. Les sombres perspectives que me promettent les prochains jours me rendent plus bourru que je ne devrais l'être. Ce ne sont pas les jeunes générations, mais plutôt la mienne et celle de mon père qui ont conduit le pays dans le marasme où il se trouve...

— Vous craignez pour votre institution ?

— Pour l'institution, non, mais pour ma charge, oui. Je me suis fait beaucoup d'ennemis, au cours de ma carrière policière, et certains de mes détracteurs mettent plus d'énergie à me discréditer qu'il ne m'en reste pour me défendre. Dans quelques jours, quelques semaines tout au plus, on me demandera de partir, comme on l'a demandé à M. de Crosne, mon successeur à la lieutenance générale de police.

— Je croyais qu'il avait démissionné...

M. Le Noir ricana.

— Bien sûr ! Si un jour vous apprenez que j'ai démissionné moi aussi, jeune homme, vous saurez ce que cela signifie vraiment... Mais je ne me battrai point. Je n'ai pas assez de sympathie pour le vent qui se lève, et il n'est pas dans mes habitudes de faire semblant.

— Nous ne partageons pas les mêmes idées, monsieur, mais il me semble important que toutes les voix, même discordantes, se fassent entendre dans la grande réforme qui s'annonce.

— Ma voix n'a plus la force suffisante pour porter. Au moins partirai-je la tête haute. Je crois pouvoir dire que j'ai dignement œuvré pour l'enrichissement et la bonne administration de la Bibliothèque royale. Mais allons ! Vous n'êtes pas venu ici pour écouter les lamentations d'un vieil administrateur. Revenons-en à notre mystérieux Aeron Llawrudd !

Sans plus attendre, le bibliothécaire tourna les pages du livre qu'il avait posé devant lui jusqu'à tomber sur un chapitre qu'il montra au jeune homme.

— Voici la plus ancienne occurrence que j'aie pu trouver du nom d'Aeron Llawrudd, quand j'ai tenté de savoir si le *Liber Rubrae Manus* était bien de sa main. Elle date de 1752, mais évoque un fait remontant à 1736 : son admission au sein de l'ordre de la Délivrance.

Gabriel fit une moue embarrassée.

— J'ai bien peur de devoir confirmer l'inculture de la jeunesse : j'ignore ce dont il s'agit...

— N'en rougissez pas : la chose n'a duré que quelques mois et n'aura pas marqué l'histoire. La Délivrance était un ordre de chevalerie créé par le roi de Corse, Théodore Ier, dans le but de renverser Gênes[1].

1. Après de longues négociations avec les insurgés corses, le baron Théodore de Neuhoff, diplomate d'origine allemande, était parvenu à fédérer les chefs de clans autour d'un projet : instituer un royaume corse, allié à l'Espagne, pour permettre à l'île de repousser Gênes et recouvrer sa souveraineté. Afin d'éviter les jalousies entre les grandes familles

— Vous pensez que Llawrudd était corse ? demanda Gabriel.

Il ne pouvait s'empêcher de songer aux nombreux liens que l'île entretenait avec son enquête.

— En réalité, j'ai plutôt des raisons de penser qu'il était un Génois décidé à renverser les doges de sa propre ville. Mais il se serait d'abord allié aux chevaliers corses, leur promettant de rendre à l'île son indépendance s'ils l'aidaient à prendre ensuite le pouvoir sur Gênes. L'entreprise échoua.

— Et comment pouvez-vous être si sûr qu'il était génois ?

— La deuxième et dernière fois que son nom reparaît dans un livre, c'est en 1747, lorsque, entouré de complices génois avérés, il participe à une tentative d'assassinat sur Gian Francesco Brignole, tout nouveau doge de Gênes. La manœuvre, véritable coup d'État qui aurait dû le conduire au pouvoir, échoue de nouveau, et je pense que c'est à ce moment-là, fin 1747 ou début 1748, que Llawrudd écrit son *Liber Rubrae Manus*.

— C'est la période que j'avais estimée en étudiant le papier, l'encre et la typographie de l'ouvrage, confirma Gabriel. Mais y a-t-il un élément qui permette de dire que Llawrudd en est l'auteur ?

— Quelle édition du *Liber Rubrae Manus* avez-vous consultée, jeune homme ?

Le journaliste hésita à répondre.

— Allons, n'ayez crainte, le rassura Le Noir. Je ne suis plus lieutenant général de police, et je serais mal placé pour reprocher à quiconque de posséder un ouvrage illicite.

Gabriel sourit. Il eût bien aimé découvrir la bibliothèque secrète que l'homme avait dû accumuler au fil des ans.

---

insulaires, l'Assemblée générale des Corses proclama le baron de Neuhoff roi des Corses, sous le nom de Théodore Ier.

— L'édition que j'ai vue ne mentionnait ni date, ni auteur, ni libraire ou imprimeur, et elle n'avait aucune marque typographique. C'était un in-quarto de six cent quarante-huit pages aux tranches dorées, avec une reliure en plein maroquin rouge.

— Six cent quarante-huit pages, dites-vous ? Alors ce n'est pas l'édition que je considère comme originale, affirma le bibliothécaire avec un sourire que l'on eût pu dire espiègle.

— Comment cela ?

— Quand mon métier consistait à traquer ce genre d'ouvrages, j'ai relevé l'existence de deux éditions du *Liber*, monsieur Joly. Celle que je tiens pour la première compte quatre pages de plus que celle que vous semblez avoir vue. Différence notable : sur la page de faux titre, elle arbore un frontispice et un monogramme.

— Fichtre ! Que représentent-ils ? le pressa Gabriel, dans un état d'excitation évident.

Le Noir sourit puis, après une pause mystérieuse, se leva d'un geste quelque peu théâtral et partit fouiner dans ses étagères sous le regard perplexe de son visiteur. Il en revint quelques instants plus tard avec un exemplaire du *Liber Rubrae Manus* qu'il posa fièrement devant Gabriel.

La reliure était en tout point identique à celle du livre trouvé chez Duvilliers mais, quand le jeune homme ouvrit le livre, il découvrit un frontispice et un monogramme imprimés sur la page de faux titre. Les yeux écarquillés, il commença à inspecter la gravure, dont la richesse symbolique le plongea dans le plus pur émerveillement.

PLANCHE XIII : FRONTISPICE & MONOGRAMME

33

Aquae ductus

Le cri de terreur résonna un court instant entre les parois du puits, aussitôt couvert par le fracas que fit le corps de Lorette en tombant dans l'aqueduc : un claquement sec suivi du bruit aigu des éclaboussures.

La jeune femme, dont la bouche s'était ouverte sous les effets de la stupeur, avala une pleine gorgée d'eau, qui pénétra dans son nez pareillement. Paniquée par la sensation d'étouffement, Mlle Printemps se débattit maladroitement au fond du conduit, cherchant des pieds et des mains un appui pour remonter à la surface. Quand ses bottes trouvèrent enfin le contact du sol, elle poussa dessus de toutes ses forces. Le choc violent que la voûte imprima aussitôt à son crâne lui fit comprendre que la hauteur du tunnel ne permettait pas de tenir debout. La commotion alluma mille étoiles dans sa tête, et il fallut quelques instants à la jeune femme pour reprendre ses esprits.

À la lumière des rayons que le puits de visite laissait passer en amont, Lorette découvrit l'intérieur de l'aqueduc.

Ne dépassant pas les quatre pieds de hauteur, le conduit était constitué sur ses flancs de deux piédroits, d'un fond en mortier parfaitement lisse et étanche et, sur le dessus, d'une voûte en berceau. L'eau coulait lentement autour d'elle, et laissait tout juste assez de place pour en sortir la tête. Avec le haut du crâne effleurant la paroi, on avait le menton qui trempait dans les flots. Très vite, une impression fort désagréable de réclusion gagna la jeune femme. Elle se demanda si elle arriverait à suivre le tunnel jusqu'à la ville sans se trouver la proie d'une violente crise de claustrophobie.

Mais l'heure n'était pas à tergiverser. Lorette secoua la tête puis, les mains collées aux piédroits, de chaque côté de ses épaules, elle entama son cheminement hydraulique. À moitié accroupie sous l'eau, elle avança lentement dans l'aqueduc, se laissant porter par le faible courant. Elle n'avait pas parcouru vingt pas quand l'obscurité alentour se fit totale. Un noir absolu, angoissant. Dehors, elle avait estimé que la distance à parcourir pour se retrouver de l'autre côté des remparts ne devait pas dépasser les cent toises. Rassemblant son courage, elle se remit obstinément en route.

Au bout de cinquante nouveaux pas, l'absence de lumière laissa son imagination galoper dangereusement vers des rives inquiétantes. Elle crut sentir une hydre sous-marine qui l'attaquait par-derrière, des anguilles géantes qui se glissaient entre ses jambes, des colonies d'araignées qui dégringolaient de la pierre humide jusqu'à ses cheveux… Secouant la tête, elle se raisonna et reprit sa progression dans les ténèbres. Ce faisant, elle respira avec de plus en plus de difficulté, soit que l'air manquât, soit que le soufre dont l'odeur ne cessait de croître lui empêchât les poumons. Bientôt, sa tête se mit à tourner.

Lorette avait arrêté de compter ses pas depuis longtemps quand elle se demanda si elle n'était pas en train de succomber aux effets chimiques de ces sulfureux effluves. Ou bien était-ce la panique qui se jouait de ses sens ? Elle entendait des choses, sentait des choses, voyait des choses, et elle ne fut plus tout à fait certaine d'être encore éveillée quand les piédroits glissèrent sous ses mains, lentement d'abord, puis de plus en plus vite. Elle comprit, l'instant d'après, que ses pieds avaient quitté le sol et que le courant était en train de l'emporter. Alors que son corps, poussé par les lois d'Archimède, remontait à la surface sans qu'elle pût rien y faire, elle se sentit chahutée de toutes parts. Elle avait déjà dû prendre de la vitesse car, lorsqu'un rebond lui fit heurter la voûte, ce fut avec une grande violence et, de nouveau, elle vit mille chandelles tournoyer dans son esprit embrumé.

La pierre et l'eau filaient, le tunnel tournoyait, de plus en plus vite. Lorette hurlait depuis un moment quand elle dégringola dans le vide une fois de plus. Une seconde à peine, elle fut projetée dans les airs et s'enfonça derechef dans l'eau.

Battant des bras et des jambes, elle remonta à la surface, jusqu'à flotter sur le dos, dans l'immobilité de la stupeur. Ici, il n'y avait plus de courant ; l'eau stagnait comme celle d'un lac, agitée seulement par les flots qui s'y déversaient, et par lesquels elle était arrivée elle-même. Tout étourdie de son aventure, elle cligna plusieurs fois des yeux avant de s'habituer à la faible lumière naturelle qui éclairait son nouvel environnement.

L'eau ne lui montant que jusqu'à la taille, elle parvint à se mettre debout. Elle s'essuya le visage et examina les lieux : elle était au milieu d'une sorte de bassin circulaire, entouré d'un chemin de ronde et couvert par un dôme de pierres. On eût dit un mausolée, ou plutôt des thermes antiques. Un peu plus loin, hors de l'eau, on distinguait les murs d'un vestibule dans lequel une grille laissait passer la lumière du jour.

Lors, la jeune femme comprit qu'elle venait de tomber dans un château de distribution, un *castellum divisorium*, comme les Romains appelaient ces réservoirs où aboutissaient les eaux des aqueducs, et depuis lesquels on alimentait la ville au moyen de canalisations.

Malgré la douleur, Lorette fut prise d'une violente envie de rire. Elle dut lutter pour la retenir et ne pas risquer d'alerter les habitants, tant cette piscine au toit de pierre faisait une belle caisse de résonance. Il était fort probable que ce château de distribution se trouvât en pleine ville, et elle aurait déjà de la chance si son arrivée fracassante n'avait alerté personne.

Après une grande inspiration, revigorée par la joie d'avoir réussi l'impossible, Lorette s'extirpa du bassin et entra dans le vestibule, où elle égoutta cheveux et vêtements autant que faire se pût. Puis, prudemment, elle s'approcha de la grille pour regarder au-dehors.

Collé au bastion de Rosny, le *castellum divisorium* était situé à l'intérieur de l'enceinte, à l'extrémité nord-ouest d'Antibes, dans le quartier que l'on appelait ville basse. Placé à l'écart, il n'était entouré d'aucun bâtiment, et Lorette, risquant des regards de tous côtés, ne vit personne alentour. Face au réservoir s'étendait une succession de jardins et de vignes. La maison la plus proche était à deux cents toises au moins, ce qui laissait des chances à la jeune femme de sortir de là sans être vue. La grille, quant à elle, n'avait pas de serrure, mais seulement un loquet qui permettait de l'ouvrir de l'intérieur comme de l'extérieur. Lorette poussa un soupir de soulagement, oubliant vite toutes ses douleurs, enfila sa capuche, et sortit.

La partie n'était pas terminée : il allait maintenant falloir fouiller la ville sans avoir l'air suspect, et trouver dans quelle auberge Duvilliers était descendu.

En descendant vers le chemin de terre qui serpentait entre les jardins, elle savoura le doux vent qui s'en venait du large, inspirant à pleins poumons, comme pour se laver des épreuves qu'elle venait de traverser, puis elle avança vers les premières maisons, s'efforçant de passer inaperçue.

Vue de l'intérieur, Antibes était moins austère que ne le laissaient penser ses murailles. Avec près de quatre mille âmes, c'était une petite cité animée et paisible à la fois. En flânant dans ses venelles étroites, on retrouvait ici et là les traces des siècles que la ville avait traversés, depuis l'époque romaine jusqu'à cette année 1789. Entre les constructions plus récentes, l'observateur attentif pouvait deviner quelques restes de la ville latine, dans les pierres de certains bâtiments publics, par exemple, ou celles de la tour carrée qui jouxtait l'église paroissiale.

Mémorisant les noms des auberges qu'elle y croisait, Lorette remonta les ruelles tranquilles, bordées de maisons à arcades, et arriva bientôt sur un large cours planté de micocouliers. Ici se trouvait, à en juger par l'affluence, le cœur de la ville. Cette grand-rue, que l'on appelait aussi tout simplement la Place, descendait de la porte Marine et traversait toute la cité, parallèlement à la mer, délimitant le quartier qui était le noyau primitif d'Antibes. Là se dressait le château Grimaldi, bâti sur des fondations romaines, et qui tenait son nom de la famille génoise qui avait régné sur la ville du XIVe au XVIIe siècle. Devenu demeure du gouverneur du roi, l'édifice dominait le paysage par sa haute tour carrée.

Se fondant dans la foule, Lorette continua son expédition vers le sud. Parmi les habitants, elle croisa des paysans, dont certains devaient travailler aux jardins et aux vignes qu'elle avait vus plus tôt, quand d'autres devaient avoir leur campagne hors les murs, des artisans, dont la devanture des ateliers faisait parfois boutique, des marchands, bien sûr, et des marins, enfin, fussent-ils employés à la guerre, au commerce ou à la pêche. Elle crut reconnaître des Italiens, des Espagnols, et peut-être même des Marocains, dont le grain cuivré de la peau et le front fier lui rappelèrent ceux du pirate Récif, l'ami de Gabriel qu'elle avait eu plaisir à rencontrer.

Décidée à faire un tour complet de la ville avant de commencer véritablement ses recherches, Lorette descendit jusqu'aux ruines de l'ancienne citadelle puis, suivant le chemin de ronde, remonta vers la porte Royale. À quelques pas de celle-ci, elle remarqua un petit groupe de religieux qui venaient de passer la barrière, et dont elle reconnut sans peine le froc de laine gris ainsi que la corde qui leur servait de ceinture. Elle ne put s'empêcher de songer au frère Lacombe et à ces braves moines franciscains qui l'avaient si généreusement accueillie dans leur communauté parisienne. Un sourire de nostalgie se dessina sur son visage. Les suivant du regard, elle les vit entrer dans un grand monastère, dont elle comprit, par son austérité, qu'il était bien le leur, et alors elle se décida à entrer elle-même dans le couvent des Cordeliers d'Antibes.

34

Un aguet bien appensé

— Eh bien ! s'exclama Gabriel. Il y aurait là de quoi occuper pendant une journée entière les élèves de l'Académie ! Cette gravure est une encyclopédie à elle toute seule !

— N'est-ce pas ? répondit joyeusement M. Le Noir en attrapant une chaise pour venir s'asseoir à côté du journaliste et regarder avec lui le faux titre du *Liber Rubrae Manus*.

Il désigna, sous le frontispice, le monogramme qui, à l'évidence, était la signature abréviative d'un certain A. L.

— J'ai trouvé de nombreux monogrammes portant ces deux lettres dans le même ordre ; dans les marques typographiques de plusieurs libraires parisiens, tels Alain Lothian ou Abel L'Angelier. On trouve même, à Fontainebleau, un monogramme de Louis XIII mêlant ainsi son initiale à celle d'Anne d'Autriche. Mais, sous cette forme, je n'ai vu ce monogramme nulle part ailleurs. Rien ne permet d'affirmer catégoriquement que c'est la signature d'Aeron Llawrudd, mais reconnaissez que l'on peut le supposer…

— Sans trop de risques, en effet, répondit Gabriel. Mais supposer qu'Aeron Llawrudd soit le véritable auteur du *Liber Rubrae Manus* ne nous avance toutefois pas beaucoup, puisque nous ne savons pas qui se cache derrière ce pseudonyme.

— Cela, désormais, relève plus de votre travail que du mien, répondit Le Noir d'un ton facétieux.

— Et que pensez-vous de cette flamboyante gravure ?

— L'auteur semble avoir voulu y réunir des symboles issus du plus grand nombre de religions possible, comme pour affirmer que tous les cultes émanent d'une seule et même divinité, le Soleil. Voyez plutôt : l'astre diurne est placé en haut à gauche de la gravure, projetant sur elle sa vive lumière. La première figure que ses rayons éclairent est celle de cette femme qui tient dans ses bras un enfant, alors qu'elle piétine un serpent. Cette personnification de la maternité, enfantant le dieu-soleil au soir du 25 décembre, deviendra la Vierge à l'Enfant Jésus des chrétiens, la Maryam du culte mahométan, et le 25 décembre deviendra le jour de la naissance du Christ.

— Ainsi, pour l'artiste, le *Sol Invictus* des Romains serait le père de tous les autres cultes ?

— Il enfanterait et éclairerait toutes les religions, toutes les croyances, oui. On retrouve ainsi sur cette composition des symboles du judaïsme, de la chrétienté, du culte égyptien, mais aussi du culte de Mithra.

Gabriel, dès le premier regard, avait en effet repéré cette figure terrassant un taureau, identique à la gravure de Mlle Terwagne.

— Tout est lié ! s'amusa-t-il d'un air faussement comploteur.

— C'est précisément le sens de cette gravure, oui. En somme, conclut Le Noir, on retrouve ici un condensé du culte de la Manorossa, qui, à l'instar de celui de Mithra, place le Soleil au-dessus de toute chose, considérant qu'il est toute la vérité, toute la lumière.

— Dieu est Soleil, murmura Gabriel en se remémorant le texte du *Liber Rubrae Manus*. Bref, si je résume, selon vous, le véritable auteur de ce livre serait Aeron Llawrudd, qui aurait inventé un nouveau culte œcuménique, inspiré de celui de Mithra.

— Rien de tel, pour s'entourer de fidèles soldats, que de leur vendre une mythologie prétendument ancestrale, la plus ésotérique possible, capable de révéler à elle seule tous les mystères de l'univers ! Le dessein avoué de l'auteur, dans le *Liber Rubrae Manus*, où il affirme que la confrérie entend libérer l'homme moderne de l'oppression des princes, me semble s'accorder assez bien avec celui d'un homme qui rêvait de renverser les doges de Gênes. N'ayant pu obtenir son royaume républicain, il se crée de toutes pièces un royaume occulte. C'est, à mes yeux, la thèse la plus crédible. Ce qui n'empêche nullement que le livre, s'échangeant en secret, ait eu un succès suffisamment important pour que la Manorossa ait aujourd'hui une existence authentique.

— Vous le pensez ?

— Je le soupçonne.

Gabriel sombra dans un long silence pensif, les yeux perdus dans les méandres de ce frontispice.

Un dénominateur commun ne cessait de revenir dans tous les fils de son enquête : la Corse. Elle était présente, sous forme de triangle renversé, dans la signature et le costume du Loup des Cordeliers. Elle était présente dans le passé de Mlle Terwagne, qui y avait suivi le castrat Tenducci, dont la gravure mithriaque pouvait laisser penser qu'il appartenait, lui aussi, à la Main rouge. Elle était présente dans l'histoire de cette société secrète, dont les racines remontaient à l'ordre de chevalerie de la Délivrance. Et elle était présente, enfin, dans la carrière de Duvilliers, qui avait participé à l'annexion de l'île.

Le journaliste se risqua à établir une trame possible : premièrement, Duvilliers, membre de la Manorossa, voulait tuer Mlle Terwagne et récupérer la gravure qui comportait un message crypté important pour la société secrète ; secondement, Lorette, orpheline, était en réalité corse, et voulait tuer Duvilliers pour venger son île natale. Si ce canevas était plausible, il manquait toutefois un élément au tableau : pourquoi Lorette en voulait-elle à Duvilliers en particulier, plutôt qu'à tous les officiers de Louis XV qui avaient participé à l'annexion de la Corse ? Duvilliers n'était pas le seul officier survivant de cette guerre !

— Bien, finit-il par dire, comme tiré de sa rêverie. Je ne vais pas vous déranger davantage, monsieur. Vous m'avez déjà consacré beaucoup de temps, et vous m'en avez fait gagner plus encore ! Je ne sais comment vous remercier.

— Si vous trouvez un jour la preuve qui confirme toutes ces hypothèses, tenez-moi au courant ! L'ancien policier que je suis a horreur des mystères irrésolus !

— C'est promis, assura Gabriel en se levant.

Il salua M. Le Noir, puis sortit de la Bibliothèque royale et traversa Paris à pied, pour rejoindre son cher district des Cordeliers.

Ainsi, une demi-heure plus tard, la tête encore emplie de spéculations, le jeune Joly arriva chez lui, rue Dauphine. Quand, après avoir ouvert la porte, il entra dans son petit appartement, il y fut accueilli par un coup formidable sur le haut du crâne, qui le plongea aussitôt dans les ténèbres de l'évanouissement.

35

Sous le signe de Melchor

En entrant dans le couvent des Cordeliers d'Antibes, Lorette ne put s'empêcher de penser à celui qui, à Paris, l'avait accueillie et sous les toits duquel elle était passée de l'enfance à l'adolescence, de l'adolescence à l'âge adulte. La maison, en somme, qui l'avait vue devenir le Loup.

Les murs du bâtiment n'étaient percés que de quelques ouvertures étroites ressemblant davantage à des meurtrières qu'à des fenêtres. À l'exception de cette particularité, l'architecture des lieux respectait peu ou prou l'organisation qui avait présidé à la construction du couvent parisien : trois corps de bâtiments qui, avec l'église, enfermaient une grande cour rectangulaire, plantée d'arbres, s'étendant du levant au couchant, et autour de laquelle circulait le cloître. Celui-ci, enveloppant le jardin de ses ombres silencieuses, distribuait probablement les mêmes dépendances : salle capitulaire, chapelles, sacristie, réfectoire, bibliothèque, infirmerie…

En ces temps où l'ordre ne suscitait plus beaucoup de vocations, la confrérie des Frères mineurs d'Antibes ne comptait plus que douze religieux, aidés par deux domestiques, si bien que le corps de logis oriental abritait désormais un dépôt de blé et de farine de l'armée, ainsi qu'un hôpital militaire. Ce fut donc dans un cloître désert que la jeune femme entra, bien éloigné de l'agitation qui, à Paris, régnait chaque jour entre les murs du couvent, quand le district des Cordeliers y tenait ses réunions populaires ou quand les habitants venaient fouiner dans sa bibliothèque.

Sans hésiter – certaine que les frères s'y trouveraient à cette heure pour la lecture quotidienne d'un chapitre de la règle de saint François –, Lorette se dirigea vers la salle capitulaire, à la porte de laquelle elle frappa. Le frère qui lui ouvrit la regarda, étonné, sinon agacé. Portant sur de courtes jambes un ventre extraordinaire, il était presque aussi large qu'il était haut, et les yeux qui brillaient sous la broussaille de ses sourcils n'inspiraient pas la plus grande sympathie.

— La confession publique ne commence que dans une heure, mademoiselle.

La jeune femme plongea la main sous son col et en sortit la croix de Saint-Antoine qu'elle portait au bout d'un chapelet. Cette croix en tau, symbole que saint François d'Assise apposait aux murs des maisons en signe de bénédiction, était parfois portée par les pupilles des sœurs Clarisses, second ordre franciscain, que l'on nommait aussi Cordelières. Le frère Lacombe avait un jour offert cette croix à la jeune Lorette, qui ne l'avait plus jamais quittée, en témoignage de sa reconnaissance éternelle pour les Frères mineurs.

Tapotant ses lèvres du bout de l'index et du majeur réunis, elle indiqua au moine qu'elle était muette. Il hésita avant de demander :

— Que voulez-vous ?

Lorette essaya de faire comprendre par des signes qu'elle avait besoin d'un papier et d'une plume pour lui répondre. Le petit chauve bien en chair leva les yeux au ciel en poussant un soupir.

— Attendez un instant.

Elle vit le religieux disparaître dans la salle capitulaire, où elle entendit que l'on échangeait à voix basse. Un moine plus jeune, et plus avenant, apparut ensuite à la porte et, avec des gestes peu sûrs, il parla à Lorette dans une langue des signes. Ce n'était pas celle de Charles-Michel de L'Épée, mais une forme plus rudimentaire, issue de l'alphabet de Melchor de Yebra, frère franciscain du siècle précédent. Ce dialecte, enseigné aux enfants sourds, avait été la première langue des signes monastique à être transmise aux profanes, et non plus seulement aux religieux ayant fait vœu de silence. Lorette, bien sûr, la connaissait, qui, dans sa grande curiosité, avait lu tous les ouvrages publiés à ce sujet. La langue de Ponce avait une grammaire et un vocabulaire limités, aussi les mots qui n'existaient pas devaient-ils être épelés. C'était fastidieux, mais cela suffisait pour une conversation élémentaire.

« Bonjour, mademoiselle. »

Le moine, affichant peu ou prou le même âge qu'elle, avait une grande douceur dans le regard, le front haut du penseur et le sourire de la délicatesse.

« Comment t'appelles-tu ? » demanda-t-elle.

Il épela son nom : « A-N-S-E-L-M-E ».

« Bonjour, Anselme. Je suis pupille des Cordeliers de Paris, j'ai besoin de ton aide. »

Elle s'était gardée, elle, d'épeler son prénom.

« Je veux bien t'aider », signa laborieusement le moine.

Lorette, se hissant sur la pointe des pieds, jeta un coup d'œil par-dessus l'épaule de son interlocuteur.

« C'est compliqué », répondit-elle.

Le jeune homme hésita un instant, se tourna lui-même vers la salle capitulaire puis, dans un geste de résignation, invita cette singulière visiteuse à le suivre vers la bibliothèque du couvent.

Là-bas, Lorette, trouvant avec bonheur en ce jeune moine un cœur attentif, put lui faire part de sa requête, à l'ombre de longues colonnes de manuscrits et d'imprimés. Sans préciser ses raisons, elle expliqua qu'elle cherchait un militaire tout juste arrivé à Antibes, qui avait pu se présenter sous le nom de Charles-Antoine Duvilliers ou de Charles de Broissy.

Après plusieurs échanges, le frère Anselme – d'abord surpris par tant de mystères, puis visiblement attendri par cette jeune muette – lui demanda de l'attendre et promit de revenir au plus vite, quand il aurait mené son enquête.

Mlle Printemps, que la perspective de passer du temps dans une bibliothèque ne dérangeait guère, ne put toutefois en profiter qu'un peu plus d'une heure car, avant vêpres[1], le jeune Cordelier revint avec la réponse qu'elle attendait.

« Un certain colonel Duvilliers s'est installé ce midi dans l'une des chambres du logement du major, au fort Carré. »

En déchiffrant les signes, Lorette, quoique réjouie par la nouvelle, ne put retenir un soupir. Ainsi, l'homme n'était pas à l'intérieur des remparts, mais dans la place forte qui se dressait sur la presqu'île, face au port ! Tant de peine à pénétrer dans la ville, pour finalement découvrir que Duvilliers n'y était pas. Certes, si elle n'était pas venue ici, elle n'eût probablement jamais su que le colonel se cachait dans le fort d'Antibes, mais l'ironie était tout de même enrageante. Une chose était sûre : elle le tenait enfin !

1. Prière de fin d'après-midi dans la liturgie des heures, les vêpres sont l'office qui se tient vers 17 heures.

« As-tu des renseignements sur le fort ? » signa-t-elle encore.

Cette fois, Anselme fronça les sourcils en signe de réprobation, se demandant quel était le véritable dessein de la jeune femme. Voyant qu'il hésitait, Lorette prit une plume sur l'écritoire à côté duquel ils étaient installés, la trempa dans l'encrier et, sous le regard perplexe de son interlocuteur, inscrivit deux mots latins sur une feuille de parchemin : « *affectio justiciae* ». Chaque minute comptait désormais.

Le jeune Cordelier secoua la tête, avant de concéder un sourire amusé. L'expression était une référence à Duns Scot, premier grand penseur de l'ordre franciscain, qui, cinq siècles plus tôt, avait ainsi défini la charité : un « amour de la justice ».

Anselme, avec un regard spirituel, prit la plume de la main de Lorette et écrivit à son tour : « *Justitia est constans et perpetua voluntas jus suum cuique tribuendi*[1]. » Il fit un clin d'œil à la jeune femme, partit fouiller dans les étagères de la bibliothèque et en revint quelques instants plus tard avec un parchemin qu'il étala sur la table, devant le regard ravi de Lorette. Celle-ci prit la main du jeune moine entre les siennes et lui adressa un sourire reconnaissant.

« Merci. »

Il inclina de nouveau la tête aimablement.

Se penchant sur la table, la jeune femme lut le titre de l'immense croquis : *Fort quarré, 1775, feuille 4e, plan de détail des batimens, souterrains, &c.* Magnifiquement tracée par un officier du génie militaire, une succession de schémas livrait l'intégralité des plans du fort Carré sur plusieurs

1. « La justice consiste en la volonté constante et continuelle de donner à chacun son droit », adage juridique latin tiré des *Institutes* de l'empereur Justinien.

niveaux, avec ses quatre bastions, ses casernes, réduits et sous-sols, et, surtout, les deux étages du logement du major commandant, dans le bastion dit d'Antibes.

« Quelle chambre ? » osa Lorette, poussant la chance jusqu'à ses derniers retranchements.

De l'index, Anselme désigna une pièce à l'extrémité nord-ouest du plan. La jeune femme sourit : la chambre, selon ce croquis, avait une fenêtre qui donnait sur l'extérieur du fort.

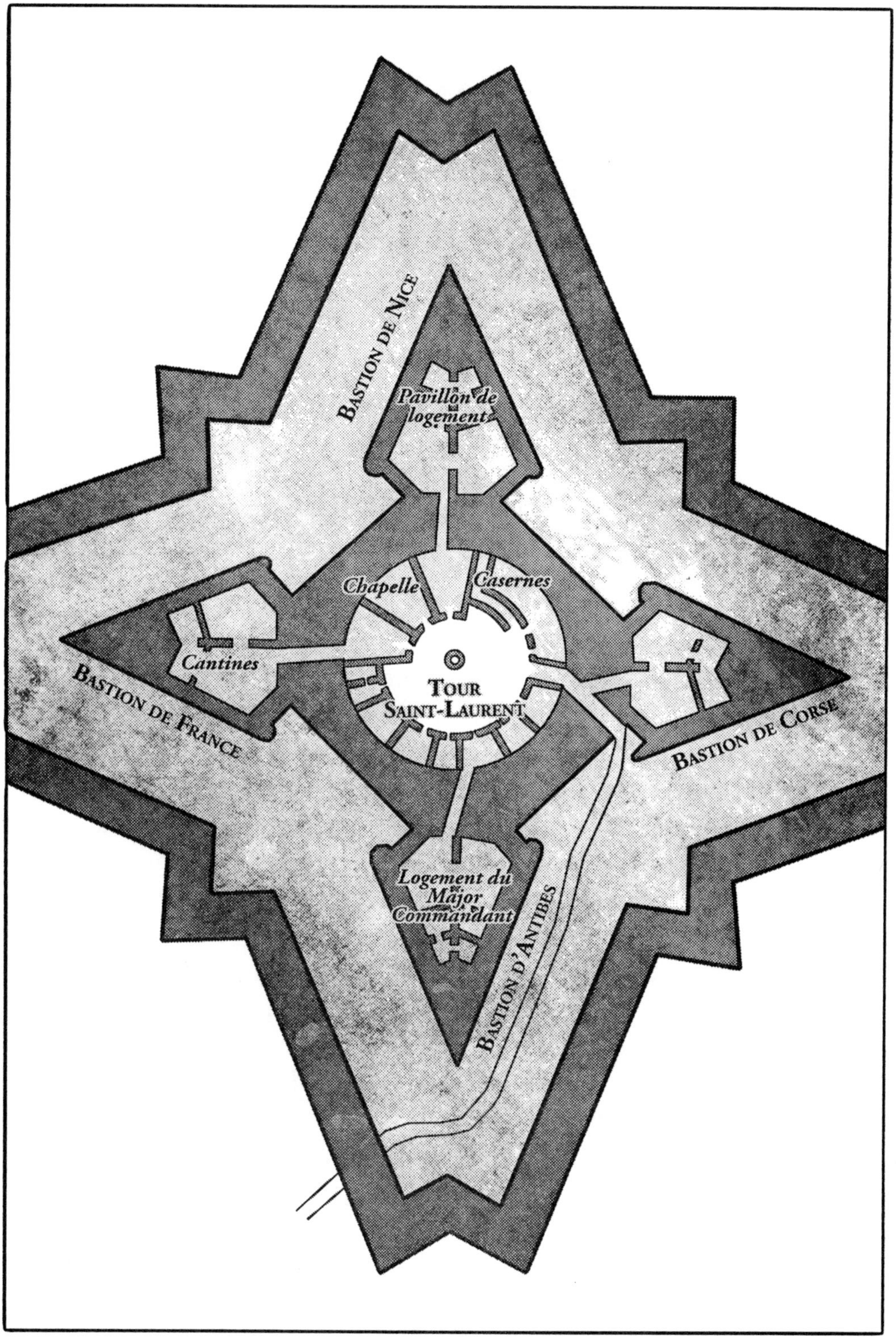

PLANCHE XIV : FORT CARRÉ

36

Au son des grésillons

Quand il revint à lui, Gabriel se trouvait assis sur une chaise, au milieu de son appartement, les pieds liés et les mains attachées dans le dos. Le choc qu'il avait reçu sur le crâne continuait de lui provoquer une douleur lancinante, comme des vagues qui se glissaient par à-coups sous l'épiderme. Décidément, songea-t-il, cela devenait une habitude que de lui taper sur la tête ! Il eût été grand temps que la mode passât à autre chose…

Devant lui, il observa les deux hommes au visage caché par une cagoule de laine noire. L'un, le plus proche, avait la carrure d'un Peter Corcoran[1], et l'autre, deux ou trois pas derrière, était d'une nature plus frêle.

— Nous voulons savoir où se trouve Mme Théroigne de Méricourt, exigea ce dernier.

Sa façon de se tenir en retrait, assis sur le bord de la table du salon, les bras croisés dans un geste de désinvolture,

1. Célèbre boxeur irlandais des années 1770, champion de boxe anglaise.

autorisa Gabriel à penser qu'il était le chef de cette maléfique entreprise.

— Je ne connais personne de ce nom-là, répondit Joly sans mentir, puisque le véritable patronyme de son amie était simplement Terwagne…

Le coup de poing que lui assena aussitôt le boxeur le saisit en pleine tempe. Gabriel fut surpris lui-même, en s'écroulant sur le sol, de ne pas perdre de nouveau connaissance. L'homme lui laissa à peine le temps de savourer sa douleur, le soulevant d'une main, comme s'il se fût agi d'une vulgaire poupée de chiffon, pour le rasseoir fermement sur sa chaise.

Le journaliste, sonné, dut cligner plusieurs fois des yeux pour recouvrer la vue.

— Bien, je comprends, reprit l'autre, derrière sa cagoule, dans un soupir théâtral. Vous éprouvez de l'affection pour cette dame, vous voulez la protéger, c'est tout à votre honneur. En d'autres circonstances, je vous en eusse probablement félicité. Malheureusement, voyez-vous, le besoin que j'ai d'obtenir cette information est beaucoup plus grand que l'admiration que je puis éprouver pour les valeurs chevaleresques. Allons ! Monsieur Joly ! Nous savons que vous connaissez précisément le lieu où Mme Théroigne se cache. Vous avez été vu en sa compagnie, il y a quelques jours, au couvent des Cordeliers.

— Le fait que l'on m'ait vu en compagnie d'une personne ne permet aucunement d'en déduire que je sache où elle se trouve. Il y a une faille dans votre raisonnement, que seules pourraient expliquer de profondes lacunes intellectuelles. Cela dit, une telle déficience n'est guère étonnante chez un homme qui se conduit comme vous le faites, monsieur… monsieur comment, déjà ?

— Je crois que notre ami journaliste n'a pas compris la leçon. Explique-lui encore une fois.

Le deuxième coup de poing ne fut pas plus tendre que le premier. Il l'atteignit cette fois en pleine face, et le craquement sec qu'il engendra, suivi d'une douleur aiguë, laissa peu de doute quant à l'effet produit. Si Gabriel parvint cette fois à ne pas basculer en arrière, il comprit que son nez venait de se briser, et alors il ne put retenir des râles, tandis que d'abondants flots de sang commençaient à couler sur ses lèvres.

— Où est-elle ? demanda de nouveau le grand maigre, sur le même ton.

— Je ne sais pas, répéta Joly péniblement.

L'affliction et la gêne pour respirer le faisaient dodeliner de la tête entre ses épaules abattues. Bien qu'il s'efforçât de le masquer, le jeune homme éprouvait maintenant une peur véritable. Si M. Joly, en termes de sagacité, valait plus que son prix, la résistance à la violence, en revanche, ne faisait point partie de ses nombreuses qualités. Et il n'avait pas nécessairement envie d'apprendre sur le tas.

— Bigre ! Vous êtes moins malin qu'on ne le dit, s'exclama l'homme en retrait. On prétend que vous êtes un amoureux de la logique mais, si c'était le cas, vous sauriez comment se termine, depuis la nuit des temps, la procédure de la question, quand celui qui la mène est armé, et celui qui doit répondre attaché.

Si le journaliste ne pouvait pas voir le visage de son interlocuteur, caché derrière une étoffe, il n'en reconnaissait pas non plus la voix.

— Étant donné que j'ignore la réponse à votre question, oui, en effet, je devine comment cela va finir : vous n'en saurez pas plus en repartant d'ici que vous n'en saviez en arrivant, balbutia Gabriel, dont le nez perdait encore beaucoup de sang.

— Peut-être, mais voilà : je ne repartirai pas d'ici sans avoir l'intime conviction que vous m'ayez dit tout ce que vous pouviez me dire. Le problème, c'est que si nous continuons de vous tambouriner de la sorte, si plaisant que cela semble être pour mon camarade, vous allez finir par ne plus vous trouver en état de parler. Vous m'obligez donc à choisir une autre méthode…

L'homme se retourna et commença à ouvrir, avec une lenteur exagérée, une sorte de sac de chirurgien qu'il avait préalablement posé sur la table.

— Saviez-vous que, afin de faciliter le travail de la Sainte Inquisition, lorsqu'elle obligeait ses artisans à se déplacer dans tout le royaume, d'astucieux esprits avaient conçu, à la demande du pape Innocent VIII, des brodequins portatifs ?

Gabriel, comprenant tout de suite ce qui l'attendait, releva la tête, les yeux écarquillés. S'il ne l'avait jamais vu qu'en dessin, il connaissait cet outil qui permettait de broyer progressivement les jambes des pauvres hommes soumis à la question.

— J'ai moi-même découvert la chose seulement hier, et je dois admettre que cela m'a grandement ébloui, continua l'intrus. Avec quelle merveille d'ingénierie certains sont parvenus à réduire la taille du dispositif ! Dans ces affaires-là, l'esprit humain ne manque jamais ni d'imagination ni de génie ! Juste ciel, j'en ai même vu un qui comptait autant de coins que ceux de taille normale ! Ainsi, sans grand effort, l'opérateur peut parvenir à exercer une pression telle sur les jambes de l'accusé que ses os éclatent !

Joly frissonna.

— La chose m'impressionne tellement que, je vous l'avoue, j'ai hésité à en apporter un aujourd'hui, imaginant que vous alliez nous donner un peu de difficulté… Mais on m'a fait remarquer que son transport, malgré tout, n'était pas assez discret. Las, j'ai donc cherché à me renseigner sur un appareil moins encombrant, et un ami bien intentionné m'a généreusement dirigé vers les grésillons. Vous savez ce que sont les grésillons, n'est-ce pas ? On les appelle parfois aussi poucettes. Le principe est d'une confondante simplicité. Voyez plutôt.

L'homme sortit de son sac l'ustensile susdit et le porta sous les yeux de Gabriel.

— Les doigts du sujet sont insérés entre les deux lames de métal que vous voyez ici et là. Observez de quelle astucieuse manière la plaque supérieure a été dotée de deux excavations permettant d'y placer les pouces. D'où le nom de poucettes. Les lames sont ensuite rapprochées l'une de l'autre par le truchement de ce petit mécanisme, qui compte ici deux vis, mais, paraît-il, fonctionne aussi bien avec une seule. Je n'ai pas manqué de le graisser un peu tout à l'heure, n'ayez crainte.

Gabriel avala sa salive et leva les yeux vers cet homme détestable, comme s'il avait pu le terrasser d'un seul regard.

— Les doigts, à l'évidence, sont progressivement broyés, de la même manière que le fruit dans un casse-noix. L'idée est de provoquer une douleur si vive que l'accusé passe rapidement aux aveux. Pour un homme tel que vous, qui vit de sa plume, et donc de sa capacité à en tenir une dans la main, il va sans dire qu'un emploi prolongé de ces poucettes serait fort regrettable, conduisant *de facto* à des dommages irréversibles qui empêcheraient, à jamais, la pratique de l'écriture. Vous voyez cette petite clef qui permet de serrer l'instrument ? Il paraît que les bourreaux aguerris s'en servent aussi pour frapper sur la plaque supérieure, afin d'augmenter sensiblement le supplice. On m'a aussi fait savoir que la souffrance est moins violente lorsque l'instrument reste serré trop longtemps, provoquant une sorte d'anesthésie. Afin de remédier à ce fâcheux inconvénient, il convient de desserrer les vis de temps en temps. On dit que la plupart des accusés, sous l'empire de la torture, n'avouent qu'au moment où les os se brisent, c'est-à-dire quand il est déjà trop tard. C'est un peu idiot, vous ne trouvez pas ?

— De grâce, broyez-moi les doigts ! cracha Gabriel d'un air de défi. Je suis certain que le supplice sera bien moins grand que celui qui consiste à vous entendre vous gargariser de vos paroles. Vous êtes, monsieur, un formidable moulin à merde, et l'odeur commence à m'indisposer !

Le jeune homme, qui voulait faire preuve d'aplomb, était en réalité terrifié. Mais, se refusant à trahir Mlle Terwagne, il savait que la suite était inéluctable et, dans cette terrible perspective, ne voyait d'autre consolation que l'insulte et le défi.

— Tu entends ça ? demanda l'homme en se tournant vers son complice. Il nous supplie ! Parbleu, c'est si gentiment demandé !

Le boxeur passa aussitôt derrière Gabriel et lui attrapa une main dans le dos. N'y tenant plus, le jeune homme se mit à hurler, de rage et de peur à la fois, et se débattit pour libérer sa main.

— Tiens-le ! ordonna le plus grand des deux, qui venait de s'agenouiller pour faire passer les doigts du journaliste dans le petit appareil de torture.

À cet instant, le pauvre Joly, que rien n'avait préparé à pareille épreuve, fut saisi de vertige, et les frissons de l'angoisse tirèrent à son front des gouttes de sueur. C'était sa main droite. Quand il sentit le froid de la lame se poser sur ses doigts, il ferma les yeux, serra la mâchoire, et alors il convoqua l'image de Lorette, espérant y trouver la force de se taire.

Tout semblait joué quand, soudain, un vacarme assourdissant résonna du côté de la porte d'entrée et les fit tous trois sursauter. Ladite porte, d'ailleurs, tomba sur le sol l'instant d'après et glissa sur le parquet, révélant la silhouette de l'homme qui, d'un magistral coup de pied, venait de l'enfoncer.

C'était un grand brun à l'allure fine, la peau cuivrée, le regard noir et le nez aquilin. Sur sa tête, un tricorne. À ses oreilles, des anneaux d'or. À ses pieds, d'amples chaussures à bout carré. Et sur son buste, une redingote rouge à larges manches.

Récif, le pirate du Bouregreg, entra dans l'appartement comme une tornade, un pistolet dans chaque main.

37

Deux jets d'ancre

Quitter la ville était bien plus aisé que d'y entrer : la chose ne demandait aucune formalité, sinon de passer devant les soldats du guet aussi nonchalamment que possible. Quand Lorette sortit par la porte Marine, le soleil couchant posait sur la Méditerranée un délicat drap de soie, teinté de pourpre et de zinzolin. La jeune femme partit récupérer sabre et balluchon près du cimetière et revint discrètement sur le port. Enhardie à l'idée de pouvoir enfin confronter Duvilliers, elle se laissa alors gagner par la beauté des lieux. Sans doute ce bout du monde était-il le décor idéal pour achever la mission qu'elle s'était fixée depuis si longtemps.

Entre les deux môles de pierre, le port d'Antibes semblait près de s'éteindre, alors que la courtine, qui servait en journée de promenade publique, commençait à se vider lentement. Sous ses arcades, les pêcheurs, déjà, rangeaient les étals sur lesquels ils avaient vendu leurs prises du jour. Plus loin, du côté de l'anse, les maîtres et les ouvriers du chantier de construction navale, qui ne pouvaient plus travailler sans la vive lumière du jour, fermaient les hangars, les magasins, les forges, la corderie et la fonderie. Si l'arsenal, prisonnier de l'espace limité que lui accordait la jetée, ne permettait pas aux charpentiers d'Antibes de concevoir des bateaux de plus de deux cent cinquante tonneaux, on construisait tout de même ici d'honorables vaisseaux : tartanes, allèges, chasse-marées, bricks et goélettes, tout un tas de bâtiments destinés à la pêche, au cabotage ou au long cours.

Abritée derrière l'un des piliers qui jalonnaient la coursive, Lorette regarda, non sans intérêt, les dernières minutes de ce ballet magistral et cadencé où se croisaient chaudronniers, forgerons, calfats[1], charpentiers, cloutiers, étoupiers[2], mâteurs, voiliers, cordiers et menuisiers, tous ces manœuvres qui, chaque jour, s'affairaient chacun sur l'infime partie d'un vaste tout, l'une des milliers de pièces qui, une fois réunies, devaient faire un vaisseau. Il y avait, dans pareille industrie, une humaine poésie qui ne pouvait laisser Mlle Printemps indifférente, et elle se surprit à éprouver quelque fraternité pour ces chevilles ouvrières.

Quand toute cette agitation fut enfin terminée, Lorette attendit encore un instant pour s'assurer que le chantier de construction fût bien vide. Elle laissa son regard se perdre, au loin, dans la verdure du comté de Nice. Une à une, les collines s'effaçaient sous les ombres des sommets alpins, dont les neiges éternelles scintillaient comme des amas de diamants aux derniers rayons du soleil.

Il ne restait plus grand monde sur le port quand la jeune femme sortit de sa cachette. Profitant de la pénombre du soir, elle se dirigea discrètement vers l'arsenal. À l'entrée

1. Ouvriers chargés de l'étanchéité du navire.
2. Ouvriers chargés du travail des tissus et des cordages.

de celui-ci, elle repéra les deux gardes qui, la nuit, surveillaient les lieux. À cet instant, ce fut comme si, retrouvant des réflexes familiers, la jeune femme se transformait en Loup. De cache en abri, bondissant, passant entre les caisses, progressant par étapes, elle parvint à franchir la ligne des soldats et à se faufiler jusqu'au chantier sans être vue.

Arrivée devant la corderie, elle la trouva fermée. Plus loin, un tas de ferraille. Lorette, courbant l'échine, alla y trouver une lame d'acier et revint devant la porte. Un coup d'œil vers les deux gardes pour s'assurer qu'ils ne regardaient pas dans sa direction, puis elle glissa l'outil de fortune entre le battant et le chambranle, afin de s'en servir comme d'un pied-de-biche. Il fallut forcer, ronger le bois pour faire passer la lame. Puis elle tira dessus comme sur un levier. À la deuxième tentative, dans un craquement de bois, la porte céda.

Dans le clair-obscur, Lorette scruta étagères, établis et cabestans. Il y avait là des cordages en tout genre, haubans, gerseaux, trousses, verboquets, vingtaines… Elle opta pour une corde de section moyenne, et dont elle estima qu'elle avoisinait les trente pieds de longueur.

Elle était sur le point de sortir de l'atelier quand, par l'entrebâillement de la porte, elle vit les deux gardes s'approcher d'un air suspicieux, torches à la main.

Les battements de son cœur s'accélérèrent aussitôt. Lorette fit volte-face, traversa la corderie en sens inverse et se précipita vers l'une des fenêtres à l'arrière du bâtiment. Elle entendit alors la porte grincer de l'autre côté de la pièce.

— Qui va là ?

La jeune femme, sans un bruit, enjamba le châssis et sauta au-dehors. Passant la corde sur son épaule, elle partit en courant vers l'un des abris ouverts où les forges étaient installées. Au loin, elle pouvait entendre les voix des deux gardes qui fouillaient encore la corderie. Plus un instant à perdre ! Lorette trouva ce qu'elle était venue chercher : un grappin d'amarrage de petite taille. Équipée, elle reprit sa course à la faveur de la nuit tombante, remonta la chaussée étroite qui longeait la muraille pour rejoindre l'anse Saint-Roch, où elle se cacha derrière une petite chapelle.

Le souffle court, Lorette observa longuement le panorama qui s'offrait à son regard, alors que la lune commençait à s'habiller de sa robe dorée. À droite, le port, dans lequel les gardes semblaient encore chercher le voleur de corde, promenant leurs torches entre les bâtiments de l'arsenal. En face, la mer, calme et obscure, dont l'horizon se fondait avec le ciel. À gauche, enfin, le fort Carré, cet imposant édifice bastionné qui, du haut de sa presqu'île, gardait l'entrée maritime d'Antibes. Et dedans, Duvilliers.

Préférant attendre que la nuit fût complète, la jeune femme resta la moitié d'une heure cachée derrière la bâtisse, sans jamais quitter le fort des yeux. Afin de se projeter dans son entreprise, elle répéta mentalement le trajet et les gestes qu'elle allait devoir accomplir pour escalader l'impressionnante muraille. Un exercice périlleux, mais elle avait déjà réussi de plus dangereuses expéditions encore sur les toits de Paris.

Au milieu des ténèbres, le bâtiment ressemblait à un dragon endormi au sommet d'une montagne. C'était, en tout cas, un monstre de pierre qui, en 1746, avait permis de repousser, malgré leurs bombardements, les troupes de l'impératrice de Hongrie. Les murs des quatre bastions étaient si effilés que ce fort, dit Carré, évoquait davantage la forme d'une étoile, avec pour noyau la tour de Saint-Laurent, qui se dressait comme un phare en son milieu. Vue du ciel, cette bastide militaire eût pu ressembler à une rose des vents, et d'ailleurs, en guise de point cardinal, chacun de ses bastions portait le nom du site vers lequel pointait sa flèche : de Nice, de Corse, d'Antibes et de France.

Dans la bibliothèque du couvent, Lorette avait étudié les plans détaillés du fort. S'il comptait deux étages en plus du rez-de-chaussée, en réalité sa hauteur se divisait en cinq niveaux. Celui à fleur du sol, où se situait le corps de garde, le deuxième niveau, où se trouvait la chaussée de la tour et des bastions, le troisième, un entresol conduisant aux chambres des soldats, le quatrième, où circulaient les terrasses d'artillerie entre les divers logements, et le cinquième, enfin, où se perchait le chemin de ronde. La chambre où Duvilliers avait pris ses quartiers, dans le logement du major commandant, se trouvait au quatrième niveau, soit, selon les calculs de la jeune femme, à trente-cinq pieds de hauteur. L'ascension pouvait se faire en deux étapes, puisque les murailles inclinées se terminaient au pied des bastions par une margelle, sur laquelle Lorette espérait pouvoir déjà grimper.

La nuit était totale quand Mlle Printemps se lança à l'assaut de la forteresse. Le dos courbé, avec sur l'épaule corde et grappin, elle remonta la presqu'île, restant à distance du chemin pour se préserver d'une éventuelle ronde de gardes au sommet des remparts.

Avançant d'arbre en arbre, s'arrêtant régulièrement pour s'assurer qu'on ne l'avait pas repérée, elle contourna le bastion d'Antibes par la droite, aussi loin que possible de l'entrée principale du fort Carré, où veillaient les soldats du corps de garde. Après une dernière station à l'abri de la végétation, elle rejoignit la face sud-est des murailles.

Le vent de la mer qui soulevait ses cheveux dans son dos semblait la soutenir, la pousser vers son destin. Plus rien, à présent, ne pourrait la faire s'arrêter. Dans l'obscurité, elle repéra la fenêtre qui, selon les plans, devait donner sur la chambre de Duvilliers. Aucune lumière à cet étage. Lorette inspira profondément. Il ne restait plus qu'à monter !

Nouant le grappin au bout de la corde, elle dut s'y reprendre à cinq fois pour que deux crochets s'arrimassent correctement à la margelle, à mi-hauteur du mur. Elle tira sur le chanvre pour vérifier que la prise était bonne, puis entreprit l'escalade, plus ardue qu'elle ne l'avait espéré.

Certes, la muraille n'était pas à la verticale, mais elle était fort lisse, et la pente était tout de même assez raide. Quand ses bras commencèrent à fatiguer, la jeune femme s'efforça d'enrouler la corde autour de ses pieds pour faire un crochet et l'aider dans sa montée. Le bruit de la mer, le souffle de la brise, l'obscurité, tout autour d'elle concourait à rendre l'instant dramatique. Lorette, tel un voyageur aux dernières heures d'un long périple, puisa ses forces dans la promesse de l'arrivée imminente.

Quand elle atteignit enfin la première étape, ses mains, irritées par les frottements du chanvre, lui brûlaient. Le plus dur, pourtant, restait à venir : le décrochement de mur sur lequel elle se tenait debout avait une largeur de deux pieds tout au plus. Parvenir à lancer le grappin dans pareille position sans tomber dans le vide relevait d'une manœuvre d'équilibriste. Heureusement, la jeune femme avait, en la matière, un peu d'entraînement. Procéder avec le moins de bruit possible ne fut pas des plus aisés : il fallait éviter, quand le grappin manquait sa cible, qu'il retombât bruyamment sur la pierre.

— Concentre-toi. C'est la dernière ligne droite ! s'encouragea-t-elle dans un râle en lançant une nouvelle fois le cordage vers les cieux.

Cette tentative fut la bonne. Les crampons se fixèrent sur le dormant de pierre. Lorette s'essuya le front d'un revers de manche et se remit en route. En débutant son ascension, elle sentit le sang cogner contre ses tempes, et ce n'était pas un signe de fatigue, mais de bouillonnement.

La jeune femme n'était plus qu'à quelques pieds de la fenêtre quand elle entendit des pas dans les hauteurs. L'instant d'après, la lumière orangée d'une torche apparut au sommet de la muraille. Lorette se plaqua aussitôt contre la paroi et s'efforça de rester immobile. Les gardes avaient-ils entendu quelque chose ? Ou bien était-ce un simple tour de ronde ?

Suspendue dans le vide, elle serra la mâchoire, les mains agrippées à la corde. Son cœur battait si fort qu'elle crut qu'il allait s'expulser de sa poitrine.

La lueur d'ambre passa au-dessus d'elle, léchant lentement le mur comme une vague le sable d'une plage. Et puis elle s'éloigna, doucement, et, avec elle, le bruit des pas.

Lorette, les bras tétanisés, grimaça en reprenant son escalade. Le but était si proche ! Une main par-dessus l'autre, elle franchit les derniers pieds, alors qu'en dessous grandissait le précipice. Ses doigts, enfin, se plaquèrent sur l'appui de fenêtre extérieur. Dans un ultime effort, elle se hissa dessus. À peine arrivée, en équilibre entre le châssis et le vide, elle saisit le poignard à sa ceinture et tenta de voir à travers la vitre. À l'intérieur, tout était sombre. À peine devinait-on les meubles d'une chambre.

Sans plus hésiter, Lorette passa la lame de son poignard dans le montant et força jusqu'à le faire céder. La fenêtre s'ouvrit et, misant sur la surprise, la jeune femme sauta dans la pièce, l'arme au poing. Au premier coup d'œil, elle repéra le lit, le long du mur opposé. Elle s'y précipita et se pétrifia devant lui, stupéfaite.

La couche était vide. Défaite, mais vide.

Le choc passé, Lorette regarda autour d'elle. Elle n'avait que quelques secondes pour analyser la situation. Du bout du doigt, elle toucha la cire fondue au pied d'un chandelier, posé sur la table de nuit. Elle était encore tendre. La bougie avait dû s'éteindre peu de temps auparavant. Moins d'une heure, sans doute.

Duvilliers s'était-il absenté momentanément ? Dans ce cas, allait-il revenir d'un instant à l'autre ? Ou bien était-il dans une autre chambre ?

La jeune femme choisit de rester tapie dans l'ombre, dans le cas où le colonel fût revenu. Quand, poignard en main, elle repassa devant la fenêtre pour aller se cacher derrière la porte, son regard s'accrocha sur la mer en contrebas.

Aussitôt, les poings de la jeune fille se serrèrent.

Se dirigeant vers le large, une goélette venait de sortir du port d'Antibes. Elle filait droit vers la Corse.

38

Comment le sieur Abderrahman Benaïcha revint dans la course

Les deux hommes, pris de court, levèrent la tête vers le pirate.

— Pardonnez-moi, messieurs, ce n'est pas que je ne sois pas un adepte de l'escrime, bien au contraire, mais je suis paresseux.

Récif tendit le bras droit vers le boxeur, le bras gauche vers son complice, et, sans un mot de plus, il fit feu de ses deux pistolets. Les déflagrations résonnèrent coup sur coup dans l'appartement de la rue Dauphine, chacune laissant flotter dans l'air un petit nuage de fumée blanche.

Gabriel, aussi abasourdi qu'eux, le visage éclaboussé par deux nuées de gouttes de sang, vit s'effondrer ses bourreaux l'un après l'autre, leurs poitrines déchirées par les balles qui les avaient touchés en plein cœur. Les corps tombèrent lourdement sur le plancher.

Le jeune homme leva des yeux écarquillés vers le Salétin.

— Alors, mathurin, on organise des parties fines sans moi ? s'exclama celui-ci, comme si donner la mort à deux hommes n'était pour lui qu'une simple formalité.

Gabriel, qui, l'instant d'avant, s'était imaginé les doigts broyés entre les lames des grésillons, essaya de dire quelque chose, mais il était encore sous le coup de la surprise, et de sa bouche ne put sortir qu'un indéchiffrable bredouillement.

Récif, tout sourire, passa derrière lui et lui détacha les mains.

— Je me demande comment un homme de lettres tel que toi parvient toujours à se mettre dans des situations aussi funestes. Cela devient une habitude ! La mort te séduirait-elle à ce point ? Un jour viendra, moussaillon, où ton ange gardien ne pourra plus surgir à temps des enfers pour te sauver la vie…

— Qu'est-ce… Qu'est-ce que tu fais là ? balbutia Gabriel en frottant ses poignets endoloris.

— Eh bien ! Quel accueil ! N'es-tu pas content de revoir ton Sarrasin préféré ? Peut-être eussé-je dû te laisser entre les mains de tes deux charmants compagnons !

— Au contraire ! s'exclama Gabriel. Je n'ai jamais été si heureux de te voir !

Le Salétin posa un regard circulaire sur la pièce, puis s'agenouilla entre les deux corps, auxquels il enleva les cagoules.

— Tu les connais, ces drôles ?

Le jeune homme regarda les visages inanimés des deux défunts, puis fit non de la tête.

— Moi non plus. Ceux-là n'ont pas été recrutés dans la rue. Le grand maigre, là, a même une tête aristocratique.

— Ah, fit Gabriel, qui commençait seulement à se détendre. Et c'est comment, une tête aristocratique ?

— C'est empli d'imposture, monsieur, répondit le pirate en se relevant avec un sourire goguenard. Cela fait trois jours que je viens taper à ta porte sans succès. Où étais-tu, par la barbe du capitaine Teach[1] ?

— À la Bibliothèque royale !

— Voyez-vous cela ? Oserais-tu chercher *notre* trésor sans m'en parler, misérable faquin ? demanda Récif en le défiant du regard.

— Je suivais une piste… Et je te rappelle qu'en ce qui me concerne ce n'est pas le trésor que je cherche, mais son voleur supposé.

— Tss, tss… Et moi, monsieur le journaliste, je te rappelle que j'ai obtenu le droit de monter à bord de ton enquête, et non comme passager clandestin ! Quand nous aurons fait notre prise, à toi l'équipage, à moi le butin !

Gabriel leva les yeux au ciel et s'accroupit à son tour entre les deux cadavres. Il chercha dans leurs habits quelque indice qui eût pu permettre de les identifier.

— Et donc, que faisais-tu à la Bibliothèque du roi ? insista Récif.

— Je menais des recherches sur une société secrète. La Manorossa, la Main rouge… Tu connais ?

— Jamais entendu parler, répondit le pirate.

— Tiens, fit Gabriel en lui tendant ses notes.

— Eh bien ! Tu en as gratté, du papier ! Et ton Loup des Cordeliers ?

— Oh… Il a disparu, bredouilla le jeune homme.

Le Salétin pencha la tête en avant et regarda le journaliste par en dessous, d'un air inquisiteur.

— *Il* a disparu ? répéta-t-il.

---

1. Edward Teach, plus connu sous le nom de Barbe Noire, était un pirate anglais du XVIIe siècle qui opéra essentiellement dans les Antilles.

— Oui…

Récif secoua la tête.

— Gabriel ! Mon pauvre Gabriel ! Si je ne te savais pas aussi amoureux de ta bibliothécaire, je crois que je pourrais te faire goûter de mon fer sur l'instant ; le prix que l'on paye pour mentir à un Renégat !

Le journaliste ne put masquer sa surprise.

— Tu… tu avais deviné ?

— Pas aussi vite que toi, j'imagine, mais oui, crocodile ! Quand j'ai obtenu la certitude que ce n'était ni Archambault ni Terwagne, j'ai vite songé à elle. Cela dit, il y a encore une minute, il me restait quelques doutes. Tu viens de me les ôter.

Gabriel grimaça. Il s'était trahi en tombant dans un piège vieux comme Hérode le Grand.

— Notre muette préférée a disparu en même temps que le Loup, je risque de ne pas être le seul à faire le rapprochement. Où est-elle ?

— Je ne sais pas, soupira le journaliste, abattu. Tu te souviens que le Loup nous a plusieurs fois aidés, lorsque nous étions sur les traces de l'homme à la cape ?

— Sur les traces du trésor, tu veux dire… Oui, je me souviens.

— Eh bien, si elle l'a fait, c'est qu'elle devait elle aussi le pourchasser, et il se pourrait qu'elle y soit encore. Ainsi, mes deux enquêtes, celle sur le Loup, et celle sur le huitième prisonnier de la Bastille, étaient liées. Mieux encore, les tentatives d'assassinat sur Mlle Terwagne semblent avoir elles aussi un rapport avec tout cela.

Gabriel résuma alors tout ce qu'il savait à son ami. Il lui raconta comment il soupçonnait le colonel Duvilliers d'avoir découvert l'existence du trésor de Montmartel lors de son enfermement à la Bastille, et comment il le soupçonnait d'être celui qui s'en était emparé avant eux. Il lui expliqua que le militaire avait disparu et que, chez lui, Gabriel avait trouvé un gant rouge, similaire à ceux qu'ils avaient déjà trouvés sur leur chemin, et le mystérieux *Liber Rubrae Manus*.

— Et donc tu penses que Lorette essaye de reprendre le trésor à Duvilliers ?

— Certainement pas ! s'offusqua Gabriel. Tout le monde n'est pas aussi vénal que toi, Récif !

— Fais attention à ce que tu dis, coquefredouille ! Je ne suis pas vénal ! Nous n'avons pas le même gagne-pain, voilà tout ! Mais alors, si ce n'est pour le trésor, pourquoi Mlle Printemps poursuit-elle Duvilliers ?

— Plusieurs indices me laissent penser qu'elle est corse, au premier rang desquels la signature qu'elle utilise quand elle enfile sa cape de Loup des Cordeliers. Duvilliers est l'un des militaires qui a anéanti l'insurrection de la Corse. Il se peut qu'elle veuille venger son île.

Le pirate hocha lentement la tête d'un air peu convaincu.

— Si tu le dis… Et Mlle Terwagne, alors, quel rapport avec tout cela ?

— Son ancien amant, le castrat Tenducci, était visiblement membre, lui aussi, de la Manorossa. Elle a chez elle une gravure qui contient un texte crypté. Je suppose que Duvilliers veut à la fois récupérer cette gravure et se débarrasser de notre amie, dont il pense peut-être qu'elle a décodé cette énigme.

Gabriel tourna les pages de son carnet de notes et montra au Salétin le texte inscrit au dos de la gravure, qu'il avait soigneusement recopié.

Aussitôt, Récif fronça les sourcils.

— *Mihir Yasht* ? lut-il à haute voix.

— Eh bien ?

— C'est le nom d'un cantique de l'*Avesta*...

Gabriel regarda son ami avec perplexité.

— Un cantique de quoi ?

— Pfff ! L'*Avesta*, sombre ignare ! Le livre sacré de la religion mazdéenne[1] ! Le *Mihir Yasht* est l'un de ses cantiques, consacré au dieu Mithra. Nombreux pensent que c'est même le texte fondateur du culte de Mithra.

— Comment... comment sais-tu cela ? balbutia le journaliste, hébété.

— Insinuerais-tu qu'un pirate ne peut pas avoir un peu de culture ? fanfaronna le Salétin.

— Je sais la tienne immense, mon ami, mais je ne pensais pas qu'elle s'étendait jusqu'à la religion, surtout mazdéenne !

— Le culte de Mithra était pratiqué par les pirates de Cilicie[2], et certains marins de Libertalia le respectaient encore, quand j'ai intégré leur communauté.

— Je l'ignorais, confessa humblement Gabriel. Le culte de Mithra se trouve être au centre même de la Manorossa ! Les pièces du puzzle commencent à se mettre en place ! Par le plus providentiel des hasards, aurais-tu lu ce cantique ?

Récif ricana.

— Mon persan ancien laissant à désirer, je n'ai jamais eu le courage de le lire dans sa langue originale...

— Ah, tu n'es donc pas si cultivé que ça ! se moqua gentiment Joly.

— Peut-être pas, mais j'en ai lu la traduction, moi, monsieur. Et il m'arrive souvent de la relire.

— Tu... Tu en as un exemplaire ?

---

1. Ancêtre du zoroastrisme, le mazdéisme est une religion de la Perse antique dont le nom est tiré de sa principale divinité, Ahura Mazdâ.
2. Région d'Anatolie méridionale, province romaine, située dans l'actuelle Turquie.

— *Zend-Avesta, ouvrage de Zoroastre*... Un très beau livre, oui.

— Il faut à tout prix que je le voie !

— Ah. Le problème, c'est que ce très beau livre se trouve chez moi.

— Et alors ? s'impatienta Gabriel.

— Et alors... chez moi ne peuvent entrer que mes frères et mes amis !

— Mais, ô prince mahométan des mers, ne sommes-nous point amis ?

Livre troisième

Au cœur du triangle renversé

Interlogue

Vingt ans plus tôt…

En ce vingt-quatrième jour de mai 1769, le militaire se réveilla allongé sur un lit, dans une pièce qu'il ne connaissait pas. Une petite pièce carrée aux murs aveugles, en pierre de taille, presque entièrement vide, éclairée seulement par quelques lampes à huile dont la lumière blême vacillait sur les parois. Les ombres projetées dessinaient des silhouettes extravagantes qui se livraient à des rondes macabres autour de lui.

À peine éveillé, l'homme perdit connaissance, et cela plusieurs fois de suite, comme si un vent malicieux soulevait un long voile noir qui ne cessait de retomber sur ses yeux. Chaque fois qu'il ouvrait ses paupières, quelque chose avait changé dans la pièce : les couleurs, les formes, les odeurs…

Les souvenirs de la veille ressurgirent comme les images d'un songe, et il ne put distinguer ce qui, dans ces tableaux étranges, relevait de la réalité ou du fantasme. La jeune femme dans le fort de Corte, les trois insurgés, l'arrivée des hommes drapés de rouge… Et d'ailleurs, était-il vraiment sorti de son sommeil ? Pourquoi son esprit était-il si embrumé ? Cette fatigue, cette torpeur étaient-elles dues à ses blessures ? Mâchoire et nez brisés, visage et corps couverts d'ecchymoses, poitrine meurtrie par le symbole que l'on y avait gravé à la pointe d'un poignard brûlant…

Ou bien son état vaporeux était-il le fruit d'autre chose encore ? Cette étrange douleur qui lui labourait le ventre…

En se rappelant les silhouettes des hommes qui, le visage caché derrière d'inquiétants masques d'animaux, étaient venus le sauver d'une mort certaine, il se demanda s'il n'avait pas été la victime d'une sorte d'envoûtement, d'un sortilège ou d'une drogue qui continuait de provoquer chez lui quelque hallucination… Les ombres qui dansaient maintenant sur les murs ne ressemblaient-elles pas à ces mêmes animaux ?

Le jeune militaire tourna la tête vers la droite, et ce seul geste lui coûta un effort surhumain. Dans son champ de vision, tout était flou, tout tanguait. Sur une table de nuit, à côté de lui, il crut deviner les contours d'un flacon vide. Plus loin, un petit chariot où reposait un ensemble d'ustensiles de chirurgie : lancettes de saignée, palettes et récipients, térébenthine, thériaque, eau-de-vie camphrée, pansements…

Soudain, la pièce s'emplit de bruit. Et ces bruits étaient des voix. Et derrière ces voix, bientôt, apparurent des têtes de bêtes. Il y avait là un taureau, un bélier, un lion peut-être, penchés au-dessus de son lit comme une famille endeuillée au-dessus d'un cercueil, et qui lui parlaient sans qu'il pût les comprendre, car les sons lui parvenaient avec la même distorsion que les formes.

L'instant d'après, son lit se mit à bouger. Il traversa la pièce tel un tapis volant le pays de Shéhérazade, et le plafond défila au-dessus de lui alors que les animaux fantasmagoriques le portaient sur leurs épaules. La lumière baissa d'abord, le plongeant dans les ténèbres, pour devenir soudain éblouissante. Lorsque ses yeux s'habituèrent à la vive lueur, il lui sembla se trouver dans une grotte. Les parois, couvertes de fleurs et de feuillages, formaient un immense globe, et il devinait ici et là sculptures, statues et bas-reliefs, nymphes et naïades, dieux et créatures mythologiques qu'il voyait bouger comme des automates de pierre.

Dans un cercle qui l'entourait, le militaire vit apparaître les silhouettes pourpres d'une vingtaine de figures, mi-hommes, mi-bêtes, qui portaient toutes une épée à leur main droite, laquelle était gantée de rouge, et les battements de son cœur s'accélérèrent. Alors son corps entra en lévitation, et il avait si peu de force que ses bras tombèrent dans le vide, de chaque côté de son buste.

Tandis que ses dernières vigueurs lui échappaient, le jeune homme ferma les yeux, pour ne les rouvrir que lorsqu'il sentit une grande froideur dans son dos. Était-il étendu sur un autel de pierre ? Sans doute. Quand on vint lui attacher les mains, il n'eut pas l'énergie de résister. Plus forte que toutes les autres, la douleur abdominale qui l'assaillait depuis son réveil ne cessait de grandir, lui donnant des nausées.

Il fut de nouveau certain qu'il rêvait lorsque, en haut d'une passerelle qui traversait les murs de la grotte, il vit passer sur un char, que tiraient quatre centaures, un personnage coiffé d'un bonnet phrygien, qui tenait de la main gauche les rênes de l'attelage et, de la droite, brandissait un soleil d'or éblouissant, comme un lointain et intouchable trésor. Au même instant, le militaire éprouva une vive douleur aux jambes et, relevant péniblement la tête, il découvrit qu'on le fouettait. Les flagellations que lui imposait un géant à tête de corbeau étaient si fortes qu'elles laissaient des lignes de sang sur sa peau. Il essaya de crier, en vain.

On lui versa de grandes quantités d'eau sur le corps, puis on approcha de son visage une flamme, le brûlant presque, ensuite on le couvrit de glace, et ce furent autant d'horribles sensations qui, les unes après les autres, éprouvèrent sa chair et son âme.

Une nouvelle fois, il crut s'évanouir. Il distingua pourtant une voix, un galimatias qui tournoyait dans les airs, et qu'il commença lentement à comprendre – d'abord un mot ici, puis un autre là, jusqu'à ce qu'enfin ces mots fissent des phrases.

— … à toi, souverain de la terre, maître de l'eau, salut à toi, prince de l'esprit ! entendit-il à droite.

— Seigneur, revenu à la vie, vois ton enfant qui passe dans cette exaltation, et dans cette exaltation, il meurt ! entendit-il à gauche.

Plus loin, une troisième voix :

— Né par cette épreuve qui donne la vie, il est délivré dans la mort, et il passe dans la voie par toi ordonnée, selon la loi que tu as établie et le sacrement que tu as institué.

Quand les paroles s'éteignirent, le militaire aperçut un taureau sur la passerelle. Un véritable, grand et beau taureau, que six hommes peinaient à tenir. Un éclair. Une lame s'éleva, pour s'enfoncer dans la chair. Un meuglement. L'animal se débattit un instant, avant de s'écrouler lourdement au milieu d'un geyser écarlate. Et alors le militaire vit du sang partout. Sur le cadavre, sur les pierres, sur les mains du bourreau, dans la coupe que l'on glissa sous le cou de la bête, sur les lèvres des hommes qui ôtèrent leur masque pour y boire… Il fut certain d'avoir perdu la raison lorsque l'une des silhouettes lui apporta le calice et, le forçant à ouvrir la bouche, lui emplit la gorge de ce sang si épais qu'il crut s'en étouffer, se noyer.

— Voici, ô Soleil invaincu, le corps de ton enfant, à qui l'on présente sa destinée, par-delà l'outre-tombe. Affranchis-le par la passion, offre-lui l'éclipse de la mort passagère, qui ressuscite l'homme jeune et triomphant.

— Jeune profane, sens-tu le feu qui bout dans ton ventre ?

Le militaire, qui ne savait s'il devait répondre, n'en avait de toute façon pas la force. L'instinct, toutefois, le poussa à hocher la tête. La douleur, en effet, ne cessait de grandir dans son abdomen. Brûlante, elle semblait sur le point de lui dévorer l'estomac.

— C'est le feu d'*al zarnikh*, l'orpiment que la *vendita* t'a fait boire ce matin ! Et voici l'*hepar sulphuris*, où s'assemblent chaux vive et fleurs de soufre, purifiées à l'eau de pluie. Elle seule pourra éteindre les flammes de ce feu qui te consume. Jures-tu, jeune profane, de servir Mithra jusqu'à la fin de tes jours, le Soleil invaincu qui t'a sauvé de la mort, et de garder le secret sur notre rite, ainsi que sur tout ce que tu verras et entendras dans nos mystères ?

Comprenant que, après l'avoir sauvé, on l'avait empoisonné, le jeune homme acquiesça, et alors on lui fit boire cet antidote aux teintes jaunes.

— Je t'ai donné de connaître Mithra, ton père. Observe ses commandements, tu offriras ainsi à ta vie une amarre et un havre assurés, et, à l'heure où il faudra quitter ce monde, avec l'heureuse espérance, ce guide divin sera pour toi toute bienveillance.

Au bout de la lame du poignard ensanglanté qui avait sacrifié le taureau, on porta alors sous ses yeux une couronne.

— Tu ne pourras obtenir cette couronne qu'en affrontant la mort.

Le militaire hésita à tendre la main pour s'en saisir. Il était sur le point de le faire quand un deuxième adepte, sur sa gauche, écarta la couronne de la lame de son épée.

— C'est le Soleil invaincu qui est ta seule couronne. Lève-toi, jeune soldat de Mithra. Désormais, tu peux nous appeler frères, car nous sommes et resterons à jamais tes compagnons d'armes, tes *commilitones*.

Tout un groupe d'hommes portant des masques de bêtes s'approchèrent et, avec des gestes prévenants, prirent le militaire par les épaules et l'aidèrent à se redresser.

La douleur dans son ventre avait déjà disparu.

39

La liberté ou la vérité ?

— Et donc, jeune homme, vous étiez évanoui quand quelqu'un est entré chez vous, a tué ces deux brigands qui vous malmenaient et est reparti sans attendre que vous vous fussiez réveillé ?

Gabriel, qui peinait à ne pas rire, acquiesça d'un signe de tête. Les contusions qu'il avait sur le visage laissaient, quoi qu'il en fût, assez peu de liberté à son grand zygomatique…

— C'est tout ce dont je puis me souvenir.

L'astuce syntaxique était malicieuse : le verbe « pouvoir » permettait au jeune homme de ne pas mentir tout à fait, lui qui avait de la chose une horreur sainte. Car, en effet, il ne *pouvait* s'en souvenir… sans mettre son ami Récif dans l'embarras.

Fermant les yeux et frottant ses sinus sous son crâne chauve, le commissaire Guyot essaya de garder son calme.

— Vous ne seriez pas en train de prendre une nouvelle fois un magistrat pour un imbécile, à tout hasard ?

— Allons ! La vérité est que ces deux hommes sont entrés chez moi, qu'ils m'ont torturé pour m'obliger à leur dire où se trouvait Mlle Terwagne, ce à quoi je me suis refusé. Est entrée une personne dont je ne *puis* me souvenir, et qui m'a sans doute sauvé la vie en les tuant l'un et l'autre.

— Le Loup des Cordeliers, peut-être ? se moqua le petit homme replet derrière son bureau. Il serait réapparu ?

— C'était en tout cas un justicier salvateur...

— Et vous ne connaissez, évidemment, aucun de ces deux individus qui vous ont agressé ?

— Non, et je serais ravi que vous puissiez combler mon ignorance.

Guyot poussa un long soupir.

— Malheureusement, rien ne m'a permis de les identifier pour l'instant. On en voudrait donc toujours à la vie de Mlle Terwagne ?

— Il faut croire.

— Et où est-elle ?

— Vous n'allez pas vous y mettre, vous aussi, commissaire ! Le monde entier aurait-il décidé de me torturer, *moi*, pour la trouver, *elle* ? Je ne suis pas son précepteur, enfin ! Mlle Terwagne est là où elle veut être ! Chez elle, qui sait ?

— Non. Elle n'y est pas reparue depuis plusieurs jours.

— Puisqu'on veut la tuer, la chose peut se comprendre, n'est-ce pas ?

— Pouvez-vous me promettre de me prévenir si vous la revoyez ?

— Je peux vous promettre de lui dire que vous la cherchez...

— Vous êtes incorrigible, monsieur Joly ! Je crois que je vais mettre un terme à notre accord, et vous considérer désormais tel un suspect plutôt qu'un partenaire.

— N'ai-je point le visage d'une victime ? demanda Gabriel en montrant ses pommettes boursouflées et son nez cassé. Ayez, de grâce, un peu pitié de moi !

— À ce petit jeu-là, jeune homme, ce matin, chez le chirurgien du roi, vos deux agresseurs ressemblaient bien plus à des victimes que vous… Je suis fatigué de vous voir bafouer la promesse que nous nous fîmes d'échanger nos informations !

— Ah ! C'est dommage, dit le journaliste, feignant exagérément la déception. J'avais un renseignement important à vous offrir…

— Il serait temps ! Allons ! Dites sans rhétorique ce que vous savez, après m'avoir si bien dit ce que vous ne saviez pas !

Le jeune homme fit un signe de tête en direction de l'épais dossier posé sur le bureau du commissaire.

— Avez-vous consciencieusement étudié les deux cadavres ?

— Oui. Et le chirurgien aussi.

— Et vous n'avez rien remarqué ? demanda Gabriel avec un petit air mystérieux.

La veille, avant de prévenir la police, il avait pris le temps d'examiner les corps de ses assaillants, et un détail n'avait pas échappé à sa légendaire perspicacité.

— En dehors du trou béant qu'ils avaient l'un et l'autre au niveau de la poitrine, voulez-vous dire ?

— Le plus grand des deux, celui qui me parlait pendant que l'autre me rudoyait hardiment… Avez-vous bien regardé ses mains ?

— Oui. Et alors ? s'impatienta le commissaire.

— N'y avez-vous point constaté des œdèmes dermiques ?

— Le chirurgien a suggéré que ce pouvait être un psoriasis… Vous voulez que je fasse inventorier tous les sujets du royaume qui en ont un ?

— Votre chirurgien est une tête de pipe, monsieur ! Les plaques squameuses du psoriasis ne sont pas composées d'une seule couche épidermique : on y distingue en général l'agrégation de plusieurs lames superposées. Dans le cas de notre charmant tortionnaire, il s'agissait d'éruptions qui ressemblaient davantage à des piqûres d'ortie, en forme de vessies.

M. Guyot ne put s'empêcher, enfin, de sourire.

— Je me demande parfois, monsieur Joly, où votre pensée puise son étonnante mécanique, et pourquoi diable vous n'êtes pas devenu policier…

— Trop d'amour-propre, sans doute ? ironisa Gabriel.

— Très malin. Et donc ? Ces œdèmes sur les mains ?

— Urticaire ! Laquelle peut être provoquée par des dizaines de causes différentes, j'en conviens, mais, quand elle est ainsi localisée exclusivement sur les mains, l'observateur est en droit de se demander si elle n'est pas le résultat d'une allergie au *Dactylopius coccus*.

— Au quoi ?

— La cochenille, monsieur Guyot ! La cochenille ! Ce délicieux insecte dont, en le broyant, on extrait le carmin. Or, le cramoisi de cochenille est connu pour provoquer de l'urticaire chez certains sujets…

Le commissaire, comprenant aussitôt ce que suggérait le jeune homme, fronça les sourcils.

— Des gants rouges ? Encore ?

— Des gants rouges portés fréquemment, oui.

— Il existerait un lien entre ces deux hommes et le trésor qui a disparu ? Seraient-ils ceux qui s'en sont emparés, laissant derrière eux le cadavre du pauvre M. Tavernier ?

— Eux, ou leurs complices, c'est fort possible. Je pense, monsieur, que depuis le début nous avons affaire à un groupe d'hommes qui appartiennent à une société au sein de laquelle le port du gant rouge est non seulement une coutume, mais un symbole. Cela expliquerait pourquoi nous avons trouvé de tels accessoires tout au long de notre enquête…

— Et je suppose que vous avez une idée sur ladite société ?

— Bien sûr !

Un silence s'installa, pendant lequel le commissaire sembla espérer que Gabriel développe. En vain.

— Dois-je deviner dans votre mutisme que vous attendez de moi que je vous supplie et reconnaisse ainsi que vous respectez finalement notre accord ?

— En doutez-vous vraiment ?

— Je pense que vous ne me dites que ce qui vous arrange, monsieur Joly !

— Encore heureux ! répliqua le journaliste. Faire dire à un homme ce qu'il ne veut point dire, cela s'appelle de l'extorsion, commissaire ! Mais ce que je vous dis de plein gré n'est-il pas déjà un atout en votre main ? J'ai résolu pour vous plusieurs mystères, il me semble… Après tout, vous êtes vous-même libre de me dire certaines choses, et de m'en taire d'autres !

— Soit. Admettons. Je veux bien redonner une dernière chance à notre petit arrangement. Alors, cette société aux gants rouges ?

— Vous devriez enquêter sur la Manorossa. Ou la Main rouge, comme on l'appelle aussi. C'est une société secrète à la mythologie certes rocambolesque, mais dont les membres pourraient être tout à fait sérieux, dans leurs fâcheux desseins du moins.

— Et quels seraient ces desseins ? demanda M. Guyot, dubitatif.

— Le texte fondateur de la Manorossa affirme qu'elle entend « libérer l'homme moderne de l'oppression des princes ». Toutefois, l'acharnement que ses membres mettent à chercher Mlle Terwagne pour l'assassiner nous permet de douter que leur cause soit si noble…

— En effet. Mais tout ceci me paraît un peu tiré par les cheveux… Une société secrète ? Un complot ? Nous voici dans un roman de colporteur[1] !

— Et pourtant, monsieur, je crois que ces deux hommes, tout comme celui qui s'est emparé du trésor de Montmartel, appartiennent à la même confrérie occulte. Et je crois que vous rendriez service à la nation en mettant à bas cette mystérieuse organisation.

— J'ai bien peur, mon ami, de ne plus avoir aujourd'hui la licence de mener pareille enquête. Chaque matin, je me lève sans savoir si je terminerai la journée en conservant ma charge…

— Entre-temps, rien ne vous empêche d'enquêter sur les deux individus qui m'ont torturé. Vous verrez bien où cette vérité-là vous mène. Aimer la vérité, c'est accepter de la suivre aveuglément, quel que soit le lieu où elle nous conduit…

— Je ne crois pas devoir recevoir de leçon sur l'amour de la vérité venant d'un jeune homme qui dit ne point se souvenir de la personne qui lui a sauvé la vie la veille…

— Quand on aime la liberté autant qu'on aime la vérité, concilier l'une et l'autre devient parfois, monsieur, un défi aux lois de la gravité…

---

1. Jusqu'à la fin du XVIIIe siècle, la littérature populaire était essentiellement vendue par colportage. Sommairement imprimés et brochés dans un épais papier bleu, tels ceux de la Bibliothèque bleue créée au XVIIe siècle par les frères Oudot, c'étaient souvent des romans écrits rapidement, par des auteurs dont on ne citait parfois pas le nom, ancêtres du roman d'aventures.

— Disparaissez, misérable jacasse !

Gabriel ne se fit pas prier, salua et laissa le domestique de M. Guyot le reconduire à la porte de l'hôtel de la rue de Vaugirard. Contournant l'angle que celle-ci faisait avec le Théâtre-Français, il rejoignit le pirate Récif, qui l'attendait dans l'ombre.

— Alors ?

— Alors j'ai voulu lui donner ton adresse, mais je ne la connais pas encore, plaisanta Joly.

— Mais je n'ai pas d'adresse, monsieur le journaliste !

— Comment cela ? Tu m'as dit qu'on allait chez toi voir le livre de l'*Avesta* !

Le Salétin se contenta de répondre par un mystérieux haussement de sourcils.

40

La chaloupe

Avant l'aube, Lorette vit le port d'Antibes se remplir des silhouettes des premiers marins. La vie des hommes qui cultivaient la mer commençait plus tôt encore que celle des hommes qui cultivaient la terre.

Le soleil ne s'était pas levé et, déjà, on comptait sur le môle près d'une cinquantaine de courageux travailleurs maritimes qui s'affairaient autour des embarcations avant de partir en pêche. Trouver un marin qui acceptât d'emmener la jeune femme jusqu'en Corse eût relevé de l'exploit. Le convaincre de laisser de surcroît un animal monter à bord eût tenu du miracle… Toutefois, il n'est aucun miracle que la cupidité ne puisse offrir à celui qui consent à en payer le prix. Ainsi, Lorette, qui ne pouvait renoncer maintenant, offrit tout l'argent qui lui restait, soit la rondelette somme de soixante livres. Plus de trois fois le prix d'une traversée ordinaire. À ce tarif, elle parvint à trouver deux jeunes pêcheurs qui acceptèrent de venir les chercher, elle et « un animal », dans une crique discrète, à l'écart de la ville.

Le ciel s'illuminait enfin quand la jeune femme put monter dans la chaloupe avec son loup. Les deux marins, terrifiés en découvrant avec quelle bête sauvage ils allaient devoir cohabiter, restèrent en retrait, incrédules, le temps que la jeune femme la conduisît dans un compartiment à l'arrière, sous le demi-pontage. Ayant déjà trouvé très fastidieuse la conversation avec la muette lorsqu'il s'était agi des négociations, les deux hommes, qui savaient à peine lire et écrire, et qui avaient pour l'instant touché trente de leurs soixante livres, ne posèrent pas plus de questions. Ils demandèrent seulement à leur passagère si elle s'était assuré que la porte du local était fermée. Elle fit oui de la tête en souriant. Au moins, une chose était certaine : ces deux gaillards ne risquaient pas de lui chercher des noises !

L'instant d'après, ils faisaient voile. À la faveur d'un ciel sans nuages, on devinait, au loin, les montagnes de la Corse, si bien que l'on eût pu naviguer à vue.

La chaloupe, qui approchait les trente pieds de long, était gréée en sinagot, en ce sens qu'elle comptait deux voiles au tiers, hissées sur des mâts inclinés vers l'arrière, misaine et taille-vent. Si ce gréement rendait l'embarcation fort maniable et lui permettait de filer à près de huit nœuds, cela n'en faisait point un vaisseau au long cours. La Méditerranée, toutefois, était douce comme un lac, et la route maritime d'Antibes à Calvi dépassait à peine les cent milles marins. Ainsi, le trajet pourrait se faire d'un seul vent, c'est-à-dire en moins de vingt-quatre heures.

Laissant les deux matelots se charger de la navigation, Lorette partit s'asseoir à la proue, offrant son visage aux embruns, alors que la chaloupe courait au sud. Les yeux fermés, elle éprouva la caresse du vent, les écumes, le roulis des vagues qui l'obligeait à se tenir, et, immanquablement, les plus anciennes images de son enfance refirent surface. Des images qu'elle s'était efforcée d'oublier toute sa vie, mais qui s'étaient imprimées si profondément dans son esprit de petite fille qu'elles trouvèrent aisément le chemin du retour jusqu'à sa réminiscence.

Et alors, avant même que d'y être arrivée, Lorette revit en pensée les splendeurs de son île verte, de sa terre natale, sa Corse majuscule, ses sentiers et ses torrents, ses vallons, ses montagnes, ses jardins de cédrats et de citronniers. Elle crut sentir dans l'air marin les parfums sauvages du maquis, de ses arbustes épais et touffus, embaumés de fleurs, et l'odeur des flammes qui l'emportaient quand les bergers y mettaient le feu pour que repousse une herbe grasse, les fragrances de l'*albitro*[1] et de la *scopa*[2], des châtaigniers et des *lecci*[3], à l'ombre douce et protectrice desquels elle avait grandi. Dans les flots elle entendit le bourdonnement des abeilles, le grommellement des sangliers, le sifflement des merles noirs et le brame des cerfs. Les gouttes d'eau salée sur ses lèvres avaient la saveur des olives de Corse, et elle reconnut dans le chant de la mer la tristesse de ceux que le joug de Gênes ou de France avait si souvent accablés, mais la fierté aussi, l'amour de la liberté, le dévouement fraternel, jusqu'à la lutte, jusqu'à la mort. Et alors des paroles lui revinrent, et c'étaient celles de chants oubliés, pleurant la défaite de Ponte-Novu, les lamentations d'un bandit…

Io son banditu, dettu Giovanantoni ;
Senza aver fattu nienti, mi han' postu la taglioni.

1. Arbousier.
2. Buisson à fleurs rouges.
3. La *leccia* est un chêne vert.

Faciu la mio penitenza, girando questi macchioni,
Ma piangani con due occhi, quelle che sò la caggioni[1].

Murée dans son silence, Lorette passa ainsi tout le jour et une grande partie de la nuit à laisser la mer la ramener vers l'île où tout avait commencé. Elle ne dormit presque pas, et la nuit touchait à sa fin quand, au loin, les murailles de la citadelle de Calvi se dessinèrent sous ses yeux embués de larmes.

1. « Je suis un bandit, on me nomme Giovani-Antoni, et sans être nullement coupable on a mis ma tête à prix ; je fais mon calvaire en errant par ces maquis, mais ils pleurent de leurs deux yeux ceux qui en ont été la cause ! »

PLANCHE XV : ARRIVÉE À CALVI

41

L'*Esperanza*

Plus tôt dans la journée, ce fut dans une autre embarcation que Récif fit monter notre Gabriel, ébahi. Ainsi, le pirate n'avait effectivement point d'adresse : il vivait, en toute logique, sur un navire !

Le journaliste sourit de ravissement en franchissant la passerelle qui menait à cet étonnant chaland, un bateau de charge à fond plat, approchant les cent vingt pieds, et qui mouillait en rivière de Seine, à quelques encablures du port de la Rapée.

Amarré en amont de la patache[1] d'octroi, le bateau était à l'abri des regards indiscrets, aux portes de Paris. Ici, à Bercy, ce n'était plus tout à fait la ville, mais pas encore la campagne. Depuis le pont du navire – car Récif en avait construit un –, on pouvait admirer les splendeurs de

1. Bateau depuis lequel les commis des fermiers du roi contrôlaient les embarcations entrant dans Paris afin de leur faire payer l'octroi.

la capitale et, dans la vigueur de ce jour d'été, c'était un spectacle enchanteur que celui qu'offraient les berges du fleuve conduisant tout droit vers les tours de Notre-Dame.

Les quais de Seine étaient une ville à eux tout seuls, animés par les chants des blanchisseuses qui s'élevaient depuis les bateaux-lavoirs, au rythme de leurs coups de battoirs, *tôt, tôt, tôt, battons chaud, tôt, tôt, tôt, bon courage, vive à jamais le savonnage* ; les cris des manœuvres qui débarquaient les tonneaux de vin venus de Bourgogne, *oh hisse, oh hisse* ; les boniments des bouquinistes autour de leurs échoppes, *romans récréatifs, petits almanachs, livres en feuilles proposés pour la dernière fois à un rabais considérable* ; les clameurs des baigneurs dans la piscine à quatre sous[1], les pleurs des poupards bourgeois que promenaient les nourrices, le meuglement des veaux, le bêlement des brebis qui traversaient la rivière par le bac au milieu des charrettes, jusqu'au Jardin des Plantes, les lamentations des voyageurs qui attendaient leur bateau-coche à l'entrée du port, le marchandage des Parisiens qui venaient chercher qui son bois, qui son charbon ou sa chaux…

Et puis il y avait le vent de la révolte, aussi, qui résonnait dans le tutoiement offert aux inconnus ; on s'appelait citoyen, citoyenne, on se moquait des princes, on racontait *la botte de foin ou la mort tragique de M. Foullon, ministre de quarante-huit heures*. On parlait de Mirabeau, le *comte plébéien*, de Bailly et La Fayette, on parlait de Paris et de

---

1. Créée en 1785 par M. Turquin, philanthrope et grand nageur, l'École royale de natation, surnommée le « Bain à quatre sous » (son prix d'entrée) était une piscine mobile, qui encerclait les eaux de la Seine. Élevée sur pilotis, elle s'installa ensuite définitivement au niveau de l'actuel quai Anatole-France. S'agrandissant d'un restaurant et de salons privés, elle prit le nom de piscine Deligny au début du XIXe siècle, avant de couler… en 1993 !

Versailles, des districts et de l'Assemblée, on parlait de la noblesse qui, partout, émigrait, on rêvait de lendemains meilleurs, et l'espoir, dans les yeux du peuple, se lisait de loin.

Comme la ville est belle, vue d'ici ! songea le journaliste qui, chaque jour, tombait un peu plus en amour pour elle. À droite, regardant vers Paris, on apercevait l'enfilade de ses dix ponts scintillants sous les rayons du soleil, les badauds qui traversaient la passerelle de bois rouge entre l'île de la Cité et celle de Saint-Louis, les toits de la cathédrale, de l'abbaye Saint-Victor ou des Bernardins… Tournait-on la tête à gauche et, regardant vers la campagne, par-delà les guinguettes, on s'émerveillait devant les jardins à la française du château de Bercy, dont les parterres de neuf cents arpents avaient été dessinés par Le Nôtre…

Récif, en somme, vivait en bonne place : il était au théâtre, et la plus belle ville du monde dansait sur Seine !

Au bout de la passerelle, Gabriel reconnut l'un des aspirants Renégats qu'il avait vus au Château-Rouge, le cabaret qui servait de fief aux frères du Salétin.

— Salut, dit le colosse qui gardait l'entrée du bateau.

— Bonjour, répondit le journaliste en le regardant dans les yeux, comme il avait appris à connaître les mœurs et la susceptibilité de cette étonnante fraternité.

— Bienvenue à bord de l'*Esperanza*, la Plume ! fit Récif avec fierté.

Sans se formaliser de ce nouveau sobriquet, Gabriel suivit son ami dans l'escalier qui descendait sous le pont et découvrit, admiratif, la manière dont le pirate avait transformé ce chaland en habitation fluviale.

Et quelle habitation ! C'était la plus singulière maison que Joly eût jamais visitée. Il y avait là, mais sur l'eau, tout le luxe d'un appartement parisien, chambres, cuisines et salon, l'ensemble décoré avec goût, dans un style qui rappelait celui d'un grand vaisseau de guerre. Partout, bibelots, joyaux et œuvres d'art faisaient songer aux prises d'un corsaire aguerri, et le journaliste ne put s'empêcher de sourire en devinant que l'impression n'était sans doute pas très éloignée de la vérité. Ici deux armures antiques, là une statue de la Vierge colorée, plus loin un authentique perroquet sur son perchoir, à chaque mur, sur les boiseries, des tableaux d'Espagne, d'Italie ou des Pays-Bas, sur les tables des porcelaines du Japon, des figurines d'Égypte, des trophées africains, des poignards aztèques, des chibouques ottomans, des cristaux, des cuivres et argenteries, au sol des peaux de fauves, au plafond des chandeliers... À tout regarder, il y en eût pour plus d'un jour, et c'eût été un voyage autour du monde.

— C'est magnifique, murmura Gabriel en se promenant au milieu du salon, alors que son ami allumait de l'encens. On ne sait plus où poser son regard, dans cette grotte d'Ali Baba !

— Alors te voilà Kassim[1] ! s'amusa Récif. Et encore, j'ai tout perdu quand j'ai dû fuir Libertalia ! J'avais là-bas des livres, Gabriel, dont tu n'oserais même pas rêver. Ces maudits Anglais ont tout brûlé.

— Justement, à propos de livres... où est ton *Avesta* ?

— Tout doux ! Tu es bien pressé !

Gabriel fit une grimace désolée.

— C'est-à-dire que...

— Oui, oui, Lorette ! le coupa le pirate d'un air entendu. Tu es impatient de la revoir, hein ? Mais qui te dit que ce livre t'y aidera ?

---

1. Dans *Histoire d'Ali Baba et de quarante voleurs exterminés par une esclave*, présenté en 1701 par l'orientaliste Antoine Galland comme étant l'un des contes des *Mille et une nuits*, Kassim est le frère d'Ali Baba, surpris par la fortune soudaine de celui-ci en entrant dans sa caverne.

— Je n'en sais rien, je l'espère, mais surtout je ne puis rester inactif tant que je ne l'ai pas trouvée.

— Alors viens, la Plume ! dit gentiment le Renégat en lui faisant signe de le rejoindre du côté d'une magistrale bibliothèque.

Récif, qui connaissait son classement sur le bout des doigts, repéra immédiatement les trois volumes de l'*Avesta*, dans la traduction de M. Anquetil du Perron. Il les posa sur son bureau.

— Je peux m'asseoir ? demanda Gabriel en montrant le fauteuil peint à la feuille d'or et tapissé de velours rouge carmin, tel un trône romain.

— Fi ! Personne ne s'assied dans le fauteuil du capitaine ! rétorqua Récif, faussement offusqué. À part Imhotep IV.

— Pardon ?

Le pirate attrapa le grand chat blanc confortablement installé sur son siège.

— Imhotep, quatrième du nom, le présenta-t-il.

— Enchanté.

— Tu as vu ça, Imhotep ? L'outrecuidant veut te voler ta place ! Quoi ? Tu cèdes ? Bon, entendu ! Nous ferons une exception pour lui !

Il posa l'animal sur ses épaules.

— Allez ! Installe-toi, Gabriel, et prends ton temps, j'ai des choses à voir avec l'aspirant, je reviens dans quelques minutes.

Le journaliste prit place derrière le bureau et souleva le premier volume. Du bout des doigts, tournant doucement les pages, il alla chercher la garde. *Zend-Avesta, ouvrage de Zoroastre, contenant les Idées Théologiques, Physiques & Morales de ce Législateur, les Cérémonies du Culte Religieux qu'il a établi, & plusieurs traits importants relatifs à l'ancienne Histoire des Perſes.*

Ainsi, conscient de tenir entre ses mains la traduction d'un trésor historique, Gabriel découvrit l'impressionnant corpus des textes sacrés de la religion mazdéenne. Celle-ci, fondée par son prophète Zarathoustra – que les Grecs avaient rebaptisé Zoroastre –, était apparue en Perse lors du premier millénaire avant la naissance du Christ et tenait son nom de sa principale divinité, Ahura Mazdâ. Dans son panthéon trônaient aussi des divinités telles que Varuna et Anâhita, des génies du temps, des génies de la fête, des génies du mal et… le dieu du Soleil, Mithra, dont le culte avait été repris par la Manorossa !

Passant la première partie de l'ouvrage, où Anquetil du Perron racontait, avec force détails, comment il avait découvert ces manuscrits ancestraux, Gabriel se rendit directement à la traduction des textes de l'*Avesta* : les *Ieschts Sadés*. Comprenant sans peine que le terme *Iescht* n'était autre qu'une graphie différente du *Yasht* inscrit sur la gravure de Mlle Terwagne, il se précipita sur le texte intitulé *Meher Iescht*. En introduction, Anquetil du Perron donnait la traduction de ce titre : *Meher Iescht*, c'était la « prière à Mithra » !

Brûlant d'impatience, le journaliste lut les deux pages de prière, y cherchant en vain un indice qui eût pu l'aider à comprendre le message codé de la gravure. Mais quand Récif revint, près d'une heure plus tard, le journaliste n'avait rien trouvé.

— M'autorises-tu à emmener ce volume-ci chez M. Mercier ? demanda Gabriel, qui espérait que l'écrivain ou son ami le mathématicien Gilbert Romme seraient plus inspirés que lui.

— Non, répliqua Récif sans ambages. Mais je t'autorise à m'emmener moi, chez M. Mercier, avec le livre ! Si tout cela permet de recueillir des informations sur notre trésor, tu ne le feras pas sans moi, la Plume !

— Alors allons-y !

Ils quittèrent le bateau pour rejoindre Paris.

42

Où Lorette cherche une aiguille dans une meule de foin

Et alors, au terme de ce mois de juillet, Lorette arriva en Corse, et ce fut un jour de grand soleil. Nul, sans doute, n'eût pu comprendre l'émotion qui gagna la jeune femme quand elle posa un premier pied sur le sable, à quelques pas de la pinède. Elle-même n'était pas certaine d'en saisir les subtilités, tant s'y mêlaient la joie, l'exaltation, la peur et quelque vague à l'âme. Elle devait avoir six ou sept ans quand elle avait quitté l'île et, depuis lors, elle n'avait vécu qu'avec les souvenirs mélancoliques des douleurs et des bonheurs passés, le manque et le désir de réparation. Trouverait-elle ici la guérison du mal qui l'étreignait depuis si longtemps ?

Débarquée à distance du port afin de ne point attirer les regards et d'échapper au Bureau de santé, Lorette avait payé et remercié les deux pêcheurs, pressés de repartir, puis elle avait laissé son loup filer dans le maquis, espérant qu'elle le retrouverait ici comme elle l'avait fait sur le continent.

Elle se promenait maintenant dans les ruelles venteuses de Calvi, cherchant, anxieuse mais déterminée, la trace du colonel Duvilliers.

La cité, où certains affirmaient hardiment que le Génois Christophe Colomb avait vu le jour, était le point le plus septentrional de la Balagne, un pays délicieux, entre mer, forêt et montagne, riche de blé, d'amandes, de vignes, d'olives et de bois, où l'on se tenait à l'écart de la chose politique, préférant y cultiver la terre. Ce n'était pas, à vrai dire, la Corse dont Lorette se souvenait, elle qui avait grandi dans les montagnes, mais déjà cette terre vibrait en harmonie avec le chant silencieux de son âme.

Dans le port, la jeune femme avait reconnu sans peine la goélette qui avait quitté Antibes l'avant-veille, et à bord de laquelle, elle en était presque sûre, le militaire était venu jusqu'ici. Sur le môle, elle avait interrogé les marins, leur montrant un papier où elle avait inscrit le nom et le pseudonyme du militaire. « Avez-vous vu cet officier français, arrivé aujourd'hui ou hier ? » avait-elle ajouté en dessous. Mais personne n'avait répondu. On parlait peu, ici, même à une jeune muette qui portait sur son visage les marques d'une autochtone.

Ainsi, elle était remontée vers la ville, espérant y rencontrer plus de succès. Construite sur une montagne escarpée, l'ancienne cité fortifiée surplombait les eaux turquoise de la Méditerranée. Les forts qui protégeaient Calvi rappelèrent à la jeune femme celui d'Antibes, bien qu'ils fussent ici au nombre de trois : la tour ronde de Spano à l'est, le fortin carré de Caldanu et, au fond de la baie, une tour de garde côtière. Divisée entre la citadelle, à son sommet, et le faubourg, ce n'était pas une grande ville. Lorette la traversa rapidement, et plusieurs fois. Là aussi, de venelles en rues étroites, du palais des gouverneurs génois à l'église primatiale, elle montra sa note à l'aubergiste, aux marchands, aux artisans, aux religieux des couvents des Capucins et des Récollets, mais nulle part on ne disait avoir vu le militaire. Et, de fait, la jeune femme ne l'aperçut elle-même ni à l'auberge, ni en ville, ni alentour.

Avec l'opiniâtreté d'une âme vengeresse, elle s'acharna pourtant tout le jour, s'attendant à chaque instant à le voir surgir d'une petite maison de pierres grises, monter dans une voiture ou passer à cheval, mais le soir commençait à tomber quand elle dut se rendre à l'évidence : si Duvilliers était venu ici, il était déjà reparti. Mais où ?

Ne sachant plus où chercher, envahie par quelque accablement, Lorette s'éloigna de la ville et laissa ses yeux se perdre vers les sommets du Monte Cinto, par-delà lesquels se trouvait, elle le savait, la campagne de sa tendre enfance. Elle n'en connaissait pas le nom, mais sa silhouette était gravée dans sa mémoire à tout jamais.

Saurait-elle seulement retrouver les lieux qui l'avaient vue grandir ? Et aurait-elle, dans ce cas, la force de fouler leur sol une nouvelle fois ?

Comme un signe lancé par mère Nature, elle trouva sa réponse dans le hurlement qui déchira l'obscurité. Son loup l'invitait à la route. Elle se mit en marche vers le maquis.

43

Le vol des gigognes

— Eh bien ! Prendrait-on ma maison pour celle du bon Dieu ? s'exclama Mercier en découvrant les deux hommes qui venaient de toquer à sa porte. Si cela continue, je vais pouvoir tenir auberge !

— C'est que ce code a besoin de main-d'œuvre ! Voici le renfort ! annonça Joly.

— On n'est pas toujours plus intelligent à plusieurs, jeune homme. Plus les têtes s'assemblent, plus elles se rétrécissent !

— Vous vous êtes déjà rencontrés, n'est-ce pas ? demanda Gabriel en désignant Récif.

— Nous nous sommes croisés, confirma l'écrivain tout juste aimable, et je sais que notre intrépide Anne-Josèphe et vous-même aimez fréquenter monsieur, sans doute pour le frisson que procure à votre bourgeoisie l'accointance d'un bandit !

— Allons ! Récif n'est pas un bandit, c'est un pirate !

— Le frisson ne doit en être que plus grand ! se moqua Mercier. Foutre ! Je suppose que vous n'êtes pas venus ici pour rester sur le pas de ma porte. Entrez donc !

Ils s'exécutèrent l'un et l'autre.

— Cachez vos femmes et vos bibelots ! railla Récif en pénétrant dans le salon, tricorne à la main. Pirate, et Sarrasin, qui plus est ! Le loup est entré dans la bergerie !

Au même instant, Mlle Terwagne se leva du canapé pour venir à leur rencontre.

— Gabriel ! Vous revoilà enfin ! se réjouit-elle. Et en sérieuse compagnie !

Le pirate et le journaliste se succédèrent pour lui baiser la main, puis ils saluèrent le bon Gilbert Romme qui, attablé dans le salon, leur fit un vague signe de la main, sans quitter des yeux les feuilles de papier qu'il avait noircies devant lui.

— Avez-vous avancé ? le pressa Gabriel.

— J'ai trouvé la clef, affirma le petit homme replet dont la calvitie faisait croire à un moine. Malheureusement, il me manque la serrure !

Un sourire illumina aussitôt le visage de Joly.

— Il se pourrait que ce soit justement la serrure que ce cher Récif vous apporte ! annonça-t-il en se tournant vers le pirate.

Celui-ci traversa le salon avec sa fière allure et posa le volume de l'*Avesta* sur la table.

— Qu'est-ce que c'est que ça ? demanda Romme.

— *Mihir Yasht* ! répliqua Gabriel. Notre bon Salétin n'a pas seulement des lettres, il a aussi des livres !

Le mathématicien, perplexe, ramassa l'ouvrage et commença à le feuilleter.

— Bien. Je sens que ça va être long. Je vous apporte à boire ? proposa Mercier, alors que tout le monde s'installait autour de la table. Du rhum, pour le pirate, je suppose ?

Ou l'abstinence du mahométan l'emporte-t-elle sur la soif du marin ?

— Tout dépend du rhum ! Si vous me proposez un Charleston de Marie Brizard, je vous coupe une oreille, monsieur !

— Une boisson qui porte mon nom ne peut pas être tout à fait mauvaise, intervint Romme avec malice.

— Je me fournis chez un négociant de Bordeaux qui importe des Antilles un rhum d'habitant, s'enorgueillit Mercier. Je me refuse à encourager les négriers qui font venir en France une boisson pour la fabrication de laquelle on a fouetté sa main-d'œuvre…

— Mercier, grand opposant à l'esclavage ! se moqua Récif.

— Certainement ! se défendit l'écrivain. Je le combats à ma façon, par la plume ! J'ai toujours été conduit par un sentiment vif qui me disait que l'homme était né pour sortir de la fange des erreurs, de la honte et de l'abjection de l'esclavage, cher monsieur, et pour s'élever à toute la hauteur de la vertu !

— Vous êtes peut-être l'ami des Noirs, mais j'ai lu votre *An 2440*, Mercier, et il vous reste un long chemin à parcourir pour offrir à votre étroite vision des juifs la vertu dont vous parlez ! Est-il vertueux, celui qui se plaint de la prolifération des israélites en Europe, et qui prêche le combat contre leur prétendue domination ? Et c'est un mahométan qui vous parle !

Mercier, piqué au vif, et surpris de voir que le pirate l'avait lu d'aussi près, peina à masquer son bouillonnement intérieur.

— C'était une œuvre de jeunesse, répondit-il seulement.

— Une *erreur* de jeunesse, voulez-vous dire ? Eh bien, corrigez-la !

Malgré l'admiration qu'il avait pour Mercier, Gabriel, en retrait, se délectait, ne boudant pas son plaisir à voir le pirate chahuter ainsi l'écrivain. Celui-ci, qui, fort sagement, préférait ne pas trop provoquer un homme comme celui-là, fanfaronnait moins que d'habitude, et ce n'était pas sans saveur ! Terwagne et Romme, d'ailleurs, semblaient s'amuser tout autant que le journaliste en regardant leur ami perdre sa superbe habituelle.

— Bref, bafouilla-t-il, j'ai un excellent rhum agricole raffiné par un petit propriétaire de Saint-Pierre.

— Soit, goûtons-le ! répondit Récif en lui adressant un clin d'œil.

— Alors ! s'impatienta Gabriel, qui se tourna vers M. Romme. Vous dites avoir compris comment décrypter le message de la gravure ?

— Je le crois. J'ai d'abord essayé, en vain, de repérer des séquences dans le chiffrement, ou de procéder en songeant à l'occurrence des principales lettres de l'alphabet latin, mais cela n'a rien donné. Toutefois, j'ai fini par envisager une solution à ce mystère, grâce à votre *Liber Rubrae Manus*.

— Comment cela ?

— L'auteur de ce drôle de livre mentionne Blaise de Vigenère comme étant l'un des membres de la Manorossa. Le connaissez-vous ?

Gabriel fit une moue incertaine.

— Il était alchimiste et astrologue, n'est-ce pas ?

— Pas seulement. Voici celle des œuvres de Vigenère que je tiens pour la plus remarquable.

Le mathématicien attrapa au bout de la table un volume qu'il présenta au journaliste.

— *Traicté des chiffres ou secrètes manières d'escrire*, lut Gabriel à voix haute, intrigué. La solution se trouverait-elle à l'intérieur ?

— C'est ma conviction. L'auteur y présente une méthode de chiffrement que l'on appelle désormais le « chiffre de Vigenère ».

— Et en quoi consiste-t-elle ? le pressa Joly.

— C'est un système qu'on dit polyalphabétique. Il s'agit de crypter un texte en utilisant les tables de plusieurs alphabets différents. À chaque lettre on assigne un nombre. On peut ainsi transformer le texte original en une série de nombres. Ensuite, on choisit une clef, en général un mot de quelques lettres, sur lequel l'émetteur et le récepteur du message doivent se mettre d'accord au préalable. Pour résumer, les tables du chiffre de Vigenère s'imbriquent, permettant de substituer une lettre à une autre…

— Ce sont des tables gigognes, en somme ? plaisanta Mercier qui revenait avec son rhum.

— Taisez-vous donc, Sébastien ! s'exaspéra son ami mathématicien qui, après plusieurs jours de recherches, était sans doute arrivé au bout de la patience qu'exigeait tout séjour prolongé avec l'écrivain. Bref, une même lettre du message original peut être remplacée par plusieurs lettres différentes, et non pas toujours la même, ce qui rend le déchiffrement quasiment impossible. Je suis convaincu que le code de la gravure utilise cette technique, mais il me manque ladite clef. J'ai essayé avec les lettres M-I-H-I-R-Y-A-S-H-T, cela n'a rien donné.

Il désigna les dizaines de pages griffonnées sur la table devant lui.

Gabriel fronça les sourcils, l'air pensif.

— La clef pourrait-elle consister non pas en un seul mot, mais en un texte entier ?

— Bien sûr ! répliqua Romme, qui voyait où le jeune homme voulait en venir. Cela rendrait le déchiffrement plus ardu encore !

— Nous pourrions donc essayer d'utiliser le texte du *Mihir Yasht* que voici ? suggéra le journaliste en lui tendant l'*Avesta*.

— C'est précisément ce que nous allons faire !

Ainsi, tous se mirent à l'ouvrage, à l'exception de Mercier, qui se contenta d'observer de loin la singulière assemblée ayant envahi son salon.

— C'est une véritable industrie ! s'amusa-t-il un verre à la main.

Terwagne annonçait une lettre codée, Récif allait chercher le nombre correspondant dans la table, Romme y ajoutait celui des lettres successives du *Mihir Yasht*, Gabriel, enfin, convertissait le nombre obtenu par la lettre idoine, indiquée dans les tables, et il l'inscrivait devant lui. Pas à pas, ils « traduisirent » la première ligne.

Après commutation, « Ofc ill : on : jteby : dzldgit : » donnait donc « Cxv aun : ov : castr : vindoba : ».

— Qu'est-ce que c'est que cette cacographie ? s'exclama Anne-Josèphe, dépitée. Êtes-vous sûr de vous ?

— Certain, sourit Gabriel.

— Mais ces mots n'ont aucun sens !

— Ce sont des abréviations, mademoiselle ! Je pense qu'il faut remplacer les deux points par un point abréviatif, et que les trois premières lettres sont des chiffres romains. Ce qui donnerait : « CXV aun. ov. castr. vindoba. » Il nous reste à trouver à quoi correspondent ces abréviations.

— On dirait du latin, suggéra Récif.

— Les chiffres romains pourraient le laisser penser, en effet, mais je pencherais plutôt pour de l'italien, corrigea Gabriel. *CXV aunas ovest castrum Vindoba*… Je ne sais pas de quel mot *Vindoba* est l'abréviation mais, en ajoutant des prépositions à cette phrase, cela pourrait donner *CXV aunas a ovest del castrum de Vindoba*... Soit : « à cent quinze aunes à l'ouest du castrum de Vindoba... »

— Ventre-saint-gris ! s'écria le pirate. C'est une authentique carte au trésor !

— Peut-être, s'amusa Joly.

— Cela se tient ! approuva Romme, réjoui, alors que tout le monde applaudissait autour de la table. Continuons, pour voir !

Ils se remirent aussitôt à leur fastidieuse tâche, et il était fort tard quand ils eurent enfin décrypté les six lignes inscrites au dos de la gravure.

Cxv aun : ov : castr : vindoba :
Sott : chies : sa : sul : pari :
L aun : su : catte : canon : lucc :
Su : sent : mili : argentorat :
Ne : municip : nor : apul :
Su : mont : dom : chies : san : albert : gen :

— C'est formidable ! ironisa Mercier dans un bâillement d'ennui. Bien... Chers amis, malgré mon grand amour pour les lettres, celles-ci manquent un peu de panache, et la nuit est tombée depuis longtemps. Regardez ! Même l'infinie civilité de notre pauvre Gilbert ne suffit plus à le faire lutter contre le sommeil ! Il s'est endormi !

De fait, depuis quelques minutes déjà, le mathématicien ronflait, avachi sur un coin de la table.

— Bien sûr ! Nous finirons demain, proposa Gabriel. Nous touchons au but ! Je proposerais volontiers que nous nous retrouvions chez moi au matin, mais les lieux ne sont pas sûrs pour Mlle Terwagne...

— Rendez-vous avant midi à l'*Esperanza* ! trancha Récif, enhardi par la promesse d'un trésor. Gabriel, tu conduiras ceux qui le voudront sur mon bateau, et nous finirons nos recherches sans plus déranger l'écrivain.

— Vous ne me dérangez pas, je vous trouve tous très cocasses. J'en ferais bien une pièce.

— Et comment l'appelleriez-vous ?

— *Le Vol des gigognes* !

Tout le monde rit de bon cœur, ce qui eut pour effet de réveiller Romme, puis ils se séparèrent.

En vérité, rentré chez lui, le journaliste passa encore une partie de la nuit à essayer de comprendre les abréviations contenues dans les six lignes traduites, et il les trouva presque toutes. Il s'était endormi sur son bureau quand, au petit jour, il fut réveillé par de grands coups sourds à la porte de son appartement.

44

La bonne femme

La nuit, paisible, resplendissait d'un clair d'étoiles et de lune. Avec les sommets montagneux pour guide, Lorette marcha deux longues heures en direction de la campagne de son enfance, dont elle savait qu'elle se nichait quelque part au-delà du Monte Cinto. Sur place, elle l'espérait, elle reconnaîtrait l'environnement qui avait accompagné les six ou sept premières années de son existence. Se fiant davantage à son instinct qu'à ses souvenirs, elle abandonna la douce Méditerranée derrière elle et suivit dans la pénombre les sentiers accidentés qui serpentaient dans le maquis.

Après un certain temps, le bruit régulier de ses propres pas, hypnotique, lui apporta une forme de sérénité qu'elle n'avait pas éprouvée depuis longtemps et qui favorisait l'introspection. Elle revit alors en pensée tout le chemin parcouru depuis le jour où, encore enfant, elle avait quitté l'île pour rejoindre le continent. Si c'était bien la fin d'un cycle qui se profilait à présent, quel serait le prochain ?

Quelle nouvelle vie les Moires lui réservaient-elles ? Ce disant, elle ne put s'empêcher de songer à Gabriel Joly, à la générosité de son regard et de son affection. Le jeune homme était arrivé dans sa vie comme un signe tombé du ciel, dérangeant et réconfortant à la fois. Serait-elle capable de l'aimer comme il semblait l'aimer, lui ? Et, dans ce cas, serait-il le porteur d'une seconde chance ? Lui offrirait-il l'occasion d'un nouveau parcours, pour une destination plus heureuse que cette soif de vengeance qui l'avait guidée jusqu'ici ? À moins qu'elle ne renonce à cette main tendue par Cupidon et ne choisisse de rester sur l'île. Après tout, elle était si belle, cette Corse mystérieuse…

Même dans cette obscure clarté, on se repaissait avec délice de la splendeur des mille paysages traversés. Les bruyères, les myrtes, les cistes, les cédrats, les citronniers et les buissons en fleurs formaient ensemble un immense bouquet dont les senteurs troublantes vous accompagnaient de vallées en montagnes, de forêts en pâturages, de hameaux en torrents… À l'ombre de la cime où la lune faisait scintiller les neiges éternelles, on croisait quelques bêtes qui profitaient elles aussi de la douceur d'une nuit d'été, des mouflons épars, des troupeaux de chèvres et de moutons, qui s'enfuyaient sitôt que Lorette arrivait, alertés sans doute par la présence d'un prédateur… De fait, la jeune femme elle-même pouvait entendre, deviner, sentir, mais sans le voir, le loup fidèle qui la suivait toujours à la même distance. Son ange gardien.

Elle venait de contourner le village de Montemaggiore, perché sur un piton rocheux, et elle était en train d'admirer la vue que l'on y avait, même de nuit, sur le golfe de Calvi, quand elle entendit les plaintes d'une bête, à quelques pas du chemin où elle s'était arrêtée. De petits cris aigus, qui ressemblaient aux pleurs d'un enfant.

Intriguée, la jeune femme hésita un instant au bord de la route, puis elle s'engouffra dans la forêt de chênes pour voir ce qui arrachait à l'animal des cris si déchirants. Se faufilant entre les arbres, elle arriva bientôt dans le décor d'une étrange clairière que traversait un ruisseau.

La scène, fantastique, ressemblait à l'un des plus inquiétants tableaux de Claude-Joseph Vernet, auquel il n'eût manqué que la tempête. Les rayons d'une lune à la pâle froideur entouraient les silhouettes de leur spectrale lueur, les rochers émergeaient d'une brume mauvaise et l'eau murmurante faisait, en filant vers les ténèbres, comme une coulée de pépites d'argent que les branches des arbres, tels les bras d'une armée de fantômes, semblaient vouloir ramasser.

Lorette frissonna en pénétrant dans cette alcôve singulière, et s'immobilisa en voyant une pipistrelle s'élancer pour traverser la clairière à toute allure. La jeune femme, poussant un cri, baissa aussitôt la tête, de peur que la chauve-souris ne lui arrachât les cheveux. Et puis la bête disparut parmi les fourrés dans un battement d'ailes.

Mlle Printemps releva le front. Au milieu de ce courant fantasmagorique, un jeune faon gémissait, la patte coincée entre deux rochers. La pauvre créature, à bout de forces, semblait sur le point de rompre ses frêles pattes et de s'écrouler dans les flots. La jeune femme poussa un soupir, puis, attendrie, se décida à venir à son secours.

Quand elle posa un premier pied dans l'eau du torrent, elle vit le faon tendre le cou et se tordre en tous sens, encore plus paniqué à la vue de la jeune fille qu'il ne l'était déjà l'instant d'avant.

— Tu vas te casser la patte, imbécile ! murmura-t-elle en se baissant pour écarter délicatement les deux rochers entre lesquels le petit animal s'était coincé.

Aussitôt le faon apeuré s'enfuit de la clairière en bonds vifs et maladroits. Lorette sourit d'abord devant ce spectacle enchanteur, puis elle se raidit de terreur en voyant une silhouette se jeter sur l'animal. Reconnaissant sans peine, malgré l'obscurité, la gueule de son propre loup, elle porta les mains à sa bouche pour retenir un cri. Mais il était trop tard. Le loup avait croqué le faon et l'emportait pour en faire son repas.

Lorette se laissa tomber sur un rocher, alors que l'on entendait déjà, au loin, un concert de mastications et de déglutitions bestiales.

— *Attenti !* Ne t'assieds pas sur cette roche, *figliola* !

La jeune femme sursauta lorsque la voix lui parvint dans son dos. Bondissant, elle fit volte-face et porta la main au poignard qu'elle avait toujours à la ceinture.

Elle découvrit alors une vieille femme, assise sur un rocher en amont du ruisseau.

— Il est maudit, ce caillou. *Aió* ! Si tu veux t'asseoir, viens plutôt à côté de moi.

Lorette scruta cette apparition inattendue, que les circonstances rendaient même sinistre. La vieille femme, son visage traversé par un rayon de lune, avait la peau tannée et ridée, burinée par les ans et le soleil. À sa bouche il manquait beaucoup de dents, et un voile noué sous le menton enveloppait sa figure lugubre. Vêtue d'une robe et d'une chemise en toile de lin noires, elle tenait sur ses genoux un bâton de marche.

— *Veni !* Je ne vais pas te manger comme le loup ! Eh bien ? Quoi ? Tu ne parles pas, *figliola* ?

Lorette, toujours sur ses gardes, fit non de la tête.

— Ah. Alors on est un peu pareilles, toi et moi. Je vis séparée de tout le monde, moi aussi, excepté de Dieu… quand il est là.

La vieille femme poussa un soupir, puis elle regarda, silencieuse, le ciel au-dessus de la clairière, comme si cette rencontre nocturne lui fut parue d'une parfaite banalité.

Lorette, encore troublée par cette irruption, hésitait entre deux explications : soit cette femme était une vieille bergère qui avait accompagné des chèvres ou des brebis dans les environs, soit… eh bien, soit c'était une figure plus funeste, comme on n'en rencontrait guère que dans les contes et légendes de Corse !

— Ce n'est pas très poli de me regarder comme ça, alors que je t'ai invitée à t'asseoir près de moi. C'est de voir le faon se faire manger qui t'a pétrifiée ? *Piombu !* C'est dans l'ordre des choses ! C'est dans ta nature à toi de sauver une pauvre petite bête, et c'est dans la nature du loup de la manger.

Lorette, qui savait ces choses-là mieux que quiconque, ne réagit pas. Elle eût pourtant répondu volontiers que ce n'était pas le loup qui l'avait pétrifiée, mais la vieille femme elle-même !

— Parfois, la nature nous paraît cruelle, hein ?

L'inconnue fit tourner la besace qu'elle avait en bandoulière et commença à fouiller dedans.

— Allez, ne sois pas idiote. Viens t'asseoir, je suis une bonne femme ! Une *donna bona*. Tu dois avoir faim. Depuis combien de temps n'as-tu pas mangé ?

Elle sortit de son sac une espèce de brioche dont elle rompit un bout pour le tendre à la jeune femme. Mais celle-ci ne bougeait toujours pas.

— Tss ! On dirait que c'est toi, maintenant, le petit faon apeuré ! Tu as tort : c'est une panetta au brocciu, dit la bonne femme en avalant elle-même le morceau.

Puis elle tendit de nouveau la brioche à Lorette.

— Tu es sûre ?

La jeune femme grimaça et, après une hésitation encore, se décida à venir s'asseoir près de cette étrange visiteuse du soir. Sans la quitter des yeux, d'un regard presque menaçant, elle prit le bout de panetta et s'installa sur le rocher. À distance.

Ainsi, la jeune et la vieille femmes restèrent l'une à côté de l'autre, sans parler, et Lorette, qui en vérité mourait de faim, accepta un à un tous les morceaux de brioche que lui offrait sa voisine. Peu à peu, l'atmosphère se détendit, et un sourire reconnaissant se dessina au coin des lèvres de Mlle Printemps.

— Je sais pourquoi tu es là, *figliola*. Mais toi, le sais-tu ?

Lorette, perplexe, se tourna vers l'inconnue et l'observa de nouveau avec un regard méfiant. Elle haussa les épaules.

— Il n'y a qu'une chose qui puisse conduire une jeune femme, seule, la nuit, au milieu du maquis, avec un coutelas à la ceinture, reprit sa voisine. Cette chose, vois-tu, est inscrite dans nos veines depuis tellement longtemps…

La *donna bona* marqua une pause, se tourna vers la demoiselle et la fixa de ses yeux noirs comme du jais.

— La *vindetta*.

À ce seul mot, Lorette frissonna, non seulement parce qu'elle avait une idée de tout ce qu'il enfermait de tragédie, mais parce qu'il laissait penser que la vieille femme pouvait lire en elle comme dans un livre ouvert…

— Ici, on dit que la vengeance, c'est l'honneur pendant la vie, la gloire après la mort. On dit que celui qui ne venge pas ses parents est un *rimbeccu*, qu'il porte le déshonneur sur sa famille entière. Je le vois dans tes yeux, *figliola*. Je vois la *vindetta* qui coule dans ton sang et qui consume ton regard.

Et alors, comme si tout avait été dit, la bonne femme retomba dans le silence, laissant Lorette abasourdie. Sans doute celle-ci eût-elle voulu parler une fois encore, mais elle s'en fut trouvée incapable. Et ce n'était point, là, le résultat d'un mutisme volontaire, mais plutôt le poids du trouble profond qui l'avait envahie.

Le silence qui suivit fut si long que Lorette sombra presque dans le sommeil.

— *Aió !* Je dois partir, maintenant ! dit soudain la vieille femme en se levant péniblement. Aide-moi, veux-tu ?

Lorette se précipita auprès d'elle pour lui prendre le bras et l'aider à descendre du rocher. Alors la vieille femme retint sa main et la serra entre les siennes en la dévisageant. Elle serra si fort, même, que c'en fut presque douloureux.

— Sois prudente, mon enfant. J'espère que tu sauras reconnaître le *paceru*[1], s'il vient sur ta route… Aucun être sur terre ne devrait payer de sa vie celle de ses ancêtres. Voir mourir ses parents est dans l'ordre des choses. Mais voir mourir un enfant, c'est une abomination. *Cambia di celu, cambierai di stella*[2]. Va, petite ! *Addiu !*

Lors, sans un mot de plus, la bonne femme s'en alla, s'appuyant sur son bâton de marche pour disparaître dans les ombres de la forêt de chênes.

Après un long moment d'hébétude, Lorette, que la singularité des lieux hantait encore, partit chercher un endroit où dormir, plus près de la route.

Quand elle se réveilla, aux premières lueurs du jour, elle avait le corps recouvert de sauterelles !

1. Pacificateur.
2. « Change de ciel, tu changeras d'étoile. »

45

Aux bons soins de monsieur le commissaire

Gabriel, réveillé en sursaut, partit chercher un couteau dans sa cuisine avant que d'ouvrir la porte, où l'on avait si bruyamment frappé. Il poussa un soupir en découvrant la grosse tête chauve du commissaire Guyot, les bras croisés sur son costume noir de magistrat.

— Eh bien ! s'amusa le policier en voyant la mine du grand rouquin. Vous avez l'air déçu, monsieur Joly ! Vous attendiez une dame, peut-être ? À cette heure ?

— Je ne suis pas déçu, je suis rassuré ! expliqua le journaliste en exhibant, un peu honteux, le couteau qu'il avait caché dans son dos.

Le commissaire ricana.

— Fichtre ! Si l'on venait vous tuer, jeune homme, on ne frapperait pas à la porte…

— Qui sait ? La Mort a parfois de curieuses façons de s'annoncer. Que me vaut le plaisir de votre visite matinale ? Auriez-vous trouvé le nom de mes deux tortionnaires ?

— Leur nom, pas encore, mais leur trace, oui ! Puis-je entrer, ou bien allons-nous mener cette conversation sur le palier ?

— Pardon. Entrez, entrez !

Gabriel referma la porte derrière M. Guyot et le conduisit dans le salon.

— C'est sobre, dit celui-ci, un brin moqueur, en découvrant son petit intérieur.

— Je viens d'emménager, je n'ai pas encore trouvé le temps de meubler. Et puis, vous savez, je n'attache pas grande importance aux choses matérielles, sinon aux livres.

De fait, le jeune homme désigna derrière lui la haute bibliothèque garnie qui, en dehors d'un lit et d'une table avec deux chaises, était son seul mobilier. Et puis il soupira intérieurement en songeant que sa vie, en somme, se résumait assez ridiculement aux trois meubles de son nouvel appartement de la rue Dauphine : une table pour écrire, une bibliothèque pour lire et un lit pour dormir. Contre un mur du salon, ses affaires attendaient encore dans leur malle.

Il tendit une chaise au commissaire.

— Vivre tel un moine dans le plus grand dépouillement n'est pas un déshonneur, cher ami, fit celui-ci. Je me demande parfois si je ne devrais pas moi-même renoncer aux fastes de mon hôtel parisien et partir m'installer dans une cabane au milieu des bois, loin de toute cette agitation.

— « Ô reine, conduis-moi aux ombres solennelles / Qui plaisent à mon âme, aux ténèbres sans joie, / Aux ruines, aux caveaux, aux bois crépusculaires, / Où la Mélancolie aime à rêver, pensive ! »

— Plaît-il ?

— Monsieur le policier ne connaîtrait-il point ces vers de Thomas Warton ? Le plus grand poète anglais de notre temps ? Il avait dix-sept ans quand il écrivit ses *Plaisirs de la mélancolie*, et il pensait déjà, comme vous, que l'ermitage était le seul moyen d'atteindre quelque perfection spirituelle... Vous avez sûrement raison l'un et l'autre mais, de grâce, ne devenez point anachorète avant que de m'avoir dit ce que vous avez découvert au sujet de mes deux agresseurs !

Avant de répondre, Guyot le regarda fixement, et alors le journaliste comprit qu'il allait devoir faire attention à ses propres attitudes, car il était observé de près, et par un professionnel.

— Dites-moi, monsieur Joly, vous qui connaissez même les poètes étrangers, à tout hasard, connaîtriez-vous aussi M. Duvilliers ?

Le jeune homme ne put masquer sa surprise. Renonçant à l'esquive, il sourit.

— Il est poète ? plaisanta-t-il.

— Non, mais il a écrit un ouvrage assez assommant sur l'état actuel du royaume de Portugal. Vous voyez de qui je veux parler ?

— Pourquoi me posez-vous la question, puisque vous connaissez la réponse ?

— Parce que je ne puis renoncer au plaisir de vous plonger le nez dans la boue que vous déposez sur la route qui eût pu conduire à notre amitié ! Vous ne m'avez pas dit que vous soupçonniez Duvilliers d'appartenir à votre mystérieuse Main rouge, monsieur Joly ! Quand donc cesserez-vous vos cachotteries ?

— Pardon, monsieur, mais le policier rigoureux que vous êtes appréciera que je ne veuille rien affirmer sans preuve ! J'enquête encore...

— Bien sûr ! Figurez-vous que, moi aussi, j'enquête ! Il faut dire qu'en m'enlevant les deux tiers de ma charge, l'Hôtel de Ville m'en laisse malheureusement tout le loisir...

Ainsi, j'ai pu découvrir que ce fameux colonel Duvilliers, héros de la guerre de Corse, chevalier de Saint-Louis, a disparu le 21 juillet. On ne l'a pas revu chez lui depuis lors. Or, figurez-vous que, lorsqu'il est parisien, il loge à Montrouge, dans cette maison où, par quelque coïncidence prodigieuse, on a vu la semaine dernière un jeune rouquin entrer par effraction… Cela vous rappelle quelque chose ?

— Je me souviens vaguement que vous m'avez parlé de cette mystérieuse intrusion, en effet, répondit le journaliste d'un air faussement innocent.

— Vaguement, certes ! ricana Guyot. Sachez que ce cambrioleur amateur à la rousse chevelure n'est pas le seul à être entré dans cette maison, depuis le départ de son propriétaire. Car avant lui y étaient passés vos deux agresseurs et, après ce petit défilé, j'y suis passé, moi aussi. La demeure est décidément très prisée !

Gabriel, qui n'était pas surpris d'apprendre qu'il y avait un lien entre ses agresseurs et le militaire, se contenta d'opiner lentement du chef.

— Et ce n'est pas tout ! continua le commissaire. Fussiez-vous le jeune homme intrépide entré par effraction chez M. Duvilliers, vous eûtes découvert que s'y trouvait un gant rouge… Cela ne vous dit toujours rien ?

— Maintenant, grâce à vous, je ne peux pas l'ignorer.

— Je comprends mieux pourquoi vous vouliez que j'enquête sur votre fameuse Manorossa, monsieur Joly ! rouspéta le commissaire. Encore une fois, j'eusse aimé avoir toutes les informations dès le début !

— Prenons garde, commissaire, intervint Gabriel, très sérieux cette fois. La présence de ce gant chez lui ne suffit pas à affirmer que Duvilliers soit membre de la confrérie, même si nous prenons peu de risques à soupçonner la chose. Il appartenait peut-être à l'un de mes deux agresseurs, puisque vous dites qu'on les a vus là-bas, eux aussi…

— Certes. Mais prendrions-nous plus de risques encore à supposer que M. Duvilliers fût celui qui récupéra le trésor de Montmartel ?

— Guère plus, répondit le journaliste en souriant. Ce que j'aimerais savoir, toutefois, c'est comment vous connaissez précisément la date à laquelle le colonel a quitté Paris…

— Ha ha ! C'est que je suis encore policier, monsieur, et que cette charge, quoique réduite à peau de chagrin, me permet toujours d'obtenir des informations inaccessibles à un journaliste d'enquête, si doué fût-il ! Ce qui devrait finir de vous convaincre, plus que jamais, que nous avons tout intérêt à nous renseigner l'un et l'autre, ayant tous deux à y gagner.

— Je n'ai jamais pensé le contraire. Et donc ? Le départ de Duvilliers ?

Le petit commissaire rondouillard, qui n'était pas peu fier d'avoir pour une fois l'avantage, croisa les mains sur la table d'un air satisfait.

— Un certain Charles de Broissy a réservé, le 21 juillet, un voyage à la poste aux chevaux.

Gabriel, qui avait pris des notes sur la vie de Duvilliers, n'avait pas oublié le nom de cette cousine dont le militaire était tombé éperdument amoureux, et que l'on avait envoyée, pauvre enfant, dans un couvent de Normandie afin de mettre un terme à leur licencieuse idylle. Elle s'appelait Marguerite de Broissy.

— Et pour quelle destination cet énigmatique M. de Broissy a-t-il réservé son voyage ?

— Pour Antibes, jeune homme ! Et vous savez comme moi où l'on se rend aisément par bateau, depuis Antibes ! Aussi, en plus de me demander si Duvilliers est membre de votre secte mithriaque, et s'il a volé le trésor, je me pose une autre question. Puisque la Corse était sa signature, ne pourrions-nous pas imaginer que le colonel est notre Loup des Cordeliers ?

Gabriel retint, avec peine, un éclat de rire.

— Euh... Oui, tiens, pourquoi pas ?

Guyot fronça les sourcils.

— Vous n'y croyez pas ? se vexa-t-il.

— Écoutez... Je n'avais pas imaginé la chose, mais je vois très bien comment vous venez à l'envisager.

— Ah ! Si je pouvais envoyer l'un de mes inspecteurs en Corse... Malheureusement, je n'ai plus ce genre de liberté, tant que l'Assemblée n'aura pas réorganisé la police parisienne...

Gabriel, se délectant de pareille aubaine, ne se priva pas de tirer sur la corde.

— Je comprends. Il est vrai qu'un voyage en Corse serait le meilleur moyen de continuer cette enquête, et peut-être même de la finir. Mais il faudrait avoir le temps de l'entreprendre, et les moyens d'en couvrir les frais. Ce genre de voyage doit coûter cher...

— Prétendriez-vous n'avoir pas le temps ? s'agaça Guyot. Mais que faites-vous de vos journées, sinon enquêter, justement ?

— Pardon ? Comment osez-vous, commissaire ! Vous m'offensez ! Vous oubliez que je vis de ma plume, et que mes articles pour Momoro ne s'écrivent pas tout seuls... Non, vraiment, si, par pure bonté d'âme, je concédais à partir pour la Corse à la place de vos inspecteurs, outre les frais, il faudrait que je puisse combler le terrible manque à gagner que représenterait une si longue absence. Oublions, monsieur Guyot ! Je me dois tout entier à la presse...

Le commissaire grimaça, qui voyait clair dans le jeu du journaliste.

— Allons, Gabriel, renvoyez vos pleureuses ! Combien voulez-vous ?

46

Le *pagliaghju*

Le réveil de Lorette s'accompagna d'un hurlement de peur et de surprise. Se levant d'un bond, la jeune femme battit frénétiquement des bras et des jambes, se frotta les cheveux et les vêtements jusqu'à en faire partir les milliers de sauterelles qui avaient envahi son corps pendant son sommeil, et qui pullulaient partout autour d'elle. Dans un frisson répulsif, elle quitta les lieux en courant et, à chaque nouveau pas, c'étaient des centaines d'insectes encore qui sautaient autour d'elle, bondissaient dans les airs en tous sens, plus effrayés qu'elle ne devait l'être elle-même.

Quand elle fut sortie de cette partie de la campagne qu'une invasion d'orthoptères avait recouverte pendant la nuit, elle ne put retenir un éclat de rire nerveux, qui était à la fois l'expression d'un soulagement et de quelque coupable gausserie… Une justicière vengeresse effrayée par de minuscules insectes, ce n'était certes pas un tableau très glorieux !

Décidément, cette première journée en Corse avait été singulière, et la deuxième commençait sous des auspices plus étranges encore. Lorette se demanda si le souvenir qu'elle avait de cette vieille femme, la veille, était bien réel. Ou l'avait-elle rêvée ?

Préférant ne point trop y songer, elle reprit sa route, entendant bientôt les pas de son loup qui la suivait de loin, et, ainsi, elle marcha tout le jour vers son *paese*[1].

Sous un soleil radieux, randonneuse infatigable, elle traversa les villages de Feliceto, Nessa, Vallica, Ponte-Leccia, Ponte-Francardo, Caporalino, et tous furent à son cœur un enchantement. Aux hommes qui devisaient gravement, assis sur un banc à l'ombre des grands chênes, elle adressa chaque fois un signe de tête amical, comme aux bergers qui sortaient chèvres et brebis, fusil calé sous le bras gauche, ou aux enfants qui portaient sur la tête une cruche, un fagot. Chacune de ces rencontres ramena à son esprit le dessin de l'âme corse, sobre, hospitalière, respectueuse et courageuse, fière, résistante et laborieuse. Chaque fois qu'un nouvel autochtone la regardait passer, elle avait l'impression que c'était son enfance elle-même qui l'observait et lui souhaitait – mais sur ses gardes – un bon retour sur sa terre natale. Et, concomitamment, dans ces regards, c'était une autre facette de sa propre image qu'elle découvrait, ou qu'elle retrouvait, plutôt. Car dans les yeux des femmes et des hommes que sa route lui fit croiser, il y avait toute l'histoire de l'île. On voyait briller dans leurs sombres pupilles la mémoire collective d'une oppression séculaire. On y lisait quatre siècles de lutte contre la domination génoise, on y lisait mille révoltes, mille strophes offertes à l'île par l'académie des Vagabondi, on y trouvait le regard d'un

1. Pays.

Sampiero, d'un Théodore, d'un Giafferi ou d'un Paoli, on y entendait les échos de la colère et de l'humiliation qu'avait provoquées Louis XV, lorsqu'il avait acheté cette terre et son peuple à Gênes, comme on achète une charrette de grain… Chaque nouvelle foulée dans le maquis, tout en la rapprochant de ses terres anciennes, l'aidait à s'y sentir de moins en moins étrangère.

Les odeurs qui accompagnaient chaque nouveau paysage étaient à elles seules un voyage dans le souvenir, tant la flore, par son abondance, semblait vouloir offrir aux marcheurs une infinie variété de fragrances. Des effluves suaves du ciste, du thym et du romarin, on passait au parfum musqué de la sauge et de l'origan, des senteurs douces de l'arbousier et des bruyères on passait aux exhalaisons pénétrantes des genêts et du myrte, et puis alors on était assailli par un arôme de miel, par l'odeur résineuse du genévrier et des pins d'Alep.

Ainsi, repue des bouquets de l'île, de ses couleurs et du chant paisible du maquis, elle arriva bientôt sur de plus hautes altitudes, et alors le décor céda la place à un immense désert de rochers rose et noir. Elle était en train de longer le hameau de Bistuglio, entre combes et ravines, quand, sur la droite du chemin, elle entendit son loup aboyer.

Surprise, elle se retourna et chercha des yeux son fidèle compagnon. Il était là, langue pendante, assis sur son séant près d'une chapelle romane en pierres de schiste.

— Eh bien ? Qu'y a-t-il ? Il fait chaud, hein ? Tu as soif, mon loup ?

Les oreilles de l'animal se dressèrent sur son crâne, et il inclina la tête d'un air interdit, avant de pousser de petits jappements en se balançant sur ses pattes antérieures.

Lorette, s'approchant, était sur le point de lui prodiguer quelque affectueuse caresse quand, soudain, elle s'immobilisa, comme foudroyée par une certitude : elle connaissait la chapelle devant laquelle siégeait l'animal ! Elle s'en souvenait comme on se souvient des livres d'images de son enfance. Lors, fébrile, elle leva lentement les yeux, et elle regarda le sommet qui surplombait ce versant, et que l'on appelait Monte Cecu. Elle fut sûre, à cet instant, de remettre parfaitement la silhouette de ce mont et des hautes aiguilles rouges de Popolasca qui se dessinaient au-delà.

— Comment… Comment as-tu su, Sanna ? bredouilla-t-elle, perplexe.

Pourtant, quelque chose dans ce tableau ne collait pas.

Le cœur battant, Lorette se hissa sur la pointe des pieds puis, suivie de près par son loup, elle se déplaça de droite et de gauche, inspecta longuement la ligne de crêtes pour tenter de comprendre ce qui la dérangeait dans ce décor, jusqu'à ce que l'évidence la frappât : elle était trop près. Dans son souvenir de petite fille, le Monte Cecu était bien là, offrant ce versant au regard, mais de beaucoup plus loin. Aussitôt, elle fit volte-face et observa l'autre côté de la vallée, en direction du village de Tralonca.

D'un seul coup, son cœur s'arrêta. Le flanc nord de cette montagne, dont la verdure tranchait avec les étendues de roche qui l'entouraient… c'était sa terre ! Son pays !

La course qui s'ensuivit fut celle de toute une vie. Traversant la vallée comme une pierre poussée par l'avalanche, Lorette galopa vers le flanc opposé, dont chaque détail lui était de plus en plus familier, et le bruit des pas de son loup derrière elle ne fit qu'accroître son émotion.

— C'est ici, Sanna ! criait-elle, extatique. Nous y sommes ! Viens !

Le sentier remontait, zigzaguant dans le maquis vers un nouveau sommet, et Lorette était à bout de forces quand, enfin, elle reconnut l'endroit.

Là, devant ses yeux. La cabane ronde, de pierres sèches, à la charpente grossière, cachée au milieu des bruyères. L'abri de berger. Le *pagliaghju* où, ordinairement, on abritait la paille. C'était sa maison secrète ! Celle où elle avait passé les premières années de son existence.

47

Un départ précipité

— Récif ! Prépare tes affaires ! Nous partons pour la Corse !

Le pirate et Mlle Terwagne, perplexes, tournèrent les yeux vers le journaliste qui venait de monter à bord de l'*Esperanza* en courant, et dont le regard était animé d'une lueur d'exaltation que l'on n'y avait point vue depuis longtemps.

— Pardon ?

— Regardez ! s'enthousiasma le jeune homme en posant devant eux une feuille noircie par son écriture. J'ai réussi à traduire les six phrases, cette nuit.

— Tu es un grand toqué ! s'esclaffa le Salétin.

— Ce sont des adresses ! Et elles ont toutes un lien avec le culte mithriaque. J'en suis en tout cas certain pour plusieurs d'entre elles, qui correspondent chacune à un *mithraeum*, sanctuaire romain dédié au dieu Mithra…

Excité comme un boisseau de puces, il leur montra les six adresses qu'il avait fini de décoder, et dont il avait souligné la traduction en français :

Cxv aun : ov : caſtr : vindoba : donne *115 aunas a oveſt del caſtrum de Vindobala*, ſoit : à 115 aunes à l'oueſt du caſtrum de Vindobala (en Angleterre).

Sott : chies : ſa : ſul : pari : donne *Sottoſuolo della chieſa di Saint-Sulpice, a Parigi*, ſoit : dans le ſous-ſol de l'égliſe de Saint-Sulpice, à Paris.

L aun : ſu : catte : canon : lucc : donne *50 aunas a ſud della cattedrale de la Canonica, a Lucciana*, ſoit : à 50 aunes au ſud de la cathédrale de la Canonica, à Lucciana (en Corse).

Su : ſent : mili : argentorat : donne *Sul ſentiero militare Argentoratum*, ſoit : ſur la voie militaire d'Argentoratum (à Strasbourg).

Ne : municip : nor : apul : donne *Nel municipium nord, a Apulum*, ſoit : dans le municipium nord d'Apulum (en Transylvanie).

Su : mont : dom : chies : ſan : albert : gen : donne *Sulla montagna che domina la chieſa di Sant'Alberto da Genova*, ſoit : ſur la montagne qui domine l'égliſe de Saint-Albert de Gênes.

— Dans le sous-sol de l'église Saint-Sulpice ? s'étonna Récif. N'est-ce pas là que le Loup a tué un prêtre ?

— Et Lucciana ? s'exclama Mlle Terwagne en désignant la troisième adresse. C'est le nom d'un petit village non loin de Bastia, où nous descendions chaque fois que Tenducci m'emmenait en Corse !

— La boucle est bouclée, mademoiselle Terwagne ! Si Tenducci vous emmenait à Bastia, c'est sans doute qu'un *mithraeum* se trouvait à Lucciana, où la Manorossa, dont il faisait sûrement partie, devait se réunir ! C'est probablement là qu'il a récupéré cette gravure, qui me paraît donc être une liste des lieux de réunion secrets de la Main rouge !

— Quel travail, Gabriel ! le félicita Terwagne.

— Je n'ai pas beaucoup dormi, reconnut le journaliste.

— Et tu veux donc que nous allions visiter un temple mithriaque en Corse ? demanda Récif.

— Oui, parce que je suis certain que c'est là que se cache Duvilliers !

— Comment peux-tu en être si sûr ?

— J'ai vu le commissaire Guyot ce matin, qui m'a appris que le colonel était parti pour la Corse le 21 juillet dernier. La coïncidence serait trop grande qu'il n'y soit point parti pour rallier ce lieu dissumulé dans la gravure de Mlle Terwagne, qu'il voulait récupérer par tous les moyens. Et donc, c'est probablement là qu'est aussi partie Lorette, à sa poursuite !

— Ah ! Tout s'explique ! s'amusa le pirate.

— Récif, je crois que notre chère bibliothécaire est à Lucciana. Alors fais ta cantine : nous partons dans une heure ! Et aux frais du commissaire Guyot, qui plus est !

— À la bonne heure ! Et à nous le butin ! s'écria le Salétin, goguenard.

— Je viens avec vous ! intervint Anne-Josèphe.

— Vous êtes sûre ? s'étonna timidement le journaliste.

— Pourquoi ? Penseriez-vous donc que la chose soit trop dangereuse pour une femme ? Si le voyage est dangereux, monsieur Joly, vous aurez besoin de moi pour vous défendre !

— Je vote pour l'amazone ! applaudit le Salétin.

— Et vos bagages ? s'inquiéta Gabriel.

Mlle Terwagne prit les deux pistolets à sa ceinture et les souleva devant les yeux de son ami.

— J'ai tout ce qu'il faut sur moi, jeune homme ! Vous allez chercher Lorette, Récif va chercher un trésor, et moi, je vais chercher les oreilles et la queue de Duvilliers !

48

Maddalena

Ce fut pour Lorette une émotion immense que d'entrer dans cette petite cabane ronde où elle avait grandi à l'abri des regards. Se courbant pour passer sous la porte basse, au milieu des ronces, elle se glissa dans ce logis austère, entièrement vide sinon d'une vieille marmite qui reposait sur le flanc.

Dans la pénombre et la fraîcheur, ce fut comme si ce *pagliaghju* lui murmurait à l'oreille mille secrets. Lorette écouta religieusement l'écho de son passé. Elle connaissait chaque pierre de cette cabane de berger, et même l'odeur qu'elle exhalait. Les images lui revinrent, et elle se remémora les hivers où elle se blottissait contre son oncle, qui, retiré du monde tel un bandit d'honneur, l'avait élevée comme sa propre fille, au cœur du maquis. Se laissant tomber à genoux, elle posa les paumes sur la paille qui recouvrait le sol, et elle la caressa lentement, comme si ce contact eût pu la relier à son histoire.

Les yeux fermés, elle revit les heures, les jours, les mois, les années passées auprès de Giovani-Antoni, ou oncle Gianni, comme elle l'avait surnommé. Elle se vit l'accompagner à la chasse, à la pêche, le regarder tuer le sanglier, couper une branche de pin pour y pendre le gibier par les pattes. Elle l'entendit lui enseigner le nom des plantes, le caractère des pins, des cèdres, des chênes et des châtaigniers, lui apprendre l'escalade et la nage, lui montrer comment se repérer dans le maquis et s'y cacher plusieurs jours, avancer dans la brousse inextricable en y marchant en zigzags. Elle se souvint de ses leçons de démaquisage, la manière dont on ouvrait une trace, ou comment on en restaurait une qui avait été envahie par la végétation, comment on mémorisait les sentes, comment on distinguait les trouées naturelles de celles qui avaient été faites par l'homme pour indiquer une voie, comment on construisait des cairns pour marquer son chemin de retour… Elle se souvint de toutes ces leçons livrées avec chaleur, avec douceur par oncle Gianni, et qui n'avaient eu d'autre dessein que de la protéger. Se méfier des épines du calicotome, reconnaître les plantes comestibles, la calépine, le radis ravenelle, le fenouil, la pimprenelle, l'ortie vert noirâtre, mais surtout celles qui ne l'étaient pas, les baies de l'alaterne, la spinella, la germandrée ou le genêt, soigner les brûlures avec un champignon, faire un briquet avec l'amadouvier, un cataplasme avec l'achillée de Ligurie… Tous ces enseignements qui avaient transmis à l'enfant l'art de la survie, l'adulte s'en était servi des années plus tard en endossant l'identité du Loup des Cordeliers.

Le soir commençait à arriver quand Lorette, dans un état de rêverie, sortit enfin de la cabane.

Fût-ce réfléchi ou instinctif, ses pas la guidèrent vers un petit chemin qui serpentait dans la montagne. Ce n'était, d'ailleurs, pas un chemin à proprement parler, plutôt une ancienne trace, que la végétation avait effacée du sol, mais point de la mémoire de Lorette. Le visage grave, elle se laissa guider vers le sud, avançant d'un pas lent au milieu des arbustes touffus. En passant près d'un grand chêne isolé, elle sortit son poignard et, sur le tronc, elle répéta ce geste qu'elle avait vu oncle Gianni accomplir mille fois : elle grava un triangle renversé. Puis elle se remit en route, approchant du sommet, jusqu'à ce que son regard trouvât ce qu'il cherchait.

Et alors elle s'arrêta.

Devant elle, une stèle. Un schiste rouge, planté à la verticale dans la terre. Et sur cette pierre, un nom gravé et deux dates, aux lettres à peine effacées par le temps. *Maddalena Pellegrini, 1752-1769.*

Une nouvelle fois, Lorette se laissa choir au sol, et elle sanglota devant la tombe de sa mère. Le visage qu'elle voyait en rêve était-il vraiment celui de Maddalena, ou une reconstitution que la petite fille en avait faite, à partir des nombreuses histoires que lui avait racontées son oncle ? Les yeux fermés, elle la voyait, si belle, ses cheveux si noirs, son regard si mélancolique…

Lorette avait à peine rouvert les paupières que l'ombre d'une silhouette surgie derrière elle se dessina sur la stèle.

49

Au cabaret de la Tête Noire

Les vers de la chanson du joyeux goguettier[1] Charles Collé résonnèrent au milieu des éclats de rire et des râles de plaisir, dans le petit salon envahi par les effluves pénétrants de la luxure.

Le con est fort bonne personne,
Je ne dis pas qu'on l'abandonne,
Mais le cul n'est-il pas bonhomme ?
Faut-il le réserver pour Rome ?
Foutons en cul, foutons en cul !

On était rue de la Juiverie[2], au cœur de l'île de la Cité, dans un beau cabaret qui allait du nom de la Tête Noire,

1. Adepte de la goguette, pratique consistant à se réunir en petits groupes d'amis pour festoyer en chantant.
2. Actuelle rue de la Cité.

et où se donnaient en secret des fêtes ténébreuses, réservées aux hommes qui aimaient les hommes. Le propriétaire, soucieux de contenter une clientèle aisée et prodigue, y organisait, à des dates confidentielles, de splendides orgies, décorant chambres, salons et cabinets à l'avenant, et allant jusqu'à recruter, à l'Opéra, de jeunes garçons qui venaient y exécuter des ballets en tenue d'Adam. Il fallait *en être*, avoir le bon réseau, le portefeuille convenablement garni, et se présenter dans une certaine tenue pour accéder à ces soirées clandestines, si bien que l'on n'y rencontrait guère que des gens de qualité, ainsi que leurs conciliants domestiques.

Si, depuis près de quarante ans, la répression de ce que l'on appelait « crime de sodomie » n'était heureusement plus allée jusqu'à l'exécution par le bûcher, l'acte était toutefois encore répréhensible et la figure du sodomite restait celle du plus grand pervers, au regard de la loi. Qualifiée aussi de « pédérastie », le droit canonique réputait la sodomie plus grave encore que le crime d'inceste, et l'on y incluait sa pratique par un homme avec un homme, plus étrangement par une femme avec une femme, mais aussi par un homme avec une femme lorsque ceux-ci « ne se servaient pas de la voie ordinaire pour la génération ».

En réalité, la chose, que nombre de créatures divines prouvèrent plus naturelle que l'on ne voulait le dire, était fort courante, en cette fin de XVIIIe siècle et, dans les faits, l'on tolérait avec une relative bienveillance la présence d'une contre-société dite « sodomite », à laquelle on demandait simplement de rester discrète et de se tenir à l'écart de la jeunesse. Le soir, les promenades boisées des Champs-Élysées, les allées discrètes des Tuileries ou du Luxembourg et les chambres louées aux étages du Palais-Royal devenaient des lieux de rencontre fameux pour ces hommes dont on se moquait plus qu'on ne les pénalisait.

Ainsi, on se gaussait volontiers du pédéraste, on l'appelait fouteur en cul, bardache, emproseur, enfigneur, drauque ou rivette mais, d'un bout à l'autre de Paris, du noble au bourgeois, du commerçant au servant, du prêtre au boulanger, on s'entrouducutait sans vergogne et, dans les salons à la mode, cela ne choquait guère plus de voir un monsieur glisser sa main dans la culotte d'un autre plutôt que sous les jupons d'une dame. Si le crime existait toujours dans les textes, il n'existait plus tout à fait dans les esprits, à part peut-être dans ceux les plus mal formés, et la peine de mort elle-même n'avait été que très exceptionnelle au cours des deux derniers siècles, lesquels avaient comptabilisé trente-six exécutions pour crime de sodomie, ce qui était fort peu, étant entendu qu'une seule eût déjà été de trop.

La répression, toutefois, continuait de s'exercer par le biais de la police, et l'on donnait désormais aux commissaires la charge non seulement des filles galantes et des étrangers, mais aussi des pédérastes. Les magistrats avaient récemment mis en place des « patrouilles de pédérastie » qui, le soir, parcouraient les adresses réputées pour être des lieux de rencontre androgames et y procédaient à des arrestations. La personne appréhendée pouvait alors être libérée avec simple injonction de ne plus fréquenter ces lieux, mais, en cas de récidive, elle pouvait être placée en détention, de quelques jours à quelques mois, et, dans les plus sévères cas, enfermée à Bicêtre ou déportée dans les colonies. Si l'on n'était plus exécuté en 1789 pour crime de sodomie, on pouvait encore être incarcéré, et la chose, pour certains, entraînait, *de facto*, la ruine d'une carrière politique…

Ainsi, le député qui participait ce soir-là à l'une des fameuses orgies de la Tête Noire ne risquait point la mort, peut-être, mais le déshonneur et la disgrâce, sans doute, si son affection pour l'amour non conformiste fût venue à être révélée au grand jour. C'est en partie pour cette raison qu'il portait un masque vénitien tandis qu'il chevauchait le domestique de son voisin de droite qui, lui-même, se faisait descendre à l'ouvrage par celui de son voisin de gauche. C'était chose courante que de venir à ces fêtes avec son valet, que l'on échangeait alors comme d'autres échangeaient leur conjoint ou conjointe dans les soirées libertines…

Il était fort tard, et le membre de l'Assemblée nationale fort épuisé quand, enfin, enivré tant de vin que de stupre, il se décida à retourner rue de l'Université, en son hôtel d'Agenois, au bras de Marien, son charitable employé de maison.

Sorti par l'habituelle porte dérobée que l'établissement réservait à ses clients soucieux de discrétion, l'aristocratique député avait pris le soin de venir avec un manteau à capuche, afin de quitter les lieux sans que l'on pût le reconnaître. Aussi poussa-t-il un cri de surprise, et de peur, quand, dans son dos, il entendit :

— Bonsoir, monsieur le duc ! La fête fut-elle bonne ?

Armand-Désiré de Vignerot du Plessis, duc d'Aiguillon, arrière-petit-neveu du cardinal de Richelieu, élu député de la noblesse, frissonna de terreur en se retournant vers l'importun qui venait de l'interpeller.

— Mmmm… Monsieur Le Roy, balbutia-t-il en reconnaissant aussitôt le conseiller de Louis XVI. Que… que faites-vous là ?

S'imaginant que son maître était en danger, le dévoué Marien s'interposa, ce qui n'eut pour effet que de faire rire Georges-Alexis Le Roy, seigneur de la Boissière, qu'en d'autres lieux on appelait frère Heliodromus.

— Allons ! Ne craignez rien, je ne vous veux aucun mal !

— C'est de l'argent que vous voulez, vil maître chanteur ? cracha le duc d'Aiguillon.

Nul n'ignorait que, à la suite du décès de son père l'année précédente, le député était devenu la deuxième plus grande fortune du royaume, après Sa Majesté.

À la vérité, bien plus que celui de l'Assemblée, le duc craignait surtout le jugement de son épouse, vicomtesse de Saint-Martin-d'Arberoue, avec laquelle il avait eu un fils un an plus tôt. Pour que son amour du badinage masculin ne s'ébruitât point, il eût sans doute été prêt à payer une fortune.

— Allons ! Armand-Désiré ! ricana M. Le Roy, qui avait attendu toute la soirée dans l'ombre à la sortie du cabaret. Je n'en veux nullement à votre argent. Je suis simplement venu vous demander un service. Et, dans ces circonstances, je suis certain que vous serez ravi de me le rendre, d'autant qu'il servira doublement vos intérêts…

Et ainsi, le membre éminent de la Main rouge, usant de la plus odieuse perfidie qui consiste à faire chanter autrui en usant de ses intimes secrets, parvint à obtenir du duc d'Aiguillon ce qu'il n'avait point obtenu du comte de Mirabeau.

50

Laurina

Lorette se redressa d'un bond, prit le poignard à sa ceinture et, fendant sur le côté après une volte-face, elle porta la lame sous la gorge de l'homme qui venait d'apparaître dans son dos.

— Eh bien ! Eh bien ! Laurina ! C'est comme ça que tu accueilles ton vieil oncle ?

Les yeux écarquillés, la jeune femme, entendant son véritable prénom pour la première fois depuis fort longtemps, resta immobile quelques secondes, son poignard toujours pointé sous le menton de Giovani-Antoni Pellegrini, avant que cette réalité ne prît tout à fait corps en son esprit. Et alors, abasourdie, elle lâcha l'arme sur le sol, se précipita dans les bras de son aïeul et le serra contre elle de toutes ses forces.

Combien de temps restèrent-ils ainsi enlacés, aussi émus l'un que l'autre ? Autant qu'il en fallut à ces émotions complexes pour s'effacer et ne laisser place qu'à la seule joie de se retrouver, après quatorze années de séparation et de silence.

La jeune femme, en grandissant, avait fini par s'imaginer que son oncle, dont elle n'avait jamais pu avoir de nouvelles, n'était plus. Le revoir n'en était que plus doux encore !

L'homme, qui approchait maintenant la cinquantaine, prit le visage de sa nièce entre ses mains et se recula pour la regarder mieux.

— Comme tu as grandi, ma Laurina ! Tu es une femme, maintenant !

— Et toi, tu n'as pas changé, oncle Gianni ! répondit celle-ci qui, pour rien au monde, n'aurait conservé son rôle de muette devant l'homme qui l'avait élevée.

En vérité, Giovani-Antoni avait tout de même un peu changé : des teintes de gris étaient venues colorer sa plate chevelure noire, et des rides s'étaient installées au coin de ses yeux, comme autant de pattes-d'oie. Mais les années n'avaient rien enlevé à cette figure douce et sévère à la fois. Le regard était le même, un regard bleu, perçant et brûlant, le front ample et carré semblait cacher le même esprit vif et ardent, et le port en était toujours aussi fier.

— Alors tu es revenue !

Lorette hocha la tête en souriant.

— À moins que tu ne croies aux fantômes !

Son oncle la prit par l'épaule puis, serrés l'un à côté de l'autre, ils regardèrent ensemble la pierre tombale de Maddalena Pellegrini, leur sœur et mère.

— Tu lui ressembles, tu sais ?

Lorette haussa les épaules.

— Je ne suis pas sûre de me souvenir de son visage.

— Tu n'avais pas deux ans, quand elle a été emportée par le mauvais air[1], soupira son oncle.

---

1. L'expression, qui en italien a donné le mot « malaria », était utilisée pour désigner le paludisme.

— Parfois je revois son visage, mais je ne sais pas si c'est vraiment le sien. Peut-être l'ai-je inventé…

— Tu n'as qu'à te regarder dans une glace, Laurina, et tu la verras ! Elle avait ton âge, quand le Seigneur l'a appelée près de lui. Oh, ma petite, tu as tellement de choses à me raconter ! Viens ! Ma maison n'est pas loin.

Et ainsi, Giovani-Antoni emmena sa nièce sur les hauteurs du village de Traloncа, à quelques lieues de Corte, dans sa modeste demeure de berger, où ils soupèrent ensemble au milieu des bêtes. C'était une petite maison en pierres sèches, vétuste et sobre, qui servait de bergerie en même temps que d'habitation. Un palais, comparé à la cabane où il avait dû se cacher pendant des années avec sa nièce !

Assis dans la pénombre autour de la table, ils eurent l'un et l'autre bien des choses à raconter et, si la vie du Corse n'avait pas beaucoup changé, Lorette, elle, prit le temps de faire le récit de la sienne, sans omettre aucun détail. Pour la première fois de son existence, elle avait le sentiment de pouvoir enfin se confier sans retenue. Et ce fut pour elle une grande libération. Non seulement parler, mais tout dire !

Alors, comme si plus rien ne pouvait arrêter le débit de ses paroles, elle relata ses premiers mois d'errance dans les rues de Paris, la faim, le froid, la peur et la misère, avant l'intervention salvatrice des moines franciscains qui la recueillirent au couvent des Cordeliers et qui, par un étonnant hasard, la baptisèrent Lorette, sans savoir que c'était fort proche de son véritable prénom… Elle expliqua pourquoi elle avait choisi de se faire passer pour muette, comme certaines faisaient vœu de silence en prenant le voile.

— Je me suis promis de ne plus jamais parler à quiconque tant que je n'aurai vengé ma mère. Je fais aujourd'hui la première entorse à mon serment.

Elle parla ensuite du bon frère Lacombe et de la place de bibliothécaire qu'il lui avait offerte, de Gabriel Joly, de Danton et Desmoulins, de toutes ces personnalités du district des Cordeliers qui venaient à sa bibliothèque parler de révolution, et elle raconta comment elle avait, peu à peu, créé le personnage du Loup des Cordeliers, dans les sous-sols du couvent. Elle révéla enfin l'existence de son fidèle animal qui devait, à cet instant, l'attendre quelque part dans les bosquets au-dehors. Quand, en lui montrant la cape qui ne l'avait jamais quittée, elle lui livra en détail les aventures de sa double vie de justicière, son oncle sembla ne pas être étonné, et sourit même tendrement.

— Eh ! Tu es bien une Pellegrini, toi, hein ! Je me suis souvent demandé si j'avais fait le bon choix, Laurina, en t'envoyant sur le continent… Ce sont de braves bohémiens qui t'ont emmenée. Je t'avais cachée sous cette cape, dans leur voiture, et je leur avais fait promettre de te laisser devant l'église Saint-Sulpice, dont on m'avait dit qu'elle accueillait les petits orphelins de Paris…

— Cela ne s'est pas exactement passé comme tu l'espérais, mais je ne regrette rien ! J'ai eu bien plus de chance au couvent des Cordeliers que je n'en aurais eu à l'orphelinat de Saint-Sulpice…

— Les choses étaient si dures ici, murmura Giovani-Antoni, comme s'il voulait encore s'excuser. J'ai pensé que tu aurais plus de chance à Paris. Ici, rien ne t'attendait. Je suis resté encore dix ans dans le maquis, après ton départ. Ce n'était pas une vie pour une jeune fille… En vérité, je me le suis reproché mille fois, et ne pas savoir si tu avais rencontré là-bas le destin meilleur que je te souhaitais m'a torturé chaque jour.

— Tu as bien fait, oncle Gianni.

Elle lui prit les mains et lui adressa un sourire empli de belle chaleur.

— Veux-tu me dire, maintenant, pourquoi tu es revenue ?

Lorette répondit encore en toute franchise. Elle expliqua que, pendant toutes ces années, elle n'avait formulé d'autre dessein que celui de venger sa mère. Pour cela, il lui avait fallu trouver l'identité du militaire français qui l'avait déshonorée au château de Corte. Elle livra les détails de son enquête, jusqu'aux derniers événements.

— Ainsi, je crois qu'il s'agit du colonel Duvilliers. Et il vient d'arriver sur l'île.

Le quinquagénaire hocha la tête avec bienveillance, mais il y avait dans son regard quelque gravité, ou de la gêne peut-être.

— La *vendita* est une route dangereuse, Laurina…

À ces mots, Lorette ne put s'empêcher de revoir le visage de l'étrange vieille femme qui, dans la clairière, avait semblé elle aussi vouloir la mettre en garde.

— Crois-moi. Je connais malheureusement trop bien cette voie-là. La vengeance appelle la vengeance, et la mort appelle la mort…

— Tu voudrais que je renonce à la justice ? se froissa la jeune femme.

— Non. Mais es-tu certaine que le tuer t'apportera la justice, ou la paix ?

— La paix, je ne l'aurai sans doute jamais, mon oncle. Mais la justice…

— Comment peux-tu être sûre que ce soit ce colonel, le coupable ? N'as-tu pas peur de te tromper ?

— C'est à toi de me le dire, Gianni ! Tu l'as vu de tes propres yeux, toi. J'ai attendu longtemps, et tout indique que c'est lui. Mais toi seul pourrais me le confirmer.

Giovani-Antoni resta songeur un instant.

— Il n'y aurait qu'une façon d'en être sûrs, murmura-t-il enfin.

— Laquelle ?

— Il faudrait regarder sa poitrine, Laurina. L'homme qui a agressé ta mère, je lui ai apposé notre marque sur le sein, à la pointe de mon poignard. Si c'est bien lui, alors ton colonel Duvilliers porte la cicatrice d'un triangle renversé, juste au niveau du cœur.

51

La nuit du 4 août

Les premiers jours d'août 1789 furent, pour la France entière, un grand temps de trouble. Après Paris, on vit se soulever les campagnes. Ici et là, le peuple commençait à refuser de payer ses droits féodaux et, dans le Dauphiné, les premiers incendies s'allumèrent. Peu à peu, sur tout le territoire, on vit des châteaux emportés par les flammes paysannes, on vit se défouler une haine nourrie pendant des siècles par l'oppression qu'exerçaient les seigneurs sur leurs sujets, à coups de travaux, de taxes, de redevances, de corvées, de procès injustes et de violences. La colère s'était tue depuis si longtemps que, lorsqu'elle eut enfin l'occasion de s'exprimer, elle le fit dans un torrent de violence que rien ne semblait pouvoir arrêter. Paris avait fait tomber sa Bastille, la province voulut faire tomber ses demeures féodales.

À cette fureur légitime s'ajouta la peur que colportaient partout rumeurs et fausses nouvelles. Espérant qu'un désordre grandissant inciterait l'État à sévir avec la bénédiction des bonnes gens effrayés, certains partis contre-révolutionnaires firent malignement circuler des informations infondées. Comme chaque fois que l'on agite l'épouvantail du complot, sous l'empire de la terreur, il se trouva dans les populations de nombreuses âmes crédules. On se mit à imaginer des armées de brigands payés pour détruire les moissons, et ainsi l'on s'arma aux quatre coins de France, on alluma des feux qui ne méritaient point de l'être, et l'on fit sonner mille fois le tocsin sur de faux témoignages.

Le tableau de ce brûlant mois d'août 1789 serait inexact si l'on ne le modérait pas un peu en précisant qu'ici et là, dans ce grand trouble, il se trouvait des mains pour offrir à l'ennemi, de quelque camp qu'il fût, la plus humaine sollicitude. Si l'on émigrait ici, si l'on massacrait là, plus loin on cherchait la conciliation. En ce temps, comme en tout temps, c'eût été une erreur que de croire qu'il en allât pareil par tout le pays, car l'homme, dans sa diversité, se distingue toujours par le particulier, et il est moins de moutons dans le troupeau de France que l'on ne veut parfois le faire croire. Les plus cruels seigneurs furent dûment punis, les plus lâches s'enfuirent, d'autres, qui le méritaient moins, furent injustement emportés par cette vague vengeresse, mais il y eut aussi des centaines de petits nobles qui, n'ayant jamais poussé l'injustice de la féodalité jusqu'à ses pires extrémités, trouvèrent avec les paysans les voies d'une paix raisonnée.

Quoi qu'il en fût, l'Assemblée, à Versailles, reçut de la France, en sa séance du 4 août, l'image d'un pays à feu et à sang, car de partout arrivaient des récits sinistres et alarmants. Aussi, plutôt que d'œuvrer ce jour-là à la Constitution et à la Déclaration des droits de l'homme qu'ils s'étaient promis d'achever, les députés débattirent tout le jour des façons par lesquelles ils pourraient ramener dans le pays ce que les uns nommaient la paix, ce que les autres nommaient l'ordre.

Il était déjà huit heures du soir quand le très royaliste député Lally-Tollendal, que cette nouvelle opportunité favorisait, présenta derechef la motion sévère qu'il avait déjà proposée, et par laquelle il entendait rappeler le peuple à l'ordre, en étendant les moyens de sa répression. Dans les tribunes des spectateurs, malgré l'absence de notre véhémente Terwagne, on s'indigna fort et l'on poussa des cris de colère. Ces motions répressives, sous l'effet de la peur, eussent néanmoins pu être votées si, soudain, contre toute attente, deux députés, issus pourtant de la noblesse, ne fussent montés à la tribune pour faire prendre au cours de l'histoire un virage brutal et définitif.

Ces deux hommes, dont l'intervention fut des plus inattendues, étaient le vicomte de Noailles et… le duc d'Aiguillon.

— Si l'on veut protéger les personnes et garantir les propriétés, alors il faut en effet éteindre l'incendie allumé aux quatre coins de France ! s'exclama le premier. Mais comment peut-on espérer d'y parvenir sans connaître la cause de l'insurrection qui se manifeste dans le royaume ? Et comment y remédier, sans appliquer le remède au mal qui l'agite ? Le salut, ce sera la justice ! Et il n'y aura point de justice sans l'égalité dans l'impôt, la destruction des privilèges qui écrasent le peuple, l'abolition des droits féodaux, des corvées seigneuriales et de toutes les servitudes personnelles !

La salle, prise de court, fut soulevée d'abord par un mouvement de surprise, tant pareille proposition eût semblé plus naturelle à la bouche d'un député du tiers état. Toutefois, elle provoqua ensuite un vif enthousiasme, un feu d'applaudissements qu'alimenta le Club breton, auquel appartenait ledit vicomte de Noailles, mais aussi M. Le Chapelier, élu le matin même nouveau président de l'Assemblée.

Lors, le duc d'Aiguillon prit la parole à son tour et, commençant par remercier le vicomte d'avoir été son fidèle interprète, il laissa entendre qu'il était lui-même à l'origine de cette motion, dont il exposa plus précisément les détails. La chose, venant du plus riche duc du royaume, eût pu ressembler à un suicide, à cette différence près que ce généreux aristocrate précisa que, si les corvées et servitudes devaient être purement et simplement abrogées, l'abolition des droits féodaux devait se faire, elle, moyennant rachat. Il réservait ainsi à ses pairs, et à lui-même, la possibilité d'être indemnisés…

Il convient ici de préciser que, si cette intervention du duc d'Aiguillon sembla être le moteur de tout ce qui suivit, et que si elle lui fut effectivement inspirée, sinon dictée, par le membre de la Main rouge qui l'avait fait chanter, le cours de la séance eût sans doute été le même sans cette machination car, en vérité, la chose répondait à une profonde attente, celle du peuple, bien sûr, mais celle du Club breton, aussi, et de nombreux autres députés.

En somme, si satisfait que fût M. Le Roy, caché dans les tribunes des spectateurs, certain d'avoir comploté pour les intérêts de sa confrérie, l'influence de la Main rouge, n'en déplût à ses membres orgueilleux, ne fut en réalité qu'anecdotique : sans elle, l'histoire eût été la même !

Il n'en resta pas moins que les desseins de la société secrète y trouvèrent leur accomplissement, elle qui voulait œuvrer pour que la propriété terrienne ne fût plus réservée à la noblesse, mais accessible à la bourgeoisie. Car ne nous y trompons point : si réjouissante que fût l'abolition des privilèges, rendre possible le rachat des droits féodaux sonnait certes la fin d'un système injuste qui entravait le peuple depuis trop longtemps, mais c'était aussi la promesse, pour les plus fortunés, de pouvoir accéder à de plus grandes propriétés. En contentant le peuple d'une main, on préparait de l'autre l'enrichissement de la haute bourgeoisie.

Il se trouva alors un député breton, M. Le Guen de Kérangal, pour prendre la parole dans son simple costume de commerçant et agrandir encore la fièvre généreuse qui commençait déjà à envahir l'Assemblée, pour le bonheur de ses spectateurs.

— Le peuple, impatient d'obtenir justice et las de l'oppression, s'empresse de détruire ces titres, monuments de la barbarie de nos pères. Soyons justes, messieurs ! Que l'on nous apporte ces titres qui obligent les hommes à passer les nuits à battre les étangs pour empêcher les grenouilles de troubler le sommeil de leurs voluptueux seigneurs ! Qui de nous, messieurs, dans ce siècle de Lumières, ne ferait un bûcher expiatoire de ces infâmes parchemins et ne porterait pas le flambeau pour en faire un sacrifice sur l'autel du bien public ?

Cette verve émouvante fit mouche, incitant les députés à accélérer sur l'instant le sacrifice des privilèges. L'Assemblée parut aussitôt gagnée d'une effervescence libératrice, d'une ivresse qui invitait à l'abnégation. Et alors, par quelque surenchère folle, chacun y alla de son propre renoncement. Les uns après les autres, on vit monter à la tribune des députés de la noblesse qui offraient de pousser plus avant ce grand mouvement de réforme, pour mettre un terme à la féodalité ! Sur toutes les lèvres se lisaient les mots de justice, d'amour et de partage, on disait que la nation française ne devait plus rien être qu'une seule et même famille, où l'orgueil particulier n'avait plus sa place. L'atmosphère était telle qu'aucun noble, pour qui le coup était pourtant sévère, n'osa s'opposer à cet élan de générosité, et l'on préféra faire partie du clan des altruistes en se déclarant fier de renoncer, pour l'avantage commun, aux anciens bienfaits du roi.

Remarquons toutefois qu'un observateur cynique eût pu affirmer, à cet instant, que la noblesse avait attendu fort longtemps pour se montrer soudain si charitable, et que c'était sous la menace des incendies de ses châteaux qu'elle consentait à l'abolition de privilèges que le peuple, en vérité, venait de lui arracher, les piques à la main... Il n'en resta pas moins vrai qu'elle céda.

Une partie du haut clergé, pourtant, voyant ses ressources menacées par l'abolition de la dîme qu'il prélevait sur les récoltes paysannes, s'y opposa vigoureusement. On avait proposé l'idée que les gens de robe pussent être désormais payés par l'État, afin de pourvoir aux nécessités du clergé selon ses véritables besoins, au lieu qu'il s'enrichît sur le dos des agriculteurs. Certains dignitaires de l'Église affirmèrent alors que l'idée de recevoir un salaire leur semblait révoltante, et ce fut Mirabeau qui, avec sa faconde légendaire, vint leur abaisser le caquet :

— Je ne connais que trois moyens d'exister dans la société, messieurs : être ou voleur, ou mendiant, ou salarié ! Quel sera le vôtre ?

Aucun de ses membres ne trouvant de réponse à cette habile provocation, le haut clergé abandonna ce qu'il ne pouvait plus défendre. À la vérité, de nombreux curés s'en réjouirent, car c'était bien à l'opulence des prélats que l'on s'en prenait, et ils y virent l'assurance d'une plus juste répartition des finances au sein de l'Église...

Il était presque deux heures du matin quand le député Lally-Tollendal, alarmé par les proportions que prenait cette soudaine générosité, s'approcha du président pour demander la levée de la séance. Non sans ironie, M. de Robespierre se leva pour lui répondre :

— Nous nous arrêterons là si vous obtenez la sanction royale !

Car, de fait, les décrets que s'apprêtait à rédiger l'Assemblée n'auraient aucun effet s'ils n'étaient ratifiés par le roi. Lally-Tolendal, trouvant là l'occasion de rallier la révolution au monarque, s'engagea à le convaincre de sanctionner les délibérations, à la condition qu'on le proclamât restaurateur de la liberté française.

Et c'est ainsi qu'à la fin de cette incroyable nuit du 4 août 1789 on statua sur l'abolition de la qualité de serf, des juridictions seigneuriales, de tous les privilèges et immunités pécuniaires, sur l'égalité devant l'impôt et l'admission de tous les citoyens aux emplois civils et militaires. De fait, on pouvait réellement parler, à présent, de Révolution.

Deux heures après minuit, quand tout fut terminé, pour célébrer une telle union nationale, on décida qu'une médaille serait frappée à l'occasion, qu'un *Te deum* serait chanté à Notre-Dame, et que l'Assemblée nationale irait en députation auprès du roi pour lui porter le titre de restaurateur de la liberté française.

En une nuit, on venait de mettre un terme à la féodalité et de déclarer tous les citoyens égaux en droits et en devoirs. Beaucoup pensèrent que le drame était terminé.

Il n'en était qu'au premier acte.

PLANCHE XVI : NUIT DU 4 AOÛT 1789

52

Où Sanna fait une trop courte apparition

Cela faisait quatre jours, maintenant, que Lorette vivait chez son oncle, et ils étaient si heureux de s'être retrouvés qu'ils profitaient l'un de l'autre à chaque instant, du matin jusqu'au soir, sans jamais se quitter.

Pendant ces quatre jours, Lorette accompagna Gianni quand il partait chasser, quand il sortait les bêtes ou coupait le bois, et ce fut pour elle comme un délicieux voyage dans le passé, à marcher près de lui entre maquis et pâturages, à l'écouter parler de son pays, auquel il faisait, à chaque pas, une nouvelle déclaration d'amour. Dans la petite maison de pierre, elle cuisina avec lui les produits de la terre, les fruits et légumes du potager qui longeait la maison, poires, oignons, salades, poireaux et blettes, elle l'aida à faire du pain de châtaigne, du pollento, elle ne fit cuire, sur ses conseils, la viande qu'à moitié, comme on le faisait ici, elle partagea avec lui le miel sauvage, le brocciu, le lait de brebis et le vin des vignes environnantes, que l'on coupait à l'eau.

Le soir, Lorette portait de la viande à son loup dans le maquis, afin qu'il ne s'attaquât point aux bêtes d'un berger. Par quelque miracle, le troisième jour, l'animal se laissa approcher non plus seulement par la jeune femme, mais par son oncle. Le Corse n'en revint pas de pouvoir aller si près d'une bête qu'ici l'on fuyait comme la peste, et de la toucher même !

— Il est magnifique, balbutia-t-il, tremblant encore du privilège d'avoir pu, même brièvement, caresser sa fourrure.

— Je vois qu'il est heureux, ici. Il aime ta montagne. Sais-tu comment je l'ai appelé ?

— Comment ?

— Sanna ! répondit fièrement la jeune femme.

Ce nom était de Corse, et il voulait dire « croc ».

— Et tu as réussi à le dresser ?

— À le dresser, mon oncle ? s'exclama Lorette. Allons ! Un loup, c'est comme un Corse ! On ne le dresse pas, on l'apprivoise tout juste un peu ! Au fond, c'est lui qui m'a dressée !

Ils rirent de concert.

C'est peu dire que l'émotion, pour la jeune femme, fut grande à chaque instant de ces quatre journées car, à la vérité, Giovani-Antoni Pellegrini était bien le seul membre de sa famille, si l'on considérait que son odieux géniteur ne méritait point ce titre. Et de celui-là, d'ailleurs, il ne fut plus vraiment question, comme si Lorette avait voulu s'offrir un moment de vacance et d'oubli, chassant de son esprit l'image du colonel Duvilliers, qui l'avait pourtant initialement conduite jusqu'ici.

Les événements, néanmoins, le ramenèrent à son souvenir, et d'une cruelle manière.

C'était au soir du sixième jour d'août, et Lorette était en train de revenir avec son oncle du maquis, où ils avaient apporté au loup son repas quotidien.

Ils étaient à une trentaine de pas de la maison quand, soudain, Gianni attrapa sa nièce par l'épaule.

— Arrête-toi ! murmura-t-il, alors qu'un voile sombre venait de tomber sur son visage. Il se passe quelque chose.

Qu'avait-il remarqué ? Une porte ouverte ? Un outil déplacé ? Des traces de pas ? Lorette n'eut pas le temps de lui demander car, l'instant d'après, elle entendit autour d'eux le bruit des épées qui jaillissaient du fourreau.

Les six silhouettes qui surgirent des fourrés plongèrent aussitôt Giovani-Antoni dans un passé cauchemardesque, car ces fantômes drapés de rouge, portant sur le visage des masques de bêtes, étaient précisément ceux qui, vingt ans plus tôt, avaient tué ses deux frères et libéré l'agresseur de Maddalena !

Le combat s'engagea avec une fureur et une vitesse terribles. Lorette, qui n'avait sur elle qu'un poignard, tomba en garde et attendit le premier assaut, alors que son oncle, déjà, donnait du bâton derrière elle.

La jeune femme, avec son agilité animale, évita une attaque venue de droite, saisit l'assaillant au bras et le tira brusquement vers elle, lui enfonçant d'un coup rageur sa lame dans les entrailles. Elle récupéra la rapière de l'homme avant qu'il ne s'écroule à ses pieds, et alors, à armes égales, elle put esquiver une nouvelle offensive et engager le fer.

En mesure, Lorette para, elle feinta, elle tira une botte, puis une autre mais, pour chaque attaquant repoussé, il en revenait deux ! La jeune femme, dos à dos avec son oncle, ne comptait plus six hommes, mais huit, et il devint de plus en plus ardu de leur tenir tête à tous.

— Vers la maison ! cria Giovani-Antoni, qui espérait y récupérer un fusil.

Mais leurs agresseurs ne les laissèrent point filer, et chaque fois que Lorette faisait une trouée dans la ligne ennemie afin de s'offrir une échappatoire, elle se refermait.

Assaillie de toutes parts, la jeune femme s'efforça de rester calme. Battant des appels du pied comme elle le faisait jadis en s'entraînant dans la cave des Cordeliers, elle continua à distribuer les bottes avec méthode, pour que chacune fût efficace, un coup d'estoc ici, un coup de pointe là... Mais soudain, dans son dos, elle entendit son oncle pousser un cri de douleur. D'un coup d'œil elle le vit s'écrouler à genoux en se tenant le flanc, alors que l'homme qui venait de lui porter le coup s'apprêtait à l'achever, levant la lame au-dessus de lui.

Lorette fit volte-face et s'interposa. Elle parvint à repousser l'épée mais, ce faisant, elle avait offert son dos aux autres attaquants.

La situation était devenue désespérément critique quand Lorette entendit les grognements sauvages de Sanna s'élever derrière elle. Une nouvelle fois, la brave bête allait la sauver !

En voyant l'animal se jeter pour prendre sa première proie à la gorge, elle fut certaine que le combat allait toucher à sa fin, mais alors un incroyable contrecoup du sort la foudroya. Comme surgie des ténèbres, une flèche venait de traverser l'air et de se planter dans le flanc du loup, le saisissant en plein vol.

Lorette poussa ce qui fut le plus terrible hurlement de son existence, tandis que Sanna s'effondrait sous ses yeux et roulait sur le sol en jappant. La jeune femme eût voulu, à cet instant, se précipiter auprès de sa bête, mais ses agresseurs s'enragèrent davantage, vivifiés par la tournure favorable des événements.

À grand'peine, Lorette dut esquiver de nouveau et se remettre en garde, forcée d'oublier les larmes qui coulaient abondamment sur ses joues. Le visage envahi par une pâleur nouvelle, des gouttes de sueur perlant de son front et les tempes ruisselantes, elle engagea le fer avec la férocité de la colère. De son épée elle fit un large moulinet pour élargir le cercle autour de son oncle et, avec une ardeur impétueuse, elle se tint au-dessus de lui, prête à payer de sa propre vie pour sauver celle de son aïeul.

Ce fut l'assaut final. L'épée de Lorette faucha à droite et à gauche, frappa sans répit, et alors ce fut comme si la jeune femme entrait dans une transe fougueuse, elle ne voyait plus rien, n'entendait plus rien, ne savait plus rien sinon qu'elle devait se battre, frapper encore et toujours, de la pointe et du tranchant, du pommeau s'il le fallait, et autour d'elle ce n'était plus que froissements de métal, cliquetis de lames et râles de douleur.

Elle avait mis, à elle seule, cinq hommes à terre quand un sixième, arrivé par-derrière, parvint à la faire tomber d'un mauvais coup de jambe.

La jeune femme, ayant perdu l'équilibre, ne put guère le retrouver et s'écroula violemment, à côté de son oncle.

Allongée sur le sol, le souffle coupé par la chute, Lorette comprit que tout était perdu.

La dernière image qu'elle vit fut celle du regard de Giovani-Antoni, étendu auprès d'elle, et que la vie avait déjà quitté.

L'instant d'après, un coup violent sur son crâne la fit sombrer dans les ténèbres.

53

Où l'on voit Récif sur un mât de beaupré

Il fallut six jours à Anne-Josèphe, Gabriel et Récif pour traverser la France par les routes des postes du royaume. En plus d'avoir couvert les frais du voyage, le commissaire Guyot avait fourni à M. Joly un sauf-conduit, muni du signalement du porteur et de sa signature, et qui demandait à « tous ceux qui sont à prier de lui donner libre entrée et assuré passage, en foi de quoi nous lui avons accordé le présent certificat pour servir ainsi qu'il appartiendra ». Le trajet n'en fut que grandement facilité.

Comme chacun sait, les longs voyages rapprochent ceux qui les font ensemble, et les liens d'amitié qui unissaient déjà ces trois-là, à des degrés divers, se renforcèrent au gré de la route. Anne-Josèphe se confia sur ses malheurs passés, la perte de sa fille, l'affront de Tenducci, la soif de liberté, Récif parla de la mer, des Renégats et des rêves avortés de Libertalia, et Gabriel les entretint de son père un peu, avec qui il était fâché, et de Lorette beaucoup, qu'il espérait retrouver.

En lui faisant promettre de garder sur la chose le plus parfait silence, le journaliste et le pirate, se doutant que le secret ne pourrait guère tenir longtemps, apprirent même à la Liégeoise que Lorette et le Loup des Cordeliers ne faisaient qu'un. Mlle Terwagne, sidérée d'abord, accueillit finalement la révélation avec une touchante exaltation, y trouvant sans doute quelque sororale fierté.

— Je comprends d'autant mieux, maintenant, ce qui vous plaît chez elle, Gabriel ! Elle m'était déjà sympathique, désormais elle m'est chère !

— Je m'étais promis de ne le révéler à personne, confia le jeune homme, embarrassé. Récif a deviné tout seul, et je m'en confie à vous uniquement parce que je vous sais pleine de compassion.

— Je protégerai son secret comme s'il était le mien, et je la protégerai elle comme une sœur, Gabriel !

Ainsi, sans le savoir, Lorette avait désormais trois nouveaux anges gardiens, et ceux-là, justement, s'en venaient vers elle.

Si la France était encore pleine de troubles, si la misère frappait ici et là, et si les tensions rendaient méfiants même les plus braves gens, le pays n'en restait pas moins l'un des plus beaux qui fût, tant par sa physionomie que par ses habitants. Car si la crainte faisait les Français plus graves, ceux-ci ne perdaient pas leurs espoirs, leur légendaire joie de vivre, et on les voyait vibrer, à la campagne comme à la ville, à la promesse de lendemains meilleurs. À supposer que l'origine du mot « France » fût bien celle que l'on croyait[1], il était peu étonnant que l'on y rêvât autant de liberté…

---

1. Si l'on croyait à l'époque que le mot « franc » (comme on désignait le peuple qui donna au pays son nom) signifiait « homme libre », on pense

Aussi, les trois voyageurs, quoique pressés par le temps et forçant la marche, ne se privèrent point de savourer les splendeurs de ces belles terres tempérées de France, admirant la richesse de ses campagnes fertiles qui faisait se demander, devant l'abondance des champs, comment le grain pouvait tant manquer à Paris. Tout était cultivé, et avec soin, avec savoir-faire, il n'y avait presque aucune parcelle de ce vieux pays qui ne fût savamment exploitée par d'habiles mains paysannes, il n'y avait pas une ville qui ne fût élevée par le gai savoir des bâtisseurs, et c'était pour les yeux un délice, pour l'âme un enchantement que de naviguer dans une telle diversité, entre montagnes, forêts, champs, prairies et pâturages, entre églises et châteaux, palais et abbayes. Six jours durant, les trois compagnons se nourrirent ensemble des beautés du royaume, passant des parterres élégants et des fontaines gracieuses de Fontainebleau à sa forêt giboyeuse, puis, longeant la Loire, des vignes du Sancerrois aux belles églises de Roanne. Entre Rhône et Saône, ils s'émerveillèrent devant Lyon et la colline de Fourvière, qui faisait comme un amphithéâtre sur la ville. Descendant encore, ils découvrirent Valence, les remparts de son bourg, ses rues étroites qui serpentaient jusqu'à la cathédrale dédiée à saint Apollinaire, puis Avignon encore, rendue considérable par le séjour des papes, ses sept palais, ses sept paroisses, ses sept collèges, ses sept hôpitaux et ses sept couvents, et Aix, enfin, délicieuse capitale de la Provence, aux rues larges et bordées de demeures majestueuses, nichée dans la rivière d'Arc au milieu des collines gracieuses où s'élevaient oliviers, citronniers, orangers, figuiers et amandiers...

---

aujourd'hui qu'il venait en réalité du proto-germanique *frankon*, qui signifie « javelot » ou « lance ». Le mot « franc » (*free* en anglais) ne prit la signification de « libre » que par un glissement de sens ultérieur.

Au soir du septième jour d'août, ils arrivèrent enfin en vue de la Méditerranée, douce et paisible, et, longeant la côte, ils allèrent de Fréjus jusqu'à la citadelle d'Antibes, par la route où, dix jours plus tôt, Lorette était venue elle aussi.

Pour eux, entrer ne fut qu'une formalité. Il ne leur fallut guère se faufiler dans un aqueduc, mais seulement montrer le sauf-conduit du commissaire Guyot, et on les accueillit à bras ouverts.

Après avoir traversé la ville fortifiée, ils arrivèrent sur le port et, aussitôt, naturellement, le visage de Récif se transforma. On put y lire une exaltation nouvelle.

— Te voilà dans ton élément, le Salétin ! s'amusa Gabriel.

Il avait vu s'allumer un feu de joie dans le regard de son ami dès qu'étaient apparus les mâts des premiers bateaux.

— Tu ne crois pas si bien dire ! Antibes a été souventes fois visité par mes ancêtres, mais je ne suis pas certain qu'ils y aient laissé le plus délicieux des souvenirs, rétorqua Récif d'un ton goguenard.

De fait, les pirates du Bouregreg étaient venus ici pratiquer maintes fois le pillage et le rançonnage, du VIIIe au XIIe siècle ! La peur et la haine du Sarrasin étaient ancrées dans la mémoire populaire, dans cette ville au sujet de laquelle le pape Honorius II lui-même avait écrit que ses pauvres moines et abbés étaient « installés devant la gorge des Sarrasins » !

— Allons, prétentieux mahométan que tu es ! se moqua Gabriel. Vous n'eûtes point le monopole du pillage ! C'est oublier que ces terres furent d'abord envahies par les Vandales, par les Huns, par les Goths et les Wisigoths, par les Saxons, par les Francs, les Lombards et même par les Normands ! Et qu'elles le furent ensuite de nouveau par les Habsbourg, par l'Espagne et par la Savoie ! Les invasions d'Antibes se mesurent sans doute à l'épaisseur de ses remparts…

— Certes, mais nous le fîmes mieux, plaisanta Récif. Et puis on se plaît à le rappeler… Tu le sais : les antagonismes ont toujours servi les intérêts des princes, qui usent de la peur pour régner sur leurs peuples. Comme on opposa jadis les Francs aux Gaulois, puis aux chrétiens les musulmans, on oppose aujourd'hui le tiers état à la noblesse… À ton avis, qui opposera-t-on demain à cette bourgeoisie qui menace le pouvoir ?

— D'autres étrangers, sans doute. Les Italiens, peut-être ? Ou les Portugais, tiens ! C'est bien, les Portugais !

Gabriel, qui commençait à bien connaître la façon de penser du pirate et son cynisme souvent clairvoyant, lui adressa un clin d'œil. Puis il tendit le doigt vers le chantier de construction navale et ajouta :

— Au moins nous avez-vous laissé un nom pour cet endroit.

— *Dār as-sinā'a* ! confirma Récif en prononçant dans la langue de ses pères l'expression qui avait donné le mot *arsenal*. Mes ancêtres vous ont laissé bien plus que cela, Gabriel !

— Quelques trous dans notre démographie ?

— Le travail des métaux, le tissage… N'appelez-vous point le travail du cuir « maroquinerie » ? Sans parler de l'astronomie, de nos astrolabes, de nos chiffres et de notre *al-djabr*, qui devint votre « algèbre » !

— De l'« alcool », de l'« alambic » ! continua le journaliste, exagérément admiratif.

— Sans nous, vous n'auriez même pas de nombre zéro, mécréant, et la Terre ne tournerait pas sur elle-même !

— Ça va, ça va ! Nous avons depuis lors largement comblé notre retard…

— En nous pillant à votre tour !

— Lévitique, chapitre vingt-quatrième : « Si quelqu'un blesse son prochain, il lui sera fait comme il a fait : fracture pour fracture, œil pour œil, dent pour dent ; il lui sera fait la même blessure qu'il a faite à son prochain ! »

— Dites donc, messieurs, intervint Mlle Terwagne, si passionnant que soit cet étalage de vos connaissances respectives, ne serait-il pas plus utile que Récif allât justement dans cet *arsenal* pour nous trouver un bateau ?

— Je ne demande que ça ! se réjouit le Salétin.

— Riche idée ! Allons enquêter en ville pendant ce temps ! proposa Gabriel en prenant le bras d'Anne-Josèphe.

Alors ils se séparèrent de bonne humeur et, pendant que le pirate entamait d'âpres négociations, le journaliste et la Liégeoise menèrent leurs investigations dans les rues d'Antibes. Ils n'eurent aucune peine à trouver ce qu'ils cherchaient : on se rappelait bien, ici, cette jeune muette qui avait cherché partout des navigateurs pour l'emmener en Corse ! Auprès du guet, qui soupçonnait la jeune femme d'avoir cambriolé le chantier de construction navale, Terwagne obtint même les noms des pêcheurs qui l'avaient prise à leur bord, et alors ils allèrent les interroger.

— Ça, c'est sûr qu'on risque pas d'oublier ! s'exclama le plus grand en avalant le verre de vin que Gabriel venait de lui offrir. Elle nous a payés pour qu'on laisse monter un loup dans la chaloupe !

L'autre acquiesça, les yeux écarquillés, qui ne s'était visiblement toujours pas remis des émotions procurées par cette singulière cohabitation.

Gabriel et Anne-Josèphe échangèrent un regard entendu.

— Et où l'avez-vous emmenée ?

— À Calvi.

Ainsi, assurés d'être sur la bonne piste, c'est la mine satisfaite qu'ils revinrent, à la tombée de la nuit, sur le port d'Antibes, où, perplexes, ils virent flotter le pavillon de Libertalia sur une galiote de soixante tonneaux. Debout sur le mât de beaupré, se tenant aux haubans, Récif les attendait, les yeux brillants d'exaltation.

— Parés à embarquer, moussaillons ? s'exclama-t-il en agitant son tricorne dans les airs.

— Tu… tu ne pouvais pas nous trouver plus petit ? demanda Gabriel en regardant, horrifié, le pont de plus de quinze toises.

— J'aurais préféré une frégate comme celle-là, mais ce n'était pas dans nos moyens ! expliqua le pirate en désignant le vaisseau de guerre qui mouillait devant le chantier de construction. Il eût fallu employer soixante hommes d'équipage…

— Et combien en faut-il pour celui-ci ? s'inquiéta Terwagne en voyant que des marins s'affairaient à l'intérieur.

— Huit seulement ! Un second, un quartier-maître et six matelots.

— Huit ? Tu as embauché huit marins ? s'exclama Gabriel, incrédule, mais amusé. Ça doit coûter une fortune ! Nous ne partons pas en course, misérable !

— Allons, mousse de cambuse ! C'est un honneur pour ces marins de monter avec un capitaine du Bouregreg. Je n'allais pas leur refuser ça !

— C'est toi qui as mis ça là-haut ?

Gabriel désigna le drapeau blanc des pirates de Libertalia, sur lequel le mot « liberté » était brodé trois fois.

— Et qui d'autre, tête de pipe ? Je ne voyage jamais sans mon pavillon, enfin ! Allez ! Montez ! Cette galiote n'est pas des mieux accastillées, mais elle prend quatre nœuds au grand largue. Nous serons en Corse avant demain soir !

Le navire portait deux mâts à voiles latines au tiers, il était fin et d'un faible tirant d'eau, ce qui pouvait le conduire à grande vitesse sous toutes les allures, et ses avirons permettaient d'avancer même quand le vent était complètement tombé. Ce n'était certes pas un authentique bateau de pirates, mais c'était déjà un beau bâtiment, et le bonheur, finalement, faisait plaisir à voir dans les yeux du Salétin qui souffrait de ne plus naviguer.

Avant neuf heures du soir, ils prenaient la mer.

Récif, avant de lever l'ancre, partit déposer une pièce d'or au pied du grand mât pour leur porter bonheur puis, montant sur le siège du capitaine, en haut du gaillard arrière, il s'écria :

— Amarinez-moi ces nouvelles recrues et faites servir ! Pas de prise, pas de paie !

PLANCHE XVII : GALIOTE

54

Ô providence, ô fortune !

Au cœur d'un vallon triste et sombre, entre mer et maquis, l'ancien village romain de Mariana s'étendait à quelques pas à peine de l'église de la Canonica, sur les terres du village de Lucciana.

L'ancienne cathédrale, dite aussi Sainte-Marie-de-l'Assomption, avait été délaissée depuis plusieurs siècles, après que l'on en avait supprimé l'évêché. Tombée en ruine, ouverte à tous les vents et menaçant de s'effondrer à chaque instant, elle était devenue trop dangereuse pour que l'on y donnât encore des offices. Aussi, en cette année 1789, plus personne ne s'aventurait ici. Plus personne, sinon quelques bergers qui venaient y faire brûler des touffes de cistes afin de s'y réchauffer aux soirs d'hiver, mais aussi, bien plus secrètement, les adeptes de la Manorossa.

Depuis plusieurs décennies, comme ils le firent ce soir-là, les frères de la Main rouge se réunissaient régulièrement ici en toute clandestinité, sous le voile complice de la nuit.

Car voilà : caché sous l'épaisse végétation des chênes verts qui entouraient l'église, un petit sentier couvert de mousse, connu des seuls initiés, conduisait au portique d'un temple antique, qu'un sphinx mystérieux semblait garder depuis une éternité. Les rares rayons de lune qui parvenaient à traverser le toit des arbres projetaient sur l'entrée une douce lueur nacrée. Passé le portique, on descendait de vieilles marches aux arêtes usées, qui conduisaient au sanctuaire souterrain, sombre et froid. Un visiteur hardi y eût alors découvert le *mithraeum*, bien moins abandonné que l'on eût pu l'imaginer depuis l'extérieur.

Là, dans une antichambre, dix frères soldats de la Manorossa patientaient à cet instant précis, entre les colonnes d'un péristyle corinthien. L'épée au flanc, ils attendaient en silence la fin d'une cérémonie à laquelle leur grade ne leur accordait guère l'entrée.

Ladite cérémonie avait commencé, depuis quelques minutes déjà, de l'autre côté de la porte, dans la pièce principale, dite *spelunca*, et qui figurait la grotte dans laquelle le dieu Mithra serait venu au monde.

C'était un carré long mais, somme toute, petit pour une salle de culte, et l'on était à l'étroit sous son plafond peu élevé. La pièce était traversée par un couloir central surcreusé, que bordaient deux larges bancs de pierre. Intégrées à la paroi et recouvertes de coussins, ces banquettes étaient percées elles-mêmes de niches voûtées où brûlaient des lampes à huile, seules sources de lumière pour cette caverne ancestrale. À l'extrémité de la tranchée se dressait un bas-relief de marbre, où Mithra, coiffé de son bonnet phrygien, sacrifiait un taureau.

Ce soir-là, au pied de cette sculpture, un authentique animal gisait dans un bain de sang. Un taureau que l'on venait d'égorger, et dont le corps était encore agité des derniers soubresauts de son énergie vitale.

Le long des murs, enfin, s'alignaient des stèles à deux faces, figurant un démon d'un côté, un dieu de l'autre, et que l'on faisait pivoter au début du rituel, selon sa teneur. Aujourd'hui, les stèles présentaient leur versant démoniaque.

Entourée de douze colonnes, dont les chapiteaux évasés étaient gravés de lotus, de palmiers et de joncs, la pièce accueillait onze frères de hauts grades, allongés sur les banquettes qui se faisaient face. Dans leurs longues robes rouges, leur visage caché derrière un masque de bête, ils dégustaient avec flegme les mets que leur apportaient des frères servants au fur et à mesure de la célébration, celle-ci devant évoquer un banquet de la Rome antique.

Seul debout, se tenant à l'orient, le Pater continua le rituel du serment.

— Si grandes que soient l'obéissance et la loyauté que j'ai promises à la Manorossa, je jure, au nom du Soleil invaincu, de ne jamais m'y soustraire !

Ses frères répétèrent religieusement la promesse.

— Ô providence, ô fortune, si je venais à trahir mon serment et que je révélais au monde profane les secrets qui me sont ici délivrés, que mes frères frappent mon corps et mon âme d'un invisible glaive !

C'était un spectacle singulier que celui de ces hommes masqués qui, allongés sur le flanc, s'appuyant sur leur coude, avalaient des grappes de raisin et buvaient du vin tout en prenant part à la liturgie, dans la lumière lugubre des lampes à huile.

La Manorossa comptait sept degrés d'initiation. Outre les soldats qui attendaient au-dehors et du Pater qui conduisait le rituel, il y avait là un frère que l'on disait frère Lune, un frère Leo, un frère Persan, et plusieurs frères Corbeau.

Le frère Heliodromus, qui secondait le Pater, était absent ce soir-là, puisqu'il s'agissait de M. Le Roy, qui œuvrait à Paris.

La cérémonie de ce jour se tenait en l'honneur de celui que l'on nommait frère Sentinelle, et qui venait d'arriver, justement, de la capitale de France. Or cet homme, bien sûr, n'était autre que Charles-Antoine Duvilliers, et il venait d'apporter à l'ordre une obole considérable : le trésor de Montmartel.

— Frère Lune, allez donner l'attouchement au frère Sentinelle !

L'un des adeptes se leva, mit le pied droit en avant, puis, après une pause, commença à marcher de manière rituelle vers le colonel Duvilliers, tenant dans sa main gauche un court glaive. Arrivé devant ce dernier, il lui prit la main d'une manière singulière, puis se pencha à son oreille et murmura :

— Au commencement…

— Créa…, répondit Duvilliers à voix basse.

— Dieu !

L'homme au masque de Salamandre retourna s'allonger sur le banc.

— Frère Sentinelle, quel temps fait-il ?

— Il fait très beau, Pater, le soleil se lève.

— Pourquoi est-il levé ?

— Pour nous favoriser au travail.

— Qu'êtes-vous venu faire ici ?

— Du mal en apparence, qui se changera bientôt en bien.

— Quel âge avez-vous ?

— Le premier âge du monde.

À ces mots, tous les adeptes levèrent une main vers le ciel, les yeux en extase.

— Ô providence, ô fortune, accorde-nous ta grâce en nous offrant les mystères qu'un père seul peut transmettre, et à un fils seulement. Fais de nous tes enfants initiés, dignes de ton artisanat, que Mithra, le Grand Dieu, nous a ordonné de pratiquer, afin que, tels des aigles, nous puissions nous élever dans les cieux et contempler toutes choses !

Tous les membres de l'assemblée avalèrent en même temps une gorgée de vin.

— Tout-Puissant immuable, père de la nature, source de la lumière, loi suprême de l'univers, nous te saluons ! Reçois, ô Soleil invaincu, l'hommage de notre amour, de notre admiration et de notre culte !

À cet instant, deux frères servants s'approchèrent du taureau agonisant et, à coups de sabre, finirent de lui trancher la tête. D'abondants flots de sang en jaillirent et, soulevant le trophée au-dessus d'une vasque, ils laissèrent celle-ci se remplir du liquide épais et visqueux.

— Nous nous prosternons devant les lois éternelles de ta sagesse. Daigne diriger nos travaux, éclaire-les de tes lumières, dissipe les ténèbres qui voilent la vérité et laisse-nous entrevoir quelques-uns des plans parfaits de cette sagesse, dont tu gouvernes le monde.

Plongeant une coupe d'argent dans la vasque, le Pater la laissa se remplir de sang, puis il porta le récipient à ses lèvres et but une gorgée.

— Mes frères ! Prenez votre force dans le sang d'Apis, le taureau qui nous sauva en répandant cette source d'éternité. Alors vous poserez l'index de votre main droite sur vos lèvres et vous direz : Silence !

Les onze frères gradés portèrent le doigt à leur bouche et psalmodièrent :

— Silence ! Protège-moi, Silence !

Le Pater tendit la coupe à un frère servant, qui l'emplit de nouveau du sang de la bête égorgée, puis qui la fit passer sur les banquettes, et chacun y goûta tour à tour.

Lors, quelque chose dans l'atmosphère, comme une détente soudaine, un relâchement des souffles, laissa deviner que le rituel d'ouverture était achevé.

— Frère Sentinelle, au nom de toute la *vendita*, je te remercie pour l'obole que tu as déposée dans la paume bienveillante de la Main rouge !

Des applaudissements retentirent d'une banquette à l'autre, et Duvilliers inclina humblement la tête. De fait, en apportant le trésor de Montmartel, il venait d'offrir à l'ordre une immense fortune !

— Votre venue ne devait être qu'une fête, reprit le Pater d'une voix plus grave, malheureusement les frères soldats viennent de nous transmettre une nouvelle qui assombrit cette célébration.

— N'auraient-ils point trouvé la jeune muette ? s'inquiéta Duvilliers.

— Si. Ils l'ont trouvée, et ils la conduisent ici en ce moment même. Mais il semblerait qu'elle n'ait point été la seule à vous suivre, mon frère !

Le front de Duvilliers se rembrunit.

— Comment cela ?

— Nous venons d'apprendre que Mlle Terwagne, accompagnée de deux hommes, a quitté Paris pour Antibes. À l'heure qu'il est, il se pourrait même qu'elle ait déjà pris la mer.

Tous les yeux se tournèrent alors vers l'un des frères Corbeau, car derrière ce masque d'oiseau se cachait le castrat Giusto Fernando Tenducci, par la négligence duquel la gravure secrète de la Main rouge était entrée en possession de la Liégeoise, son ancienne maîtresse.

Duvilliers jeta lui aussi un regard noir à l'Italien puis, dans un soupir, il demanda :

— Me tromperais-je en supposant que l'un de ces deux hommes est le jeune Gabriel Joly, qui a tué à Paris deux de nos frères soldats ?

— C'est bien lui, confirma le Pater. Nous ne pouvons pas laisser cette nouvelle entacher nos festivités. Mlle Terwagne nous a encore échappé à Paris, mais elle a la bonté de venir jusqu'à nous. Cette fois-ci, elle ne s'en tirera pas. J'ai demandé aux Génois de s'en charger. Rien ne nous empêchera de fêter dignement votre obole, mon frère, ainsi que la victoire obtenue par le frère Heliodromus à l'Assemblée nationale.

On trinqua à ce serment, et le banquet continua de longues heures, pendant lesquelles on avala beaucoup de vin. Tous les frères étaient passablement enivrés quand, tard dans la nuit, le Pater décida qu'il était temps de lever la séance.

On éteignit toutes les lampes sauf une, les adeptes se levèrent pour former un cercle autour de la sculpture de Mithra et, dans la pénombre, on acheva le rituel de clôture.

Chacun prit son épée à sa ceinture, la tendit vers la tête du taureau posée sur l'autel, et, d'une seule voix, on s'écria :

— Silence !

55

Où l'étau se referme

— Vous êtes certain qu'il n'était jamais venu assister aux débats de l'Assemblée ? répéta le commissaire Guyot en reposant sa tasse de moka sur la petite table.

En toilette de ville, il n'était pas là, officiellement, pour travailler.

— Je ne l'y avais ja... jamais vu, en tout cas, répondit maître Desmoulins.

Les deux hommes, qui habitaient à quelques pas l'un de l'autre, chacun d'un côté du théâtre, se croisaient souvent ici, dans le pavillon Corneille du Théâtre-Français. On n'avait pas encore pris l'habitude de désigner les lieux par leur nouvelle appellation de théâtre de la Nation, tels qu'ils avaient été rebaptisés pour s'accorder à la tendance. D'ailleurs, afin de s'assurer la continuité d'une pension non négligeable, on écrivait toujours sur les affiches « comédiens ordinaires du roi »...

La Comédie-Française s'était installée depuis sept ans dans cette nouvelle demeure, bien plus digne d'une troupe royale que celle qu'elle avait occupée avant cela dans la rue des Fossés-Saint-Germain, en face du Procope. Véritable temple des arts dramatiques, avec ses huit colonnes doriques sur son imposante façade, le somptueux bâtiment abritait un café, où Camille, dont la maison donnait sur la place, aimait venir le matin pour écrire, gardant le tumulte du Procope pour le soir.

— Cela ne veut pas dire nécessairement que M. Le Roy ne fût jamais ve… venu à l'Assemblée, certes, mais je vais aux Menus-Plaisirs à chaque séance, ou presque, et c'est la pre… première fois que je l'y ai vu.

— Et vous êtes sûr que c'était le 4 août ?

— Co… comment oublier ? s'esclaffa Desmoulins. Une nuit pareille, on peut difficilement la confondre avec une autre ! Songez donc, demain, un simple citoyen pourra occuper vo… votre charge, monsieur le commissaire ! Et après-demain, peut-être, une femme !

— Mais si c'était la première fois qu'il venait, comment êtes-vous certain que ce fût lui ? insista le policier, sans relever l'ironie. Vous connaissez M. Le Roy ?

— Bien sûr ! Je l'ai même croisé il y a une dizaine de jours chez le comte de Mirabeau.

— Chez Mirabeau ? Tiens donc… Quel jour, exactement ?

— Eh bien, laissez-moi me souvenir… C'est le jour où je lui ai porté ma der… dernière contribution à son journal. C'était donc le 24 juillet.

M. Guyot hocha la tête, préoccupé. La veille, il avait enfin trouvé l'identité de l'un des deux agresseurs de Gabriel Joly. L'homme – celui que le journaliste avait désigné comme étant la tête pensante de ce duo de tortionnaires – se nommait Simon Sautereau de Quincy, et il était le directeur du cabinet de Georges-Alexis Le Roy, seigneur de la Boissière, richissime conseiller du roi et auditeur ordinaire en la Chambre des comptes. Depuis lors, le commissaire, se demandant si ce M. Le Roy pouvait être membre, lui aussi, de la mystérieuse Main rouge, avait envoyé ses mouches le surveiller discrètement et noter toutes les allées et venues à son hôtel de Saint-Mesme, dans la cour duquel se dressait la célèbre tour du Pet-au-Diable.

— Avez-vous des nouvelles de Gabriel, commissaire ? demanda Camille avec un petit air espiègle.

Personne n'était dupe, au district des Cordeliers, des liens que le jeune journaliste entretenait avec M. Guyot.

— Aucune. Mais je crois savoir qu'il est parti en sérieuse compagnie. Je ne me fais aucun souci pour lui.

— Le couvent est bien vide, maintenant que l'on n'y voit plus ni lui ni notre bonne Mlle Printemps ! se lamenta l'avocat.

Un éclair de surprise brilla dans les yeux de M. Guyot, et son visage se figea d'un coup.

— La petite bibliothécaire muette ? Elle est partie avec lui ?

— Vous n'êtes pas au cou… courant ? Lorette a disparu depuis quinze jours au moins, expliqua Camille.

— Non, répondit le commissaire d'une voix soudain basse. Je n'étais pas au courant. Voilà qui est… intrigant.

Un sourire malicieux éclaira lentement son visage.

Il remercia Desmoulins, lui donna une tape amicale sur l'épaule et quitta le théâtre de la Nation d'un pas preste. Il était venu chercher une piste, il repartait avec deux.

56

Où Récif replonge dans le passé

La nuit était tombée et Gabriel, chahuté sur son hamac par le tangage grandissant, ne parvenait pas à trouver le sommeil. D'heure en heure, le vent avait fraîchi et la mer n'avait cessé de grossir, si bien que les mouvements du navire s'amplifiaient grandement, faisant claquer la toile et craquer le bois.

Les yeux grands ouverts, le jeune homme regardait l'horizon avec mélancolie. Une lune immense léchait les flots agités, fardés de pépites d'argent. Dans les distances, au milieu du fracas des vagues et du sifflement des voiles, Gabriel fut certain d'entendre un homme qui chantait. Il tendit l'oreille et perçut quelques paroles :

... On couche sur la dure,
Sur de vieux lits de camp,
On fait triste figure
Quand on n'a pas d'argent,
Quand on n'a pas d'argent...

De guerre lasse, le journaliste se leva et, luttant contre le roulis, il traversa le pont. Contournant le guindeau qui permettait de remonter l'ancre, il longea l'annexe sous laquelle sommeillaient les matelots de deuxième bordée et arriva au gaillard ponté, à l'arrière du navire, cette partie surélevée depuis laquelle le siège du capitaine dominait tout le bâtiment. Là, à la barre, il reconnut la silhouette de Récif, portant tricorne et redingote, et qui, le visage fouetté par le vent, chantait, hilare, en mâchant sa chique. À côté de lui, Mlle Terwagne, accoudée au bastingage, profitait du grand air.

— Eh bien ! Il est de bonne humeur, lui ! lança Gabriel en montant à leurs côtés.

Le bateau bougeait tant que Joly faillit perdre l'équilibre et dut s'agripper au petit habitacle qui abritait bougies, boussoles et sabliers.

— M. Récif m'apprend des chants marins ! répondit Anne-Josèphe en venant s'agripper au bras du jeune homme.

— On est toujours heureux en mer, mes amis ! Ce sont les escales qui abîment l'humeur ! J'avais peur d'avoir perdu la main…

— Tu as l'air de très bien t'en sortir ! affirma Gabriel en voyant l'aisance avec laquelle le pirate manœuvrait. Tu as pris la place du timonier ?

— Je lui ai ordonné d'aller dormir. On obéit toujours au capitaine.

— Il a toujours raison ? demanda la Liégeoise, taquine.

— Il n'a pas le droit de se tromper !

— Tout cela te manque, hein ? fit Joly avec un tendre sourire, alors que l'avant du bateau se soulevait un peu plus haut à chaque nouvelle vague.

Le pirate haussa les épaules.

— Il faut prendre la vie comme elle vient. Il n'y a que le temps présent qui compte. Le passé n'existe plus, et le futur pas encore. Mais… j'ai de beaux souvenirs ! Les courses de Rabat jusqu'à Terre-Neuve, les assemblées, les conseils, les grandes batailles, les naufrages, même…

En vérité, Récif était plus nostalgique qu'il ne voulait l'admettre et, sans quitter la mer des yeux, il se laissa emporter par ce voyage dans le passé, sous le regard bienveillant de ses deux amis.

— Mon premier abordage, et mon premier sabordage ! Et puis les embardées, les beuveries, *à border l'artimon*, les histoires des anciens, la nuit, à la lumière d'une bougie… Et les amis perdus en route. Mon second, le Grand Ju, fort comme un Turc, fidèle en amitié comme un homard en amour, le sourire toujours aux lèvres, et qui est tombé à Libertalia sous les balles des Anglais. Un *el'askar*[1], celui-là ! Et puis mon canonnier, mes artilleurs… J'avais une sacrée équipe, là-bas, vous savez ?

— Tu en as une belle à Paris, avec les Renégats.

— Les enjeux ne sont plus les mêmes. La chasse-partie n'a plus le même sens, sur terre… Ah, si vous nous aviez vus nous partager, sur les plages de Madagascar, les butins des Portugais qui croyaient pouvoir venir nous en chasser !

— Grâce à nous, vous revoilà en mer ! lui lança Anne-Josèphe.

— Certes ! Et avec un trésor à la clef !

— J'aimerais surtout retrouver Lorette, intervint Gabriel.

Récif rit franchement, en lui donnant une tape amicale sur l'épaule.

---

1. « Soldat », en arabe, qui a donné le français « lascar ». On l'employait souvent pour désigner un bon soldat en mer.

— Ce que tu peux être bêtasse, quand tu t'y mets, petit ratapiat ! Tu cours un mauvais bord !

— On est toujours un peu rêveur, quand on est amoureux ! le défendit gentiment Terwagne. Ne l'avez-vous jamais été ?

— Je le suis toujours, mademoiselle ! Mais de la mer ! Et croyez-moi, ce ne sont pas des amours de tout repos ! Regardez plutôt !

Au loin, les premiers rayons du soleil se levaient sur un ciel d'orage.

57

Où le sort de mademoiselle Printemps prend une tournure dramatique

Quand Lorette reprit ses esprits, il lui fallut quelques secondes pour comprendre qu'on l'avait ligotée, bâillonnée, et qu'on lui avait bandé les yeux. Une douleur lancinante lui enserrait le crâne et, pieds et poings liés, tous ses membres étaient engourdis. Étendue sur quelque plancher instable, secouée dans tous les sens, elle grogna en essayant de trouver une position moins inconfortable, mais ses liens ne lui en laissèrent guère le loisir.

Où était-elle ? Combien de temps avait passé depuis son évanouissement ? S'efforçant d'analyser la situation, elle en appela à ceux de ses sens qui n'étaient pas entravés. Elle éprouva les mouvements du plancher sur lequel elle était allongée, elle identifia les bruits des grandes roues qui, sous elle, remontaient un chemin de terre, les sabots de plusieurs chevaux qui foulaient le sol, les odeurs du maquis, et elle en déduisit sans peine qu'elle se trouvait à l'arrière d'une charrette ou d'une voiture.

Ainsi, on l'avait enlevée.

Peu à peu, les images lui revinrent. Son loup, la flèche qui avait traversé son flanc et l'avait projeté sur le sol. Était-il seulement blessé, ou bien… Et son oncle Gianni… Elle revit sa poitrine transpercée par le glaive, son dernier regard, déserté par la vie… Et alors elle ne put se soustraire à cette effroyable réalité. La peine et la colère emplirent les yeux de la jeune femme de sourdes larmes, et un étouffant sentiment de culpabilité la plongea dans le désespoir. N'avait-elle point apporté la mort sur le seuil de son oncle ? Pourquoi ne l'avait-on pas tuée, elle aussi ? Lorette songea à cet instant que mourir eût été une souffrance moins grande que celle de survivre à l'homme qui l'avait élevée. L'homme qui l'avait accueillie de nouveau, sans jugement, et avec l'amour d'un père.

La jeune femme, très certainement, n'avait point connu affliction aussi grande que celle-ci, depuis le jour où, enfant, elle avait quitté la Corse. Quel mauvais génie pouvait donc s'acharner ainsi sur l'histoire de la famille Pellegrini, ne lui offrant que le drame, et le répit, jamais ? La boule qui s'y forma déchira la gorge de Lorette, et elle crut que son cœur lui-même allait s'abîmer de douleur.

Combien de temps resta-t-elle ainsi, chahutée par les routes de Corse ? Des heures, certainement, et chacune qui passait ne faisait qu'accroître son accablement. Maintes fois elle voulut crier, de rage et de peine, mais le bâillon sur sa bouche ne lui offrit pas même ce maigre soulagement. La route monta longtemps, puis elle redescendit, cahoteuse et capricieuse, exhalant des nuages de poussière sèche qui envahissaient les narines de Lorette et agrandissaient encore l'impression qu'elle avait de suffoquer. Et puis, enfin, tout s'arrêta.

La jeune femme sentit des mains l'attraper par les jambes et la tirer sur le plancher, jusqu'à la faire tomber par-dessus bord.

Chuter dans l'obscurité fut une impression épouvantable. Le choc du sol, qu'elle n'avait pu appréhender, lui envoya une décharge à travers tout le corps. On la prit par les épaules et on l'obligea à se relever. Mlle Printemps tenta de se débattre mais, les mains et les jambes entravées, l'entreprise ne servait à rien, sinon à se faire plus mal encore. On la poussa sans ménagement pour la faire avancer, et plusieurs fois elle faillit tomber, tant les cordes qui lui liaient les pieds ne laissaient guère d'amplitude à sa marche.

Elle entendit les rires de plusieurs hommes éclater en trombe autour d'elle. Ses ravisseurs semblaient s'amuser de la démarche de la jeune femme, qui peinait à rester debout. Elle jura en son for intérieur de les tuer un par un.

— Avance, petite vipère !

On lui donna encore de grands coups dans le dos pour la faire progresser sur un chemin de terre.

Le bandeau noir serré sur ses yeux ne laissait passer aucun filet de lumière, et elle n'eût pu dire quelle heure du jour ou de la nuit il était, ni dans quelle région de l'île ils se trouvaient. Il lui sembla distinguer, dans le lointain, le ressac de la mer, mais n'était-ce pas le vent ?

Puis elle entendit devant elle le bruit d'une porte qu'on ouvrait. L'instant d'après, deux mains de chaque côté de ses épaules la soulevèrent du sol, et elle comprit qu'on la portait par-dessus les marches d'un escalier qui s'enfonçait sous terre.

Une autre porte encore, quelques nouveaux pas, et on fit choir la jeune femme au sol. Lorette s'étala de tout son long sur des dalles humides et fraîches, où elle se cogna durement le menton. Elle entendit le tintement d'une chaîne qu'on traînait sur le sol, puis on l'adossa contre un mur et on lui passa les mains dans des menottes.

— Ne bouge pas, gamine. On va s'occuper de toi.

Une main odieuse se pressa sur sa poitrine, et elle battit des bras pour s'en débarrasser, ivre de rage.

Les voix s'éloignèrent dans de nouveaux éclats de rire.

La porte se referma.

Dans pareille situation, bien des hommes et bien des femmes eussent été immédiatement saisis de terreur. Mais les sentiments qui habitaient Lorette, à cet instant, étaient d'une tout autre nature. La jeune femme ne craignait pas pour sa vie. Elle craignait seulement de mourir avant que d'avoir pu se venger. Car, plus que jamais, c'était la fureur et la haine qui coulaient dans ses veines, plus vivement encore que ne coulaient sur ses joues les larmes de la souffrance.

Le dos collé contre la paroi de pierre, elle laissa sa tête retomber en arrière, la mâchoire serrée. Et elle resta ainsi un long moment. Une heure, peut-être deux, jusqu'à ce que l'écho d'une voix lointaine la sortît soudain de sa torpeur.

Les deux mains empêchées par les entraves, elle peina à se relever. Quand elle y fut parvenue tant bien que mal, elle colla son oreille contre le mur.

Quelques mots lui parvinrent, de très loin.

... selon l'ordonnance... jamais changer... sous l'empire de la Mort, je devrais seul m'élever... protège-moi, Silence, quand tu verras le cosmos supérieur...

Récitées comme une litanie, ces paroles étaient totalement sibyllines. La jeune femme secoua la tête et se plaqua de nouveau contre la paroi.

... plus grand des dieux, ô Soleil invaincu, seigneur du ciel et de la terre... entre tes mains la transmutation de la renaissance...

À n'en point douter, c'était une prière, prononcée par plusieurs hommes, et Lorette fut convaincue qu'elle se trouvait dans un temple de la Manorossa, vraisemblablement à l'endroit précis où Duvilliers avait dû se rendre. Si elle n'avait point eu les mains liées, c'eût été une heureuse nouvelle, car elle était à bon port. Mais elle était prisonnière, et accomplir sa vengeance allait demander quelque astuce et quelque ressource.

Car il faudrait d'abord s'échapper.

58

Navire en vue !

La galiote avait filé sans répit depuis le port d'Antibes, et le soleil, qui venait de se lever derrière de gros nuages, allumait à peine les côtes de la Corse dans le lointain. Pendant toute la nuit, la mer et le vent avaient continué de grossir, et le ciel du petit matin était d'une noirceur inquiétante, annonçant un orage d'été. Sous ce grand courant d'air qui soufflait du sud-est, la gîte inclinait fortement le navire à tribord, le faisant dériver beaucoup, tandis que de grosses vagues lui imprimaient un tangage violent. Les lames déferlaient avec toute la rage de Neptune, passaient par-dessus le pont pour s'y briser dans d'effroyables fracas. Ces montagnes d'eau étaient si hautes qu'elles cachaient par instants le navire tout entier !

Gabriel, terrifié, le cœur au bord des lèvres, s'agrippait au bastingage à pleins bras et regardait Récif, incrédule. Le pirate, les bras écartés au milieu du gaillard, semblait vouloir avaler la mer, s'offrant volontiers à la bourrasque. Dame, le pirate rugissait de plaisir !

— Tu es fou ! hurla le jeune homme, peinant à se faire entendre tant le vent grondait et sifflait dans les cordages.

— Renifle-moi ça, la Plume ! répondit le Salétin, hilare. C'est le sirocco ! C'est un vent de chez moi ! Vois comme il nous apporte la terre de mes ancêtres !

— Il va surtout nous emporter !

— Tais-toi donc et profite, misérable ! C'est dans la tempête qu'on reconnaît les bons matelots !

Le navire, luttant contre le gros temps, craquait dans toutes ses parties, et la mâture pliait tant qu'on l'eût imaginé rompre. Mlle Terwagne, qui était partie s'abriter sous la chaloupe avec une partie de l'équipage, ne semblait pas beaucoup plus rassurée que le journaliste, et la chose faisait rire les marins autour d'elle.

— Vous inquiétez pas, mademoiselle ! C'est la mer qui vous rend les honneurs !

La tempête grossit encore, et le journaliste, qu'un nouveau caprice de la Méditerranée venait de faire tomber au sol, vit soudain Récif traverser le gaillard d'un pas preste puis, se tenant au bastingage, coller une longue-vue sur son œil droit.

D'un geste brusque, le pirate replia la lunette, la glissa dans sa ceinture puis amena le porte-voix devant sa bouche pour hurler en direction du second.

— Faites fausse route ! cria-t-il en tendant le bras à bâbord.

L'officier sur le pont transmit aussitôt l'ordre qu'on changeait de cap.

Gabriel se laissa immédiatement gagner par quelque inquiétude. Quelque chose ne tournait pas rond ! Il vit son ami revenir vers le timonier, qui luttait sur la barre, et lui donner une grande tape sur l'épaule pour l'encourager.

— Que se passe-t-il ? cria Gabriel en se rapprochant tant bien que mal, dans les convulsions du navire. On va dans les rochers, c'est ça ?

Récif, qui semblait tenir debout par une force miraculeuse, vint vers lui, l'aida à se relever et lui tendit la lunette. Son visage avait changé.

— Frégate à tribord ! annonça-t-il la mine grave.

Le journaliste, le bras enroulé autour d'un cordage, regarda dans la longue-vue. Il aperçut aussitôt le navire aux larges voiles carrées qui se dirigeait droit vers eux, depuis les côtes corses.

— Ils viennent nous aider ?

— Regarde ses pavillons !

Gabriel porta de nouveau la lunette à son œil. Il sentit son cœur s'arrêter en découvrant les deux étendards qui flottaient en haut du mât arrière. Le premier était aux couleurs de la République de Gênes. Le second figurait en son centre une main rouge.

— Tu… tu crois que…

— Il nous faut gagner la rive avant que nous soyons à portée de leurs canons ! Ils en ont vingt, nous n'en avons aucun ! enragea Récif.

Le visage du journaliste pâlit davantage.

— Ils… ils ne vont quand même pas nous tirer dessus ?

— Ils n'ont pas l'air de vouloir nous apporter des fleurs, tête de pipe ! Ils filent vent arrière ! Il va nous falloir prendre le large pour les contourner sans les laisser prendre notre pont sous l'enfilade de leurs canons ! Va compter tes chemises, Gabriel, ça va secouer !

Le pirate traversa de nouveau le gaillard en sens inverse pour se faire entendre sur le pont, par-dessus les mugissements de la tourmente.

— Tous les hommes à la manœuvre ! hurla-t-il dans son porte-voix.

Le maître d'équipage partit chercher les marins de deuxième bordée, encore abrités sous la chaloupe, à côté de la Liégeoise.

— Sortez vos écubiers[1] !

Les matelots se précipitèrent aussitôt auprès de la première bordée afin de l'assister. Chacun se porta à son poste. On tira sur les écoutes pour remplir les voiles, qui se tordirent et se froissèrent avec fureur dans de grands claquements, avant de se tendre sèchement, à en déchirer la toile. Malgré la gîte qui couchait presque le bateau, l'un des membres de l'équipage grimpa adroitement dans les haubans et, le regard fixé sur l'arrière, s'efforça de prévoir le mouvement des vagues pour commander au timonier les coups de barre qui permettraient de garder le cap aussi convenablement que possible.

Le bateau prit rapidement de la vitesse, se soulevant plus haut à chaque nouvelle vague. Et la mer qui gagnait toujours en violence, le ciel qui se gonflait de masses noires !

Soudain, un grand bruit déchira l'air. Gabriel crut que c'étaient les voiles qui, en frappant contre les mâts, avaient fait un grondement de tonnerre, mais un éclair dans le ciel l'en détrompa. L'orage éclatait pour de bon.

Récif, qui courait d'un bord à l'autre, ne cessait de regarder dans sa lunette en pestant. Dans une grimace, il retourna au poste de commandement.

— Serrez le vent ! ordonna-t-il, les mains crispées sur le bastingage.

Le navire perdit aussitôt de son entrain. Pour prendre le large, il leur fallait naviguer au plus près, les voiles bordées

---

1. Expression qui signifie : « Réveillez-vous ! » dans le jargon des marins.

presque dans l'axe du bateau, si bien que la poussée du vent faisait considérablement gîter le navire. Malheureusement, à cette allure et sur ce cap, le voilier ne pouvait prendre toute sa vitesse, et il se heurtait encore plus aux assauts de la vague.

Au loin, le vaisseau ennemi vira de bord pour les rallier en leur coupant la route, et il allait bien plus vite. L'orage gronda de nouveau, alors que des éclairs éblouissants déchiraient le ciel.

— Barre à bâbord ! Arrivez au petit largue ! ordonna Récif, le regard plus sombre encore que les nuées.

Le timonier s'exécuta afin que la galiote prît le vent de travers, à la perpendiculaire presque. Les voiles s'écartèrent de l'axe du bateau.

— Que se passe-t-il ? demanda Gabriel, qui sentait le sang battre dans ses tempes.

— Il y a trop de vent ! pesta le pirate, que l'impuissance rendait furieux. Ils marchent mieux que nous, nous n'allons jamais pouvoir leur échapper !

De fait, le capitaine et l'équipage eurent beau faire de leur mieux pour prendre le large, tirant à leur pauvre galiote tout ce qu'elle pouvait donner, bientôt, la frégate arriva à portée.

Ce fut l'instant suprême. Trois coups de canon jaillirent du bordage.

Gabriel écarquilla les yeux, pétrifié, et se jeta derrière le petit habitacle du gaillard pour y prendre abri.

La première salve était mal ajustée. Les boulets vinrent mourir dans l'eau, mais fort près du navire.

Le Salétin hurla de nouveaux ordres au timonier, le faisant louvoyer, mais le vent jouait contre eux. Les deux vaisseaux se rapprochèrent encore.

— Nous sommes faits, Gabriel ! annonça le pirate d'une sinistre voix.

Alors la canonnade débuta, enveloppant les mâts ennemis de nuages de fumée blanche. Un premier boulet traversa la voilure de la galiote, y laissant un trou béant.

— Aux abris ! cria Récif en attrapant Gabriel par le bras pour l'entraîner dans l'escalier qui descendait sur le pont.

Trébuchant à chaque pas, ils coururent ensemble vers l'annexe, sous laquelle Mlle Terwagne était toujours blottie, blafarde comme un linge.

— Dépêchez-vous ! hurla-t-elle en se tenant des deux mains à la chaloupe.

Gabriel et Récif couraient de toutes leurs forces quand, au-dessus d'eux, une vergue brisée en deux fendit l'air, entraînant avec elle un lambeau de voile. Elle s'écrasa à quelques pas à peine.

Le Salétin, fou de rage, donna un coup de pied dedans, alors que l'un des marins, le visage en sang, roulait sur le pont, à l'avant du navire.

— Allez le chercher ! ordonna Récif.

Il y eut une série de détonations encore, qui se mêlèrent à la foudre, et une pluie de mitraille s'abattit sur la galiote, crevant les bordages, découpant les agrès. À l'avant du bateau, les membres de l'équipage partis sauver leur compagnon se mirent à hurler, le corps criblé de longues échardes.

Six des dix boulets tirés par la frégate avaient touché le navire dans son flanc. Une voie d'eau se déclara à tribord.

Quand Gabriel et Récif furent arrivés auprès de la Liégeoise, le pirate s'efforça de lui adresser un regard rassurant.

— On va s'en sortir, promit-il.

Puis il leva les yeux. La mâture avait été touchée elle aussi. Et, par-dessus bord, on voyait la frégate qui approchait encore. À travers les sabords, on devinait même les feux qui allaient allumer une prochaine salve des canons.

Bientôt, l'ombre noire de la voilure ennemie, qui ne cessait de grossir, commença à envahir le pont. Dans le ciel d'orage, la main rouge brodée sur son étendard claquait au vent comme une terrible menace.

Une nouvelle salve éclata, dans un concert assourdissant. Projetés à terre, Gabriel et Anne-Josèphe échangèrent un regard terrifié.

— Ils… Ils vont nous tuer !

Le navire, en panne et chargé d'eau, commença lentement à s'abîmer dans la mer, avec quelque chose comme une résignation digne, une révérence de capitulation.

— Mouillez la chaloupe ! cracha Récif en faisant signe à l'équipage de le rejoindre autour de l'annexe. On… On abandonne le navire !

Et c'était bien l'ordre le plus terrible que pouvait donner un capitaine. Perdre son bateau, pour un pirate, était pire encore que perdre un homme.

— Second, va me chercher mon pavillon ! Il ne coulera pas avec le bâtiment !

Récif était en train d'aider les matelots à faire descendre l'embarcation de secours quand, soudain, il s'immobilisa, les yeux fixés vers la proue.

— Foutre ! N'ont-ils pas assez d'un seul bateau pour nous couler ? hurla-t-il.

Mais alors Gabriel, qui avait vu la même chose, l'attrapa par le bras.

— Qu'est-ce que tu veux ? s'emporta le Salétin.

— Regarde mieux ! dit le journaliste en lui montrant sa longue-vue.

Le pirate porta la lunette à son œil.

— Sacrebleu ! lâcha-t-il, alors que l'expression sur son visage venait de se transformer tout à fait.

— Qu'y a-t-il ? s'enquit Mlle Terwagne.

— Là-bas ! expliqua Gabriel en tendant le bras vers l'horizon.

Au loin, une corvette de seize canons arrivait. Elle venait de hisser son pavillon. Il était noir et figurait une tête de mort, derrière laquelle se croisaient deux tibias. C'était le Joli Rouge, pavillon sans quartier des boucaniers. Mais ceux-ci n'étaient pas de Petit-Goâve, à Saint-Domingue. Ils étaient de Corse !

— Nous sommes sauvés ! s'exclama la Liégeoise.

Récif grimaça. Il n'en était pas si sûr.

59

Le soleil vaincu

— Pater, sauf votre respect, j'ai réfléchi à la nouvelle que vous nous avez annoncée et… si Terwagne et ses deux acolytes sont partis longtemps après la jeune muette, cela ne peut vouloir dire qu'une seule chose. Ils ne sont pas sur ses traces : ils sont sur la nôtre. Le jeune Joly possède un esprit d'une stupéfiante sagacité. Il a dû décrypter la gravure…

Un murmure sombre parcourut l'assemblée.

— Alors nous n'avons d'autre choix que de quitter l'île au plus vite, frère Sentinelle ! Les adresses des *mithraea* ont été compromises !

Duvilliers hocha lentement la tête derrière son masque de bête. Rien ne justifiait en effet qu'on prît le risque de rester ici. Le plan de la Manorossa était en marche, il avait déjà porté ses fruits à l'Assemblée ; il eût été stupide de tout gâter en si bon chemin.

— Nous allons préparer notre départ, assura le colonel d'une funeste voix.

Le Pater se tourna alors vers Tenducci, assis dans la pénombre sur le banc de la *spelunca.*

— Voyez-vous ce qu'il advient par votre faute, frère Corbeau ?

Le castrat baissa la tête, sans savoir que répondre. En laissant Mlle Terwagne lui voler sa gravure, il avait mis la Manorossa dans une fâcheuse situation. L'ordre allait devoir, en tout pays, trouver de nouveaux lieux pour héberger ses cérémonies secrètes.

— L'heure n'est pas aux châtiments, mais le vôtre sera à la mesure du drame auquel vous nous exposez. Sortez !

Le chanteur resta immobile un instant, incrédule. Se faire exclure de la *vendita* était, assurément, le plus grand déshonneur que pût essuyer un membre haut gradé de la Main rouge. Un silence de plomb s'abattit sur la petite grotte. Puis Tenducci se leva, résigné, exécuta le salut rituel et sortit tête basse.

Le colonel Duvilliers dessina un soleil avec ses mains pour demander la parole.

— Nous vous écoutons, frère Sentinelle.

— Il reste à décider de ce que nous allons faire de la jeune muette.

Le Pater poussa un soupir.

— C'est vous qu'elle a suivi. C'est vous qui devrez résoudre ce problème. Essayez d'abord d'apprendre ce qu'elle sait. Vous ferez ensuite ce qui doit l'être.

Duvilliers opina du chef.

Les adeptes procédèrent alors au rituel de clôture, et chacun s'en alla préparer le départ, excepté le colonel, qui resta auprès du Pater, avec lequel il attendit que tout le monde fût bel et bien parti.

Quand la *spelunca* fut vide, Duvilliers ôta son masque. Mais le Pater, lui, conserva le sien.

— Vous pensez qu'elle sait ? demanda ce dernier.

— Je l'ignore, mais si elle me suit depuis de si longs mois, c'est qu'elle sait au moins quelque chose.

— Alors nous ne devons pas prendre de risque, Charles-Antoine. Vous comprenez ce que cela veut dire ?

Le militaire grimaça.

— Vous voulez que je la tue ? énonça-t-il gravement.

— Je ne vois aucune autre solution, répondit le Pater d'une voix tout aussi sinistre. Cela vous pose-t-il problème ?

— Si c'est ce que vous voulez, je le ferai.

— Ce que l'on *doit* faire ne s'accorde pas toujours avec ce que l'on *veut* faire. J'aurais aimé qu'il en fût autrement. Si cet enfant ne nous avait pas échappé à sa naissance, les choses auraient pu être différentes. La Manorossa œuvre pour changer l'avenir, mais elle ne peut pas changer le passé.

Duvilliers, dans un soupir, fit signe qu'il avait entendu. Puis il salua le Pater, sortit du *mithraeum* et partit en direction de l'église de la Canonica, sa main droite serrée sur le pommeau de son épée.

60

Le *Trident*

La galiote avait déjà sombré à moitié au milieu des vagues quand ses rescapés, à bord de la chaloupe, arrivèrent au flanc de la corvette pirate.

La mer, qui s'était un peu calmée comme l'orage s'écartait, rendait néanmoins l'abordage difficile, et tous les matelots d'Antibes encore debout œuvrèrent pour que leur petite embarcation ne se fît point écraser par le navire qu'ils approchaient.

— Sortez la drome ! cria Récif, debout à la poupe. Servez-vous-en pour tenir la coque à distance !

Quoique de taille plus modeste que la frégate, la corvette au-dessus d'eux était un authentique vaisseau de guerre, que sa rapidité et sa maniabilité rendaient idéal pour la course pirate. Ce navire de plus de trois cents tonneaux comptait sous ses trois mâts à voiles carrées une soixantaine de membres d'équipage et seize canons en batterie. Si l'arrière était surélevé d'un gaillard, l'avant abritait un château plus haut encore, qui permettait de dominer l'adversaire à l'abordage. C'était une sournoise arme des mers.

La frégate ennemie, qu'ils avaient croisée en sens inverse en s'échappant du naufrage, et qui avait tenté de les bombarder au passage, était en train de faire demi-tour au large. Dans quelques minutes, elle serait de nouveau sur eux.

Soudain, comme tombée du ciel, une échelle de corde passa par-dessus le bastingage. De là où ils étaient, les rescapés ne pouvaient voir ce qui les attendait en haut. Les matelots d'Antibes, pour qui un pavillon noir n'était jamais une bonne nouvelle, échangèrent des regards inquiets.

— Que fait-on ? demanda Gabriel, qui n'était pas beaucoup plus rassuré.

— Je monte ! répondit Récif, mêlant aussitôt le geste à la parole. Sortez les pare-battages, amarrez-vous à couple, et attendez que je vous fasse signe !

Puis il continua sa périlleuse ascension, alors que l'échelle était vivement chahutée par le tangage. Arrivé sur le pont, le Salétin se retrouva nez à nez avec le capitaine de la corvette et une quinzaine de membres de son équipage, qui l'entouraient en demi-lune. Et quel équipage !

Il y avait là, en uniformes dépareillés, ce qui se faisait de mieux en termes de loups de mer ! Il y avait de la cicatrice[1], il y avait de la dent noire, il y avait du sabre et du pistolet, de la barbe et de la calvitie, il y avait du tricorne et du bonnet, de la veste à revers, dont la couleur variait selon le royaume auquel appartenait le marin à qui on l'avait dérobée : rouge comme celle de Récif, s'il était anglais, grise

1. Contrairement à la légende, si les pirates portaient souvent les stigmates des blessures subies au combat, il était toutefois fort rare d'en voir un porter la légendaire jambe de bois qu'on leur associe dans l'imagerie populaire : à l'époque, et particulièrement dans ces conditions de vie, survivre à une amputation relevait du miracle…

s'il était de France, violette s'il était d'Espagne. Toutefois, dans ces tenues disparates, il y avait de la coquetterie, aussi : il y avait de la soie, du brocard et du satin, de la perruque poudrée à la tête des officiers. On était débraillé, mais on était propre, bien plus propre en tout cas que se l'imaginaient ceux qui n'avaient jamais vu de pirates qu'en gravure. Si les matelots, par choix, allaient pieds nus, les officiers portaient de la belle chaussure à talon, chausses et haut-de-chausses de qualité. Quant à ces têtes burinées par le sel et le soleil, celles qui n'étaient pas noires de naissance on les avait noircies, juste avant le combat, dans le seul dessein d'effrayer l'ennemi.

— Tu es dans les affaires ? demanda le capitaine à Récif alors qu'ils se mesuraient l'un l'autre du regard.

Le commandant de la corvette était un homme de petite taille et de sèche constitution, avec une tête de renard, futée et pointue, un nez aquilin et un regard noir, brillant d'astuce. À la couleur de sa peau comme de sa chevelure, on l'eût facilement dit de Sardaigne ou de Corse, et son air facétieux eût mérité en plein l'épithète de roublard. Un tricorne sur sa perruque d'argent, une redingote bleue aux manches brodées de fils d'or, un gilet, un haut-de-chausses de la même couleur et une chemise à jabot composaient son élégante toilette.

Récif fouilla dans sa poche et en sortit le pavillon de Libertalia, dont le vent méchant avait déchiré les bords.

— Serais-tu venu vers nous, si tu n'avais pas vu cela ? demanda-t-il en montrant l'étendard qui disait « Liberté, liberté, liberté ».

Le capitaine ricana en regardant le drapeau.

— Taratata ! J'ai connu beaucoup de marins qui racontaient avoir navigué dans les eaux de Libertalia. Mais fort peu qui y fussent vraiment.

Quelque chose comme une grimace agacée se dessina lentement sur le visage de Récif. Il remit le pavillon dans sa poche, poussa un soupir et, le regard droit, il annonça d'une voix dramatique :

— Je suis Abderrahman Benaïcha, petit-fils du grand Abdellah Benaïcha, maître d'embarcation à Salé-le-Neuf. J'étais un seigneur de la mer quand tu tétais encore le sein de la tienne, j'étais amiral du *Royal Providence*, galion de trois mâts, dans la baie du Tonnerre, j'ai navigué dix ans dans les eaux de Libertalia, sur les sillons d'Olivier Misson, et je suis aujourd'hui un frère Renégat. Si tu mets encore une seule fois ma parole en doute, capitaine, je te mets le trou de balle en étoupe.

Une rumeur interdite parcourut l'assemblée. Certains pouffèrent, d'autres portèrent la main à l'épée. Le capitaine leur fit signe de garder leur calme.

— Le petit-fils de Bénache[1], hein ?

— Ouais. Mes amis m'appellent Récif. Mais pour toi, ce sera Monsieur.

Le capitaine de corvette, ses yeux noirs plongés dans ceux du Salétin, porta à son tour la main à sa ceinture et se saisit d'un coutelas, qu'il dégaina d'un coup sec.

Mais alors, au lieu de porter la lame vers le Salétin, il la donna à son second, à côté de lui, et, soudain, un sourire éclaira son visage.

— Et tu ne me reconnais pas, mauvais marsouin ? Foutre ! Combien de rhums bois-tu chaque matin ?

Récif, interloqué, regarda le capitaine avec plus d'attention puis haussa les épaules.

— Devrais-je te reconnaître ?

---

1. Ainsi surnommait-on en France le grand-père de Récif, Abdellah Benaïcha, le plus célèbre des corsaires salétins.

L'homme fit alors une révérence théâtrale.

— Saverio Tavera, arrière-petit-fils de Pietro Paolo Tavera, dit Hassan Corso, embarqué dès l'enfance par les pirates d'Alger, dont il termina caïd ! J'ai quitté Libertalia tout juste un mois après ton arrivée, mon vieux de la cale, pour venir ici soutenir mes frères de sang contre le joug de Gênes ! Tu as la mémoire d'un poisson rouge, frérot !

— Savé ? s'exclama Récif, abasourdi, en reconnaissant enfin, non sans embarras, le visage de cet homme qu'il n'avait pas vu depuis près de douze ans.

— Moi-même, vieux lascar !

Les deux hommes se jetèrent dans les bras l'un de l'autre et se donnèrent l'accolade en riant à pleine gorge.

— Tu es capitaine, maintenant ? Toi ? Le petit Savé ? Bigre ! Où mouillez-vous ?

— Quelque part..., répondit le Corse.

— Ça alors ! La mer nous réserve toujours de ces surprises, n'est-ce pas ? Et qu'est devenu Dan le Navarrais ? demanda Récif en se souvenant de ce pirate basque qui, jadis, les avait commandés l'un et l'autre.

— La dernière fois que je l'ai vu, il était sur le *Zéphir*, dans la rade de Saint-Jean-de-Luz. Mais j'ai entendu dire qu'il avait mis à la cape[1] à Panama...

— Sacré Dan ! Le cayman !

— Allez ! Bienvenue à bord du *Trident*, capitaine Récif !

— Mon Savé, je suis ton obligé ! En d'autres circonstances, cela appellerait une belle fête ! Mais j'ai besoin de ton aide, sur l'instant. Cette frégate n'a pas joué à armes égales ! dit Récif en désignant le bateau qui, déjà, revenait vers eux. Tirer sur une galiote sans canon, c'est de la bouline de revers ! Il ne sera pas dit que je brasse à culer ! Je

1. Faire profil bas.

vais lui rendre la monnaie de sa pièce ! Veux-tu bien qu'on le prenne en chasse et qu'on le bombarde correctement ? C'est un fin voilier, mais le capitaine est marin comme ma petite sœur. On va l'enfiler de bout en bout !

Le capitaine de corvette fit une moue hésitante, puis il se tourna vers son second, un homme aussi petit que lui, mais plus trapu, et dont le visage rondouillard était traversé par des sourcils charbonnés et une fort belle moustache.

— Tu dis quoi, Mig ?

— Je pense la même chose que vous, capitaine, répondit le pirate avec un fort accent portugais.

Saverio hocha la tête, fit un clin d'œil à Récif et lui posa amicalement la main sur l'épaule.

— On va faire mieux que ça, le Sarrasin ! À tout seigneur, tout honneur ! Je vais te céder ma place de capitaine pour que tu puisses prendre ta revanche sur cette frégate ! Et je serai ton second !

— Tu… tu es sûr ? balbutia Récif, qui n'en croyait pas ses oreilles.

C'était véritablement le plus grand geste d'amitié qu'un pirate pût offrir à un autre. Et, à dire vrai, c'était un cadeau dont le Salétin n'eût même pas rêvé.

— Sûr ! répondit Saverio en lui tendant son porte-voix. Tiens ! C'est un honneur pour moi, et ça l'est pour nous tous, n'est-ce pas, matelots ?

Certains hochèrent vaguement la tête, d'autres haussèrent les épaules.

— Mais attention, frérot ! Je te laisse la barre pour cette seule bataille ! N'y prends pas l'habitude !

— Eh ! C'est ton bateau, Savé !

— Alors fais comme chez toi, mais… n'oublie tout de même pas que c'est chez moi ! Allez ! Tout le monde à la manœuvre ! Branle-bas de combat ! Aux ordres du capitaine Récif, et à Libertalia !

— À Libertalia ! s'écria l'équipage en écho.

Le Salétin, soulevant son tricorne pour saluer les hommes, fit une révérence. Puis il se redressa et ne perdit pas de temps pour leur donner un premier commandement :

— Faites monter l'équipage de ma chaloupe ! Il y a une femme et un blessé à bord !

— Chirurgien ! appela le quartier-maître.

Tout le monde se mit aussitôt en marche, et prestement. On aida les rescapés à monter à bord, et Gabriel et Anne-Josèphe, impressionnés par le navire, rejoignirent Récif sur la dunette, où il avait pris la place du capitaine.

— C'est vous qui commandez ? demanda Terwagne, ébahie.

— C'est une longue histoire. Maintenant, taisez-vous l'un et l'autre ! ordonna-t-il en indiquant l'endroit près de lui où le journaliste et la Liégeoise devaient sagement prendre place. Ne bougez pas d'un poil de chameau, regardez, admirez, et laissez parler la poudre !

Gabriel et Anne-Josèphe obtempérèrent en échangeant un regard. Le Salétin resplendissait de bonheur, et c'était un plaisir de voir ses yeux retrouver leur lueur espiègle.

Ils l'entendirent claironner ses ordres d'une voix sûre et décidée. En quelques instants, l'équipage, qui était d'abord resté sur ses gardes, fut convaincu que son capitaine par intérim était un solide loup de mer. Dès lors on suivit ses instructions à la lettre et, par une habile manœuvre d'évitement, Récif parvint, après avoir viré moult fois de bord, à amener la corvette sous le vent, dans une position qui allait permettre de défiler perpendiculairement à l'axe du navire ennemi, et par l'arrière. Ainsi, le vaisseau pirate, plus agile et plus rapide, allait pouvoir ouvrir le feu sur la partie la plus fragile de la frégate.

Quand ils furent presque à portée, Récif posa un regard circulaire sur le pont. Un sourire satisfait se peignit sur ses lèvres. L'équipage du capitaine Saverio était à l'évidence aguerri : tout était merveilleusement en place et tout le monde à son poste.

S'armant du porte-voix, il leur fit tourner la tête vers lui, une dernière fois.

— Braves marins du *Trident*, mes bons amis ! cria-t-il, à la manière d'un général haranguant ses troupes à l'aube du combat. Vous qui m'avez fait l'insigne honneur de me laisser monter à ce poste, pour que j'aie le privilège de commander aussi fièrement que provisoirement une si jolie troupe, voyez à contre-bord cette frégate génoise qui, tout à l'heure, nous canonnait, mes compagnons et moi, alors que nous n'avions point de batterie sur notre galiote !

Il tendit le doigt vers le vaisseau ennemi, en direction duquel ils filaient, et qu'ils allaient rejoindre d'un instant à l'autre.

— Avez-vous déjà vu marins plus fourbes et plus lâches que ceux-là ? Y a-t-il quelque honneur à tirer sur un homme désarmé ? Non ! Mais ce serait méconnaître les bontés de la Providence que de croire qu'elle ne vous amène point à dessein sur ma route ! Oui, messieurs ! Car, dans un instant, nous nous emparerons de ce bateau de malheur, ainsi que de tout ce qu'il contient, et c'est sûrement un beau chargement que nous partagerons ensemble, assis sur le crâne de nos ennemis ! Quoi ? Il est plus grand que nous ? Et alors ? La joie n'en sera que plus forte quand nous l'aurons amariné ! Car, foi de Bénache, il n'est pas né, l'homme qui mettra en déroute le capitaine Récif, et qui privera son équipage d'un joli butin ! Voulez-vous de l'or ?

— Oui ! crièrent les matelots.

— Voulez-vous de l'or ? insista Récif.

— Oui ! répétèrent-ils, plus fort encore.

— Alors allons le chercher où il se trouve ! Chacun de vous vaut mieux qu'un satané Génois ! Dans quelques minutes, nous serons seuls à leur bord ! Et je vous donne la part du diable[1] pour tout ce qui ne sera pas de la cargaison ! Mes braves garçons, allons nous servir !

Des cris de joie enflammés s'élevèrent vers les cieux.

— Parez à faire feu, au commandement !

Gabriel, bouche bée devant ce spectacle singulier, sentit son cœur palpiter. À côté de lui, Mlle Terwagne avait agité son sabre dans les airs, envahie elle aussi par la fièvre des pirates.

L'instant d'après, ils arrivèrent au cul de la frégate qui, malgré tous ses efforts et toutes ses voiles, n'avait pu se soustraire aux manœuvres de Récif.

— Maître canonnier ! Charge en double, pointe à démâter ! ordonna le Salétin, que son propre discours avait galvanisé.

— Tu crois vraiment qu'il y a du butin à bord ? chuchota Saverio, goguenard, à ses côtés.

— Il y en a toujours ! Et s'il n'y en a pas, il y en aura plus tard ! Je t'en donne ma parole.

— Feu bâbord ! hurla le canonnier depuis le pont quand l'ennemi fut en pleine ligne de mire.

On alluma les pièces.

---

1. Le droit de pillage.

PLANCHE XVIII : LE COMBAT NAVAL

61

Les nouveaux aristocrates

La matinée touchait à sa fin quand Georges-Alexis Le Roy, conseiller du roi et membre éminent de la Main rouge, traversa la cour de son hôtel de Saint-Mesme d'un pas preste, à l'ombre de la tour du Pet-au-Diable.

Ignorant ce que ses frères étaient en train de vivre sur l'île de Corse, il avait le visage illuminé d'un sourire satisfait, à la grâce du dossier qu'il tenait sous le bras. Celui-ci contenait la nouvelle liste des seigneurs qui lui avaient fait la promesse écrite de lui céder leurs privilèges terriens en échange d'un taux d'indemnité supérieur à celui qui devait être fixé par l'Assemblée. Pour ces nobles, inquiets des effets de la nuit du 4 août, c'était la garantie d'être indemnisés pour la perte de leurs privilèges. Pour la Main rouge, c'était l'assurance de ne point se faire doubler et de récolter seule les fruits de sa machination.

Arrivé sur le perron, l'homme s'étonna de ne point y trouver son majordome, qui venait toujours à sa rencontre pour le débarrasser de son manteau. Il ne vit pas non plus le palefrenier du côté des écuries. Songeant qu'il avait dû arriver un imprévu, le conseiller du roi, agacé et soucieux à la fois, poussa la grande porte d'entrée.

— Barthélemy ? appela-t-il dans le vestibule.

Son appel résonna sous les hauts plafonds de l'hôtel, mais resta sans réponse.

— Étienne ? Béatrice ? tenta-t-il, intrigué par le silence inhabituel qui régnait chez lui.

Toujours rien.

Dans un soupir, M. Le Roy accrocha lui-même sa veste sur un portemanteau – considérable effort – et partit ouvrir une à une les portes du rez-de-chaussée, pour ne trouver personne derrière. Ni domestique, ni cuisinier, ni intendante, pas même l'ombre d'une blanchisseuse. Personne.

Un voile sombre se posa sur son front. Retournant dans le vestibule, il alla prendre un fusil au râtelier, puis il monta lentement les marches qui menaient à son bureau.

L'hôtel était plongé dans le silence, et pourtant, les lampes à huile étaient allumées, et certaines bougies, à peine consumées, indiquaient même que la maison ne pouvait pas être vide depuis bien longtemps.

— Il n'y a personne ? lança-t-il à mi-étage, carabine au poing.

Sur la pointe des pieds, il traversa le petit salon sous le regard méfiant de ses ancêtres, dont les portraits ornaient glorieusement les murs. Devant son office, M. Le Roy prit une profonde inspiration. Prêt à faire face à d'éventuels cambrioleurs, il appuya délicatement sur la poignée, ouvrit lentement la porte et glissa un premier pied à l'intérieur. Volets fermés, la pièce était plongée dans l'obscurité.

À tâtons, il venait d'ouvrir un tiroir sur sa gauche pour en sortir un briquet lorsqu'une lumière s'alluma sur son bureau, comme par magie. Le visage d'un petit homme chauve, bien en chair, qui devait approcher la cinquantaine, apparut, confortablement installé sur son fauteuil.

— Qui… qui êtes-vous ? balbutia le conseiller du roi en pointant son fusil vers lui.

— Commissaire Guyot, enchanté. Et derrière vous se trouve mon cher ami et néanmoins collègue Pierre Morchoven, accompagné d'un magnifique pistolet double à silex, de la maison de Charleville, il me semble ?

— Ah non, commissaire ! C'est un Cassaignard, répondit une voix derrière M. Le Roy.

Le conseiller tressaillit en sentant le métal froid du canon qu'on venait de lui coller sur la nuque.

— Que faites-vous ici ? bredouilla le propriétaire.

— Je vais vous le dire. Mais eussiez-vous d'abord l'obligeance, monsieur, de bien vouloir déposer délicatement votre fusil sur la commode, avant que de venir vous asseoir un instant près de moi, que nous puissions causer tranquillement ?

— Sous quelle autorité êtes-vous entré chez moi, monsieur ? s'indigna Le Roy.

— Celle de l'Hôtel de Ville. Vous savez ? Cet endroit où vous avez échoué à placer le comte de Mirabeau ?

Le visage du conseiller blanchit d'un seul coup.

— Allons, posez ce fusil et venez vous asseoir. Il y a encore un détail qui m'échappe, et je suis certain que vous allez pouvoir m'aider…

— Il y a sûrement plus d'un détail qui vous échappe ! répliqua Le Roy sur l'air de la colère.

Le canon dans son dos pressa un peu plus fortement sur sa nuque.

— Le commissaire vous a demandé de déposer votre fusil et d'aller vous asseoir. Vous faites, ou j'appuie ?

Le conseiller hésita un instant, puis il se résigna, abandonna son arme et vint s'installer sur le fauteuil où, d'ordinaire, il accueillait lui-même ses visiteurs.

— À la bonne heure ! J'ai tout lu ! annonça le commissaire Guyot guilleret en donnant une grande tape sur une énorme pile de documents posée à côté de lui. C'est vraiment très intéressant ! Enfin... Je vous avoue que tout cela m'a tout de même profondément édifié. Il faut reconnaître que vous et vos petits camarades avez non seulement de l'imagination, mais de la détermination !

— Vous ne savez pas de quoi vous parlez, ni à qui vous avez affaire, commissaire ! grogna Le Roy d'un ton aussi suffisant que menaçant.

— Ah pardon ! Je sais parfaitement à qui j'ai affaire, monsieur ! J'ai affaire à un homme qui se croit intouchable, au-dessus des lois, mais qui va pourtant devoir répondre du crime de lèse-nation. Un crime qui a fort mauvaise presse, par les temps qui courent. Les derniers suspects ont fini la tête au bout d'une pique en place de Grève...

— De lèse-nation ? s'esclaffa Le Roy. Si je suis coupable d'une chose, c'est précisément du contraire ! Je veux rendre à la nation ce qu'on lui a dérobé !

— Sans doute ne partageons-nous pas les mêmes vues sur ce qui sert la nation et sur ce qui la lèse. Fort heureusement, vous avez eu l'élégance de nous fournir bien plus de pièces qu'il n'en faudrait pour en juger sereinement ! se réjouit Guyot en montrant les montagnes de papier devant lui.

De fait, le policier avait passé une bonne partie de la matinée à éplucher le contenu d'un coffre qu'il avait fait ouvrir par son ami Morchoven, ancien inspecteur de police que l'attente d'une nouvelle affectation rendait fort impatient. Dedans, ils avaient découvert tout un tas de documents, non signés mais avec l'écriture reconnaissable du conseiller du roi, qui détaillaient par le menu le plan de la Manorossa, ses fins et les moyens d'y parvenir.

Ces documents, dont la lecture avait laissé le policier abasourdi, indiquaient très précisément comment les membres de la Main rouge entendaient faire tourner la révolte populaire à leur avantage. Le plan était diabolique, et d'autant plus effrayant qu'il avait déjà commencé à porter ses fruits, à la faveur de la fameuse nuit du 4 août.

— Ma profession m'a permis de rencontrer bien des crapules, tout au long de ma carrière, et je peux dire, monsieur, que vous appartenez à la pire espèce. Je crois qu'il n'y a rien de plus méprisable qu'un homme qui fait passer ses méfaits pour des bienfaits. Les grands brigands, au moins, ont l'honnêteté de s'affirmer comme tels.

L'œuvre de la Manorossa, en effet, était désolante, choquante et terrifiante à la fois. L'idée maîtresse consistait à défendre les nobles principes d'égalité et de liberté, mais dans l'intérêt unique de ses membres. Car, si la Main rouge, à l'image du peuple de France, voulait détruire la féodalité, ce n'était pas pour servir la nation tout entière mais la seule bourgeoisie à laquelle la plupart de ses adeptes appartenaient, et le tout avec un cynisme qui n'avait d'égal que le compte en banque de ses dirigeants.

Ainsi, la motion portée par le duc d'Aiguillon, inspirée par la Manorossa, abolissait certes les principaux privilèges mais, en imposant le rachat de ceux qui touchaient à la propriété terrienne, elle permettait surtout à la bourgeoisie de conserver ses terres et d'en acquérir de nouvelles, tandis que l'immense majorité des paysans était financièrement incapable de se libérer des redevances féodales. En somme, la féodalité n'était abolie que sur les terres que les plus riches bourgeois pouvaient racheter…

Fort habilement, ou sournoisement devrait-on dire, la Main rouge s'était conjointement assurée que, au nom merveilleux de l'égalité des droits, celui de propriété fût reconnu comme naturel et imprescriptible. Mais où était, alors, l'égalité des droits, quand la plus grande part du pays n'avait aucun moyen d'y accéder ?

Pis encore : dans l'un de ses Mémoires, M. Le Roy avait expliqué à ses frères comment il allait falloir influer sur la loi électorale, afin que celle-ci n'accordât le droit de vote qu'aux citoyens propriétaires.

— En somme, monsieur, à l'aristocratie de la naissance, vous entendez faire succéder celle de la finance ? Avec vous, plus besoin d'être noble, du moment qu'on soit riche ! Votre Main rouge, finalement, n'est rien d'autre qu'une réplique ensanglantée de la main invisible d'Adam Smith[1]. L'instrument du pouvoir, dans le monde dont vous rêvez, ne sera certes plus la naissance, mais il restera l'argent, puisque désormais, tout devient achetable, les privilèges, les terres, la main-d'œuvre, mais aussi, et surtout, la charge politique !

— Quelle étonnante leçon dans la bouche d'un homme qui a acheté sa charge de commissaire ! répliqua le conseiller sur un ton sarcastique. Combien l'avez-vous payée ? Cinquante ? Soixante mille livres ?

— Je vois bien que la chose vous échappe, mais figurez-vous, monsieur, qu'on peut être riche *et* honnête ! Et c'est bien parce qu'il m'a fallu payer ma charge que j'aspire à ce que, demain, tout cela disparaisse, et que nos enfants soient

1. Économiste écossais, il élabora en 1776 une théorie dite de la « main invisible », selon laquelle la réussite économique individuelle, guidée par l'intérêt personnel, contribuait à la richesse du bien commun, ce qui fut le fondement même du libéralisme. À la main invisible du Dieu bienfaiteur, on substituait la main invisible du dieu Économie…

récompensés pour leur mérite plutôt que pour le portefeuille de leur père !

— Allons ! La France ne sortira pas de la crise profonde dans laquelle la monarchie l'a mise sans que des hommes comme moi puissent reprendre son économie en main. Dans un pays où près de la totalité de l'activité économique est représentée par l'agriculture, il est essentiel que les entrepreneurs puissent accéder à la propriété terrienne. Nous ne ferons prospérer la France, et donc le peuple, qu'en libérant le commerce et la spéculation, en laissant se développer la manufacture et en réhabilitant l'usure, qu'on a sottement laissée aux juifs…

— Eh bien, dans ce cas, œuvrez pour que le peuple puisse développer lui-même l'agriculture, le commerce, la manufacture… Œuvrez pour que les paysans deviennent propriétaires des champs qu'ils labourent depuis des siècles, au lieu de vouloir les accaparer et faire des serfs d'hier les salariés de demain !

— Dame, commissaire, quelle démagogie ! Ne vous faites pas plus sot que vous ne l'êtes ! Il faut de l'instruction, pour tenir une affaire ! Vous savez comme moi que le peuple n'en a point les moyens.

— Monsieur, de grâce, taisez-vous, vous allez me faire vomir. Gardez vos brillantes explications pour les juges. Pour ma part, je n'attends de vous qu'une seule chose, c'est la liste de vos conjurés.

À ces mots, le conseiller du roi éclata de rire.

— Vous n'aurez rien de moi, monsieur le petit policier, sinon un courrier vous invitant à prendre congé !

— Alors faites-moi penser à vous apporter une plume et de l'encre à Bicêtre, monsieur, car c'est là que vont vous conduire les gardes qui vous attendent en bas.

— Pardon ? Mais de quel droit ? s'offusqua M. Le Roy.

— Dites-moi, monsieur le conseiller du roi, sauf votre respect, puis-je vous appeler Georges-Alexis ?

— Comment ? De quoi ?

— Georges-Alexis, fermez votre grande et sale gueule, s'il vous plaît.

Soulagé, le commissaire fit signe à son ami Morchoven afin que celui-ci conduisît M. Le Roy dans la rue du Martroi, où une voiture escortée par la Garde nationale du marquis de La Fayette attendait discrètement le futur prisonnier.

— Ça ne se finira pas comme ça ! C'est un scandale ! J'ai le bras long, vous savez ! Vous ignorez...

— Le commissaire a dit : ta gueule ! le coupa l'inspecteur.

Il l'emmena vers l'escalier.

M. Guyot poussa un soupir d'aise en les regardant sortir, puis il commença à ranger les piles de documents dans une caisse, autant de preuves accablantes qui allaient servir à l'instruction. Et si le juge se montrait un peu timide, le commissaire avait largement de quoi alimenter la presse. Une conspiration contre le peuple de France, ces jours-ci, cela risquait de faire de belles affiches ! Ah ! Combien il eût aimé que M. Joly fût là pour qu'il assistât à cette glorieuse victoire ! Car, à n'en point douter, M. Le Roy finirait bien par livrer à la justice la liste des membres de la Manorossa et, en remontant le fil, on trouverait les preuves qui permettraient d'accuser le colonel Duvilliers des tentatives de meurtre commises sur Mlle Terwagne. Et peut-être même du vol du trésor de Montmartel.

Le commissaire était en train de siffloter joyeusement en fermant la caisse de documents quand, soudain, deux détonations résonnèrent dans la cour.

D'abord pétrifié, le policier se précipita à la fenêtre. Mais une seconde avant de le voir, il savait déjà quel spectacle l'attendait : un étage plus bas, au pied de la tour du Pet-au-Diable, les cadavres de l'inspecteur Morchoven et de M. Le Roy gisaient dans un ruissellement de sang. Quelqu'un venait de faire taire, à tout jamais, le conseiller du roi.

Guyot, fou de rage, poussa par la fenêtre un cri de colère qui résonna dans tout le quartier de l'Hôtel de Ville.

62

Larguez les boulines !

La bordée de bâbord partit avec fracas. Les huit canons, projetés vers l'arrière par la puissance du feu, vomirent leurs projectiles dans des gerbes d'étincelles et des nuages de fumée. Non seulement les voiles de la frégate furent-elles traversées de mitrailles, mais on avait aussi tiré des boulets ramés qui, en pivotant sur eux-mêmes, favorisaient le démâtage à moyenne distance. Le bois se mit à craquer bruyamment.

Toujours posté à l'arrière du bateau, entre Terwagne et Récif, Gabriel vit la trajectoire des boulets balayer, pratiquement sans obstacle, toute la longueur du navire adverse. Ce fut un spectacle formidable et terrifiant. Formidable pour ce qu'il révéla de la stratégie militaire du Salétin, terrifiant par les dégâts considérables qu'il produisit dans le camp opposé. Mais le journaliste, qui n'avait pas oublié comment les canonniers de la frégate avaient bombardé leur galiote sans vergogne, moins d'une heure plus tôt, n'y trouva rien à redire.

Récif, les yeux brûlant d'exaltation, attendit que retombent les vapeurs de la poudre pour estimer les dégâts sur le bateau d'en face. Presque tous les coups avaient porté.

Lors, la batterie de la frégate, pointée à flottaison, tenta une riposte. Elle était si proche que, malgré tout le vacarme, on entendit claquer l'ordre du canonnier. Mais la corvette, plus petite et judicieusement disposée par Récif, n'offrait au tir qu'une infime partie de son flanc. En outre, le Salétin fut plus rapide à contre-attaquer. Se tournant vers sa propre mâture, il fit signe aux moucheurs, ces fins carabiniers allongés sur la grand-vergue, de tirer à travers les sabords pour empêcher l'ennemi de faire feu. Les coups partirent, d'un côté, puis de l'autre. Deux boulets seulement purent être tirés par l'adversaire, et un seul toucha.

L'instant d'après, un marin du *Trident* arriva en courant sur le pont.

— De l'eau dans la cale !

— Aux pompes ! répliqua Récif, à qui rien n'échappait.

Le calme avec lequel il commandait montrait que le métier n'avait point disparu. Cet homme avait le combat naval dans les veines. Et, pendant ce temps-là, sa corvette avançait toujours, gagnant encore du terrain. Quand elle fut à bout portant, Récif, un sourire sardonique au coin de la bouche, fit tirer une dernière bordée.

— Attention à pointer ! Feu !

Les chefs de pièce s'assurèrent de redresser la mire des canons vers les mâts. La batterie entière tonna une nouvelle fois, et ce fut un feu d'artifice.

La frégate, écrasée par l'artillerie du *Trident*, était presque déjà une épave. Le mât d'artimon avait été sectionné au niveau des jottereaux et avait emporté dans sa chute le gréement du grand mât. Les plats-bords étaient enfoncés et l'eau commençait déjà à inonder la cale.

— La Plume, Anne-Josèphe, accrochez-vous ! dit Récif en se tournant vers eux. Ça va cogner.

Avant que la fumée des canons ne se fût tout à fait dissipée, dans un tumulte gargantuesque, tout le bateau se mit en effet à trembler : les deux bâtiments venaient d'entrer en collision.

De la quille jusqu'aux mâts, tout le bois craqua, grinça, chanta. À bord, le choc renversa tout ce qui pouvait l'être, et la corvette s'enfonça un peu par l'avant. Au même instant, Mlle Terwagne rattrapa Gabriel de justesse, qui n'avait pas assez suivi le conseil du pirate.

— On... On lui est rentré dedans ? bredouilla le journaliste.

— C'est ça qu'est bon ! répondit le pirate avec un grand sourire.

Aussitôt, dans les haubans, les moucheurs du capitaine Saverio brûlèrent toutes leurs cartouches pour éliminer de loin les artilleurs du tillac et les marins aux manœuvres. Les balles sifflèrent dans les airs, filant vers la dunette adverse, le pont d'avant et les hunes.

Gabriel, qui n'en croyait toujours pas ses yeux, vit le Salétin s'agiter de nouveau car, à présent qu'on était bord à bord, il fallait arrêter le navire tout à fait.

— À la bande ! cria-t-il dans le porte-voix.

Un nouveau groupe de matelots escalada les haubans.

— Larguez les boulines ! À serrer voile !

Arrivés aux sommets, ils vidèrent les voiles carrées et commencèrent à les plier.

— Enlevez la toile !

Dans la seconde même, le bateau diminua sa pression sur le bâtiment ennemi, se calant sur son rythme, si bien qu'ils ne faisaient plus qu'un, se frottant l'un à l'autre dans un vacarme épouvantable de craquements.

— Lâchez les grappins ! ordonna Récif.

Et on fit descendre les crochets suspendus au bout des vergues sur le bastingage ennemi.

— Fumigènes !

Et on lança des grenades vers la frégate.

Des détonations sourdes claquèrent sur le pont, et tout le champ de bataille s'enveloppa dans un épais nuage de fumée blanche.

Récif prit les armes à sa ceinture et se tourna vers ses deux amis.

— Vous en êtes ?

L'amazone, qui avait déjà sorti sabre et pistolet, sourit à pleines dents.

— Et comment, capitaine !

Gabriel, lui, écarta les mains dans un geste d'impuissance.

— Je… je n'ai pas d'arme…

— Tu prendras une épée au maître d'équipage !

— Une épée ? Je veux bien, mais… je ne sais pas m'en servir !

— Alors tu prendras une hache ! soupira Récif en levant les yeux au ciel. Tout le monde sait se servir d'une hache !

Le pirate se posta en haut des marches qui menaient au pont et, d'une voix plus forte que jamais, il vociféra l'ordre que tout le monde attendait :

— À l'abordage !

Ce fut comme une libération. Son cri fut suivi d'une clameur belliqueuse, et l'équipage se mit allègrement en mouvement. Les canonniers quittèrent les batteries un à un et montèrent sur le pont pour récupérer les armes que distribuait le maître d'équipage et se joindre à la horde sauvage. Dans un moment pareil, personne ne voulait rester de côté ! Gabriel, un peu perdu, mais décidé à ne pas être le seul à rester en retrait, se résolut à prendre une hache et suivit la foule en criant à son tour, comme gagné par une fièvre singulière, pour lui tout au moins.

Les ennemis hissèrent des filets et tentèrent de couper les grappins pour se prémunir de l'abordage, mais ils avaient trop tardé : les pirates s'étaient déjà jetés sur eux, passant par-dessus le bastingage dans les volutes de fumée. En l'air, les plus habiles sautaient comme des singes de hauban en hauban. Et puis soudain les vergues s'abaissèrent toutes ensemble, chargées d'autres pirates encore qui, le poignard entre les dents, étaient portés si loin à travers les lignes de l'ennemi qu'ils pouvaient le prendre à revers.

Gabriel, brandissant sa hache, enjamba le bastingage et passa de l'autre côté. Arrivé sur le pont adverse, il resta un instant immobile, sans comprendre ce qu'il se passait autour de lui, entre les cris, la fumée et le roulis. Par moments, dans une trouée, il voyait Récif tirer au pistolet à bout portant. Un peu plus loin, c'était Mlle Terwagne qui enchaînait les bottes à la pointe du sabre, et qui embrochait du Génois à la file.

Soudain, le journaliste vit un corsaire lui courir dessus en criant, le poignard à la main. Le jeune homme, pétrifié, le regarda approcher sans savoir que faire. Les mains crispées sur le manche de son arme, il se mit à bégayer un peu sottement, chercha de l'aide autour de lui, n'en trouva guère, et alors, dans un instinct de survie aussi naturel qu'inattendu, il envoya un grand coup de hache devant lui, dessinant une demi-lune qui trancha le buste de son assaillant. Le Génois, quasiment coupé en deux, s'effondra sur le pont en poussant un dernier râle.

Ce premier assaut fut pour Gabriel comme un dépucelage : le deuxième fut meilleur. Au milieu des pirates acrobates qui se balançaient au bout des drisses, pourfendant les crânes depuis les hauteurs on vit alors notre journaliste d'enquête se jeter dans les rangs ennemis en criant comme un Viking enragé, donner de la hache à gauche, à droite, devant et derrière, trancher d'un coup de lame ou assommer du plat. Sans doute eût-il été rapidement interrompu dans cet élan magnifique si Récif n'était venu lui sauver deux ou trois fois la mise, mais, pour un premier abordage, M. Joly, s'il manqua de technique, ne manqua ni de courage ni de détermination.

Bientôt, la clameur retomba, le tintement du fer s'éteignit, et la fumée se dissipa, révélant l'ampleur du massacre. Ne trouvant plus d'ennemi sur son passage, Gabriel regarda autour de lui. Le pont ruisselait de sang.

La mêlée n'avait guère duré longtemps, mais elle avait été d'une violence terrible. En quelques minutes à peine, il ne s'était plus trouvé une seule défense. Les sabres avaient beaucoup tranché, les piques beaucoup percé, les balles éventré, les poignards égorgé, si bien qu'il ne restait plus rien à trancher, percer, éventrer ou égorger.

Pendant le corps-à-corps, voyant que les jeux étaient faits, le capitaine de la frégate avait ordonné qu'on jetât les embarcations annexes à l'eau, afin de prendre la fuite, mais il n'y avait pas eu assez d'oreilles pour l'entendre, et son commandement était resté sans suite. Ceux de ses hommes qui n'étaient pas morts étaient passés par-dessus bord, si bien que le commandant se tenait maintenant seul, debout, à la pointe d'un pistolet qui, lui-même, était au bout du bras de Récif.

— Il est à nous, le pleutre ! s'esclaffa le Salétin, un sourire jusqu'aux oreilles.

Son cri de victoire fut accueilli par des hourras et des éclats de rire.

— Démembrez le navire ! La cargaison au cambusier, le reste au diable ! Et que ça saute ! Dans sept minutes, ce bateau de malheur sera sous les poissons !

Alors le pillage commença. Partout, on marcha dans le sang et parmi les cadavres pour mettre la frégate sens dessus dessous. Et on ne fut pas déçu : la prise était bonne ! Rapidement, on forma une chaîne humaine, et les caisses emplies d'or, de bijoux et de bibelots passèrent d'un pont à l'autre. À l'évidence, avant d'être envoyée à la chasse de la galiote, cette frégate génoise avait fait une belle prise sur un navire espagnol. Ce n'était, au fond, qu'un simple transfert de biens.

— Saverio ! appela Récif qui tenait toujours le capitaine ennemi en joue. Qu'est-ce qu'on fait de celui-là ?

Le petit Corse s'approcha et cracha aux pieds du Génois.

— Celui-là, ça fait des années que je rêve de lui faire manger les algues par la racine.

— Euh... Les algues n'ont pas de racine, intervint Gabriel en retrait.

— C'est bien la preuve que tous les drôles que j'ai envoyés par le fond les bouffent ! répliqua Saverio. Et celui-là, j'ai bien envie de lui faire manger même le sable.

— Nous sommes deux, confirma Récif.

— Mort honorable ?

— Un Renégat n'en donne jamais d'autre.

— Alors à toi l'honneur.

— Non, pitié ! cria le Génois en tremblant.

Récif appuya sans hésiter sur la queue de détente. Le capitaine fut projeté en arrière et, quand il toucha le sol, son crâne n'était plus tout à fait entier.

— Balancez-moi ça par-dessus bord. Saverio, je te rends ton bateau ! s'inclina Récif en remettant à son ami son porte-voix. Tu ne peux pas imaginer le cadeau que tu viens de me faire. Tu es béni entre tous les pirates !

— La part du diable semble belle, répliqua le Corse en montrant ses matelots qui continuaient de vider la frégate. Nous n'avons rien perdu au change. Où vous dépose-t-on ?

Récif se tourna vers Gabriel qui, le visage moucheté du sang de ses ennemis, tenait encore sa hache comme une plante son tuteur.

— Calvi ? demanda le Salétin.

— Euh, balbutia le journaliste, sortant enfin de sa torpeur. Attendez… Lucciana, c'est possible ?

— C'est de l'autre côté de l'île, mais vous y serez plus vite en bateau qu'à pied. Nous vous y conduirons avec plaisir !

— Alors, allons-y ! confirma le journaliste. Duvilliers est sûrement là-bas, et donc, Lorette aussi.

Le capitaine Saverio acquiesça et ordonna à ses frères d'accélérer le mouvement. De toute façon, le pont de la frégate était en train de s'enfoncer…

Une heure plus tard, alors que le vent avait déjà débarrassé le ciel de ses vilains nuages, Gabriel, Récif et Mlle Terwagne débarquaient ensemble sous le plein soleil de midi, sur la longue plage au sud de Bastia. Au loin, ils virent se découper sur fond de montagnes le clocher de l'église de la Canonica.

— Nous resterons ici jusqu'à demain, annonça Saverio. Si vous n'êtes pas revenus chercher votre part du butin d'ici là, je la mettrai sur ton compte, frérot.

Les trois compagnons remercièrent le pirate et se mirent en route. Ils marchaient depuis plus d'une demi-heure lorsqu'un coup de feu déchira l'air dans le lointain.

63

Un visiteur indésirable

Lorette avait enlevé le bandeau de ses yeux et s'habituait à l'obscurité. Autour d'elle, elle devinait les murs de sa cellule, entièrement vide. Depuis que les voix, dans le lointain, s'étaient soudain tues, elle n'avait plus entendu le moindre bruit.

Se libérer de menottes en acier eût été impossible à moins de se briser les os. Sa seule chance d'évasion consistait à arracher la chaîne qui la reliait au mur. C'était, à l'évidence, plus facile à imaginer qu'à entreprendre. Frapper avec une lourde pierre à l'endroit où la chaîne était scellée dans le mur eût probablement suffi, mais aucune n'était accessible. Aussi Lorette essaya-t-elle de cogner avec le plat de ses menottes, mais la manœuvre était ardue et ne permettait de le faire qu'avec une force ridicule. En outre, on risquait de l'entendre. Elle se ravisa. Dernière solution : essayer d'entamer le ciment en le grattant, en tirant sur la chaîne, en la faisant pivoter encore et encore, jusqu'à ce que tout cela s'effritât enfin…

Lorette s'attela aussitôt à cette tâche. Celle-ci fut de longue haleine, et, à force de tirer, de gratter et de secouer, ses poignets, cisaillés par les menottes, se mirent à saigner. La mâchoire serrée, elle continua, car il y avait dans le cœur de cette jeune femme une détermination qu'aucune douleur n'eût pu éteindre. N'écoutant que sa rage et son cœur, elle força longtemps encore, jusqu'à ce qu'enfin le ciment se fendît. Un tout petit peu d'abord, puis de plus en plus. Bientôt, le corbeau à sceller qui fixait la chaîne au mur commença à bouger. L'espoir, de nouveau, revint, et Lorette pensa à Duvilliers qui, cette fois, ne pourrait plus lui échapper.

Le sort qui, décidément, aimait jouer avec Mlle Printemps depuis le jour de sa naissance voulut que, au moment précis où la chaîne se détacha du mur, des bruits de pas résonnassent derrière la porte. Ou peut-être ne fut-ce point un vilain tour du hasard, mais seulement le fruit du bruit qu'avait occasionné la manœuvre.

Pas un instant à perdre ! En moins d'une seconde, Lorette retrouva la vivacité, la fureur et les réflexes du Loup des Cordeliers. La chaîne était toujours reliée aux menottes qui lui entravaient les poignets, mais cela pouvait faire une arme de fortune tout à fait acceptable. Elle la rassembla entre ses mains pour empêcher qu'elle traîne et courut se plaquer à droite de la porte. Le cœur battant, elle attendit.

Les bruits de pas approchèrent. Il lui sembla distinguer ceux de deux personnes, qui discutaient tranquillement. La partie n'allait pas être simple. Lorette, le corps tendu comme la corde d'un arc à la seconde qui précède le tir, retint sa respiration.

Il y eut d'abord le tintement de la clef dans la serrure. La jeune femme leva alors ses deux poings ensanglantés devant elle, se préparant à attaquer. La poignée s'abaissa.

La porte s'ouvrit, baignant aussitôt la cellule dans une douce lumière, et un homme entra.

— Qu'est-ce…

Il n'eut pas le temps de terminer sa phrase. Passant la chaîne par-dessus sa tête, Lorette tira pour l'étrangler, tout en faisant pivoter l'homme afin de s'abriter derrière lui, comme son complice venait de tirer l'épée.

Le premier se débattit un instant, mais Lorette, dont la colère et la frustration avaient décuplé les forces, lui brisa violemment la nuque. Les cervicales rompirent dans un craquement terrifiant, et l'homme s'effondra devant elle comme une poupée de chiffon. La jeune femme se baissa et, les mains encore liées, elle se saisit de l'épée à la ceinture du cadavre. Le regard enflammé, Mlle Printemps recula et, tant bien que mal, se mit en garde.

Le second homme, qui avait d'abord avancé l'arme au poing, s'était ravisé en voyant la facilité avec laquelle la jeune femme s'était débarrassée de son complice. En garde lui aussi, il s'arrêta et se prépara à un combat plus ardu qu'il ne l'avait imaginé aux premiers instants.

Lorette n'attendit pas qu'on l'attaquât et engagea d'emblée le fer. Entre les menottes et la chaîne, ce fut comme si elle se battait avec une épée si lourde qu'elle devait la tenir à deux mains. Les adversaires échangèrent les premières bottes au milieu de la cellule. On feinta ici, on esquiva là, on escrima dans un incessant carillon de lames. Voyant une ouverture, Lorette tenta une botte de quarte, son ennemi une botte de quinte, mais ils parèrent l'un et l'autre, et alors le combat gagna en intensité, résonnant plus fort entre les murs de la petite pièce.

Lorette, pour qui l'art de l'épée n'avait aucun secret, se mettait en danger dans le seul espoir d'épuiser l'adversaire et de le toucher vite, car ses entraves ne lui laissaient guère le loisir d'une tactique plus subtile. Il fallait abréger. Mais, à cause du poids de la chaîne, chaque nouvelle botte était plus difficile à tirer que la précédente, et la jeune femme, éreintée par les épreuves qu'elle avait déjà traversées, se fatigua plus rapidement que l'ennemi. Une faute d'inattention lui coûta un coup d'estoc dans la hanche, qui lui laissa une belle blessure.

Habitée par sa rage vengeresse, elle ne grimaça même pas, comme si la douleur n'avait plus sur elle la moindre emprise. Au contraire, vivifiée, elle contre-attaqua sur l'instant, plaça un puissant coup de taille dans le genou de son assaillant qui, pris par surprise, le posa à terre, perdant de sa mobilité. Lorette, avec l'adresse d'un chat, bondit derrière l'homme. Enhardie par la fureur, elle fendit et enfonça sa lame dans le dos de sa cible, jusqu'au cœur. Le frère soldat – puisque c'en était un – s'immobilisa, foudroyé, et, quand Lorette retira l'épée du torse de son ennemi, celui-ci bascula lentement en avant. Il était mort avant d'avoir touché le sol.

La jeune femme, le front ruisselant de sueur, poussa un long soupir puis s'efforça de reprendre sa respiration, immobile sur les dalles entre lesquelles le sang se faufilait déjà.

Ce qui se passa ensuite ne dura probablement que quelques secondes, mais à Lorette ces secondes parurent une éternité.

Elle venait de s'approcher du cadavre pour prendre le trousseau de clefs à sa ceinture, et elle était encore à genoux quand un bruit résonna près de la porte. Sur le seuil, Lorette reconnut l'homme qui pointait vers elle le canon d'un pistolet. Et alors le monde, l'univers tout entier sembla s'écrouler sous ses pieds.

Le doigt du colonel Duvilliers pressa la queue de détente. Un nuage blanc. Une détonation. La balle atteignit Lorette en plein ventre.

Projetée en arrière, elle tituba, les mains collées à la blessure qui ensanglantait ses entrailles. Butant contre le mur derrière elle, elle glissa lentement le long de la paroi, incrédule.

64

L'assaut final

Le coup de feu, quoique distant, résonna dans l'air et revint en écho. Les trois compagnons échangèrent un regard. Récif et Anne-Josèphe prirent les pistolets à leur ceinture et le pirate lança son épée au journaliste.

Traversant le maquis comme des sangliers pris en chasse, ils remontèrent à la hâte le sentier qui menait à la vieille église. Si étouffante fût-elle, la chaleur ne suffit pas à faire ralentir nos trois héros, à qui l'urgence donnait des ailes. Ils volèrent au milieu des bruyères et aucune ronce, aucune haie, aucun ruisseau ne put freiner leur course. Quand ils arrivèrent en vue de l'église, ils découvrirent la scène qui s'y jouait à plusieurs endroits.

D'un côté, deux hommes en armes et vêtus de rouge se dirigeaient vers une charrette lourdement chargée, sur laquelle ils s'apprêtaient à monter. De l'autre, à la porte de l'église, une silhouette apparut brièvement et, croisant leurs regards, se ravisa pour retourner à l'intérieur.

— C'est le trésor ! s'écria Récif en désignant la cargaison qui, à l'arrière de la charrette, avait été recouverte d'une bâche. Je m'en charge ! Terwagne, allez voir le sentier qui s'enfonce dans les arbres. Gabriel, l'église !

— À vos ordres, capitaine ! ironisa Anne-Josèphe, avant d'obéir.

Et ainsi, le journaliste et la Liégeoise partirent chacun de leur côté, alors que le pirate courait vers la voiture, sur laquelle les deux hommes venaient de sauter.

Puisant dans son courage, ou dans sa soif de fortune, Récif trouva un second souffle et galopa plus vite encore qu'ils ne l'avaient fait tous les trois depuis la plage. Il n'était plus qu'à quelques mètres de la charrette quand il entendit le claquement d'un fouet, et alors les deux chevaux partirent au galop. Les pauvres bêtes peinèrent d'abord pour traîner leur lourde charge, leurs sabots dérapant sur la terre mais, bientôt, ils prirent de la vitesse, et le pirate comprit que ses chances de les rattraper diminuaient à chaque seconde.

Sans cesser de courir, il tendit le bras devant lui pour viser l'un des deux hommes assis à l'avant. Il n'avait pas le droit à l'erreur, car les circonstances ne lui permettraient pas de recharger. Arrêter de courir pour mieux ajuster son tir lui eût fait perdre des secondes trop précieuses. Il fit confiance à son instinct. Il tira.

Et il toucha. Le passager de droite prit la balle en pleine nuque et, projeté vers l'avant, s'effondra sur le harnais, passa à travers et tomba sur le sol. Le corps passa sous l'essieu, qui le broya fort horriblement, et cela eut pour effet de ralentir quelque peu la course des chevaux.

Récif, qui courait encore, saisit sa chance et se jeta sur la charrette quand il en fut assez près.

Au même moment, le deuxième passager, qui avait récupéré les guides, redonna du fouet et la voiture reprit de la vitesse à l'instant où le pirate s'était précipité dans les airs. Les yeux écarquillés, Récif referma de justesse ses mains sur l'arrière du châssis, et alors il se fit traîner sur une longue distance.

Les jambes brûlées par le frottement, le Salétin poussa des grognements de douleur et de rage mêlées, mais il ne lâcha pas prise. Tirant sur ses bras de toutes ses forces, il s'y prit à deux fois avant de parvenir à se hisser à l'arrière de la charrette et à passer à l'intérieur. Le conducteur, qui n'en crut pas ses yeux en le voyant derrière lui, prit l'épée à sa ceinture, lâcha les rênes et se dressa sur son siège, en garde.

Récif fit une nouvelle fois la démonstration de son sens de l'équilibre admirable en traversant la charrette debout, et d'une seule traite, alors qu'elle filait à vive allure. Le combat s'engagea au sommet du bolide.

Le pied arrière posé sur une caisse – dans laquelle, il en était certain, l'attendait un trésor –, le Salétin lança sa première botte. Son adversaire rompit en parant, et les deux lames étincelèrent sous le soleil de plomb. Fers croisés, Récif rejeta l'épée de côté et envoya une estocade qui frôla la joue de son ennemi. Ils se remirent en garde en même temps, puis engagèrent encore et encore, frappant d'un côté puis de l'autre dans un rythme endiablé.

Profitant d'un cahot de la route qui déstabilisa le pirate, l'homme en robe rouge riposta, quarte dessus les armes à la retraite. Récif, fine lame, parvint à parer de justesse et se remit en défense. Plus la voiture avançait, plus le combat devenait un défi aux lois de la gravité.

Le Salétin, pressé d'en finir, prit la mesure, dessina dans l'air une belle passe et, le regard brillant de détermination, il porta une nouvelle estocade, qui toucha cette fois.

Voyant que l'autre reculait en grimaçant pour reprendre son souffle, Récif trouva une ouverture et grimpa à son tour sur le siège conducteur. De là, il tenta d'assommer son adversaire d'un puissant coup de pommeau. Celui-ci, de la main gauche, lui attrapa l'avant-bras, et alors ils entrèrent dans un corps-à-corps qui se transforma en combat de force.

Au début, le pirate fit ployer son ennemi sous la puissance de son emprise, mais l'homme, un frère soldat de la Main rouge, ne manquait pas de ressources martiales. Pivotant soudain sur le côté, il parvint à faire basculer Récif. Le Salétin, ne lâchant pas prise, emporta son ennemi dans sa chute, et alors ils tombèrent ensemble entre les caisses, secouées par le terrain où les chevaux, livrés à eux-mêmes, s'étaient dangereusement engagés.

Les deux adversaires luttèrent sauvagement, roulant successivement l'un par-dessus l'autre, jusqu'à ce que Récif se retrouvât la gorge prise par un étranglement. Il chercha à glisser ses mains sous les bras de son ennemi pour le forcer à lâcher, mais rien n'y fit, et bientôt le pirate commença à suffoquer. L'homme appuyait si fort que Récif eut le sentiment qu'il allait lui traverser la gorge. Dans un ultime effort, le Renégat donna un grand coup de reins et profita d'un court répit pour passer la main à sa ceinture et y prendre son poignard. À bout de forces, il planta la lame dans le côté de son assaillant.

Au même moment, les chevaux conduisirent la charrette sur des rochers. L'une des roues heurta si fortement un angle rocailleux que l'attelage se souleva dans les airs, y projetant tout ce qui se trouvait à l'intérieur : hommes, cordes, caisses et bâches. En pleine voltige, voyant arriver le sol dangereusement, Récif se protégea le visage des deux mains. Quand il toucha terre violemment, il roula entre les pierres alors qu'autour de lui s'élevait un fracas de fer et de bois brisé.

Libérés du harnais, les chevaux étaient déjà loin quand tout fut enfin immobile. Sonné, Récif se releva en titubant.

La charrette, éventrée, était disséminée de part et d'autre des rochers. À droite, le corps inerte de l'homme, qui n'avait pas survécu au coup de poignard. Et à gauche… Eh bien, à gauche, Récif tomba sur les genoux en découvrant une montagne d'or et de bijoux comme, de mémoire de pirate, il n'en avait jamais vu, pas même dans ses plus belles prises sur la mer des Caraïbes ! Il y avait là des pièces de toutes tailles, des gemmes, des coupes, des bracelets, une fortune immense, et le soleil de Corse les faisait briller si fort que le pirate en fut ébloui.

Le visage maculé de sang, Récif regarda vers le ciel et éclata d'un rire colossal. Il avait retrouvé le trésor de Montmartel !

65

Révélation

Lorette, qui sentait ses forces la quitter, baissa les yeux vers son ventre. De sa blessure coulait tellement de sang que ses mains, pressées contre elle, étaient rouges et luisantes. Et le flot continuait. Levant la tête vers Duvilliers, elle haleta, à bout de forces.

— Vous ne vous arrêtez donc jamais, mademoiselle ? lâcha l'homme en avançant vers elle.

Il rengaina son pistolet et vint se placer au-dessus de la jeune femme, qu'il regarda avec un air inattendu : de l'étonnement, presque.

— Mlle Terwagne, encore, je comprends… Mais vous ? Vous êtes un défi à l'entendement !

Lorette, le souffle court, dévisagea le militaire qu'elle avait mille fois rêvé de tuer. De faire souffrir, même. Elle avait dans les yeux, à cet instant, la haine et la colère d'une vie entière.

— Allons ! Il est peut-être encore temps que je vous sauve la vie, mademoiselle Printemps ! Mais pour cela, vous allez devoir me dire ce que vous savez de la Manorossa, et à qui vous en avez parlé…

Malgré la douleur, Lorette fut secouée par un hoquet qui ressemblait à quelque chose comme un ricanement.

— La Manorossa ? Mais je me fiche de votre Manorossa ! cracha-t-elle.

Le sang qui était remonté jusqu'à sa gorge lui coulait maintenant par la bouche.

— Vraiment ? Mais alors pourquoi m'avez-vous suivi jusqu'ici ?

— Pour te faire payer, chien !

Il fronça les sourcils.

— Moi ? Me faire payer quoi ?

— Ce que tu as fait à ma mère ! hurla Lorette aussi fort que son état le lui permettait.

Elle cracha au visage du colonel, qui se figea un instant, puis essuya la glaire mêlée de sang sur son front.

— Ce que j'ai fait à votre mère ? répéta-t-il sur le ton de l'hébétude en se redressant d'un coup. Est-ce donc ce que vous avez cru, depuis tout ce temps ? Mais, ma pauvre enfant, je n'ai jamais rien fait à votre mère !

— Tu mens ! *Traditore !*

— Et pourquoi mentirais-je ? se défendit le colonel. Qu'aurais-je à y gagner, dans l'état où vous êtes ? Allons, mademoiselle, si vous étiez ma fille, je n'aurais pas tiré tout à l'heure ! Pour tout vous dire, j'étais en train de vider la bibliothèque de Paoli, quand vous fûtes conçue…

— Tu… tu mens ! répéta Lorette.

Mais l'homme semblait si sincère qu'elle commençait à douter.

Duvilliers poussa un soupir puis, dans un haussement d'épaules, commença à déboutonner sa chemise rouge.

— Soit, dit-il.

Lorette, épuisée, ne parvenait plus à tenir sa tête droite. Elle la laissa tomber en arrière contre le mur.

— Votre père, mademoiselle, a une grande et belle cicatrice sur le cœur, figurant un triangle renversé, que lui a laissée votre cher oncle Giovani-Antoni. Voyez plutôt.

Il dénuda alors sa poitrine. Elle était vierge de toute trace.

Lorette, incrédule, eut l'impression d'étouffer. Elle ne pouvait pas y croire ! Sa tête se mit à lui tourner.

— La guerre m'a laissé bien des cicatrices, mais celle-là, que vous cherchez, ce n'est pas moi qui l'ai reçue.

— Je… Je ne comprends pas, bredouilla Lorette, les yeux emplis de larmes.

Au même instant, des bruits de pas résonnèrent dans le couloir derrière eux.

Duvilliers grimaça. Reboutonnant sa chemise, il regarda Lorette une dernière fois.

— Je suis désolé, mademoiselle. Ce n'était pas moi. Adieu.

Et il sortit de la cellule au pas de course.

66

La vengeance de mademoiselle Campinado

Anne-Josèphe Terwagne, sabre au poing, avança prudemment sur le sentier qui s'enfonçait dans la végétation dense, à l'ombre de la haute église de Lucciana. Au sol, elle repéra mille traces de pas encore fraîches. On avait visiblement beaucoup utilisé ce chemin, au cours des derniers jours. Où que cette secrète voie conduisît, il y avait peut-être encore du monde.

Sur ses gardes, l'amazone arriva bientôt devant un portique bordé de colonnes doriques, que la statue antique d'un sphinx tenait sous sa surveillance. Couverte de feuillage, c'était l'entrée de quelque vieux temple oublié.

La jeune femme, redoublant de prudence, se glissa pas à pas dans la pénombre silencieuse, éprouvant aussitôt l'air humide que les murailles épaisses y conservaient.

Conduite par les battements de son cœur, elle descendit les marches aux arêtes érodées par le temps et se retrouva au seuil d'une pièce qu'elle devinait, dans le clair-obscur, bordée de nouveaux alignements de colonnes corinthiennes. Les rares rayons du soleil qui filtraient dans l'escalier en amont ne laissaient entrevoir ici qu'une infime partie de la salle. Le fond de la pièce, lui, disparaissait entièrement dans de sinistres noirceurs.

Dans le mur, de chaque côté de l'entrée, Anne-Josèphe repéra des niches qui abritaient des lampes à huile en terre cuite. Elle y trouva un briquet, dont elle put se servir pour éclairer la pièce. Les parois de pierre se colorèrent d'une douce lueur orangée.

Avançant de quelques pas, alors que les ombres des colonnes, en s'allongeant, semblaient l'accompagner, l'exploratrice découvrit deux portes qui perçaient le mur opposé. Face à ce choix cornélien, notre Chimène de Liège opta pour la porte du côté gauche. N'était-ce point celui du cœur ? La lampe dans une main, le sabre dans l'autre, elle finit de traverser la pièce à pas feutrés puis, précautionneusement, elle posa sa main sur la poignée et poussa la lourde porte de fer.

Une grotte aux décors mithriaques se révéla sous ses yeux interdits, et ce fut comme un voyage fantasmagorique dans la Rome antique. Promenant la flamme autour d'elle, Anne-Josèphe observa les fresques, les alcôves, les deux bancs de pierre qui se faisaient face de part et d'autre du couloir central, où le sang du taureau, en séchant, avait laissé des traces noires. Et puis, tout au bout de ce temple, elle distingua le bas-relief en marbre de la tauroctonie où, comme sur sa gravure, le dieu Mithra, coiffé de son bonnet phrygien, se livrait au sacrifice du puissant animal. À l'intérieur, excepté ces fantômes d'un passé lointain, personne. Elle secoua la tête en voyant les restes du banquet qu'on avait visiblement célébré ici, quelques heures plus tôt. Mais quel type d'hommes pouvait donc se livrer ainsi à pareille mascarade ? Quels esprits tordus pouvaient alterner de la sorte assassinats et cérémonies grotesques d'une Antiquité révolue ?

Notre amazone s'apprêtait à retourner dans l'antichambre quand elle entendit du bruit, derrière la seconde porte. Un bruit de chaînes, à n'en point douter.

D'un pas prudent, Mlle Terwagne rejoignit le battant, déposa la lampe à ses côtés, prit une profonde inspiration puis, prête à se défendre ou à attaquer, elle abaissa la poignée.

La lumière s'engouffra avant elle pour révéler une petite pièce qui ressemblait à une cellule de prison. Anne-Josèphe tressaillit. Quelqu'un était adossé au mur opposé, les mains entravées par des menottes en acier épais.

Le sabre tendu devant elle, le regard fixe, la belle Liégeoise avança, tel un combattant à l'amorce du duel. Et puis soudain, dans la danse des ombres et de la lumière, elle reconnut la personne qu'on avait retenue ici prisonnière.

— Tenducci ! murmura-t-elle, incrédule.

Le castrat, tremblant de peur, leva lentement les yeux vers elle.

Il eût sans doute été difficile de dire lequel des deux fut le plus surpris à cet instant, mais le chanteur italien, écarquillant des yeux terrifiés, se recroquevilla brusquement comme un animal battu, faisant tinter la chaîne qui pendait de ses menottes. Sans doute se demandait-il comment son ancienne maîtresse, jadis si fragile, avait pu devenir cette femme au pas assuré, qui ressemblait maintenant à quelque guerrière impitoyable.

La mine soudain plus sombre, la Liégeoise avança en regardant fixement l'homme qui l'avait trahie avec la plus infâme cruauté, essayant de la déposséder de ses rentes et de son innocence, la traitant comme un jouet qu'on martyrise avant de le casser.

— Anne… Anne-Jo…

— N'envisagez même pas de prononcer mon nom, misérable poltron ! le coupa-t-elle d'une voix pleine de fureur et de dégoût. Vous n'en êtes pas digne !

Elle s'approcha encore et porta la pointe de son sabre sous le menton du castrat obèse.

— Non content d'avoir essayé de me voler, vous essayez maintenant de me faire tuer ? cracha-t-elle.

Ses yeux brûlaient aux flammes d'une colère vengeresse.

— Ce… ce n'est pas moi ! Ce n'est pas moi ! se défendit pitoyablement l'Italien.

— Où est Duvilliers ? demanda la Liégeoise sur le ton du commandement.

— Je ne sais pas ! Ils sont partis ! Ils sont tous partis, et ils m'ont laissé là !

Diantre ! Il pleurait ! Lui qui n'avait jamais fait preuve de la moindre pitié pour le sort d'autrui, il s'apitoyait désormais sur le sien !

Quelque chose, alors, se transforma sur le visage de Mlle Terwagne. Dans ses yeux sembla étinceler la lame d'une grande faux.

— Ils vous ont abandonné ? C'est fort aimable de leur part…

Et alors, d'un geste aussi sûr que soudain, sans trembler, elle lui transperça le cou, comme ses frères, quelques heures plus tôt, l'avaient fait au taureau.

Stupéfié de terreur, le castrat porta les mains à sa gorge, mais rien ne put arrêter les flots écarlates qui en jaillirent abondamment. Il se vida de son sang.

— À la mémoire de ma fille et de toutes les femmes bafouées ! grommela Mlle Terwagne entre ses dents, avant de cracher au visage de l'homme qu'elle venait de tuer.

67

La Canonica, ou Sainte-Marie-de-l'Assomption

À une courte distance, ce fut dans un autre temple que Gabriel Joly pénétra avec la même prudence, et celui-là n'était point dédié à Mithra, mais à l'assomption de la Sainte Vierge.

En effet, au moment précis où Mlle Terwagne entrait dans le *mithraeum* souterrain, le journaliste, lui, tenant fermement l'épée de son ami Récif, passait sous une arche sculptée d'animaux fantastiques pour se glisser dans l'église de la Canonica, à l'austère et tranquille beauté. Était-ce un hasard, ou un signe du destin ? Cette sculpture qui surplombait l'entrée, comme un avertissement au visiteur, figurait, entre lions et griffons, un agneau qui portait une croix et affrontait un loup !

Sans portes ni fenêtres, des trous béants dans ses murs, la cathédrale en ruine était traversée par les rayons du soleil, qui la découpaient en mille fractions d'ombre et de lumière. L'édifice offrait un spectacle aussi splendide qu'inquiétant.

Le sol était jonché de terre, de cailloux, de blocs de pierre écroulés de la voûte romane, de détritus et, devant le portail, on apercevait des cercles noirs au milieu du limon, à l'endroit où les bergers, l'hiver, allumaient de grands feux pour s'y réchauffer.

La poitrine oppressée tant par l'appréhension que par la lourdeur de l'air qui circulait ici, le jeune homme remonta lentement la nef, fouillant du regard chaque recoin. Au milieu des décombres, dans la végétation galopante qui reprenait ses droits, on apercevait ici une stalle, là des bancs renversés, plus loin le bras brisé d'une statue, des fonts baptismaux, un bénitier, un retable… Mais nulle part Gabriel ne vit âme qui vive.

Pourtant, il en était certain, il avait aperçu, de loin, un homme entrer.

Toujours sur ses gardes, il continua sa lente progression entre les rais de lumière, traversant le transept pour remonter vers le maître-autel. Là, l'abside, soutenue de pilastres aux chapiteaux finement sculptés, tranchait avec l'architecture plus sévère de la nef. Gabriel n'était plus qu'à quelques pas quand, à l'arrière du chœur, il avisa une longue et large dalle qui ne recouvrait qu'à moitié une ouverture où vacillait quelque lumière.

Le jeune homme sentit le sang cogner contre ses tempes, où perlaient des gouttes de sueur. S'armant de courage et ne songeant plus qu'à Lorette, il se remit en route. Quelques pas encore, et il distingua les marches d'un escalier qui, baigné de lueurs mouvantes, s'enfonçait dans les sous-sols de la Canonica. Il n'eût manqué à ce tableau que le cerbère à trois têtes, et on l'eût volontiers pris pour la porte des enfers.

— À nous deux, Achéron, murmura le journaliste dans un soupir.

Lors, mâchoire et poings serrés, il descendit dans le sinistre souterrain. En bas, il découvrit une crypte voûtée, éclairée par quelques torches aux murs, dont les flammes dansaient au gré d'un vent aux origines mystérieuses. À droite et à gauche, des arcades basses, en plein cintre, et soutenues par des colonnes ornées de bas-relief, abritaient des alignements de sépultures antiques. Gabriel avala sa salive. Il était bien entré dans le royaume des morts.

À peine avait-il fait un pas dans la crypte qu'il vit, sur le mur opposé, un homme sortir par l'une des trois portes qui lui faisaient face.

Gabriel se figea, comme pétrifié par les serpents de Gorgone. Car voilà, il en eut la plus intime conviction : l'homme vêtu de rouge qui se tenait de l'autre côté de la pièce n'était autre que le colonel Duvilliers ! L'homme à la cape ! L'insaisissable ! Ce sournois personnage qui avait commandité l'assassinat de Mlle Terwagne, dérobé le trésor de Montmartel, et que Gabriel pourchassait maintenant depuis plusieurs semaines. Cet homme, enfin, que Lorette était elle-même venue chercher jusqu'ici.

Il était là, devant lui. En chair et en os.

Gabriel fut sorti de sa torpeur par la soudaine course du militaire qui, l'ayant vu à son tour, s'était précipité vers une autre porte pour prendre la fuite.

Enflammé par une authentique fureur, le journaliste traversa la pièce au pas de course, les poings serrés sur son épée. Duvilliers ne pouvait pas lui échapper !

Les bruits des pas du militaire résonnèrent entre les murs d'un nouvel escalier et Gabriel, sans doute, l'eût bientôt rattrapé si, soudain, passant devant la porte à laquelle l'homme était initialement apparu, il ne s'était arrêté brusquement, statufié une seconde fois.

Gabriel, comme foudroyé, fit tomber son épée, qui tinta bruyamment sur les dalles de pierre. Son cœur sembla rompre, envoyant dans sa poitrine un douloureux coup de poignard.

— Lorette ! s'écria-t-il dans l'écho assourdissant de la crypte.

Un pas, deux, il tituba d'abord, puis il se précipita dans la petite cellule, enjamba les corps de deux soldats pour se laisser tomber à côté de la jeune femme, dont le ventre se vidait de son sang.

— Lorette…, répéta-t-il en couvrant ses joues de caresses maladroites.

— Gabriel, balbutia la jeune femme, pour qui parler semblait un douloureux effort.

Elle était si blanche !

— Tu… Tu vas t'en sortir ! promit le jeune homme, les yeux emplis de larmes.

Il se retourna et hurla « Récif ! Récif ! » dans le vide, comme si le pirate, où qu'il fût à cet instant, eût pu l'entendre.

— C'est trop tard, Gabriel, murmura la jeune Corse d'une voix triste et résignée.

— Non ! Non ! chuchota le jeune homme, s'étranglant presque. Tu vas…

— J'ai cru que c'était lui, le coupa Lorette, le souffle court. Mais ce n'était pas lui, Gabriel ! Ce n'était pas Duvilliers…

Le journaliste secoua la tête, confus.

— Qu'est-ce que tu racontes ? Je ne comprends pas…

— Ma mère… C'est pour ça que je suis venue, Gabriel. Je…

— Ne parle pas ! Tu vas…

— Je suis… je suis le fruit du plus odieux outrage, Gabriel. Et j'ai cru que c'était Duvilliers. Mais ce n'était pas lui… Tu comprends ?

— Chut ! sanglota le jeune homme. Allons, ne bouge pas, nous allons te soigner, Lorette ! Récif et Terwagne sont ici et…

— Ne fais pas comme moi, Gabriel. Surtout. Ne fais pas comme moi.

— Calme-toi, ma Lorette ! Ma douce Lorette !

— Je me suis trompée. Je l'ai compris, maintenant. J'ai confondu la justice et la vengeance… La… La vengeance ne fait qu'appeler la violence, elle n'y met pas un terme.

— Oui, oui, je sais, répondit le jeune homme en lui essuyant tendrement le front.

Au sang qui avait envahi les joues de la jeune femme se mêlèrent maintenant de lourdes larmes.

— C'est une passion mauvaise. Mais toi, tu as la raison pour toi, Gabriel. Tu feras un meilleur justicier que moi… Promets-moi !

— Lorette ! cria Gabriel, en voyant la jeune femme fermer lentement les yeux.

Il se pencha plus près encore et couvrit son front de baisers.

— Lorette ! hurla-t-il.

Mais alors, dans cette soudaine pâleur, dans ce glaçant abandon, il comprit que la jeune femme venait de livrer son dernier souffle.

Ce fut comme si la cathédrale tout entière se fut effondrée sur la tête de Gabriel Joly. Le monde se mit à vaciller. Et il lui sembla mourir, lui aussi.

Combien de temps le jeune homme resta-t-il sur le sol, tenant sur ses genoux la tête de celle qui, à jamais, avait emporté son cœur et son âme ? Combien de cris arracha-t-il à sa gorge enflammée, combien de larmes versa-t-il ? Bien plus, sans doute, qu'il ne pouvait humainement en verser.

Quand Récif et Terwagne apparurent enfin dans son dos, le jeune homme, avec la lenteur et la rigidité d'un automate, se leva. Il se tourna doucement, raide et droit comme une sculpture de pierre. Dans ses yeux flottait la noirceur de la mort et sa mâchoire était si serrée qu'elle avait transformé son visage.

Dans ses mains, Gabriel Joly tenait la cape de Mlle Printemps. Sa vieille cape corse, qu'il serrait entre ses poings fermés. La jeune femme était morte. Mais le Loup, lui, venait de ressusciter.

Au loin, de l'autre côté de l'île, à cet instant précis, le hurlement d'une bête sauvage déchira le ciel de Corse.

Épilogue

— Récif ! grogna l'aspirant en entrant dans la petite pièce, au dernier étage du Château-Rouge, où se réunissaient toujours les Renégats du quartier de la Maub'.

Près de deux semaines avaient passé et, en ce vingt-deuxième jour d'août 1789, le Salétin, qui avait pourtant à lui donner une part substantielle du trésor de Montmartel, n'était toujours pas parvenu à parler à Gabriel. À le consoler, encore moins.

— Quoi ?

— Y a un triste-à-pattes[1] en bas qui dit qu'y veut t'causer, annonça la jeune recrue.

— Ici ? Il est fou ?

— C'est pile c'que j'y ai dit. Mais y dit que c'est urgent, et que tu seras d'accord pour qu'y te cause. C'est un genre de commissaire ou de lieutenant ou je sais pas quoi.

---

1. Surnom donné aux policiers.

— Guyot ? demanda le pirate en levant un sourcil intrigué.

— Ouais, quelque chose comme ça.

— Fais-le monter !

— T'es sûr ?

Récif confirma d'un regard seulement. L'aspirant obtempéra sur-le-champ, disparaissant derrière le rideau rouge plus vite qu'il n'était apparu.

— Les frérots, pourriez-vous me laisser la salle quelques minutes ? demanda Récif à ses frères Renégats. Allez donc dépenser un peu les fortunes que je vous ai ramenées de Corse, bande d'ingrats !

Les trois colosses se levèrent en riant et, quand ils croisèrent le commissaire Guyot sur le seuil de la porte, ils lui adressèrent un regard plus noir que le jais.

— Venez, les gars, ça boucane l'arnache, là-dedans !

Le policier les regarda passer en souriant.

— Eh bien, c'est charmant, ici ! lança-t-il en entrant.

Récif lui fit un signe de tête pour l'inviter à s'asseoir en face de lui.

— Profitez-en. C'est la première et sans doute la dernière fois que je laisse un homme de votre espèce y entrer, monsieur. Si je n'avais quelque idée des raisons de votre visite, vous flotteriez déjà dans la Seine.

— Menaces à un magistrat ? Votre goût pour le danger n'a donc pas de limites ?

— Le vôtre non plus, apparemment. Au moins nous partageons quelque chose. Qu'est-ce que vous voulez ?

Le commissaire plongea la main dans la poche de sa veste et en sortit une enveloppe qu'il posa bruyamment sur la table devant lui.

— Je vous saurais gré de bien vouloir remettre ceci à notre cher M. Joly.

Récif ricana.

— Je n'en ai pas le loisir.

— Allons ! S'il y a une seule personne sur terre que notre journaliste invisible laissera entrer chez lui, c'est bien vous, monsieur… Récif.

— Pas sûr. Et, de toute façon, il n'est pas chez lui !

— Où est-il donc ?

Récif soupira. À l'évidence, il était plus préoccupé par l'état de son ami qu'il ne voulait le laisser paraître.

— Chez Mlle Printemps, dans les sous-sols du couvent des Cordeliers. Les moines n'osent pas l'en déloger, et il ne laisse entrer personne. Cela fait plus d'une semaine que je m'y présente tous les jours, en vain. Je ne vais tout de même pas enfoncer la porte d'une maison du Seigneur ? D'autant que cela pourrait être dangereux…

— Comment cela ?

Récif écarta les bras.

— Chaque fois que j'y vais, j'entends des bruits d'épée derrière la porte.

— Pardon ?

— Figurez-vous que M. Joly tape sur un mannequin de bois, du matin jusqu'au soir, et la nuit encore, me dit-on.

— Ah. Je vois, fit le commissaire en hochant la tête. C'est une façon comme une autre de traverser son deuil, je suppose. Bon. Eh bien, s'il ne vous ouvre pas, glissez-lui ce mot sous la porte…

Récif fit une grimace hésitante, puis il regarda l'enveloppe posée devant lui.

— Je peux ? demanda-t-il en la ramassant pour l'ouvrir.

Le commissaire opina du chef.

Le Salétin lut le mot. Il était fort court. Il ricana, replia la lettre et l'enfonça dans sa redingote.

— Vous êtes un petit malin, commissaire. Allez ! Je veux bien essayer. Ça marchera peut-être. Mais ne remettez plus jamais les pieds ici. Ai-je jamais mis les miens chez vous ?

— Il ne faut jamais dire jamais…

M. Guyot fit un signe de tête reconnaissant, puis il quitta la pièce sans un mot de plus.

Cher Monſieur Joly,

Je ne vais pas, une nouvelle fois, vous préſenter mes condoléances. Je l'ai fait moult fois à votre porte, et les mots de réconfort, j'en ſuis ſûr, ne valent rien quand on eſt dans la peine où vous devez être.

J'ai, toutefois, à vous parler d'un tout autre ſujet.

Il vient d'y avoir deux meurtres au Théâtre-Français, dans des circonſtances qui défient l'entendement. Je ne connais perſonne, ſur terre, dont la ſagacité ſuffirait à démêler une affaire auſſi inextricable. Pas même vous.

Votre dévoué,

Michel Guyot

À SUIVRE…

Remerciements

J'ai commencé ce roman en juin 2019, sous le ciel bleu des Corbières, et je l'ai terminé à Paris en août 2020, confiné dans la douce pénombre d'un bureau aux murs de livres. Pendant ces derniers mois, rien n'aurait pu interrompre ma frénésie d'écriture sinon de religieux applaudissements, chaque soir, à 20 heures, adressés depuis ma fenêtre aux première et deuxième lignes qui ont montré, une fois de plus, combien la France compte de belles âmes pour se lever et faire nation lorsqu'elle traverse ses plus pénibles épreuves. Merci à elles, pour tout.

Pour leur aide historique, merci à Pascal Brouillet, docteur en histoire et maître de conférences à Sciences-Po, Pierre Mollier, conservateur du musée du Grand Orient de France, Michael O'Dea, professeur émérite de littérature française du XVIIIe siècle à l'université Lyon II et chercheur à l'IHRIM, à Renaud Maroy, dont le *Pavillon noir* a éclairé les routes maritimes de Récif, et à Cendrine

Bertani, professeure de lettres classiques, latiniste passionnée et autrice des *Légions d'Hadès*.

Merci à ma fille, Zoé Lœvenbruck, qui a effectué un travail de documentation formidable, sans lequel ce livre n'aurait pas été le même.

Merci à mes généreux amis de l'île de Beauté, de Conca et de Porto-Vecchio, dont la distance m'éloigne, mais dont l'âme me rapproche.

Merci aussi à tous ces amis qui me portent chaque jour sur leurs épaules de géants, Fabrice Mazza, Yves Ragazzoli et ses joyeux Géromois, Renaud Séchan et sa troupe, la Ligue de l'Imaginaire, la fine fleur du ZCR, le *Writers' Cthulhu* et mes frères Spitfires.

À mes parents, toujours, qui sont un exemple de générosité.

À toute l'équipe des éditions XO, sous le toit desquelles, en haut du mont Parnasse, j'ai trouvé avec bonheur une nouvelle famille.

Un immense merci, enfin, à Tiphaine, mon adorable typhon, tout comme à mes deux incroyables enfants, Zoé et Elliott, qui rendent chaque jour la vie beaucoup plus belle.

Bibliographie documentaire

AVENEL Henri, *Histoire de la presse française depuis 1789 jusqu'à nos jours*, Flammarion, 1900.

BALAYÉ Simone, *La Bibliothèque nationale des origines à 1800*, Droz, 1988.

BEAUMONT-MAILLET Laure, « Le grand couvent des Cordeliers de Paris », in *École pratique des hautes études, 4e section, Sciences historiques et philologiques* [en ligne], 1973.

BÉCLARD Léon, *Sébastien Mercier, sa vie, son œuvre, son temps*, Champion, 1903.

BERTAUD Jean-Paul, *La Vie quotidienne en France au temps de la Révolution*, Hachette, 1989.

BIARD Michel, *Parlez-vous sans-culotte ?*, Tallandier, 2009.

BLANC Louis, *Histoire de la Révolution française*, Pagnerre & Furne, 1869.

BONNET Jean Claude (dir.), *Louis-Sébastien Mercier, un hérétique en littérature*, Mercure de France, 1995.

BOUGEART Alfred, *Les Cordeliers*, H. Delesques, 1891.

BOURNON Fernand, *La Bastille*, Imprimerie nationale, 1893.

BROUILLET Pascal, « La compagnie de maréchaussée de l'Île-de-France et la garde de Paris », in *Métiers de police. Être policier en Europe, XVIIIe-XXe siècle*, Rennes, Presses universitaires de Rennes, 2015.

BRUNET Charles, *Marat, dit l'Ami du peuple*, Poulet-Malassis, 1862.

CAMPAN Henriette, *Mémoires de Madame Campan, première femme de chambre de Marie-Antoinette*, Mercure de France, 1999.

CARBONNIÈRES Philippe de, *Paris sous la Révolution et l'Empire*, Parigramme, 2015.

CHAGNIOT Jean, « Le guet et la garde de Paris à la fin de l'Ancien Régime », in *Revue d'histoire moderne et contemporaine* [en ligne], 1973.

CHEVALLIER Pierre, *Histoire de la franc-maçonnerie française*, Fayard, 1974.

CHUQUET Arthur, *Dumouriez*, Hachette, 1915.

COQUARD Olivier, *Lumières et révolutions*, PUF, 2014.

CORBIÈRE Édouard, *La Mer et les marins*, Jules Bréauté, 1833.

COUSIN D'AVALLON Charles-Yves, *Merciériana, ou Recueil d'anecdotes sur Mercier*, Krabbe, 1834.

DARNTON Robert, *Un tour de France littéraire. Le monde du livre à la veille de la Révolution*, Gallimard, 2018.

DE COCK Jacques, *Les Cordeliers dans la Révolution française*, Fantasques éditions, 2001.

DESPRAT Jean-Paul, *Mirabeau*, Perrin, 2008.

DUBOIS-CORNEAU Robert, *Paris de Monmartel*, Jean-Fontaine, 1917.
DUHAMEL DU MONCEAU Henri-Louis, *Éléments de l'architecture navale, ou Traité pratique de la construction des vaisseaux*, Charles-Antoine Jombert, 1758.
FAVIER Jean (dir.), *Chronique de la Révolution*, Larousse, 1988.
FOUGERET, *Histoire générale de la Bastille*, Gauvain, 1834.
FUNCK-BRENTANO Frantz, *Légendes et archives de la Bastille*, Hachette, 1898.
FURET François, *La Révolution*, Hachette, 1988.
GALLO Max, *Révolution française*, tomes I et II, XO Éditions, 2008.
GALLOIS Léonard, *Histoire des journaux et des journalistes de la Révolution française*, Bureau de la Société de l'industrie fraternelle, 1846.
GAXOTTE Pierre, *La Révolution française*, Fayard, 1970.
HIVERT-MESSECA Gisèle et Yves, *Femmes et franc-maçonnerie*, Dervy, 2015.
HURTAUT & MAGNY, *Dictionnaire historique de la ville de Paris et de ses environs*, Moutard, 1779.
JOHNSON Charles, *A General History of the Pyrates*, Londres, T. Warner, 1724.
LACOUR Léopold, *Les Origines du féminisme contemporain*, Plon, 1900.
LAWDAY David, *Danton*, Albin Michel, 2012.
LENNOX G., *Danton*, Sandoz et Fischbacher, 1878.
LE MAIRE Jean-Baptiste-Charles, *La Police de Paris en 1770, mémoire inédit*, Hachette BNF, 2017.
LENOTRE Gaston, *La Vie à Paris pendant la Révolution*, Calmann-Lévy, 1936.

LEPAGE Auguste, *Les Cafés politiques et littéraires de Paris*, E. Dentu, 1874.
LEUWERS Hervé, *Camille et Lucile Desmoulins : un rêve de république*, Fayard, 2018.
— *La Révolution française et l'Empire*, PUF, 2011.
MAROY Renaud, *À feu et à sang*, Black Book, 2006.
MARTIN Jean-Clément, *Robespierre, la fabrication d'un monstre*, Perrin, 2016.
MATHIEZ Albert, *Le Club des Cordeliers pendant la crise de Varennes*, Honoré Champion, 1910.
MAVIDAL M.-J. (dir.), *Archives parlementaires de 1787 à 1860*, Librairie administrative de Paul Dupont, 1877.
MELLIÉ Ernest, *Les Sections de Paris pendant la Révolution* (1898), Hachette, 2013.
MERCIER Louis-Sébastien, *Tableau de Paris*, t. I et II, et *Le Nouveau Paris,* Jean-Claude Bonnet (dir.), Mercure de France, 1994.
MOLLIER Pierre, *Le Régulateur du maçon*, À l'Orient, 2004.
PASTORELLO Thierry, *Sodome à Paris : protohistoire de l'homosexualité masculine, fin XVIIIe-milieu XIXe siècle*, thèse, Université Paris-Diderot – Paris VII, 2009.
PORSET Charles, *Franc-maçonnerie, Lumières et Révolution*, Édimaf, 2014.
— (éd.), édition augmentée de *La Loge des neuf sœurs. Une loge maçonnique d'avant 1789*, de Louis Amiable, Édimaf, 2001.
RIGAUD Lucien, *Dictionnaire du jargon parisien*, Ollendorff, 1878.
ROUDINESCO Élisabeth, *Théroigne de Méricourt. Une femme mélancolique sous la Révolution*, Albin Michel, 2010.

RUAULT Nicolas, *Gazette d'un Parisien sous la Révolution*, Perrin, 1976.

SAINT-AGNÈS Yves de, *Guide du Paris révolutionnaire*, Perrin, 1989.

SCHIAPPA Jean-Marc, *La Révolution française,* Librio, 2005.

SCHMIDT Adolphe, *Paris pendant la Révolution d'après les rapports de la police secrète*, Champion, 1880.

SOBOUL Albert, *La Révolution française*, PUF, 1965.

TALMEYR Maurice, *La Franc-maçonnerie et la Révolution française*, Hades, 2016.

THERNOT Robert, « L'aqueduc de la Font Vieille à Antibes à la lumière des travaux du XVIIIe siècle et des fouilles récentes », in *Revue archéologique de Narbonnaise*, t. 42, 2009.

THIERS Adolphe, *Histoire de la Révolution française*, Furne & Cie, 1839.

WALTER Gérard, *Marat*, Albin Michel, 2012.

Table

LIVRE DEUXIÈME
Cordeliers, cornes
et corderies

LIVRE TROISIÈME
Au cœur du triangle renversé

Composé par Nord Compo Multimédia
7, rue de Fives, 59650 Villeneuve-d'Ascq

FSC
www.fsc.org
MIXTE
Papier issu
de sources
responsables
FSC® C123930

Impression réalisée par CPI BUSSIÈRE
Saint-Amand-Montrond (Cher), en octobre 2020

N° d'édition : 4342/01 - N° d'impression : 2053450
Dépôt légal : octobre 2020

Imprimé en France